MINGUO TONGSU XIAOSHUO
DIANCANG WENKU

白河月

民国通俗小说典藏文库·刘云若卷

刘云若◎著

中国文史出版社

图书在版编目(CIP)数据

白河月 / 刘云若著. — 北京：中国文史出版社，2017.1
（民国通俗小说典藏文库·刘云若卷）
ISBN 978 - 7 - 5034 - 8442 - 1

Ⅰ. ①白… Ⅱ. ①刘… Ⅲ. ①长篇小说 – 中国 – 现代
Ⅳ. ①I246.5

中国版本图书馆 CIP 数据核字（2016）第 264897 号

责任编辑：马合省　卢祥秋
点　　校：袁　元

出版发行：**中国文史出版社**
网　　址：http://www.chinawenshi.net
社　　址：北京市西城区太平桥大街 23 号　邮编：100811
电　　话：010 - 66173572　66168268　66192736（发行部）
传　　真：010 - 66192703
印　　装：北京盛彩捷印刷有限公司
经　　销：全国新华书店
开　　本：720 × 1020　1/16
印　　张：17.25　　字数：250 千字
版　　次：2017 年 1 月第 1 版
印　　次：2018 年 6 月第 2 次印刷
定　　价：39.80 元

直面人性的"小说大宗师"——刘云若

（代序）

张元卿

1950 年刘云若去世后，作家招司发文悼念，竟招来一些非议，认为不必为刘云若这样一位旧文人树碑立传。半个多世纪后，刘云若已"走进"中国现代文学馆，成了经典作家。现在中国文史出版社即将规模推出《民国通俗小说典藏文库·刘云若卷》，这说明刘云若这个"旧文人"的小说还是有价值的，至少可以提供更多的原始文本，读者可以从量到质做出自己的评价。

关于刘云若的生平资料，百度上已有一些，关注刘云若的读者多已熟悉，此处不再赘述。本文着重写我为什么认为刘云若是直面人性的"小说大宗师"。

20 世纪 40 年代，上官筝在《小说的内容形式问题》中写道："我虽然是不大赞成写章回小说的人，可是对于刘云若先生的天才和修养也着实敬佩。"郑振铎认为刘云若的造诣之深远出张恨水之上。这里所说的"天才"和"造诣"，指的应是作为"小说大宗师"的"天才"与"造诣"。

刘云若的小说虽在上世纪三十年代就风行沽上了，但那也只是"风行沽上"，影响还有限。1937 年平津沦陷后，张恨水南下，刘云若困守天津，京津一带出现"水流云在"的局面，北京的一些报刊便盯住了刘云若，后来东北的报刊也向他"招手"，于是刘云若便成了北方沦陷区炙手可热的小说家，影响开始扩展到平津以外的地区，盗用其名的伪作也随之出现，而他竟在这种混乱的局面中从通俗小说家变成了"小说大宗师"。

1937年9月，《歌舞江山》开始在天津《民鸣》月刊（后改名《民治》月刊）连载，至1939年5月连载至第十七回，同月由天津书局出版了单行本，这是天津沦陷后刘云若创作的第一部小说。此后，因沦陷而停载的小说《旧巷斜阳》《情海归帆》开始在《新天津画报》连载，卖文为生的生活得以继续。沦陷期间，他在天津连载的小说还有《画梁归燕记》（连载于《妇女新都会画报》）、《酒眼灯唇录》《燕子人家》（连载于《庸报》）、《海誓山盟》（连载于《天津商报画刊》）、《粉黛江湖》（连载于《新天津画报》）等。在天津连载小说的同时，北京的报刊也在连载刘云若的小说，先后连载的小说有《金缕残歌》（连载于《戏剧周刊》）、《江湖红豆记》（连载于《戏剧报》）、《冰弦弹月记》（连载于《新民报半月刊》）、《湖海香盟》（连载于《新北京报》）、《云霞出海记》《紫陌红尘》（连载于《369画报》）、《翠袖黄衫》《鼍鼓霓裳》（连载于《新民报》）、《银汉红墙》（连载于《立言画刊》）、《娲婳英雄》（连载于《新光》）等。从数量上看，在北京连载的小说超过了天津。张恨水离开北京后的空白是被刘云若补上了，因此读者才有"水流云在"之感。在沦陷时期，刘云若在东北的影响逐渐扩大，沈阳、长春的出版社开始大量出版刘云若的小说，东北的报刊也开始集中刊载刘云若的小说，《麒麟》杂志就先后连载了刘云若的《回风舞柳记》和《落花门巷》。与此同时，随着1941年刘汇臣在上海成立励力出版社分社，刘云若的小说开始成系列地进入上海市场，在抗战结束前先后出版了《换巢鸾凤》《红杏出墙记》《碧海青天》《春风回梦记》《云霞出海记》《海誓山盟》等小说。由此可见，沦陷时期刘云若小说的影响范围远超从前，几乎覆盖了整个东部沦陷区。这说明当时的读者是非常认可他的小说的。

那么，当时的读者为何认可他的小说呢？刘云若的小说素以人物生动、情节诡奇著称，沦陷之后的小说也延续了这种特色，但刘云若令读者佩服之处实在于每部小说程式类似，情节人物却不雷同，因而能一直吊着读者的胃口。情节人物的歧异处理虽然可增加这种类型化小说的阅读趣味，但立意毕竟难有突破，因而多数小说也还是停留在供人消遣的层面。如《歌舞江山》主要写督军"吕启龙"和他的姨太太们的种种事迹，书中写道:帅府"简直是一座专演喜剧和武剧的双层舞台，前面是一群政客官僚、武夫嬖幸，在钩心斗角争夺权利，后面是一班娇妾宠姬，各自妒宠负恃，争妍乞怜。外面赳赳桓桓之士，时常仿效内庭妾妇之道，在宦海中固位保身；里面莺莺燕燕之俦，也时常学着外间的政治手腕，来在房帷间纵横捭阖"。此书之奇在于写出了"帅府"的黑幕空间，讽刺意味自然亦有，但除此之外，读者欣赏的还是情节人物之新颖。再如《娲嬗英雄》，小说写汪剑平从南京回天津，从公司分部调回总部，并准备与未婚妻举行婚礼。回到天津后，未访到未婚妻棠君，却意外地在舞场看到她同一贵公子在一起。回到旅馆后，才看到未婚妻留言，说要解除婚约。后汪结识暗娼姚有华，适公司要开宴会，汪便请姚扮作他的太太参加宴会。汪这样做是因为公司老板不喜欢未婚男士，这样一来就可以使老板认为自己结婚，不会因未婚而丢了工作。此后，汪经朋友张慰苍介绍同苑女士结婚。姚有华自参加宴会后，力图上进，恰见汪陷入命案，便思营救。她住到接近歹人的地方，想办法救汪，慢慢发现汪的朋友张慰苍夫妇竟是匪党，而与其一伙的文则予就是陷害汪的人。就在此时，张氏夫妇设计灌醉有华，文则予趁机将有华侮辱。后有华被卖作暗娼，又利用文则予对自己的感情逃出。在路过警察局时，有华大喊捉贼，文被捉进警局，供出自己就是谋害汪的罪犯。至此，真相大白，汪出狱，有华却不再准备嫁人。苑女士在汪入狱后生活贫苦，继续做起舞女，却被一客人侮辱，受其摆弄，不得与汪重圆旧梦。有华看到汪和苑女士这种景况，又请人撮合，欲挽回他们的夫妻情缘。小说结尾写有华"宛如一个'杀身成仁'的英雄，情场中有这样伟大的心胸，而且出于一个风尘中的弱女子，称她为'娲嬗英雄'，谁曰不宜？至于剑平出狱后，理宜对有华感恩入骨，能否善处知己，报答深情，以及苑娟能否摆脱季尔康的羁绊，和剑平重偕白首，只可让读者们细细咀嚼，作为本书未尽的余波了"。小说命意如此，读者亦甘愿在此多角情爱中享受"过山车"般之沉醉。不可否认沦陷时期的读者需要这种"过山车"般的沉醉，而刘云若的小说最能满足他们的这种阅读需求，因此风行一时，也毫不奇怪。然而，令人奇怪的是刘云若在写作这类小说时竟能写出《旧巷斜阳》这样引起社会轰动的小说。

《旧巷斜阳》主要写下层贫苦妇女谢璞玉人海浮沉的故事。璞玉的丈夫是个瞎眼残废，有两个未成年的孩子。为了生活，她只好去餐馆做女招待。其间，偶遇王小二，一见倾情，几欲以身相许，但她苦于已为人妇、人母，痛苦地徘徊在丈夫和情人间，"几把芳心碾碎，柔肠转断"。此后，丈夫发现她的隐情，为成全她和王小二，独自出走。王小二为此深怀自责，忍痛南下。璞玉此时贫苦无依，只好移往贫民窟。在失身地痞过铁后，被卖作暗娼，又为张月坡侮辱，几番沉沦。后经搭救才跳出火坑。其时，王小二回津做官，两人再度相逢，经柳塘说项，遂成眷属。可惜不久督军下台，王小二身受牵连，亡命天涯。璞玉只好依附老名士柳塘过活。柳塘晚年因发现妻子与人私通，而更加厌恶尘世生活，遂南下寻见王小二，相携出家。柳塘老宅日渐荒芜，璞玉和柳塘夫人相依为命、孤苦度日。在刘云若的小说中，《旧巷斜阳》的情节并不算太繁复，论奇诡还比不上《婳娴英雄》，但在刻画人物上，特别是对璞玉的刻画却极为成功，在连载期间《新天津画报》头版头条就常刊发评说璞玉命运的文章，最后竟转化为探讨妇女命运的大讨论，以至于1940年8月天津文华出版社出版单行本时，在"作者自序"和正文之间加印了"《旧巷斜阳》引起的批评讨论文字选录"，这在现代通俗小说出版史上是不多见的。加印的讨论文章共九篇，分别是榕孙的《谈谢璞玉》、彝曾的《再谈谢璞玉》、榕孙的《答彝曾先生——代王小二呼冤 替谢璞玉叫屈》、趾的《与云若表同情——璞玉所遭愈苦 愈足以警惕人心》、葛暗的《关于璞玉问题的平议》、摩公的《云若的公敌 为璞玉请命》、丁太玄的《响应宗兄丁二羊》、聊止的《关于璞玉获救的感想》、一迷的《关心妇女生活者应大批营救璞玉》。

这九篇文章大都发表于连载《旧巷斜阳》的《新天津画报》，大致能反映当时读者的看法。榕孙《谈谢璞玉》写道："谢出身微贱，居然出污泥而不染，能不为利欲所动，洵不失为女侍中典型人物。……深盼刘君能兜转笔锋，俾谢氏母子得早日出诸水火，则璞玉固未必知感，而一般替他人担忧之读者实感盛情也。"这说明璞玉在小说中的处境引起了读者的怜悯，他们不忍见"出污泥而不染"之人继续遭罪。而彝曾《再谈谢璞玉》表达的是另一派读者的意见："日前榕孙君《谈谢璞玉》一文，请作者鉴佳人之惨劫，怜稚子之无辜，早转笔锋，登之衽席，实为蔼然仁者之言，先获我心，倾慕曷已。不佞所不敢请者，因璞玉以一念之差，叛夫背子，再蹈前辙，沉溺尤深，作者非必欲置之于万劫不复之地。但揆诸人情天理，设不严惩苛责，何以对其恝然舍家之盲目夫婿，更何以点出一班将步璞玉后尘之芸芸众生。是则璞玉之遭垢，有为人情所必至，而天道所欲昭者矣！"显然这派读者觉得璞玉"叛夫背子"应受严惩。趾《与云若表同情——璞玉所遭愈苦 愈足以警惕人心》和《再谈谢璞玉》观点相近，他觉得虽然"在报上发表文字，一再向云若警告，或请求设法把璞玉救了出来"，但作者不必就将璞玉救出，他的理由是："但鄙人看来，现社会中像她这样堕落的女子，不知凡几。虽然堕落的途径不同，其原因无非误解自由，妄谈交际，以致身隐危境，无法摆脱，遂演出背叛尊亲，脱弃家庭，夫妇离异，以及淫奔私会奸杀拐卖种种不幸的惨剧。她们所受的痛苦，往往比璞玉还要来得厉害。所以著者正好拿假设的璞玉来做牺牲品，把她形容得愈苦，愈足以警惕人心，使那些醉心文明、误解自由、意志薄弱的青年女子，以璞玉做一前车之鉴，以收惩一警百之效，其有功于世道人心。正风移俗，自非浅鲜。"一迷的文章更是直接喊出了"应大批营救璞玉"的呼声："我们知道《旧巷斜阳》里所描写的低级娼寮，是真有那个去处。在娼寮里受着非人生活的女人，其痛苦情形或许十倍于作者之所描写，但是无人想到她们，只知关心璞玉，这是多么不合理。"又说："这里我们应该谈到文学了。譬如一则新闻，记载璞玉的故事，便不会如《旧巷斜阳》所写可以感人。假若关心妇女生活的当局（如新民妇女会）由璞玉想到那些在地狱里受罪的女子，而设法大批营救，则《旧巷斜阳》不是一部泛泛的小说了。"由对小说人物命运的关注，逐渐转到营救当时像璞玉"在地狱里受罪的女子"，一部小说能有这样的社会影响，首先说明它触及了当时黑暗的现实，起到了为时代立言、代无告之人控诉的作用。能产生这样的社会效果的作品，在号称文学为人生的新文学作品中也很少见，因此有研究者认为"作为一个旧时代的通俗小说作家，

5

且在日伪高压政策的钳制下，能够写出如此惨烈之书，引发出如此严肃的社会问题，我们今天怎能用一个'鸳鸯蝴蝶派'的概念去解释他"。我想刘云若之高明，就在于能活用社会言情小说程式，他可以依照程式写很"鸳鸯蝴蝶"的通俗小说，也能利用程式写出超越"鸳鸯蝴蝶"味的小说人物，最终用经典的人物形象超越了程式，也就脱"俗"入"雅"了。当时有评论者认为"刘云若可称得起中国南北唯一小说大宗师"，这显然没有把他当作鸳鸯蝴蝶派，而直接说是"小说大宗师"。刘云若是否称得起是"小说大宗师"，暂且不论，但这称号是在《旧巷斜阳》发表之后，而且是针对这部小说而提出的，这至少可以说明在当时读者眼中，能写出《旧巷斜阳》就称得起是"小说大宗师"。

那《旧巷斜阳》何以能体现出"小说大宗师"的功力呢？

《关心妇女生活者应大批营救璞玉》发表于 1940 年 3 月 16 日的《新天津画报》。此后，《新天津画报》又陆续发表了一批评论《旧巷斜阳》的文章，读者的讨论一直持续至年末。8 月 22 日，作家夏冰在《读〈旧巷斜阳〉有感》中坦言《旧巷斜阳》是现在最受欢迎的小说。8 月 23 日，报人魏病侠在《读〈旧巷斜阳〉之后》中认为刘云若小说之所以能特受欢迎，除了"设想用笔"等处外，还有两点："一、其所描写者，均为现代人物，以及现代社会上各方面之事态；二、其所叙述各社会上之情事，每多其亲身经历，或随时留心调查之所得。有此两种原因，自能使读者均感其亲切有味，与寻常小说家言，大相径庭矣。""设想"，主要指情节，璞玉落水的情节自然是精心营造的，但璞玉被救之后的情节却并不出彩，柳塘和王小二一起出家的结局也很老套，因此魏病侠没有多谈"设想"。至于"用笔"，白羽和周骥良的观点最有代表性。白羽认为刘云若"写情沁人心脾，状物各具面目"。周骥良认为："刘云若笔下的那些被侮辱与被损害的女性，个个血肉丰满、呼之欲出。单是一部《旧巷斜阳》，揭露那些被欺压的女性挣扎在毁灭的深渊中，就足以和影响颇大的日本电影《望乡》相提并论。读作品读的是作家的文字功夫，有如看戏看的是演员演技，看球赛看的是球员球技。刘云若的文字流畅如行云流水，读起来既自然又舒服，不掺半点洋味，有中国传统文字之美。"他们二位的评论相隔近六十年，这说明刘云若的"用笔"不仅被时人称颂，也为后人所赞赏。以《旧巷斜阳》为例，我以为刘云若描写胡同环境和璞玉心理的"用笔"确实具有"小说大宗师"的功力。

魏病侠认为刘云若受欢迎的地方是所描写者为"现代人物"，所叙故事"每多其亲身经历"，这其实是强调作品的写实性。鸳鸯蝴蝶派小说的兴起很大程度上靠的就是写实，《玉梨魂》《北里婴儿》能引起读者关注，也是因为所写是"现代人物"，故事"每多其亲身经历"，而后来之逐渐式微，关键不在章回体的束缚，而在作家背离了写实的原则，人物无现实依据，故事少真情投入，一味以情节和色欲迎合读者。说刘云若是鸳鸯蝴蝶派，也不是没有道理，但要说明他继承的是早期鸳鸯蝴蝶派的衣钵。而称他为"小说大宗师"，超越鸳鸯蝴蝶派，则是因为刘云若的写实虽继承了《北里婴儿》《倡门红泪》的传统，却不局限于展示"北里"、"倡门"中的不幸，而是在更为广阔的社会生活中描摹不幸人生的种种人情世态，不仅让读者吃惊，有时也能令读者发笑。平凡人生因此而变得立体可感，成为蕴蓄时代情绪的历史画面，小说因此有了史诗的意味。人情世态的核心是人性，能让平凡人生立体可感，关键在于能否写活平凡人生的人性。夏冰在《情海归帆·序》中写道："盖云若之笔，善能曲尽事情，尤详于市井鄙俚之事，如禹鼎燃犀，无微不至。"所谓"曲尽事情"、"无微不至"，其实就是表彰刘云若能让平凡人生立体可感。张聊止称刘云若为中国的莫泊桑，也是在表彰刘云若能让平凡人生立体可感。姚灵犀认为刘云若"应与兰陵笑笑生、曹雪芹相颉颃"，还是表彰刘云若能让平凡人生立体可感。这些评论者都没能明确地从刻画人性的角度来肯定刘云若，而真正认识到刘云若人性书写价值的还是当代的一些研究者。

毛敏在《津门社会言情小说家刘云若论》中写道：

> 刘云若遵循艺术美丑皆露的原则，对人性的复杂性做了深刻的挖掘，他十分注意人物恶极偶善的可信性，以及本性难移的必然性，力图展现人物性格的多面性和复杂性。他对人性阴暗面的揭露又是不遗余力的，《旧巷斜阳》中大杂院里刘三家

妓女出身、后来做了官姨太太的外甥女雅琴来探亲时，各家各户像迎接贵宾那样恭候她的到来，那种奴颜婢膝的神态将其劣根性展现无遗。刘云若批判穷人只羡慕富人，对同类穷人没有同情，譬如车夫，"一个人穷到拉车，也就够苦了……做车夫的应该可以同病相怜了，然而不然，个中强凌弱，众暴寡，以及拉包车的欺侮拉散车的，拉新车的鄙视拉旧车的，能巴结上巡警的，就狐假虎威，欺压同行，能拉上阔座的，就趾高气扬，鄙夷同伙，诸如此类，直成风气。我们看着以为一个人穷到拉车，也就够苦了，竟还有这等现象，实在可鄙可怜！然而这正是整个社会的缩影啊"。这种对国民劣根性的批判是对二十年代鲁迅小说改造国民性主题的继续，并且把鲁迅小说的题材从农民扩展到市民，不过刘云若不同于鲁迅以启蒙精神战士的姿态来审视他笔下的对象，他没有过启蒙者的经历，他是以与对象同一的眼光来体察他笔下的对象，在批判他们的精神病态的同时，又充满了默默的温情，从而表现出不同于鲁迅小说的深沉冷峻的另一种温婉幽默的风格。他将触角伸向繁华大都市中为人所遗忘、平日蜷缩在肮脏灰暗角落中的贫苦市民，挖掘褴褛衣衫下熠熠生辉的人性。《旧巷斜阳》中底层妇女谢璞玉因生活的逼迫而沦入娼门，出卖肉体和灵魂，过着悲惨不堪的生活。同样生活悲苦，却因一笔小小的意外之财而得以第一次嫖妓的人力车夫丁二羊对她产生了深切的同情。刘云若用洗练生动的文笔勾画出了丁二羊那衣不蔽体、食不果腹的艰苦生活境况，衬托出他第一次嫖妓的机会得之不易。谢璞玉因难以忍受他的污浊不堪而对他婉言相拒，丁花了"巨资"而未完成心愿不但没有恼怒反而对谢流露出极大的同情。他说道：

"可怜，可怜！我原先只道世上最可怜的，数我们车夫了，为奔两顿饭，不管冬天夏天，都得舍命地跑。热天跑得火气攻心，一个跟头栽倒，就算小命玩儿完；冷天呢，没座儿的时候，在街上能冻成银鱼，有了座儿，拉起一跑，又暖和过了头，通身大汗直流，到地方一歇立刻衣服都成了冰片，冰得难受，还须上僻静地，把冰片挫下来，你想这是什么罪过儿？可是若有两天进项不错，就可以歇天工，玩玩乐乐谁也不能管，你们……"

生活的悲苦令人发指，令人忍不住要控诉社会的不公，可下层娼妓的生活比车夫更苦，自身生活都难以确保的丁二羊费尽心思要把璞玉从火坑里拯救出来，虽然璞玉因此掉入更深的火坑。刘云若在这里深刻地写出了劳动者对妓女的同情，表现了底层人民内心的美好品质以及他们之间的惺惺相惜，揭示出人性的美好的一面。既批判又认同于小市民，这包含着他对小民百姓卑微和平庸生活的深深理解和同情，也是对人生的正视，正视人生的凡俗性质。

我认为刘云若能用小说"挖掘褴褛衣衫下熠熠生辉的人性"，就足以说明他已具有"小说大宗师"的功力，而他"挖掘褴褛衣衫下熠熠生辉的人性"时所呈现出的"温婉幽默的风格"，就是"小说大宗师"的气派。

钱理群等在《中国现代文学三十年》中对刘云若《红杏出墙记》的通俗性和现代性都做了分析，认为它对人性的表现，"也是超乎以往任何一部通俗小说（包括张恨水）的"。这还是在通俗小说范围评论刘云若，但这部论著至少注意到刘云若很早就开始写人性了。可是刘云若写人性的变化，这部论著没能指出。《红杏出墙记》写人性基本是在"揖让情场"上做文章，立意还不深刻，人性刻画还从属于情节，而不是写作的中心，因此也只是"超乎以往任何一部通俗小说"，还不足以与新文学阵营的小说一较高下。可《旧巷斜阳》一出，它前半部写璞玉，已是情节从属于人物，人性刻画已是写作中心，褴褛衣衫下的人性被刻画得熠熠生辉，其价值早已经超过了以消遣为主旨的通俗小说，而具备了严肃小说的艺术特征，足可与新文学名作一较高下了。刘云若能在沦陷时期写出《旧巷斜阳》，自然得力于他长期关注人性问题，但家园沦陷的现实刺激无疑加深了他对人性的思考。而面对现实的无可奈何，让他的"用笔"于温婉幽默中更加平静质朴，这便贴近了莫泊桑的风格。因此，家园沦陷的现实无疑是促使刘云若从通俗小说家转化为"小说大宗师"的历史契机。

尽管沦陷时期刘云若的小说整体上还属于通俗小说，卖文为生的生活不允许他只做"小说大宗师"，但他在写作《旧巷斜阳》时所积累的艺术感受并不曾因此而泯灭。抗战胜利后，刘云若写出了又一部能代表其"小说大宗师"水准的小说《粉墨筝琶》。孙玉芳认为刘云若塑造了一系列女性群像，"其中以女招待璞玉（《旧巷斜阳》）和伶人陆凤云这一形象（《粉墨筝琶》）最为复杂生动。抗争与妥协，自尊与虚荣，生命的悲哀与人性的弱点，全都彰显无遗"。陆凤云的形象塑造之所以复杂生动，除了伶人这一角色赋予的特定内涵外，也得益于璞玉这一角色提供的营养。作为伶人，陆凤云自有多情妩媚的一面，但作为普通人，她又有软弱犹豫、随波逐流的一面。刘云若写陆凤云作为普通人的一面时，就借鉴了璞玉身上软弱犹豫、随波逐流的特征。但作为在江湖上闯荡的伶人，陆凤云在多情妩媚和软弱犹豫之外，还有刚烈正直的一面。《粉墨筝琶》中出城一节，就显示了陆凤云作为乱世佳人刚烈正直一面。孟子曰："人性之善也，犹水之就下也。人无有不善，水无有不下。今夫水，搏而跃之，可使过颡；激而行之，可使在山。是岂水之性哉？其势则然也。"然而势终不能变其性，才见人性之光辉。陆凤云处乱世而不失刚烈正直之性，正是刘云若在沦陷时期就用心刻画"熠熠生辉的人性"的延续与升华。璞玉是顺势而不失其良知，凤云是逆势而卓显其刚烈，均能势变而不失其性，可谓乱世两佳人。佳人不朽，云若亦不朽。

刘云若在《粉墨筝琶·作者赘语》中写道："作小说的应该领导青年，指示人生的正鹄，我很想努力为之，但恐在这方面成就不能很大，我或者能给人们竖一只木牌，写着'前有虎阱，行人止步'，但我也不愿作陈腐的劝惩，至多有些深刻的鉴戒。……至于我爱写下等社会，就因为下等社会的人，人性较多，未被虚伪湮没。天津《民国日报》主笔张柱石先生说我善于写不解情的人的情，这是我承认的，因为不解情的人的情，才是真情，不够人物的人，才是真人。"幸而刘云若没有积极的"领导青年"的意识，也"不愿作陈腐的劝惩"，才使得他既不同于新文学作家，也不同于通俗小说家，对雅俗均能保持清醒的距离，内心却别有期许："比肩曹（雪芹）施（耐庵），而与狄（查尔斯·狄更斯）华（华盛顿·欧文）共争短长。"

天津作家招司和石英都曾用"淋漓尽致"来称赞刘云若刻画人物的功夫，不知他们在称赞之时，是否意识到与他们"插肩而过"的是一位混迹于市井的"小说大宗师"？如今，读者面对刘云若的这些小说作品，是否会觉得"小说大宗师"迎面而来呢？

一切交给读者，交给历史，我想刘云若有这样的自信。

2016 年 10 月 19 日晚于南秀村

目　　录

代序告读者

在过去写作时期的十余年中，读者对我曾寄予博大同情，但我却抱着最深的惭愧。我坦白承认：过去是一个"文化罪人"，在华北各埠报纸上，蹲沓了很多有价值的地位。最多曾同时写十几篇小说，然而写了些什么？那可以说什么也没有。固然有人很原谅我：在沦陷期中，除此以外，还能写什么呢？在泥塘里只能学猪叫，要作狮吼是不可能的。

不过，当沦陷期以前，我就在写这种无聊的东西了。我还记得，在"九一八"以后，同学杨莲因曾向我说："到了这时候，你还忍心写《春水红霞》那种东西么？"我当时醉生梦死，把他的话当作耳旁风。直到沦陷以后，我受了许多刺激、许多磨难。这一篇课程虽然极端残酷，但力量可太大了，它教多数人知道爱国，觉悟过去未尽到应尽的责任。许多人这样觉悟了，我也是一个。但是已经处在敌人铁蹄下了，想要努力奋发，补报国家，在沦陷的当时，又谈何容易？所以我在沦陷后，觉悟很快，而痛苦也最深，因为觉悟后仍旧陷在原来的圈子里，不能转变。当时也有报纸、杂志要我写些较硬性的东西，可是在那时候，我能替日本人激发民气，去助成他们所谓的"大东亚圣战"么？只好敬谢不敏，一仍旧贯。不过，当举国烽火弥天，我还在这里"风花雪月"，再想起莲因的话，好像每个字都在刺我的心！所以最后几部作品，都是半途而废，近二年完全与写作绝缘。生活上虽不免发生问题，精神上却如释重负。

直到今日，河山恢复，大时代随着胜利到来，由于国家空前的复兴，国民也要担负上空前的重任。我不敢自居文化人，但只在报纸上写东西，第一已明白本身的责任，第二要发抒几年蕴蓄的抱负，绝对不能像当初那样由侧面做消极的讽刺。必须立在前面，做积极的领导，纠正社会，推动青年，即是为国家增加力量，为新民族灌注新血液。

　　所以，我写这部小说，是以沦陷期中的种种经过为经，打算作成一部纪痛的野史，同时以沦陷区中几个热血的男女青年为纬。固然内中有的坚持到底，有的中途变节，但借此要指示途径，树立模范，非只谈述既往，且要振励将来。固然文艺应该逃避说教，但这里面需要技巧，当然是潜移默化的灌输，而不是胶柱鼓瑟的理论。至于我是否能有这种技巧，这只能引用冉子那句话"非曰能之，愿学焉"来自说，再引用陆放翁那句"自古成功在尝试"来自勉。倘然尝试稍有成功，那只能补我以前的过错；倘然失败了，那我还要鼓起勇气来重作尝试。在这里，我感谢本报给我尝试的机会，更希望读者重新认识我和我所写的未必能成东西的东西。最后，让我跟久别的读者们做热烈的握手。

楔　　子

　　这是中国有史以来无可比拟的大时代，划分过去和未来的新时代，也是中国人为它奋斗了许多年、对它希望了许多年的黄金时代，终于在民国三十四年八月十五日，随着和平的白鸽到来了。

　　在和平后的大约一星期，这天是晴朗的天气，下午四时方过，我（作者自称）在办公室听完了重庆电台广播，知道有几位事变后到内地工作的旧友，将要挟重大任务同返平津，就很兴奋地跳起来，走到街上。我虽然生长在天津，但是一向对这地方并没有太好的感情。也许因为会哼几句诗的缘故，平常总憧憬着江南山水，至不济也想到北平住几天。因为天津是纯商业区，最好的地方是两行高楼夹成的一线天，其次是高楼和平房合成的街道，好像一张掉了不少牙齿的老人嘴，再有便是连我这不大讲卫生的人都不敢常去的地方。

　　然而，从日本投降以后，我忽然爱上了天津。因为新发现了美景并不在地面上，是需要仰起头看的。请你想吧，蔚蓝的青天点缀着几缕白云，明朗的阳光照着每座楼尖上随风飘扬的崭新国旗。就只这几样合成的景色，您以为平凡么？单调么？但我觉得向来没见过这样美的天，这样美的云，这样美的阳光。不过单说美是不对的，应该说它是由各种美合成伟大的美。若问它象征些什么，那需要作一本比百科全书还大的书；若问对它发生什么感想，那需要作出一本《比拜伦集》还多的诗。

　　这书和诗我全做不到，只好把一切存在心里，仅去瞻仰、欣赏、赞叹、感激。

　　因为这种心情，我特别爱在街上散步，尤其看到街上行人的面色，都好像由隆冬才到了春天。街道两旁摊贩的唤卖声音，使人回忆太平时的新年。当时我步行到旧法界菜市最繁盛的临时市集，忽然触发一种幽

1

默思想，几乎要向每一种货物鞠躬致敬，并且请问久违的各种货物诸君：在我们急迫需要的时候，你们都藏到哪里去了？偶然见几位，也是态度倨傲，高不可攀，现在怎又齐打伙地涌到街上，倒向我们客气？真教人受宠若惊。不过，可否把你们忽来忽去、忽多忽少、忽倨忽恭的缘故，见示一二么？

但是人太拥挤了，尘土飞扬，刺激得口鼻干燥。我急忙走出了市集，转入清净地带。才拐过马路角，猛然和一个人互撞了。我自知应该负撞人的责任，因为走得太急，又加心有所思，未曾看前面，以致撞着行人。不过我并不疼痛，再一看，敢情对方生了个很大的肚子，我正撞在他全身最柔软的部分上面。

我正等待一声叱骂，不料伸过来的是一只手，但不是打我，而是和我握手。我诧异中抬头，又看见一张笑脸，原来是多年不见的老同学林辰。他在学校时是我们淘气的一群中最出色的一个，他会武术，淘气都有招数，同时是大家的小弟弟，我这老大哥常被小弟弟追得乱跑。

学校毕业后，各人都到社会上做事。我和林辰转了几转，由于性情和爱好的关系，全转入了新闻界。不过我性情偏于静，一直干着写作生涯；他性情偏于动，就干了外勤采访的工作。谈到采访，他真是一把好家伙，凭着高贵的态度、机警的心思，再加可爱的笑脸上附有极厚的脸皮，使他多年来无往不利。人们都以为，倘然能够上天的话，林辰一定能把玉帝的新政策、王母的大宴会，以及嫦娥每天早餐在咖啡杯里放几块糖，都原原本本探访出来。不过这是事变前的事，沦陷后他便匿迹销声了。

今天是阔别八九年后第一次见面，他除了身体轮廓放大了三分之一以外，神情动作仍是小弟弟时代那么天真热烈。他抱住了我，喊叫着："老宝贝，你知道我今天遇见你多么高兴，我真想吻你！"

"可以，"我说，"不过咱们得另寻地方。"

我们互挟着手臂向前走。我问他这几年在哪里，做些什么。他告诉我一直办着祖遗的小商店，每天吃饱了坐等。

"等这一天。"我说，"居然等到了！"

"彼此彼此，你也未必不一样。"林辰说，"你的消息我倒知道，八年来，在你的三层小楼上度着神仙生活是么？"

"不错，"我说，"不过咱们这种神仙可苦极了。"

眼前到了一家西餐馆，我们走进去，上了楼，在单间就座。要了两份西餐，我又叫了两大杯啤酒。酒来了，我推一杯到林辰跟前，向他说："你不是要吻我么？现在请它代表，我们干一杯，庆祝国家的复兴和我们朋友的重聚。"

林辰睁大了眼说："喝酒，你几时曾见我喝过酒？我是自幼滴酒不闻的。"

我也想起来了，忙向他道歉说："这是我的错误，因为西洋人到中年后，十有九个变成大肚皮，据说由于多饮啤酒的缘故，今天见你长了肚子，以为也有同样原因，哪知错了！我回家要在札记本上特记一笔：'大肚子并不全由喝啤酒'，或是'西洋人大肚子由于喝酒，而中国人的大肚子由于……'"

林辰很快地接着说："由于八年的腌臜气。"

说着，招手叫堂倌取汽水来，斟了一杯，和我碰杯饮干。

他背后就是临街的窗户，窗外有很亮的灯光射进来。林辰回头向外看看，随即耸身坐上窗台，叫着说："你来看，多么好的象征啊，黑暗过去，光明到来。"

我走过去向窗外看，街上并没什么可惊异的光景，只是每家商店都燃着门灯，显得街道特别明亮。虽然比起当年不夜城的天津，还差得远，但已是由太平洋战争一起便陷入黑暗地狱的我们，久已未见的光明了。由此，我们便谈起几年来由防空管制所给与民众的痛苦和敌伪官吏以及一部保甲人员所造的罪恶。

林辰说："固然在当时的情形下，敌人以为空防是必要的，但也未必不是借题管制灯火、节缩电力，用在工厂方面，来造成直接或间接戕害中国人的结果。"

"那当然，"我说，"不过我国人因此受害的太多了，不便是小事。有的人家窗户稍微露光，主人就被捉去打死，或是打个半死。至轻的罚钱，不过缴钱还在挨打以后。一般的狗腿们借此巡查街巷，横施敲诈，很多发了小财。现在我给你举个最惨最毒最痛心的例子。有位邢大夫，

3

是极好的中医，曾治愈我和我妻子的重病，向来没受过一文报酬，因为我们是深交的朋友。当太平洋战争起后，日本统制汽油。邢大夫向来有一部小汽车，他年老身弱，又加时常夜间出诊，是每日不能离的，所以他偷买了几十桶汽油存着，不想被汉奸们知道了，报告日本人，把那邢大夫捉去，受了一顿暴打，还把汽油没收。到释放回来，就倒床不起，直缠绵了四五个月，方才逝世。他死在旧历六月中天气最热的一个深夜，我和他的太太、儿子、儿媳妇、孙子、孙女，有七八个人，在床旁看守他。从黄昏到翌晨，只听见他痛苦的喘息，却看不见枯瘦的面目。因为当日正演习防空，他住的房子又有两面窗临街。固然玻璃上糊有黑纸，但在那酷暑天气，若把窗子关上，恐怕病人更殒得快，活人也受不住；但若不关窗，开灯得要犯法。于是我们只能在黑暗中守着那将死的人。"

林辰寒着脸喷嚏两声。我就着小吃喝了一口酒，又接着说："到了深夜两点钟，家属们觉出病人声息不好，都哭起来。我劝他们不要哭，先看看病人情形。邢太太立刻问我：在黑夜中怎看得见？邢少爷就号啕着哭父亲，到死时谁也不能看见谁。我听着，心都要碎了，就主张：顾不得许多，开灯吧。于是有人摸着开关，房中亮了。再看病人，果然已经绝气。"

林辰咬牙说："惨，太惨了！倘然我在场，非疯狂了不可。"

"等等，这情形固然谁也得疯狂，然而底下还有不许你疯狂的事。"我说，"当时家属一面举哀，一面替死者换殓装，忙乱中自然不会再关灯了。哪知过了没五分钟工夫，忽然外面大门像擂鼓一样地响起来。我知道不好，忙出去开了门。一个穿制服的人闯进，高喝：'你们不要命了，在防空期间开灯！谁是家主？跟我走。'我忙低声下气对他解释原因，领他到丧房去看。他走到门前，向里面看，随即说出几句话，我以为这几句话是超人的名句，值得镂在牌匾上，流传万古的。"

林辰挺着身问："他说什么？"

"'让死的躺着，活的跟我走。这唬不住我，我办的是公事。'这就是他的话。"我说。

"到底这桩公事怎样结局呢？你们有没有跟他去？"

"活的没有去。"我说。

"难道死人跟他去了？"

"他当然不要死人，跟他去的是五百元钞票，留下我们办丧事。"我说，"你要知道，在前年夏季，五百元还是一笔可观的数目。"

林辰跳起来，叫着："这个人真该斩成碎片！"

我拉他坐下，说："请尝尝这鸡蓉鲍鱼汤，看样儿还不错。在前十天鲍鱼是难得的珍品，现在碰翻了也可惜。"

他坐下，愤愤地拿起汤匙。我又说："倘然你以为这个人应该斩成碎片，那么天津的碎片怕太多了。现在可否让我们换个可以下饭的话题，好享受这一顿晚餐？"

他同意了，于是我们改谈些前途的希望和几位朋友的近况。

顺利地吃完了饭，会账走出餐馆，在马路上散步，走近了繁华区域。到电灯稀少的地方，仰首看见圆月悬在半空，通明皎洁。林辰高兴，提议到白河边走走。我们就先到万国桥，然后循着河边向南走去。明月照在河心，因为水流湍急，月影都是碎的，幻成一条条的金光，使我想起近日金价暴跌，有些投机者投河，也许不是自杀，而是向水中捞金，去补偿他们的损失。

我们走了半里路，人烟渐静，空气越见清爽。我们忽然发生了辩论，因为谈到这条河的名称。林辰说是海河，我说是白河。他的根据是事变前有海河工程局，还有个海河整理委员会。我并没有根据，只凭着渺茫的记忆，以为大概是永定、大清两河在天津汇白河入海，正支应该仍名白河。人们因为它是三脉合流而入海的河，所以俗名海河。恐怕这是错误，例如长江会合许多支流，一直到入海不曾改名。实在我们两人地理的知识全都有限。我正要告诉他，应该等明天去向一位高小的学生领教，可以省许多口舌，大约我们没一个是对的。

但我的话还没出口，林辰忽然用肩头撞了我一下，同时高喊："你看，那是……不好！"他叫着，就向前跑去。我向前一看，才见在五六丈外的河岸边，立着一个白衣的人，通身浴着月光，正面向天上的皓月，高举双手，斜身向河中跳去。我是有名的近视眼，并不能看清那人是男是女，又不容我细看，"嘭"的一声，已经跳进河中去了。我也跟着叫起来，我们随喊随向前奔。然而我追不上林辰，林辰追不上河中的溺人，因为河水流得比他的脚步快，同时我们的喊声，也只能拨动静夜的空气，挽不住无情的流水。

幸而这是个月夜，有一个停泊在下流河边的大木船，船上的人似乎听到我们的呼喊，同时也看见河中的溺人，立时有两个人一声不响地跳下河去。这时，那溺人已经过几次浮沉，终于被两个船户从洪流中捉住，救到下流停泊的别一处船上。当船户救人时，岸上已来了几位警察，但林辰忽然失踪不见了。及至溺人由船上搭到岸上，林辰忽然从旁边街道跑上来，还同着一个挟皮包的西装中年人，他真机警可爱，竟在百忙中由就近的医院请来了大夫。

因为地方僻静，围观的闲人只有十多个，我和林辰挤进人丛，向地下一看，见仰卧的是一个青年的女子，穿着极漂亮的白色西装，手上的钻戒在月光中闪烁发亮，长发披在肩上，一部分遮盖了惨白的脸面。大夫立时脱去了西服上衣，开始工作。我们都默默地看着。大夫先把溺女翻身向下，控去腹中的水，再翻转来施行手术。但当她重复转到仰卧的姿势时，被水粘贴在脸上的头发已抛落两旁，现出美丽而青白的脸儿。虽然已经全无生气，但仍美得好像希腊古美人的雕刻，尤其在明月照映之下。

我和林辰"哟"的一叫，但我的声音满含着慨叹，只悼惜毁灭了上帝的杰作。而林辰的声音更挟着惊讶，随又很震动的高声问我说："你认识她是谁么？"

我摇摇头，还没回答，已有一位警察像侦案发现线索似的，走过来钉住林辰问："你跟这女人认识么？有关系么？"同时伸出一只手，好像怕林辰逃跑。

"我和她有什么关系！"林辰耸耸肩冷笑着说，"若说认识，你们应该和我一样认识，她的照片时常登在报上，她的人时常出现在公共场所。她是交际场的皇后、汉奸界的明星，她是天津近几年最活跃最出风头的女性。幸而死在今天，倘若早上半月，你们地面上恐怕要担极大的处分。现在还要我说她是谁么？"

随着林辰这几句话，人丛中就发出噢噢的声音，不但警察，连我也

6

记起来了。这个美丽的女人，对我并不陌生，她名叫陶甄，在十年前是光华女中的校花，和我表妹同班。事变前一年中学毕业，又同考入西楼大学。在那时，她还常同表妹到我家去玩。可惜我表妹初入大学，就因病逝世，到第二年事变发生，西楼大学解散，再听不到她的消息。又过了四五年，忽然又出头活动，成为妇女界、文化界的代表，跟着又嫁了杨闰生。据说杨闰生的升官发财，多半由于她和日方要人联络的力量。直到和平以前，她还是情报处处长兼食粮管理局局长杨闰生的夫人，本身又兼领新民会顾问、中日联欢社副社长和几个妇女刊物的主持人。然而，今日竟自杀在河边，使我仰头望望明月，低头看看她的面容，有说不出的感慨。

这时，大夫已用过几种急救手术，急得满头是汗，仍旧无效，最后只好施行人工呼吸。但当他俯下身去时，忽然"哦"了一声，跟着又在陶甄嘴边嗅了好久，才颓然无力地缓缓立起身来，向众人做了个放弃一切希望的手势，哑声说："没有救了，她是双重自杀，先服了来沙尔药水，然后投河的。"

众人都惨然无语。还是林辰先打破沉寂空气，他先向大夫道谢，又告诉警察赶快给杨闰生送信，教他来办善后，临走还取出张名片说："我是亲眼看见杨太太投河的人，随时可以到警局或法院做证。如有必要，请按这上面的住址通知。"我看警察看过林辰的名片，悚然起敬的神情，便知道这家伙又有了新的活动、新的头衔。

我二人默默转向北走。走出十几丈外，我才立住了，好像自言自语地说："对陶甄这人，我不忍作任何批评。"

"你对于女子的原谅，向来是不吝惜的，尤其对于美丽的女子。"林辰说。

"不然，我只承认自己信任感情，尤其对于已死的人。"我说，"何况她在十年前曾和我表妹同学，常到我家去玩。我虽然比她年长将近二十岁，但震于她的美貌，不断加以注意。觉得她整个的容貌美似天仙，但若详细分析起来，却处处隐伏着恶魔。例如，她那希腊式的鼻子，表示傲慢和好虚荣；那小巧的嘴和微凸的唇，表示娇纵而残忍；那口辅和两个笑窝，表示自私而没有定力；那常常提动的弯眉，表示好高而藐视

7

一切。唯有她那一双眼，好似蕴着深切的欲念，而又含着真挚的感情，教我无法论断是好是坏。不过，当时总以为她无论内容有多少弱点，有这样美貌做甲胄，在人生途径上总能胜利，起码在甲胄未残毁以前，不致败落。因为有美貌在着，即使骄傲，男子们必也愿意相对地谄媚；即使娇纵，男子们必能分外地体贴；即使残忍，男子们也愿耐性地忍受；即使自私，男子们也当作一种美德，竭力去满足她的愿望。至于好高、好虚荣、没有定力诸点，更是向她进攻的男子所需要的接脚石。所以我认为，将来必有一个极能应付女人的出色男子能得到她。同时，她的聪明又能驾驭男子，也许能很幸福地度过一生，即使堕落，也能维持相当的享受时期。谁想她命运不好，竟混入这大动乱的漩涡，又嫁给杨闰生那个坏蛋，实在自己陷入泥潭，结果落得自杀。这真是我预料不到的，现在只能祝她的灵魂平安。"我说着，转身鞠了一躬。

"只怕她灵魂不能平安。"林辰说，"她做了许多负国辱国的事，造了许多直接间接的孽，一死就能够谢罪么？"

"不过人已经死了，我们只能希望她把罪恶给已死的躯壳，超脱出清洁的灵魂。"我说。

"好！算你辩护胜利，人已自杀，无论国法人情，对她都不能再苛责了。"

"等着，我还对她作一步苛酷的检讨，因为发生了疑问。"我说。

"什么疑问？你以为自杀的不是她，这一幕是和陈公博一样的诡计？"

"不，不，自杀的当然是她。我因为她自杀，才发生疑问。请听听这个道理。"我说，"你不要看轻了自杀，自杀是有志节、有勇气的人做的事。自古有许多作恶多端的人，到了末路，人们以为他罪恶已经满盈，享受已经过分，很可以无所恋惜，自杀了事，免得受许多羞辱。然而，他们大都苟且偷延，直到身受国法制裁，依然难免一死。这只因为他们个性是卑鄙的、怯懦的、无志节无勇气的，即使无所逃于天地之间，也仍存着万一侥幸的希望。即使有心自杀，也永远迟疑不决。你以为有志节有勇气的人能做汉奸么？"

"当然我不以为。"林辰说。

"好，有志节有勇气的人既不会做汉奸，汉奸绝不会做有志节有勇气的自杀，这就是我的辩证法。再换句话说，倘然现在忽发生奇迹，汉奸居然都晓得不卑鄙不怯懦，有志节有勇气，那么这条河里的自杀者，要比事变前日本人所杀害的海河流尸还要多上千百倍。"

"我明白你这三段论了，"林辰说，"汉奸都不会自杀，自杀的都不是汉奸，陶甄既能自杀，所以她不是汉奸。"

"不要捣乱，我并非这个意思。"我说，"你要明白，她是汉奸中唯一的自杀者。别人为什么不走这条路？当然是存着万一侥幸的希望。然而她为什么不存万一侥幸的希望？何况她又是个女子，世人对于女子大都肯原谅的，而女子更能原谅自己。她又有美貌的甲胄，未必这样快就放弃希望。有这种种原因，所以我疑惑她的死，并非完全由于畏罪，而是有别种的大刺激。"

"这也有理，但是她另外会有什么重大的刺激呢？而且恰巧发生在这时候。"林辰说。

"这个我不能知道，"我说，"你是采访的高手，虽然已经八年没工作了，何不借这件事试验一下？"

"恐怕很难。"

"我原说是试验。"

"好吧。"林辰说。

这时已走到万国桥口，应该分手了，我在临别时拍着他的肩头说："老弟，希望你赶快推动你的轮子。"

"好，我立刻要推动它，或者有一天推到你门前，给你一个故事。再见！"

日子一天天过去，一直有两月工夫，期间经过了盟军、国军到津的盛大欢迎典礼，以及许多足以大书在历史的大事。但林辰一直杳无音信，并不曾把他的轮子推到我的门前。

直到十月底的一天，下午约莫三点多钟，我正在办公室坐着，林辰忽然开着一部小汽车来访，进门就拉我快走。我还未及询问原因，已被他拉到车上。坐定以后，他把车开动，才告诉我是去参加婚礼。

"你结婚么？"我说，"是不是请我做伴郎？当然你要请个老丑的伴郎，好把你比得年轻漂亮一些。我正好适合你的选择，不过也得容我剃净胡子，这样毛茸茸的脸，似乎不合交际礼貌。"

"我结婚？"林辰喟叹着说，"那是将近十五年前的事了。你还记得当时你闹得最凶？所以我的太太对你有深切的印象。"

"深切的印象？"

"是的，提起来就骂。"

"一直骂了我十几年？我对你太太致敬，她倒是有恒心的！"

"当然近年已经停止了。不过倘然我把你今天说我结婚的话告诉她，一定还可以继续。"林辰说。

"我想可以不必，因为对太太多说话是最伤气的，你应该保重。"我说，"现在请你告诉我，去参加谁的婚礼？"

"对不住，请你闷一会儿，现在已经到了地方。"林辰说着停住车。我走下去，才看见是在青年会堂门外。这时，门外已排满了汽车，但门前并没有结彩，只交叉着两面旗帜。

我们走入礼堂，里面已挤满了人，不但座位上，就是两旁走路也都水泄不通。我们只能立在最后面。感谢上帝给我以较高的身量，平日虽然要比常人多费二尺衣料，但到了人多拥挤的场合，却是英雄得意之秋，可以"目高于顶"地看到一切。

礼堂正面的墙上挂着一面国旗，并且悬着国父的照片。礼坛的周围摆满了黄白两色的菊花。除此以外，别无陈设。这很像开会的场所，而不像结婚的礼堂。

但是礼坛下有一对穿着礼服的男女，向里站立。礼坛上有三四个人，都佩有红花和红绸条。堂中除了三分之一是女宾外，其余三分之二的男子多半是军服和中山服，西装的并不多，长袍马褂的更少。内中还有几个盟军，他们也佩着红花、红绸条。看到满堂宾客的喜气笑容，我才明白确是举行婚礼，而且是不平凡的婚礼，因为仪式这样简单整肃，宾客这样沉静不哗。

忽然，一种高而清的声音冲破空气。司仪报告典礼开始，请证婚人廉将军致词。跟着就有一位身穿军装，极有仪观的赤红脸中年将军走入礼坛，我认识这是我们本省的高级长官。正要问林辰这到底是什么人结婚，居然惊动了他来。但林辰已用手臂触了我一下说："听着！"廉将军已开始致词了，他用沉毅的态度、响亮的声音说：

"今天是洪范一先生和余信芳女士的结婚典礼，请我做证婚人，我感觉十分荣幸，也十分惭愧。荣幸的是我能参加他们的典礼，惭愧的是我不配做他们的证婚人。诸位要知道，洪范一先生只是我的属下，余信芳女士只是一个平民，我很无须乎这样客气。然而我绝非客气，说的完全是良心话。

"我并没有太高深的思想，但对于婚姻事，总以为男女之间既有了深切的认识、真实的爱情，若还用外力来约束，那便是侮辱爱情。所以用人做证是无须的，难道一对真有爱情的夫妇，还预防到将来有变化有纠纷么？不过这是一种习惯、一种仪式，为一般人所认为必需的。所以我也常常收拾起自己的理论，去替人证婚，说爱要爱到底和怎样做人，怎样由家及国的话。

"但是今日因为洪、余二位都是受过高深教育，有着伟大人格，替国家立过很大的功绩，为国民做出最好的榜样。向来结婚的证婚人，应该学问、道德、功业一切都高于新夫妇，才配担当这个职务，我是决不敢当。倘然他们是基督教徒，可以请上帝做证，但他们并不是教徒，所以我认为今天这礼堂的陈设，是极有意义的。"

廉将军说着，向旁走了一步，又转身向壁上照片鞠躬，接着说：

"像他们这样的模范国民、患难夫妻，只有国父给他们做证，同时在今日之下，他们也能毫无愧怍地双双立在国父面前。

"诸位不要以为我太推重他们，现在我无须对他们致什么勉励之词，只想对诸位诉说他们的略历。先说洪范一先生，他在事变后逃入内地，入了军界。最初四年中，转战各地，受过七次伤，前六次是枪弹伤，末一次是飞机失事，全机人都死了，唯有他一个人幸免。但在救活以后，因为失血过多，不易复原，他又不肯长久休养，才转入党政界，艰苦卓绝地干到如今。再说余信芳女士，她从事变以后一直住在沦陷区，并没离开一步。然而，她能尽最大的力量，拯救了几个沦陷区的地下工作人员，给抗战区送去了生力军。又劝告许多人发现天良，不去替敌人工作，逃避对敌人献纳。这样说法好像过于简略，因为时间关系，我不能把他们可歌可泣的事迹完全描述出来，但是已经够了。我们现在并不希望发现惊人的奇迹，而只希望有平凡的英雄。例如，在国际战场能够发明原子炸弹，那自然最伟大，但我们的科学程度距离还远。在沦陷区，女子能组织义勇军，自然最壮烈，但环境上太不可能。所以，我主张无论在过去、现在、未来，每个人在各有所限的环境下，自尽国民的职分，各守本位，各竭本能，这就是最良好的国民。他们夫妇是确实做到这'平凡'两个字了，但是平凡中还有不平凡。我在这场合似乎不该提起，然而我们革命军人向不懂得忌讳，对他们夫妇之无所谓煞风景。现在我郑重地报告，洪先生为国家曾丧失了他高年的老父，余女士为国家曾牺牲了她唯一的胞弟。"

廉将军说到这里，声音哑涩，随即静默下去，满堂都惨寂无声，两个新人分外靠近了些，把头更低下去。过了半分钟，廉将军才继续说：

"至于他们结合的经过，倒是极不平凡。据我所知，大概没有这次事变，就没有这桩婚姻。因为他们的爱情是建筑在国家的观念上，固然他们已经认识了十多年，但只有纯洁的友谊，而没有进一步的互识。若没有范一的毅然南行，到内地抗战，余女士也不会对他发生爱情；若没有余女士八年来苦心孤诣，冒危犯险，范一也不会对她这样敬慕。继而言之，这一对难夫难妇谁也对得住谁，合起来更对得住国家。

"我以为这是历来少见的美满姻缘，诸位想必都能同意。可是向来美满姻缘必然有些波折，他们当然不能例外。不过现在我不便多说，只可留给好事的文人或者小说家替他们纪述。我这时只能告诉诸位一点，洪范一先生在决意南行抗战的时候，送他上船起程，并且指天誓日，约定守生以待、坚贞不渝的，并不是余女士，而是范一原定的未婚妻陶甄女士……"

堂中的人听到这里，立刻起了一阵叹息的声音，连我也回头看了林辰一眼，才明白他领我到这里的用意。廉将军清清喉咙，又接着说：

"陶甄这个人，华北全都知道，她已经死了。她死得很好，倘若不死，无须我讲，今日有何面目再见范一？若是她稍知自爱，则范一岂是寒盟的人？那么今日的光荣、将来的幸福，都该属于她的。哦，我的话好像已出了题，请二位新人和来宾原谅，同时也费了太多的时间。

12

"但是还有几句话要说。今天我特意赶来参加婚礼，午后才下火车。到场以后，知道主人一概不收贺礼，而且也没预备酒席。我起初还很诧异，我大远地赶来，难道还不给杯喜酒吃？及至他夫妇说明原因，我才悚然起敬。他们的意思是，现在虽然打倒强敌，得庆复兴，然而国家残破，百废待举，在这建国时期，国民肩上的责任比当初国难时期、抗战时期更加重了千百倍。何况我们公务人员，又岂暇游宴享乐？古人曾说：'匈奴未灭，何以家为。'我们只为夫妇志同道合，要互助合作，才从权结婚，并非希望享受室家之乐。再说，我们谁又从家中带钱来，无论挥霍，即是酒食酬酢，也是用的人民脂膏。现今疮痍满地，流亡遍野，我们又何忍高坐宴饮？有这工夫，又何如多替殷殷望治的民众多办些事呢？我听了他们的话，很受感动。料想诸位也都能领会他们深切的用意，胜于吃一餐最丰盛的筵席。同时，我认为这简单的仪式，是我所见最伟大的婚礼。最后，我们大家要向新夫妇致敬，并且祝福！"

廉将军致词完毕，堂中起了热烈的掌声。但不知是为将军鼓掌，还是为将军代述的话鼓掌。林辰拉我的衣袖，悄悄同走出去，到了街上。

"谢谢你领我听了段很好的演说。"我说，"怎不再留一会儿？"

"人家不留饭，再看到底也得回家吃去。"林辰说。

"你只惦记吃！"

"不，我惦记请你吃。你随我去把汽车交还原主，就一同回家。"他拉我上车，开动了。

"我看你也没有汽车，果然是别人的。"我说，"你请我吃什么？"

"简单得很，我预备了一瓶酒、一只烧鸡、一只野鸭，酒后我太太还替你预备下'温餐'。"

"'温餐'？这是什么意思？"

"你猜。"

"古人有晶饭、麤饭，现在有潘鱼、李豆肉、东坡肉、宫保鸡。这些名词的来源，或是出于玩笑，或是纪念创始的人。你这'温餐'莫非也好像晶、麤饭，对我开玩笑么？哦，明白了，必是昨天的剩菜，今天重温一下。"我说。

"不对，我怎能用剩菜待客？请再猜。"林辰说。

"要不然就是半冷不热的意思，教我吃了肚疼。"

"这回你猜着边际了。不知你是否记得这个典故。在四五年前，天津有位半冷不热的市长，是有名的'亲善专家'，又是敝同乡天津人，深知当地的民俗。当时因为日本人统制食粮，施行配给政策，召集各省市长官讨论分配办法。这位半冷不热的市长，就替天津人力争权利，他说：'天津人向来不喜欢大米白面，只配给杂粮，他们就满足了。请问中国人谁不知贴饽饽熬鱼是天津名食？就是舍下也向来爱吃这个。'日本人倒很乐从他的建议，于是天津人特别多吃了些杂粮，尤其是玉米面，节省出大米白面作为'亲善'之用。我们纪念他的恩德，所以贴饽饽熬鱼称作温餐。"

"好，他是遗爱在民，万古不朽的了。但不知他家中也吃这个么?"我说。

"吃的。他常常用玉米面窝头请客，每次请客以后，都在报纸上宣传。"

"他真不吃大米白面?"

"不吃，只大量买来囤积。天津第一次的粮荒，价值大涨，就是……"

"得了！不说也罢，我很愿意纪念他的德政，吃你一顿，只是过扰不当。"

"客气！你不是要明白陶甄自杀的缘故么?"林辰说，"我已经完全探明了。方才在礼堂上廉将军的致词，大概你能明白一二。少时吃过饭，我再原原本本讲给你。"

说着，车已停在一座小楼前面。我下了车，认识这是河东意租界五马路的南端。林辰并不下车，只喊叫门内的人把车房门开了。他把车开进去停好，也不见主人，就走出来，和我步行回他家去。

很快就到了。他家是一座平房，他在门外大声喊叫，用脚踢门。我看门下部油漆全落，才知道这是他的习惯，房东费了门，他费了鞋。

幸而门很快地开了，我们进去，先见了他的太太。一度闲谈之后，太太进了厨房，我和林辰进了饭厅。

肴馔比他所说的盛美很多，我们从坐下就谈陶甄自杀和洪、余结婚的事。林辰真是采访高手，不知怎样探听得如此详细无遗。并且这件故事范围很大，纵的方面，由事变以前直连贯到收复以后；横的方面，则因为个中人有的被难，有的变节，于是触及了沦陷时傀儡的官场、惨酷的敌寇、各级的汉奸，以及发国难财的奸商、囤积倒把的暴发户，几乎完全包罗在内，而人民所受的酷毒，也由此衬托成一张图画。

我们由饭前谈到饭后，再谈到吃过消夜。清晨三点，我才带着满腹酒食、满脑故事，饱载而归地告辞回家。临别时，林辰拍着我的肩头说：

"这次应该推动你的轮子，给我们写一段故事。我所告诉你的，可够材料么？"

"当然！这故事既被我知道，就有记载的义务。因为它虽然不带传奇性，但富于人性；虽然很少鲜艳的罗曼司，但富于伟大纯洁的爱情；虽然不注重描写丑恶，然而它是一面反映动乱社会的镜子。总而言之，它是血与泪、爱与恨交织成的故事，但这血、泪、爱、恨是超乎个人的，发源于国家民族的。固然时代的背景太伟大，因而把个中人物都显得渺小，然而在我的立场来看，他们已是罕见的人物，这故事也是难得的材料。即使未必能感动和影响每个人，至少已深深地感动、影响了我。所以，我决意把它写出来。"

"尽你的力，老宝贝！"林辰说，"很希望你能给我们一篇像样的东西。"

"好！我希望不负你的希望。从明天开始写起，不久的一天，你能用眼睛看到从你自己口中说出来的故事。"

第一章

七个旁观自己死亡的人

民国二十六年七月三十日的下午，天津市各处冒着黑烟，响着枪炮。日本军队的破坏工作已经继续一昼夜了。

日本军队从上一夜在天津起始发动，到这时已占据了全市，但破坏和残杀工作还未停止。市民受着流血的洗礼，逃窜纷纭，好像到了世界末日。

这时，唯一可以逃避的地方就是租界。住在租界外的人，把租界看作世外桃源，把租界内的居民看作神仙，以为只要逃进了租界，就能得到生命。

七月的阳光照着动乱的大地。在天津市边区的风林村，因为接近东车站，夜间已听了很久的炮火，受了不少的流弹。到白天，又有飞机在头上盘旋，于是居民都从清早就向租界逃命。

在风林村后街有一座黄色油漆的小门，门外正围了一群人，有六七个，都是面色苍黄。有的携儿抱女，有的挟包提篮，但没一人作声，全向门的上方瞧望。忽然，有个男子的头从门楼上探出来，随即全身涌现，骑上墙头，又轻轻跳下，低声说："门锁好了，快走吧。汪太太，您住房的门，我也给关上了。"

那位被称为汪太太的，是一位所近五旬的老妇人，身上穿着蓝裤白褂，都是旧绸子的，左腕挎着个香色大包裹，左手握着一只小小的皮匣，身旁有一个穿浅黄色花纱旗袍的少女扶着她，那少女手中也提着只旅行箱。汪太太听了那男子的话，只噢噢两声，扶着那少女就向南走。但走了没有两步，忽然又站住回头，呶呶地说："哟！我还忘了把雨障放下，这夏景天说不定今天就有大雨，要不……张先生你受累，再跳墙进去……"

旁立的少女没待那男子答言，已扶着老妇人走下去，且走且说："娘，你这是怎么了？咱们还不够麻烦张先生，还教人家进去，真……咱们今天逃得了活命，就是便宜，还顾这破家呢！张先生请不要介意，我娘……"

她说着回头一看，原来张先生根本没听见她母女的话，只顾由他太太手中接过两个包裹，又从地下抱起他哭泣的孩子。

原来这黄大门内住着两家，房东汪姓，是一母一女；房客姓张，是一位老祖母、一子一妇和三个孙子孙女。现在一同向租界逃难，才开始他们艰苦的途程。

走出了几丈路，应该向西转。汪家母女好在只有两人，互相扶持着，走得还快；张家一门老幼，却是祖母领着孙子，孙子拉着母亲，母亲牵着儿子，儿子又拉着父亲，全家联成一串，几乎变成奇怪的多足动物，而这动物上的驮载又很不轻，于是走得较慢，但前后相距也不过丈许。因此，张老太太不断叫着："汪太太，秀姑娘，慢点走，等着我们。"

向西走了不远，到了十字路口，忽然"嗤"的一声枪响，好像就发于他们的头上。这群人同声哭叫着，同时跌倒在地上，直如经过训练的兵士，一闻枪声，立即卧倒。可惜姿势不能一律，有的伏卧，有的仰卧，有的侧卧。汪家母女幸而都是伏卧的姿势，汪太太到事后还纳闷：自己当时何以有那样胆量，居然向旁边看了一眼，看见一个着黄色裤的日本兵的下半身。她叫了声妈，也不顾方向，一直向前爬。爬了很大工夫，也忽被人从后面拉住。回头看，是女儿秀兰，她才转身坐在地下，抖颤着说："日本人来了，打我一枪，你……"

秀兰蹲在她身旁，也吓得面色纸白，但还稍为镇定，喘息着说："日本人也许不是打我们，也别怕，咱们……"

她的话还未说完，汪太太已挓挲两手叫起来："哎呀，咱们的东西呢？全丢了，可要了命！"

秀兰回向来路瞧看，幸而所携的三件箱筐、包裹全遗在道旁，就叫了声娘说："东西都在这里，没丢一件。"随说又走过去，一件件提过来，放在母亲身边。

汪太太惊魂稍定，才立起来，扶着墙走到一家阶石上坐下，瞪着眼眸望了一下，忽然叫着说："张太太一家哪里去了？"

秀兰向左右张望，凡是目光所及的地方，都静悄悄的不见人影，就提高喉咙，叫了声张太太，但四外并不闻回答，只巷中的墙壁微微震起了回声。把汪太太吓得连说："别叫啦，叫不着他们，把日本人叫来可怎么好！"

秀兰被母亲这几句话吓变了颜色。其实她的面色已白得无可再变，只在皮肤上多添了无限微栗，颓然坐在母亲旁边，带着哭声说："咱们怎么办，还回家去么？"

"家里门已锁了，"汪太太说，"咱们……咱们……咱们还是寻张先生一家，搭伴儿走，他曾说过照应咱们。"

"可是上哪里去寻他，咱们还是自己闯着走。"

"如今遍地是日本兵，万一打死咱们呢？"

"打死就打死，您尽害怕，难道就老守在这里，日本兵来了也是一样危险。"

汪太太说了句怎么好，跟着就哭起来了。秀兰急得要掩她的口，不想对面忽然发生一声吱扭的响声，立时很有效地把汪太太的哭泣止住，母女都很惊讶地向对面看。原来她们所坐的门阶是坐南向北，对面坐北是一座破旧的大车门，紧紧闭着。但在门的里面，正有两只乌溜溜的眼睛由门缝向外瞧着。汪太太坐在阶石上的时候，她们的动作久已映在这一对活动摄影机里面。这时，忽然门开了，发出一声响。她母女一抬头，见那车门已开了一道缝，在左边的门扇上扶着一双手。但十分可怪，那只手好像不是人手，因为颜色非黄非白，而是蓝的，这更使她母女一惊。幸而随着手，又探出了黑眉鸟嘴的一张脸，虽然不洁，倒确是个人类的脸；同时又露出因脸黑而显得特别洁白的牙齿，即使不笑，已经很像笑了，何况他又真在对她们母女笑呢。

汪太太和秀兰才受了遭劫似的惊恐，好像已被抛到人世以外，只待鬼魔的攫拿。如今竟看见人类的笑脸，虽然这笑脸也好像由魔术变出来的。但当她们从大车门的门缝，瞧见里面是空阔的大院落，院中搭着大木架，好似天棚没有盖帘，又放着许多大缸，就明白这是一家染坊。这个人是染坊的伙计，因为他的脸和手全有标记，年纪又只有二十多岁，气派、衣服都很卑陋，并不像个技师。然而，这已使她母女心底安定许多。

这个染坊伙计由门内走出来，眼睛一直盯着秀兰，却面对汪太太说话，发着似东省又不似东省的口音说："老太太，你是逃难的，上哪里去呢？"

汪太太告诉他要到租界去，并且打听从哪条上走，可以不遇见日本人。那伙计摇摇头说："我也不知道哪条路没有日本兵，你们方才不是说想寻熟人搭伴儿么？告诉你老太太，我们染坊柜上的管账先生正要往租界里逃，我也跟了去，你们愿意搭伴走，就等等儿。"

说着，向秀兰又转转眼珠，似乎暗示这番好意完全起于她的身上，秀兰已感觉到了，心里暗骂讨厌。汪太太已很感谢地回答说："那敢情好，人多也涨胆儿……"

她的话还未说完，忽听大车门内有粗涩的喉咙高喊"李玉增"，那伙计应了一声，又向汪太太说："先生喊我哩，他们就要走。"

随即匆匆跑进去。汪太太好像得救似的，望着秀兰说："真是哪里都有好人！咱们还算运气不错，遇见这小伙子，他名叫李玉增。"秀兰咬着下唇，心里说不见得，但表面并没作声。

这时，一队短短的行列由车门内走出来。第一个是不到三十岁的男子，穿着白色短衣，上面并没有颜色的污渍，显见是李玉增所说的管账先生。第二个是年岁相仿的缠足妇人，当然是他太太。第三个是李玉增。第四个是和李玉增一样黑脸蓝手，而比较更年轻些、更粗蠢些的学徒。那学徒显然不是这行列中的分子，因为他空着手，毫无担负。而那位先生和缠足妇人都是把许多包裹用绳连系一处，然后缠在身上，大小总有十几个，然而他俩还能直起腰走路。最苦的是那个李玉增，他肩上扛着两袋面粉、半袋小米，手里还提着一只洋油桶，桶内不知装有什么东西，想见他是被派作食粮专员和运输主任，担负上几百斤的重负，不知几时才能卸肩。但对他这苦差还有羡慕的，就是那个空手的学徒，可怜他是被遗弃在行列以外，派在原处留守的。由那凄凉的面色、妒恨的眼光，便可知他是染坊中惯受压迫的弱小单位。

这行列出了门。那学徒在先生的呼叱声中，很快地关了门，好似一个鬼把自己关进坟墓里面。李玉增在经过秀兰身旁时，努嘴示意，教跟着走。汪太太已迫不及待地立起来，和秀兰跟在后面。这才发现前面行列中还有一个生物，那是一个孩子被缠足妇人抱着，因为有包裹遮挡，所以直到听见哭声，才发现他的存在。

经过曲曲折折的几条小巷，才到了一条较阔的街上。猛听见一声枪响，一行人又完全滚跌在地下。大家伙抖颤了一阵，才发现并未伤人，就又爬起再向前走。出去不远，又响了一枪，一行人再跌倒一次。内中最便宜的是那先生和妇人，因为上身缠满了包裹，跌倒时好像穿着胶皮衣服，不会疼痛；只是立起时不大便利，尤其是妇人，她要时时掩住孩子的口，制止哭啼。

秀兰这一次可看见了，一个日本兵立在两丈外，将枪口向着半空，向这边瞧着。当他们惊魂稍定，将要爬起时，忽然又放了枪，使他们重复倾跌乱滚一阵，才明白日本兵并没杀死逃难民妇的必要，这种动作不过是他们的一种娱乐。于是由愤恨中生出胆量，就扶起汪太太说："娘，日本兵未必是打我们。若成心打，怎样也逃不开，咱们拼出去了，走！"

说着，架起母亲就向前走，居然没再听见枪声。那染坊的一行也跟上来。

再转过一条街，已将近河边了，道上已不那样静寂，一群一伙都是逃难的人。汪太太连念阿弥陀佛，说："这可到了人多的地方，不用怕了。"

再向前走，路旁仍有不少日本兵放枪，但这班逃难的人好像都已有了经验，任枪弹在头上飞过，只要不打着自己，就仍向前逃命。但这地方情形就不对了，路上很多死尸和受伤待毙的人都是平民，秀兰才明白自己想错了：若是日本兵并不残杀民众，只以放枪惊人为娱乐，这许多死伤者又是怎样造成的？

再向前走，更给了她极度惊骇和过后一年多每夜要做噩梦的深刻印象。死尸自然是越见越多，及至走到一个街口，过去就可以到河边了。

这街口并不是平常的通行熟路，只因人们知道南北两道可以通租界的桥，都已禁止通过，只能由摆渡口坐船过河，这街口就是最近摆渡口的地方。

这横的街口不过有四五丈长，但这时已成了难度的鬼门关。街道成了陂陀起伏的山地，完全是被死尸堆成的，高度还不断地增加，因为街道两旁有不少日本兵站立。他们很悠闲地、很客气地任凭潮涌似的大队难民在面前通过，并不拦阻。只于冷眼观察队中的难民，某一个太高、太矮、太肥、太瘦，或是不高、不矮、不肥、不瘦，以及年龄类似抗日学生，态度近乎知识分子，面目生得不合日本人的审美标准，神色上没有做"亲善专家"的特征等等，都可以随意奉送一两粒枪弹。但他们观察得未必十分清楚，射击也未必十分准确，这就在乎运气了。好似一个残忍的孩子，蹲在花园的土地上，看着蚁阵通过，偶然用手抹煞几个，或是伸脚踏死一群。这许多被处死的，因为什么罪状、什么理由呢？不死的又凭着什么道理呢？当然无理可讲，只能说是运气，日本兵就是当时命运的主持者。

秀兰扶着母亲由死尸堆中踏过，她真不解自己何以能够挣扎。本来平日瞧见蝎子、蜈蚣就要吓哭了，听见雷声就得投入母亲怀抱里的小姑娘，如今居然能在身旁乱飞子弹、脚下踏着血肉的场合，照顾着母亲奔走。大概人类的勇气和力量都是有潜伏性的，必须势迫危急，才会尽量发现；必须临到死路，自知必死，才肯拼命从死中求生。

秀兰和母亲时时跌倒，爬起再走，然而有许多人在枪弹乱飞之下，一跌不起。同行的家属自然抚尸哭泣，不再前进，但这又扰乱了秩序，日本兵就放一两枪，很有效果地制止了哭声，不过多死一两人而已。于是父亲被打死，母亲仍得领着孩子快走，不敢回头。

秀兰母女真是临时上帝特惠的选民，居然由这危境中逃出去，没有死，也没有伤。及至出了街口，已是宽阔的河边，岸上拥挤着很多人，都焦急地向河心瞧望，原来河中有两只渡船正往返渡送难民。

秀兰母女拼命挤到河边接近摆渡口的地方，遥望对岸。只隔了一条十余丈的河，便陈列着生存与死亡、天堂和地狱的鲜明对比。然而秀兰先顾不得细看，因为近处正在纷乱，一只空船由对岸回来，停在堤下。

岸上的人发声喊，都由很陡的河坡奔下去。但这时河坡上本已挤满了人，这一来有的挤到船上，有的挤落河中，立时发生了悲惨的呼号。喊爹叫娘，寻儿觅女，更多的是救人的呼声，可怜在这场合谁又管得谁呢！

但是有人管的！日本兵立在河岸上下，好像在维持秩序，不过方法稍为特别。他们用枪托打、用脚踢，帮助难民下河，但不是下船。秀兰母女看着，心惊胆裂，本不敢向前挨挤，哪知背后涌来一阵人潮，把她们推得立脚不住，眼看已到了岸边。秀兰狂叫着，把手中的皮篓抛弃，用两只手抱住母亲，猛觉两脚离地，翻身跌倒，由很陡的河坡滚下去。

秀兰自知没有命了，只紧紧抱住母亲，等待坠入河心，顺流而下。不料正滚着，忽觉脊背撞着什么东西，停止了滚动。随听母亲"哟"的一叫，又向旁滚过去。原来在坡下临流处立着个日本兵，正从一个逃难的妇人背上用枪刺挑起一个包裹，向河中抛去。秀兰母女恰在这时由坡上滚下，撞在他腿上，被挡住了。他回头一看，口中发出卷舌音的骂声，随即伸脚猛踢，正踢在汪太太身上。但他乍转过身，还没站稳，以致发足稍偏，好像足球员失了准头，把球踢差了方向似的，于是秀兰母女未落入河中，倒横着滚到船边。

秀兰迷乱中因为听见母亲号叫，疑是受了伤，急忙爬起来瞧看。但这地方人多拥挤，更有被踩踏的危险，秀兰只得尽力拉母亲起立。就在这时，秀兰忽觉自己的手臂也被人拉住，急忙回头一看，只见是那染坊伙计李玉增，他肩上重负已失去了，脸上的黑泥被汗冲出一条条的白痕，正拉着自己叫："大姑快上来。"但声音都涩裂了，完全不像他在染坊门前说话的语音。

秀兰见他正站在船头上，探身拉着自己衣袖，就叫着："不成，还有我娘！"

李玉增叫了声："你先上来。"同时又伸出一只手，几乎把秀兰整个抱住，搜到船上。

秀兰虽然不舍母亲，但终因李玉增拉力太大，终于松了手，但汪太太已被拽得更接近船头了。李玉增好似发疯，不顾船上其他难民的号叫，用力向后一挤，又把身体向前一伸，趁着挤出空隙，先把秀兰推到身后，才又把汪太太拉上船。这时船上人已太满了，这边挤上来几个人，另一边就挤落几个人，哭喊的声音夹着枪声，更乱成一片。

这时的凄惨纷乱，简直无可形容，已经上船的人，就喊叫"快开，快开"；没上船的人，就狂喊"别开，别开，让我们上去"。有的人就向船上猛扑，因为船上已挤满了，没有立足的的余隙，结果只拉住了一个船上的人同落河中。有个妇人带着个孩子，立在河边，向船上人哭叫："众位积德，我是个寡妇，只守着两个孩子，求诸位把他们带过去，我死在……"

但她的声音被别的嘈音扰乱，船上有人听见，也没人答话。人类本性真是残忍的。船已慢慢地开了。这时岸上恰有许多人向船头拥挤过来，因为船已离岸，这些人恰落在船和岸的空隙中；有的还能挣扎上岸，有的被水浪卷入船下，再看不见。那寡妇和两个孩子也在其内。

秀兰不忍看这惨酷的景象，低下头去。她母女幸而被李玉增遮护，未被挤下船去。船既离岸，船上的人都觉得已经安全，不致再受侵害，立刻息止了骚动。秀兰才向四下瞧看，竟瞧不见那染坊的先生和妇人，心想：他倒热心，居然抛弃了主人，来救我们母女，岂不可感！但在这时，汪太太已向李玉增道谢，并且问那先生和太太哪里去了。李玉增答说，已搭前一只船过河，自己只因没挤上去，所以留在后面，不想恰好帮了你们。秀兰才知他们一行走得较快，就没有言语。

船在河中缓缓走着，但既已起程，就有达到终点的时候。也许人们心里焦急，倍觉时间长久，但终于到了西岸。这边岸上非常安静，并没有一个人等待上船，也没有一个人急于上岸，好像一群恶鬼都变成绅士，很有秩序地陆续上岸。秀兰扶母亲到了岸上，几乎像在海上失事漂流多时的船客，突然得救，到了陆地上，恨不得跪下向土地接吻一样。再向四下一望，只见西落的阳光斜铺在街上，高楼的阴影直伸入河心，街上静悄悄的，仍是平常景色，但河的另一面已变成了地狱。回想过去的一日夜，好似做了场噩梦，这时骤然惊醒，几乎不敢相信，倒把真境当作梦境。

那染坊的先生和妇人正等在岸边，李玉增忙跑了过去，只听他夫妇呶呶斥责，想是因为他失去给养的缘故。汪太太忽然想起，自己也受了绝大的损失，检点所带东西，只剩了一件小皮匣，不由叫苦连天。秀兰劝她："得了性命，就不必疼惜东西了，咱们快走吧。"汪太太想想自己命产完全在小皮匣内，所失不过衣服，也就不再说话，随着秀兰走去。这一来，自然忘记向李玉增招呼。但李玉增一面受主人斥责，一面还不住转头望她母女，直到转过街口不见。

秀兰母女离开河边，走入另一条街。因着由危险中得到安全，心神由紧张变为松弛，身体就会觉得疲乏非常，好似力量都已用尽。幸而街道上有的是人力车，就叫了两辆车坐上，直奔她们的目的地。

到了英租界北部的住宅区地带，秀兰指挥车夫停在一条东西向横街上的坐北巷口。巷外钉有"致安里"的牌子，巷内都是三层楼房，型式一律，很是整齐。秀兰付了车资，和母亲一直入巷，进了第三个门。走上公共楼梯，到第二层，立在十七号门前按铃。"这是余小姐家么？"汪太太问。

"不错，这就是我们余大姐家。"秀兰说。

"咱们这样来打搅人家，真不好意思。"

"没关系，您是不知道我们余大姐的为人。"

"她不是去年到咱家去过，倒是很……"

汪太太话未说完，门已经开了，一个高身量的女子走出来，生得长方型的脸儿，并不很美，但双眸澄澈如水，两颊红如林檎；端正的鼻峰，配着好看而有毅力的嘴，笑时露出洁白的牙。一个人的面貌本不能用笔墨形容，也不能用摄影来表现，因为摄影只表形体而不表现精神的性格，笔墨则只能把各部分分开描写，这尤其靠不住。因为有的人五官分开看都是极美，然而合起来，因为位置不宜，反而变成极丑；有的人每一官都很平常，但合起来竟很美丽。不过这位门内出来的女子，和上述的面型都不符合，她的五官并没有特殊的美点，合起来只能说是不丑。然而奇怪，她的脸上好似显现着一种神采，这神采由智慧、慈爱、高雅、勇毅种种合成的，因而生出一种不可言喻的丰神，使人一见就发生敬爱的心。倘然现在还有人画宗教的故事，她一定被选作圣女徒的模特儿。

这女郎年纪有二十三四，身上穿着浅灰色绸衣，胸前却围了条白布裙，两手沾着白面。一见秀兰，很热烈地叫了声小妹，就伸手臂紧紧抱住，眼中涌满了泪，她由秀兰的神色，明白所受的遭遇了。秀兰也哽咽着叫了声大姐，投入了她的怀里。那女郎看见汪太太，忙舍了秀兰，招呼着"伯母"，请她们进房里去。

进门经过很短的甬路，便进了兼作客厅的憩坐室。里面陈设朴素、清洁。那女郎让她母女坐到沙发上，就问："兰妹和伯母是才从家里逃出来吧？路上想必受了不少惊恐。"

秀兰和汪太太几乎同声说话，把途中惊险的遭遇诉说出来。结果还是秀兰让步，教母亲自己说。但汪太太的谈话方式太不简洁，秀兰只得又插口接过话头儿，用简单几句话结束了这篇大事纪。最后说："少时得闲再慢慢谈，我们真是死里逃生！现在既到了这里，只可打搅大姐你了。"

汪太太也跟着说实在无可奈何，只可来打搅信芳小姐的话。信芳摆着沾满湿面的手说："伯母怎还跟我客气？我从前几天听着风声不好，已经劝兰妹和您一同到这边来住了。都是兰妹因循，若早来两天，还不致受这场惊恐。伯母放心，我这里粮草充足，您就住一年也没问题。兰妹平日跟我像亲姐妹一样，她又和怀芳同学。"

说着，仰首望望墙上一幅放大的老妇人半身照片，又接着说："自从前四年先母去世，家里只剩我们姐弟两人，寂寞极了，常盼有老人家在一处。"

"怀芳呢？"秀兰问。

"他们都在四层晒台上。昨天……哦，大概你还不知道，昨天下午，范一对怀芳露出了已经和陶甄订婚的意思。怀芳告诉我，我从陶甄口里证实这件事，就在家里叫了一桌酒菜，替他们庆贺。不想吃完了正说话儿，外面日本人已动手打起来。他们凡是家住华界和河东的，都截在我这儿。常青和杨闰生住在怀芳房里，陶甄跟我睡在一起，只范一回了家，方才又来了，我正在给他们做饭。"

信芳说着，忽然"哟"了一声，一直跑出去。过半晌才回来，已把手洗净，围裙也脱下去，笑着说："你们叫的时候，我正在蒸馒首。才放进蒸笼里，听见响铃就跑出来，也忘了盖盖儿。现在去看，馒首都变了色，恐怕再也发不起来了。"

秀兰问："大姐怎么自己做饭，女仆呢？"

"女仆由前天告假回家，恐怕一半时回不来。好在我对做饭还熟悉的。"信芳说。

"我这外行也可以给你帮忙。"

"谢谢吧！你的手段我早领教过，请不要扰乱。快上晒台去看看，他们大家方才还谈起你，都很惦记呢。"

秀兰更不客气，说了声："娘，我先上去看看。"就走出房门，循楼梯上了四层楼，直到晒台上。这晒台是很宽大的，约有三丈方，四周都有半人高的立墙。向北的一面，疏疏落落地立着几个人。那个穿中山服的常青，正斜跨着坐在短墙上。在他身旁是信芳的弟弟怀芳，穿着白绸短衣，双手抱肩而立。另一边是洪范一，将手插在西服裤袋里，挺立如同石像。陶甄穿着浅黄色透孔纱最新式旗袍，并无衣袖，几乎像长马甲一样，正把头伏在范一肩上。在范一和怀芳中间，立着风流潇洒的杨闰生，他穿着银灰色祥云纱长衫，倒挽双袖，露出雪白的内衣，头发梳得漆亮，通身上下显得那么漂亮。这一班人是以同学做基本的，杨闰生、洪范一、余怀芳、陶甄和汪秀兰本是光华中学的同学，毕业后又一同考入西楼大学，所以感情分外亲密，几乎每日下班后，都在一处研究功课，或是游戏。因为怀芳家距离西楼大学较近，信芳又非常慷慨好客，常把怀芳的男女同学当作弟妹看待。他们来到这里，比在自己家中还安心，还舒适；而且信芳又是三年前北京大学的毕业生，学问极有根底，怀芳的同学都得她的教导帮助，所以这班人对信芳都似骨肉般的敬爱。至于那个常青却是奉天沈阳人，从"九一八"时逃到天津，经过千艰万苦，才在小学校里得到一个教师的位置。怀芳偶然在朋友家和他认识，常常请到家中来玩。信芳怜他孤苦，就教他加入家庭似的友谊小团体，每星期六晚上来聚餐一次。同时又替他介绍了一处家馆，所以常青对信芳姐弟也是极感念的。陶甄和秀兰尤其对信芳有超乎平常姐妹的感情，有时把不愿和母亲说的事，都同她商量。

秀兰从南面静悄悄地上来，晒台上的人都未注意。直到秀兰走近陶甄身旁，范一才转脸瞧见她，很诧异地"哦"了一声，似乎招呼说

"你也来了"，但没发出声音。陶甄已从范一肩上抬起头来，两眼都注着泪，伸手握住秀兰。

秀兰正等待她开口慰问，好诉说自己逃难的经过，但陶甄拉着她转过身去，哑声说："你看。"

秀兰举目向北一看，只见远处有几个烟柱迷漫半空，两架日本飞机在天上盘旋。这时日已西沉，散漫的烟雾和暮霭混合一片，合成凄黯的景色，耳中已听不见枪声，只偶然还有炮响。

"你看见么？"范一指点着说，"大概那一处烟雾是北站，那一处是西站附近，那一处是河北市政府一带，那一处是……"

"这都是日本飞机的成绩。"杨闰生接口说，"我在这晒台上看了一天。午前午后，被炸的地方更多。现在有的地方火已熄灭，日本飞机大半落下去，枪炮声音也减少了。"

常青在一隅上叫着说："这就明白表示，我国军队已经退出市区，停止抵抗。天哪，我们被抛留在这里，岂不成了亡国奴？"

"等着，老常不要乱说！我们的国家并没有亡，政府仍然存在，这只是地方性的事变。"洪范一惨白着脸对他驳辩。

"可是我们的地方、人民，已经落在敌人手里了。"陶甄发着哭声说，"可惨我们这伟大的国家、锦绣的山河，竟遭到倭奴的蹂躏……"说着，又伏在秀兰肩上，好似不忍看这惨淡的景色，眼泪沾湿了秀兰的衣服。

"难道我们就睁着眼看自己的死亡！"杨闰生顿足切齿地说。

忽然后面有沉着的声音说："闰生你错了，现在谈不到死亡，你应该记得。"说话的是信芳，她不知几时悄然走上来。"蒋委员长说过，不到最后关头，绝不轻言牺牲。现在已到了最后关头，中央政府一定牺牲一切，对敌人抗战到底的。我们还有广大的土地、众多的人民，只要人心不死，最终有到胜利恢复失地的一日。"

怀芳幽幽地说："姐姐，我不是消极，你以为我们国人能够全部奋起，抵抗敌人，抱定誓死不屈的态度，达到最后的胜利么？"

"怀芳，你不要这样说！"范一用右拳击着左掌，厉声地说，"我以为咱们不必管旁人，只要问自己，倘然我国人……不要说全部，即使有半数，能誓死不屈地决心抵抗，一定能把敌人驱逐出去……"

"对的，我同意范一的话。我们很不必管旁人，只要问自己的天良，尽自己的天职，誓死对敌人战斗，才对得住今天这付眼泪。现在请问，谁有这种决心？"陶甄举起手向众人看着，很震动地说。

众人很快同时举起手说："我们都有这样的决心。"

信芳向左右看了看，大家无意地排成一行，由右方数起是：常青、余怀芳、杨闰生、汪秀兰、她自己、余信芳、陶甄、洪范一。就徐徐把举起的手放下，悄然地说："记住今天——今天我们所见的情形，所发的誓言，我们一共是七个人。"

在她说完时，大家都转过身，默默地互相看着。三个人眼中有泪，是陶甄、秀兰和信芳。常青面对着众人，眼光好似瞧到远处，神情严冷得很；杨闰生挺立无言，长长地吁着气；洪范一把嘴闭得紧紧的，那健康的紫色面颊变成惨白，他低头抚摩下颏，似有所思。只有信芳神色较平常没大改变，她点点头说："天将黑了，下去吃饭吧，这是我们现在还能做到的事。"

夏天的黄昏较长，他们吃完了一顿没滋味的晚饭（因为信芳马马虎虎做的，众人又是凄凄惶惶吃的）。饭后，汪太太需要休息，早早睡在床上。信芳泡了壶茶，又和众人各自搬着坐具，到晒台上乘凉。

大家都默默坐着，人人有一腔悲愤，无可发泄，无可言说。但内中一个人的悲愤，略含杂质，就是杨闰生。因为他也是追求陶甄的，但到昨天才发现，洪范一成功，而自己失败了。这时看着范一和陶甄并肩偎坐，虽不言语，但好似灵魂都融合在一起。他坐在较远的地方，不住地凝望洪、陶二人，把纸烟一支接一支地吸着。

秀兰紧倚信芳而坐，好似需要她保护。怀芳遥望着北面的法租界，天上闪耀着红光，那是街市上霓红灯和电灯的光所反映。同时枪炮声都已平静下去，好似这世界仍是个繁华安宁的世界。但在这繁华安宁的区域以外，不知有多少人流着红的血，多少房舍冒着黑的烟。怀芳感慨着，直想作几句诗，因为他是个早熟的诗人。常青好像睡着一样，把两手垫在头后，仰在藤椅上，口中含着支已熄的纸烟。这时正在夏季的中心，白天还非常之热，夜间也挥扇不停。但到今日，好似气温骤降，尤

28

其这时人人都感到飒然的秋意。

忽然有一个人站起来，向楼梯走去，跟着有陶甄的声音问："你哪里去？"

洪范一边走一边答："我要回去了，对不住，明天见。"说着一直下梯走了。

"我知道范一受不住这苦况，其实谁又受得住！"杨闰生慨叹着说，"现在的情形，就好似我在南方的时候，赶上雨季，连日下着大雨，把人闷得要死。有时对天发恨，你再不停，我就发疯喊叫了！然而终于还得颓然坐下来，因为自知这是徒然的，我们承认自己是弱者，抵不住大自然的力量。"

"闰生兄，你的说法不对，我要提出抗议！现在是人类对人类的竞争，怎能用不可抗的大自然来比喻？而且……"常青接口说。

"对，对，我不辩论。"杨闰生狡猾地说，"我所讲的只是一种感觉，并非实际的理。"

以后又寂静下去。不久人们陆续下楼就寝。信芳喊着，教他们每人带一个坐具下去，只剩秀兰帮她收拾茶具。

"大姐，你看今天好像特别清静，是不是？"秀兰叠起茶杯，用两手拉着她说，"昨夜我们那里打得非常凶，据人说日本兵占据车站以后，我们二十九军又攻上去，直打了一夜，死了许多日本兵。"

"结果呢？"信芳问。

"不知道。"秀兰摇摇头说，"看现在情形，当然我国军队已经退却了。大姐你想，我们华北就这样沦陷了么？"

信芳仰起头，望着天空，半晌无言。她忽然握住秀兰的臂，哑声说："妹妹，我觉得今天空中的星，好像比昨夜离我们更远了。"

第二章

庆祝丧礼中的送别

世界上什么东西产生最快？譬如有人这样问，倘然回答说是竹林里的竹笋、大雨后的蘑菇、夏天垃圾堆里的苍蝇，这全不对。我以为，第一要属事变后的汉奸。

然而这句话还有语病。因为汉奸并不完全在事变后产生，大部分在事变前已经造成。日本人像酿造事变一样地酿造他们，好像蝇子在垃圾中潜伏孳发，等机会出头。现在已到他们羽毛丰满、干功立业的时候了。

华北沦陷，各地的汉奸工作并不困难，他们无须创造规程，开辟道路，因为在前六年东三省的汉奸，已经造出蓝本，他们只踏着脚迹走好了。不但这个，就是后来欧战起后，如挪威的奎士林、法国的赖伐尔，等等，也是走一样道路。可见汉奸一物，无论是日本造或德国造，都是同质同型的。换句话说，就是侵略国利用汉奸的原理和方式，都没有两样，所以造法大致相同。我们不单抱怨侵略国手段毒辣，并抱憾怎么会有许多汉奸，幸而这不是特产品，和梅毒菌一样，世界各国都在痛心疾首地竭力设法根除，但是哪一国都有存在。

天津这地方不久成立了地方维持会，由几个所谓地方人士主持。秩序在表面上渐渐恢复了，人民好像又能安居乐业。但是可怜，实际安居乐业的，只有租界内人民，租界以外仍是黑暗地狱。日本兵常在夜间闯进人民家检查，人民不得拒绝，若是开门稍迟，就有吃枪弹的危险。有些地方的人民受到命令，须要通夜开着街门，以便日本兵随时检查，同时附带着解决他们的"性也"。因此许多人家都向租界逃避，租界房租愈见高涨。

这时，人民好像远离父母的孩子，彷徨无主，每日所盼望的就是国军快打回来，把敌人赶走。可怜消息沉沉，只见日本人气焰一天比一天高，汉奸一天比一天多。然而人民并不失望，因为在这时，有一件令人兴奋的事，就是通州义军反正，膺惩日人，使人民更认识人心未死，信赖政府一定抗战到底，绝不会使我们的国土人民长久沦陷。

在事变后，报纸一度停顿，以后又渐渐出版，但完全在日本控制之下。上面所载的消息，人民完全不信，大家都向无线电听南京广播。但日本人已不许人家用短波收音机，凡有短波机的，必须送到日本机关改成长波，方许使用。然而许多人不听那套，把收音机藏起来，等到深夜，用棉被把机器蒙好，再伸头进被子里偷听，不大工夫就是满身大汗。

时节已入秋季，天气又热起来，人心更烦躁不安。间巷中打架的事情特别多，好像每人肚里都充满冤愤之气，不知向何处发泄。唯一能使人快意的，是当有汉奸被刺杀的消息传布。人民并不知是谁干的，在当时也并没有地下工作这个名词，人民只有含泪额手，替我们不知名的爱国志士祝福。

虽然对于报纸完全不信，或者根本不买不看。这就是沦陷区报纸渐渐注重副刊，改变软性，造成颓靡风气的原因。然而人民所盼望的终未实现，只见日本攻陷某城某地的号外，遍贴市上。庆祝的焰火，时常照耀在夜间的天空。

这一天，晚间八时，洪范一和陶甄在法租界公园见面。是范一写信约她出来，因为陶甄原住在河北二马路，乱后又举家搬到河东意租界。学校又已经被日军解散，所以很少到英租界来。他俩从余宅分别以后，这还是第二次见面。

正在阴历初旬，明月上升很早。陶甄坐在紫藤架下的长椅上，月光从枝叶间斜射过来，印了她满脸满身的花纹。她手握着一枝下垂的藤蔓，仰面望着面前立的范一。范一挺着身，双手抱肩，默默地注视陶甄，脚下微动，踢着地下的碎石。

"你的气色很难看，不舒服么？"陶甄先开口问。

"我没有病，健壮得像个牛一样。"范一仰着脸说。

"可是你……"

"我的痛苦你应该明白。"

陶甄眼珠一转，点点头说："我明白，但是在这时候，在这样环境之下，急死你有什么用呢？"

"因为在这时候，我更要打破环境。即便不能，也要走出这样的环境！"范一握拳喊着说。

陶甄吓了一跳，举目向四下看看。旁边长椅坐着一个中年人，打扮好像小贩，正瞪眼瞧着范一。还有一对青年男女，正挽臂由石径走来，好像要向藤架下觅坐。就立起，挽着范一说："咱们出去走走，我想吃一点儿冷品。"

范一领悟她的意思，就一同出了花园。到了马路上，先寻冷食店吃了两杯冰糕。又走出来，陶甄提议到白河边上散步，范一同意了。二人在路上并没说话，一直到了河边，徐徐向南走着。陶甄向前后看看，见河边只有一丛丛黑影，那是路旁树木被月亮映出来的影子，此外并无行人。就立在一根电杆下，杆上的电灯被明月欺得减去光辉，但每人仍被照出两个人影，一个是月影较浓，一个是灯影较淡。

"我知道你有话要对我说，快说吧。"陶甄张着水汪汪的眼，迎着月光，低声向他开口。

范一背着月光，影子整个倒在陶甄身上。但却向着灯光，照出他面色忽红忽白，胸际不住起伏，好似感情极度冲动，使陶甄想起一月前，他向自己求婚的情景。

"我今天的确有话要同你说，希望你能答应我。"范一嘴唇动了几动，才发出声音。

"只要我能答应的必然答应，咱们是什么关系，你还不信任我么？"

"我当然信任你。"范一说，"痛快说吧，我要到南京，去加入抗战阵营，希望你同我一道去。"

陶甄怔了一怔，睁大了眼睛说："你为什么……这当然是对的，可是何必这样忙？"

"我告诉你，我现在走已经晚了。"范一瞋目切齿地说，"第一件，

32

现在我们已成了亡国奴，在当初我们痛恨租界，到现在居然受了租界的保护。我因为住在租界，很想到外面去。但是每出租界一次，就受一次刺激。例如每个桥口、每道街口，都有日本兵持枪站岗，中国人往过，就得向他们鞠躬，这是不可抗的。我只出去两次，已经鞠了二十九个躬，这直似二十九把刀刺在我心上。试想，我若早早离开，又何致受这种屈辱！第二件你也知道，我们西楼大学是日本人公认的天津抗日策源地。可把我们恨透了，大前天得到一个消息，大概很确实，我们的白校长一月前已经离开天津。在事变当日，日本兵包围了我们学校，搜拿校长、职教员和一些抗日的学生。恰巧有一位住在城内的王五先生，因为冒险到学校去接他的外甥陆汝明……"

"我认识这陆汝明，他是咱们上一班的同学，又是校刊的编辑，上次学术辩论会上得了第一。"陶甄插口说。

"不错，是他。王五先生去接他时，陆汝明已经躲走了。王五先生倒被截在校里，日本人捉住他，竟认作白校长。真是命中造定，王五先生也是六十岁上下，花白头发，生得方面大耳，戴着黑光眼镜，和白校长大部相像。日本人拷打逼问，王五先生自然不承认，但最后日本人竟处以世界没有前例的非刑，这个……我对你说也不算失礼，他们把一只电灯泡塞进王五先生的……这地方你可以想象的。然后用力踢他的尻部，使电灯泡碎在里面，王五先生就这样死了。"

"呀！"陶甄叫了一声，面色更惨白了，"真的……"

"陆汝明亲口告诉我，真不真你去判断。"范一耸耸肩说，"还有第三件，是杨闰生家出事，你知道么？"

陶甄惊得倒退一步，倚在电杆上，张大了口，但没叫出声音。她随即镇静下去，半晌才哑声说："他……他家……为什么？"

"就是事变后三四天，日本兵到杨闰生家检查。他家里倒没有什么私弊，只墙上挂着一张照片，是闰生令兄正生的。他在中央航空学校上学，去年寄来一张照片，全身戎装。家人认为光荣，就装镜子挂在墙上。这时被日本兵发现，就要他家交出杨正生这个人。但是他远在杭州，又怎能交得出来？于是闰生的叔父和母亲都被捉去。闰生当时住在余大姐家里，并不知道。过四五天，等他回家，恰被卧底的狗腿们捉住，现在大概是进了宪兵队。"

"真不讲理！"陶甄顿着足说。

"笑话！在这时候，你跟谁讲理，谁跟你讲理！"范一摇着头，苦笑地说，"现在只说事实，已经到了这种情形之下，谁能忍受，谁就忍受，我可绝对不能忍受。而且我在学校是本班的学生会代表，听说日本人早有记录，早晚总放不过。我并没什么可怕，只是觉得与其被日方捉去，死在狱中，将来做个烈士，不如去参加抗战工作，即使放一枪就被敌人打死，对国家较比有用。所以我决定走了。"

陶甄惨白着脸，身体贴近了他，哑声说："你真的……已经决定，非走不可？"

"是的，昨夜跟家父谈了三点多钟，他只有我一个儿子，当然舍不得。但是最后他不但允许了我，而且很鼓励我。"范一说着有些哽咽，随即恢复了平常态度，把低下的头又仰起来，接着说，"我在世界上最亲爱的，只有两人，第一是父亲，他太老了，只可留在这里；第二个是你，你向来是很热烈坚强的有心人，当然也不忍受这样环境，何况咱们已经订婚，我……希望你跟我一同走，一同去参加抗战工作。"

陶甄直着眼，皱着眉，怔了半晌，才慢慢开口说："我当然愿意跟你去，而且也应该跟你去。不过……"她叹息一声，"你知道，我父母只有我一个女儿，他们是不能跟你父亲比的。而且我母亲病在床上，已有半年多。倘若我走了，她是否还能活下去？天呀，这真难……"

范一听着，好像受了很大打击，变得似没有生气的石像。过了一会儿，才颤动嘴唇说："这个我不能作过分的要求，一切希望你自己决定。"范一说完，就闭紧了嘴。

两个人都静默不语，把眼光看着远处，但没一个人能看见什么。在月光之下，两个人影都没有丝毫摇动，就这样过了有十分钟。还是范一耐不住，先开了口，颓弱无力地说："好，我的话可以取消。你既有这样困难，就无须跟我走了。"

陶甄眼中流下泪来，她那黑长的睫毛上挂了许多小水珠，被月光照得晶莹发亮。她拉住范一的手，悲声说："你得原谅……"

"我当然原谅，你确实有许多困难，这是没办法的。"范一悄然地

34

说，"那么我自己走了。"

陶甄唏的一声哭了，伏在范一肩上，继续抖颤地说："教我怎么……舍得……你！"

范一眼眶倏地变红，但竭力抑制着，不教眼泪向外发展。随即吸了口气，用手抬起陶甄的脸，端着她下颊，柔声地说："亲爱的，你不要难过，我们的分别只是暂时的。我将来必有一日，随着胜利的中国归来。万一不能，也……我不是基督教徒，现在也只能这样说，即使我们的肉体不能重聚，灵魂也必能重聚。"他说着举手上指，表示重聚在天上。

陶甄哭得更恸，眼泪直向外涌，紧紧抱住范一，叫着说："不，不，我不顾一切了，决定跟你走！"

"甄，你不要这样说。我既知道你的困难，怎能还教你走？人都有父母，我已经愧为人子，难道还害你抱憾终天？你留下是对的。"范一压抑着情感，平心静气地说，"不过这一去，十年八年，或死或生，都没一定。关乎咱们的……咱们的爱，当然是永恒不变的；至于咱们的婚约……"

陶甄"呀"的一叫，瞪圆了眼，满面悲愤地揪住范一，像要拼命吵架似的叫着："范一，你是要逼我立刻死在你面前！你以为我变了心，你居然在这时候提起婚约，你很慷慨地要表示解除它，你当我是……"陶甄说着，哽咽得接不上气。

"咳咳，你不要误会！"范一好像仓皇失措，连忙抚慰她说，"我以为婚约和爱情是两件事，我此去归期未定，存亡难卜，又何必给你留下这形式上的拘束，精神上的担负？只要咱们爱情存在，只要我能够回来，咱们还是咱们。亲爱的，你要明白，我们同学多年，现在固然已生了未婚夫妇的关系，可是仍有着类乎兄妹的感情，我完全由于爱你才……"

"谢谢你这样爱我！"陶甄咬牙冷笑着说。

"我是出于好意，说错了请你原谅。"

"这好意不我敢接受，原谅更不能原谅，你简直侮辱了我！"

范一满面惶愧，正要引咎道歉，陶甄忽然一把揪住他的领带，目中

35

射出一种兵士将要肉搏，近似疯狂的光，嗓音嘶哑而沉着地叫着："范一，现在我不跟你说废话。你方才的意思，当然是为我着想，可是太侮辱了我，也侮辱了神圣的爱情。不过我不恼你，现在只表示我的心迹。"

她伸手指指上面，而又指指下面，头儿也随着俯仰，随又面对范一说："范一你看，天上有月，河里有水，我请她们做证，用她们发誓，我的爱情永久不变，咱们的婚约永久保持。无论多么长久的时期，我总等你。即使你过四十年回来，到我家叩门，一定能看见一个白发的老婆婆，拄着拐杖出来接你，那就是你的陶甄。倘然在你没回来以前，我不能在世上等待，那么就是你那句话，咱们总有一日重会在天上。可是……你也要对得住我！"

范一已感动得不能自持，颤声说："妹妹，我信任你，你也要信任我。你方才这一篇话，我要永远记在心里；即使到我临死的时候，你这时的声音一定还要在我耳里重响一遍，在我心里重温一遍，我才能瞑目死去。你想我会不会对不住你？"

陶甄仰起头，把含泪的眼光望着他，面上现出一种表情，使范一忍不住低下头去吻她。这时，二人的灵魂融合一处，两颗心黏结一起，直把这世界当作无人的世界，只剩下他们两人。除了天上的明月，从云隙里探出头来偷看他们。

然而，偷看他们的岂止明月？有一个捡破烂的妇人，从路旁巷中转出来，看见这一对忘形而放肆的情侣，惊得眼中射出礼教的光。她起码以为这不是在路上该做的事，固然电影上常有，可惜她又没看过。这惊人的发现，使她脚步却迟慢了，无奈脚下拖着一双破鞋，踢踏的声音终于惊觉了两个陶醉的人。

范一和陶甄倏地分开，同时转身向着河心，好像一直地眺览风景。这倒是很风雅的，可惜那妇人不能了解，直把他们端详个够，方才满足走去。

人类的情感冲动，只怕中间有人打岔。譬如一个人大怒吵架，忽然旁边有人说了极滑稽的话，使他忍不住大笑，以后就再也壮不起气，这场架就容易劝解了。一个人正在痛哭，忽然身旁响了炸弹，他惊起逃跑，到了远处，坐下再哭，一定哭不出来，因为悲绪已经惊散了。范一和陶甄这一吻，本可以无限期地延长下去，但经搅扰以后，脑筋已清冷下来。同时也看见附近岸下有船，船上有人，于是二人再转身相对，便都默默无言了。

过了一会儿，范一才开口说："甄，咱们就这样决定了，我虽然自己走，然而精神上并不孤单……"

"当然，我的心和你同在。"陶甄说，"希望你的也留在这里。"

范一握住她的手，默然对视了半晌，才悄然说："等将来我把心回答你，现在不多说了。咱们就此分手，我也不送你回家，因为还得到余大姐家去辞行，并且已经买好船票，明天就要上船，也得早回家收拾。"

"你不用送我，我还得到大马路去给母亲买药。"陶甄说，"不过你明天几时上船？我们还有再见一次的机会。"

"不必，你要明白，我说不定在日本人通缉之列，走时需要秘密，况且咱俩的关系也不在乎这一送。"

陶甄含泪点头说："你要保重，到了南方，但能通信就勤来信，我知道信里不能谈正事，只要两个字，平安。"

范一点头说："我尽我的力，请你放心，我走了。"

陶甄又拉住他，二人再把握一会儿，才做最后的道别。范一向南走去，到七八丈外，将进一条横街的口，回头望望，见陶甄仍亭亭立在原处，白衣浴着月光，衣襟被微风吹去，飘飘如下凡的素女。见他回头，举手指指天，指指心，随又抛过一个吻来。范一对她挥挥手，转头再走，头颅恰撞在墙角上。

十分钟后，致安里十七号余家的憩坐室中，信芳穿着白地蓝条的旧绸衣，倚在窗前向外眺望。房中开着一只小台灯，灯罩是杏黄色的，显得寂寞而宁静。无线电收音机开着，但只发出很低的声音，仅只听得出是播送旧剧。近窗的绿绒沙发上铺着凉席，席上覆着一本洋装书。

忽然，收音机停止放送旧剧，改播时事。信芳很快地转过身，把机钮关闭，房中立刻静悄无声。但外面的门铃响起来，信芳忙走出去，不大工夫，范一随着她走进来。

信芳随手开了台灯，使房中大放光明，笑着说："你从哪儿来？我听见门铃响，还以为是怀芳呢。"

"怀芳哪里去了？"

"他在对面楼下郑家。"信芳坐在沙发上，以肘抵膝，用手托着下颊，皱眉吁气地说，"怀芳近日有些受病。你知道他是神经质的人，性情又偏于文学，在以前总好作新诗，写随感录等等东西。近来认识了对面邻居郑伯扬，忽然又变成旧诗人，因为郑伯扬是当年公府秘书长郑吉士的儿子，家学渊源，文章诗词都作得极好。不过是个大烟鬼，虽只三十多岁，人已变成小老头儿，完全是颓废一派。怀芳和他认识，旧学自然得些进益，但是思想很受影响。尤其在事变以后，郑伯扬当然是很受刺激，不断用笔墨发泄感慨，说得好似中国已经灭亡，自居在遗民地位。怀芳也跟着一同受病，你看他方才信笔写的。"

信芳说着，向写字台上一指。范一伸手从台上拿起一张涂满墨笔字的纸，注目一看，前面是南宋赵子昂的诗："南渡君臣轻社稷，中原父老望旌旗。"只这一联却重复写了五六遍，后面是陆放翁那首《元旦示儿》："死后原知万事空，但悲不见九州同。王师北定中原日，家祭无忘告乃翁。"

"这个我极端反对。"范一摇头说，"赵子昂虽是宋末人，但这首诗指高宗南渡时期，而完全是咏古的作品。陆放翁则已经太老了，只能消极地以笔墨表现他爱国的思想。然而在现今这大时代，我们青年必须要积极行动，所以怀芳这样颓废，是不对的。他不能和郑伯扬相比，郑伯扬已经是没大希望的人了，怀芳才十九岁……"

信芳接口说："我也是这意思。尽是不断对他讲说，我们在这天翻地覆的动乱时代，要尽国民的天职，并不是假叹几声，吟几首诗所能了事的。比如现在人人像你一样，都在纸上爱国，即使每人能写出一部《夕阳红泪录》，或是《荆驼集》《黍离集》，每部都达到文学高峰，足以流传万古，也当不住本身做亡国奴。"

"对极，是极！"范一点头说，"但是怀芳怎样说呢？"

"他说他没有勇气，也没有机会，现在只能这样发泄心底的悲感。"

范一跳起来说："他说没机会，现在正有一个！我要到南方去参加抗战阵营，教他跟我去。"

信芳张大了眼，很快地立起来，走近一步说："你决定要走？"

范一很激昂地把曾对陶甄说过的理由又重述了一遍，最后说："大姐是了解我的，您以为我是不是该这样做？"

信芳目中发出一种范一向来没见过的热烈的光，注视他半晌，才把眼光移到地毯上，徐徐点头说："我了解你，你当然应该这样做。这是我在理智上说话，可是在感情上，我……我希望你此去自己珍重。"

"谢谢大姐，我还要求怀芳跟我一道去。"

信芳退后一步，颓然坐到沙发上，低下头，半晌才抬起来，声音低涩的说："这个我真为难！当然这一去是危险的，我对你就鼓励，对自己弟弟就珍惜，好像过于自私。实在怀芳天性是懦弱的，自从父母去世，他就像鸡雏似的伏在我的翼下，遇着困难只懂得逃避，对于人生的战场还望而生畏，何况这真实的战场！我只能允许慢慢鼓励他的勇气，若有一日能自己奋发起来，我为国家一定贡献这个弟弟。现在……你想，若强逼一个怯懦的人上战场，是不是有些残忍，而且于事无补？何况还未必能逼得他答应，白白损失他的自尊心，影响到将来不易振作。"

"大姐，你是对的，我也很知道怀芳的个性，那么就算了。"

信芳默然无语，半晌才开口说："你几时走？"

"明天下午三点开船。我这次南行是秘密的，只告诉您和陶甄。希望您不要送我，以后还得替我向各位同学致意。"

"好，我都照办。"信芳点头说着，但声音有些凄咽，"想不到你走得这样快！"

范一才要说话，忽然窗外一阵光亮，二人走过去看。北面似有万道金蛇，织成半天锦绣，那是日本人庆祝胜利所放的焰火，一个幻灭了，一个又放起来。"大姐，我不快走，还长久留着赏鉴这个么？你知道一幕焰火里面，包含多少中国人的性命财产，这好似强盗杀了我们的父兄子弟，不许我举行丧礼，还要跟随他们庆祝欢呼。然而，竟有人甘愿这样做！我现在既没力量抵抗这万恶的情势，也没有方法发泄胸头的仇恨，只有一走。等将来随着胜利的中国归来，跟我们的敌人和汉奸算总账！

"是的，第一，我们认识五六年，今天才知道你确是个有心有志的血性男子……"

"大姐，您提起认识五六年的话，我也有话对您说。这几年，大姐把我像怀芳一样看待，我早已把您当作亲姐姐。现在我要走了，不知几时才得重见，也许从此不见。大姐，您要记忆这个弟弟，弟弟永远对您感激不忘的！想这几年，大姐帮助我们几个人研究功课，无论谁有过错，您都苦口劝说。我们玩够了回来，大姐变着法儿给预备可口的菜。夏天整桶地做冰激凌，冬天大家围着吃火锅。因为我没有母亲，所穿的衣服都是大姐设计或是裁缝。那一次我踢球伤了腿，大姐直看护我一星期。那一次预备季考，住在这里，夜间得了霍乱，大姐为我三四天没睡觉，到我病好，大姐已经病了。那一次……"范一越说越慢，声音越低，好似自言自语，并非对信芳说话。

信芳眼圈红了，开口拦住说："够了，过去的无须再想。你明天就要走了，我问你，和陶甄商量过么？"

"我方才和她分手，本来希望邀她同走，无奈她因为家庭关系，母亲又正病着，实不能离开。这也是没法的事，我不能强人所难。"范一叹息着说，"我走后，大姐照应她些。"

"那当然，很用不着你托付。可是你父亲呢？你走后剩下他自己。"

范一听着，悚然一惊，自愧未曾提到父亲，被信芳先举出来。这就是信芳可感可敬之处，她向来是替人设想周到的。陶甄虽和自己未婚夫妇，竟没想到这个问题。当然她因为惜别情浓，方寸已乱了。

"关于我父亲，好在家里略有积蓄，可以饱暖无忧。家中老仆人张福很能伺候他，还有我姑母可以照应他。不过我姑母子女太多，家里事太乱，不能常去探望，还得求姐姐替我分分心。"范一很恳切地说。

"你没对陶甄提过么？这是她应该尽的责任，我只能尽力帮助她。"

"这个……我还忘了对她提。"范一嗫嚅着说，"不过陶甄天然是小姐派头，本身还要人照应，怎能照应人？大姐你想……"

"好吧，我一定帮助陶甄，一同照应你父亲，教他在衣食疾病方面不受委屈，你放心。"

"谢谢大姐，我对您什么话也不说了。"范一深深鞠了一躬，又看看表，"时候不早，我得回家收拾去了。"

信芳低下头说："你保重……你得回去和父亲多厮守一会儿，我也不留你了。"

范一看看信芳，又转身看看房中陈设说："自从上中学，几乎天天都来这里一次，想不到今天得对这里要离开了，我觉得印象比自己家还深。"

范一说着，自觉眼中泪要流出，急忙转身向外走着说："我再和怀芳的卧室道别，那是我每逢刮风下雨常常留宿的地方。"

"范一，我答应你，在你走后，我们绝不搬家，房里陈设也不改变。直到你回来时，还可以看今天这个原样。你就带着五六年来的旧印象走吧！"信芳随在他后面悄然地说。

这时，范一已到了甬道内，推开怀芳卧室的门，向里看看。但听了信芳的话，受到非常感动，立刻拉上了门，回身向着信芳。但这甬道中并无灯火，只有由憩坐室门隙射出的微光，阴暗暗的，彼此不能看清面上的颜色。"大姐，这印象一定永远深刻在我脑里！不过我这一去，也许十年八年回来，到那时即使房屋陈设不变，人也会有变化的。"

"人也不变……为纪念你，什么都保持原样。"信芳说。

"大姐，这个……"范一似乎有话要问。

信芳把一只手抚在他肩上，推着他说："天不早了，你快走吧，我不再耽误你的时候。"

范一已走到门口，因这门已锁上，钥匙插在锁孔中。信芳的右手原抚在范一肩上，身体却稍偏在范一左边，这时要探身去转动钥匙，自然把范一身体围了个半环。范一只觉她的鬓发拂在自己耳边，似有一阵热气烘过来。果然钥匙一声微响之后，信芳的左手又落到范一的右肩上，颤声说："弟弟再见……"

信芳还是第一次正式称自己作弟弟，同时又被她两手抚在肩上，口中的气嘘在脸上，不由心中大受感动，也伸臂抱住了她，低声说："姐姐，我无论生死，永远忘不了姐弟的情义。我永远是你弟弟！"

"好的，姐姐也永远是姐姐！你去吧，我总在这里等你。"信芳离开他的拥抱，很快而激动地说。

范一心中的疑问又涌上来了：你方才说人和房产陈设一样，永无变化，这时又说总在这里等我，难道抱了独身主义，永不出嫁？自己以弟弟资格径直问问她，想也不致嗔怪。但是话未出口，信芳的手已离开他的肩头，把门拉开了。范一不由得举步走出门外，在这时候，耳中又听得信芳声音说："我不送了。你记住，我在今天说，我在这世界上，我最爱的两个人一个是怀芳，一个是你。"

范一忙回过身，见门已徐徐关闭了。借楼梯的灯光，只瞥见信芳的半面，好似含着笑容。这时，远处教堂的钟当当敲起来，报告已到了十点。范一略一踌躇，就向门举了举手，转身下楼走了。

第三章

二十二号路二十二号

日本侵略中国是最不智的举动。在"九一八"以来，世界上都说日本吞了一枚炸弹，这还不在话下。

即就历史看来，异族绝对不能统治中国。倘若异族一定要凭借暂时的武力来统治中国，那么结果没有例外，他们在被中国同化以后，再翻转过来受中国统治。

历史上，中国人受异族侵入的次数很多。然而到了今日，五胡人在哪里？辽人、金人、元人以及清人又在哪里？无怪乎在若干年前，世界各国的学者，都已咏叹这古老的国家、奇怪的民族。

所以这样，由大处看，当然有其种种原因；若由小处看，则日本这次侵略中国，就发现了许多证验。

日本制造出无数的各式各样大小汉奸，来毁害中国人，但同时也毁害自己。这又得从头说起。好人自然不会做汉奸，坏人才做汉奸。日本把坏人都搜集了去，同谋同事，慢慢都学了坏。倘然日本国民总数是八千万人，每年派一千万人到中国来，一年换班一次，有十年工夫，日本就要遗失他们本身的长处，而由汉奸学去了中国人的坏处。结果道德日渐堕落，由根上腐烂，不遇到原子炸弹也要亡国。谁造苦酒给别人喝，自己也得尝着。

举个例子，事变以后，由地方维持会又组织伪政府。日本要统制一切，各机关都设置日本顾问。然而，这班顾问不见得完全发生作用，很多被中国人毁了。即以各县而言，县署顾问等于太上县长，换句话说，即是县长的祖宗。但汉奸的县长们虽然媚外成性，但为自己的私利，对日本人也不能真心孝顺，于是利用手段，设法引诱日本顾问嫖赌淫乐。才从国内出来的日本人，是没经过享受的，多敷药不起这种诱惑，大上其当，结局必使他们上了鸦片烟瘾，县长才算得着把握。再利用他们的弱点，合作几件贪赃枉法的事，以后不但可以驾驭他们，还足以挟制他们。结果日本顾问只有多讨几个钱，弄个女人，自去一榻横陈，不再作威作福，而本身也就彻底糜烂了。

诸如此类的例子很多。以大可以喻小，以小也可以喻大。上级日本人利用汉奸，本是使奸使诈的手段。但他们本身也学会了贪诈，结果中国人只临时倍受毒害，而他们道德低落，将要永远吃亏。

这原因只在汉奸中有学无行的能人很多。"学"的一字，很是难讲。好人愈读书，心术愈正；坏人愈读书，心术愈邪。譬如两个人同看宋史到岳武穆事迹，一个就为岳飞痛哭流涕，痛恨秦桧奸险；一个就羡慕秦桧长保富贵，岳飞不识时务，是个傻瓜。所以心术邪僻的人，加以学问，如同给毒蛇加上双翼，只成为作恶的工具。例如王揖唐、梁鸿志、周作人的诗文，都是恬淡清高，谁能想到他们能做汉奸？然而他们竟做了汉奸，所有的学问帮他们商民一般的爬上顶巅。

再一类是天生的能人，手段玲珑，技术巧妙。像王克敏这一流人，只要有戏台，总有他唱戏；只要有政府，就见他做官。正式戏场不邀，就唱傀儡戏；中国政府不用，就做汉奸。料想他死后在阎王殿上，也能钻营个阔差使。

其次就是依草附木之流，或抱住大汉奸的粗腿，或拉着日本人的尾巴，谋求个人的地位，来趁火行抢。内中最出色的一种，是最聪明的一种，他们的大名并不见于当时的报纸，日后中国胜利，也不会见于汉奸名单。只以在野的地位、联络的手段，取得一种看不见的权势。他们接近各种各级的人，加以运用，于是，这些人的权势就成为他们的权势；实际所得的利益很多，所担的责任、所受的骂名很少。下面就是其中之一。

这天晚上，某租界二十二号路二十二号的一座大楼，大门开敞，门口站着本宅的请愿警，还有一个附近派出所派来的临时加岗，门外排列着十多辆汽车。里面三层楼，上下俱是灯火辉煌。路上行人经过门前，都急趋而过，侧目而望，诧异这大楼中主人必是声势煊赫的贵人，正在大宴宾客，不知怎样的炮凤烹龙。但那警士和几个汽车夫，都很萧闲地想着昨夜赌博的胜负，因为这里的火炽情形，已继续了一个多月，并非今日初次如此，下人们都见惯了。

里面二层楼内的大饭厅内，正开着盛宴，主客共是九个人。厅内门口立着二个仆人，门外还有三个，都静悄无声地伺候着，好像空气十分紧张。仆人互相递着眼色，特别小心。因为若在往日，主人宴会必有赌博，而且夹着许多女人，嬉笑无忌；今天则是请有贵客，首席是日本驻津司令部参谋长、日本居留民团副主席兼商会会长，其次是市政府秘书长、顾问参议和几位名流。

主人何止百原做过内务部司长，但他在民国十六年就卸了任。直到这时已是二十六年，他还在名片上印着"司长"，朋友、仆人口中也称呼着"司长"。因为中国的官好像都是终身职，只要做过一任司长，就永远是司长了。何止百是个自居为最慷慨好交的人，他由一个穷光蛋，慷慨成一个显官，好交成一个富翁。据旁人批评，他是慷他人之慨，交他人之运。然而他自己却说："姓何的除荆妻外，无不可与朋友共者。"

这也不是谎话，他确是言行一致的。他的客厅是朋友的赌博处所，他家所存的古董珍玩——他不但开着古玩铺，而且能够自造——朋友喜爱就随便奉送。他的两位姨太太都是年轻貌美，一位是女伶出身，善于弹唱歌舞；一位是女学生出身，善于跳舞、游泳、滑冰，能替他应酬朋友，无微不至。只要朋友需要，还可以出借，由一天到几月，均无不可。在事变前，他交结上一位大员，留住家中多日。那大员要到西山休养，他就派二姨太太陪同前往，过了一个夏天才回来。不但这个，他还能为朋友费心血，卖力气。譬如朋友想谋差缺，他能设法代为请托；朋友要用大批款项，他能设法代筹；朋友若是爱上某个良家妇女，意图染指，他也能反串王婆角色，设媒拉纤，达到目的；若是没有幽会处所，他家尽是闲房，可以权充台基；朋友若是娶小老婆，他也能包办一切，由介绍、迎娶、藏娇，以至反目离异、出资遣散，办得井井有条，头头是道。

不过他所交的朋友，都是有权有势有财，而又现在马上的。所以他的一切一切，全是有作用有酬报的。座上绝没有一个穷人、一个白丁，除非赶上贵客喜好昆曲或是书画，他也附庸风雅，邀集几个曲客画师陪伴，但那只是暂时的工具。总而言之，他家中所有，无论是动物、植物、矿物，绝对没有废物，都是可以与朋友共而替他生利的。只有他那位"荆妻"，因为已经老丑，早打入冷宫，吃斋念佛等死。他知道朋友绝不屑于跟他共，无法利用，才故作清高地表示，唯此一物不可与朋友共。

他既然只交马上的朋友，但马上的失势以后，都用什么方法摆脱；而失势的摆脱之后，对新得势的又用何法招徕，这实是个难题。但在他却能措置裕如，长久保持着名流的地位、"小孟尝"的名声，座上客虽然常换，然总是满的。

自从事变以后，何止百聪明的脑筋并不敢轻举妄动，曾停止活动许多日。直到华北伪政府成立以后，他才活动起来，先结识了几个现任职官，后又借这些职官的力量，认识几个日本军政人员和一些所谓浪人。今天是他宴请日本河野参谋长、平井顾问，其余的人都是被邀作陪。

河野天然是日本的模型：矮个子，宽身量；围着光头，满脸连鬓胡刮得很干净，整个铁青颜色；唇上两撮希特勒式小胡，冷冷地微微笑，露出牙齿。看了使人佩服世界上的漫画家，他们能共同地捉住日本人的特点，就是阴险的笑容和暴露毒恶的牙齿。

平井顾问是个瘦长子，面貌非常像中国人，嘴唇特厚，又有些像非洲黑人。身上穿着灰色西服，好像不大合体。他常常拿着纸烟，说话时不看对方的人，只把眼光望着纸烟尖端的灰。

居留民团副主席已很老了，但也不过五十多岁，好像当初是出号的大胖子，突然肌肉全失，只剩下皮骨，于是皮都折叠起来，皱纹是太多了。倘若把皱纹分配给全部日本人，则他们将没有一个平滑的脸，都镌记上未来的忧思。但老头子精神还是很活泼的，谈笑风生，又能喝酒，中国话极流利，他的名字叫作仁格太次郎。

市政府秘书长常四可是名士派，小脸儿不过碟子大，满面烟容，头发长得像个囚犯，身上一件绸袂袍满是油渍，年纪似乎在六十岁到一百岁之间，实际他不过四十岁。

曾任维持会委员，而现任棉毛会社社长的胡庆堂，是个大胖子，头颅比球还圆，五官都小，尤其两道眉似有如无，好像儿童在皮球上画人头，墨迹太淡，而又把五官紧凑一处。但他的肉却太富裕，两颊突起，把渺小的鼻子挤得无地自容，因而说话总像长期伤风。

京山铁路副局长李不陂，从上至下完全是日本人，即使原是中国土产，他也模仿得极似东洋制品。又是日本留学生，说得一口好日本话，座上宾主谈话，多半由他通译。

另外两个，一个是本地律师古仙桥，原没有资格参加盛宴。但他和新任河北省长高其鱼有着戚谊，大约高其鱼的侄媳是古仙桥内弟妇的外祖母的干女儿的表妹。不过古仙桥嫌这条长蛇阵的关系，太已啰嗦，就截去正身，只留短尾，简称高其鱼的侄媳是他表妹。何止百谬采虚声，想利用他和高其鱼拉拢，所以今日请来作陪。另一个是华光大戏院经理闽秀峰。他得何止百援引，参加这个宴会是有用意的，但并非要向日本人贡献女伶，也不想托座客代销戏票，而是因为知道何止百认识胡庆堂，想设法钻营，包办收买外县棉花，发一笔国难大财。何止百已和他议好了成头，预备今天进行接洽。

何止百本人仪表倒是壮观，并不甚胖，而很魁梧，只是头小脚小臀部小，稍为减了成色。容貌也很端整，可惜有个挤眼的毛病，好像唇角和眼角有一条筋连系，每说话必使左眼受到牵动。但衣服华美，举止大方，谈话委婉，表情真切，再加上手头常带的大钻戒，嘴角常挂的雪茄烟，颊上永不消失的笑容，使人一见就认为是有根有派、可靠可喜的人。

这时，河野刚谈完了他的政治理论，他说日本对中国并没领土野心。即如东三省，早已是日本的生命线，尚且成立满洲国，令其独立自主，何况对于华北？日本除了经济合作以外，从无其他希望，可惜中国政府不能了解，以致弄到这般地步，真使多年来爱中国如兄弟的日本人痛心！

座上的中国人听着，都带出极度感激的表情。李不陂眼中含泪，摇首叹息。胡庆堂咧着嘴说："这是中国应该倒运！"

古仙桥拍手打掌地说："都被这群人闹糟了。"

何止百接口说："幸而我们还有老成谋国的志士，能和贵国合作，组织政府，另辟途径来恢复两国的邦交，重建东亚的和平！"

常四可一看被何止百抢说了漂亮话，急忙立起，举杯向河野鞠躬说："我代表中国人民，致谢贵国的善意，请诸位为参谋长饮寿杯。"

众人忙不迭地立起饮酒，河野只欠欠身，把酒喝下。

闽秀峰忙说请参谋长吃菜，河野似乎并没听见。李不陂又看不起闽秀峰，不肯代他翻译，闽秀峰无法，只好以动作表示敬意。用牙箸去夹海参，半天才夹起来，向上面送去。不想牙箸太滑，半路就夹不住了，恰巧落在一碗新上来的川双脆里面，溅得汤水横飞，落了河野一脸，崭新笔挺的军服也污染了。闽秀峰见惹了祸，"哎呀"一声，连说对不起，离座跑过去，伸手要替河野擦拭，哪知河野一抬臂，把他推开。闽秀峰也是喝了几杯酒，脚下不稳，扑地向后便倒。河野寒着脸立起来。

李不陂一看不成体统，急忙跑过去，用日本话把闽秀峰骂了几句。又向河野道歉。何止百也过去连连作揖打躬。别人一叠声喊外面打手巾，及至手巾送进来，河野自接过一把擦脸，何止百、胡庆堂各接过一把，替他擦拭军服上的污渍。等到河野擦完脸，把手巾放在桌上，平井顾问竟拿过去擦拭面上、身上，众人才醒悟，他和河野并坐，当然也被汤汁溅着，怎竟只顾河野而忽略了他，万一得罪也是不了！于是又纷纷张罗一阵，哄得二位贵宾都重现笑容，方才重新入座。

但是那位祸首闽秀峰一直红着脸，立在一边，这时方要逡巡就座，被何止百拦住说："老弟，你有了酒了，还是请到对面房里歇息吧！"可怜闽秀峰就这样惨遭驱逐，满面羞惭地走出去。

席上众人又接续谈起来。平井说："北京方面要充实新政府内部人才，命令天津方面敦聘租界内的寓公。"

仁格太次郎笑着说："这个消息我已得到了。在敦聘的人名单上，至少有两个我能负责包办，因为我们是老朋友，事变以后，他们托我代管日租界的财产。"

他说着，把手心向上。手指屈伸几次，暗示一切在他掌握之中。

胡庆堂接口恭维说："仁格先生真是老资格，在天津到处是朋友。我记得你每年旧历正月初，都是穿上皮袍马褂，戴着风帽，到中国朋友家拜年。"

仁格太次郎哈哈大笑说："不错！我到中国已经三十多年，深深地明白中国人情风俗。我的心是中国的心，自己常常觉得是中国人。希望你们诸位学我的亲善态度，也一样爱日本，也一样自觉是日本人。"

众人异口同声地说："是，是！我们最爱日本，早已自觉是日本人。"

但是有的人喉咙发涩，夹了几声干嗽。平井听明白这几句话，大笑立起，请大家干杯，众人都干了。

就在众人起立，椅子移动的响声中，门外有个二十多岁的青年仆人，夯着胆子骂了一句。这一句很不好写，若一定要写出来，只可利用方框，那就是"□你们□□"！

这时候，仆人们听得背后楼梯一声响，回头看时，见三位年轻的女子走上来。

第一个是本宅大小姐何绛珠。这位大小姐是大太太生的，但和本生母感情恶劣，而与二位姨娘特别要好，所以养成很浪漫的习惯。她虽只二十岁，男朋友已不止两打。在交际场中，何小姐是极有名的，她又受家庭血统的遗传，善于运用机会。她周旋男朋友中间，饮食服御备极奢华，却不大破费家中的钱，可以说是何止百的肖女。容貌虽不甚美，但态度非常风骚。她是电影迷，每有新片必然去看，但不注重内容情节，而只去学习女影星的修饰和动作。

第二个应该称为殷太太，因为她是有夫之妇，而丈夫又姓殷，当然要这样称呼。但她自己不喜欢太太这名词，而喜欢小姐，旁人也只好随她。这种风气在电影界是风行的，一个女明星嫁人以后，绝不肯冠上丈夫的姓，因为那是于前途有妨碍的。这位已成太太，而尚自居小姐的梅隐青小姐，在三年前倒是与电影界发生过关系。那是在上海一家公司到北京拍摄《古城春梦》的时候，召募临时演员，她去应征，居然在镜头上有三四秒钟的出头露面，是扮一个小丫鬟，给客人送两杯茶。以后就茫茫终古，永无再见之期。但她就由此戴上明星头衔，学全了明星派头。在去年跟一位姓殷的贵公子妍识，那殷公子名叫小楼，为她打散了发妻，抛离了家庭，然而她竟连殷字也不肯姓，仍以女孩子自由之身，在外广事交际，自谋便利，气得殷小楼吸上鸦片烟，去作慢性自杀。梅隐青和绛珠是好朋友，尤其和绛珠的二姨娘有特殊情谊。

第三位是陶甄，她与何、梅两人绝非一流人物，平日也不来往，只为她与何止百有一点儿疏远的戚谊。陶甄的母亲是何止百的远门本家的姐姐，所以何止百还是陶甄的舅，两家常通庆吊。绛珠和陶甄年岁相仿，有一时颇为要好。但陶甄看她行为不对，也就渐渐疏远了。今天还是本年第一次过访，而且为着他人的事来的。因为杨闰生被捉进宪兵队已有三个多月，家中人百计营救，烦了多少门路，都没效果，最后听到何止百结交日方重要人物以及汉奸官员，颇具潜势力，陶甄和他有亲，可以托情说法。杨母就到陶甄家里，恳求她看在和闰生同学分上，代为尽力。陶甄这时还是满腔悲愤，痛恨敌人和汉奸，虽觉闰生应该营救，但绝不愿去求那准汉奸何止百，所以起初很是推辞，无奈杨闰生的母亲哭泣哀求，激动了陶甄的热肠和恻隐心，才答应试一试，但是总有些犹疑。今天下午到何宅时，还先到余家去和信芳商量。

信芳姐弟都在家里，因为多日未见，很是高兴。信芳教怀芳去买螃蟹，留陶甄吃晚饭。陶甄向来对余大姐没有客气，不但依实，还喊着："现在进了九月，螃蟹正肥，我因为母亲久病，今年才吃了两次。怀芳你多买几斤，今天吃个痛快。"

怀芳去后，信芳进厨房做饭，陶甄定要帮忙。信芳因她穿着崭新的衣服，赶着教到外面去坐。陶甄出去，竟寻了怀芳一件旧蓝布大褂套在身上，像个算命先生一样卷着袖子，又进了厨房。二人笑了一阵，才一同做饭。但陶甄什么也不会，只围着信芳乱转。教她翻锅里的薄饼，她竟烫了手，"哟哟"的自己吹了半天；教她拿酱油来，她还用鼻子闻着，在一排佐料瓶中选出一瓶，递给信芳。信芳倒进锅里，却闻得酸气扑鼻，竟是老醋，气得罚她坐在一只凳上，不许再动，只等着吃。

须臾怀芳回来，蒸好螃蟹，三人一同吃饭。陶甄一面吃着，一面提起杨闰生的事和自己无奈的情形。

信芳听着，凝眸深思，半晌才说："这件事你既有门路，当然应该帮忙，不过……"

"不过怎样？"陶甄问。

"也没有什么，至于何止百这种人，总以不接近为妙。不过现在为救人的事，也没法儿。"

"我又何尝愿意理他？无奈闰生的母亲逼得我实在不能推辞，所以决定去一次，碰碰运气，尽我自己的心。以后怎样，我也不再管了。"

"也只可这样。"信芳点点头说。

饭后，怀芳出门去访同巷那位诗人去了，陶甄也告辞要走。信芳替她脱下了蓝布大褂，向外送着，手拍她肩头说："妹妹，方才同着怀芳，我没有对你说。你已经和范一订婚了，他虽然离开天津，你也应该仍旧当他还在面前。试想一想，他那刚烈的性情，可愿意你跟何止百那样人接近？当然是不愿意的，而且……这话也只有我对你说，当初杨闰生也曾追求过你，所以现在你要谨慎斟酌。爱情是一张白纸，不许着一个小黑点的……"

"呀，那么我就不去了。"陶甄悚然地说。

"你去可以去的。莫说闰生是多年同学，就是不相干的邻人，我们只要有力量也应该帮忙。不过你是小妹妹，范一临走又把你托给我，所以我警醒你。其实，这也不见得有关系，日后范一知道，他也能原谅的。我最后再说一句，你应该时时记忆范一，珍重自己。"

"谢谢大姐，您真是爱我们，我一定记住您的话。"陶甄抱住信芳说。

信芳笑笑说："你去吧，明天有工夫再来。哦，我又想起来了，上次我写给你一封信，教你常到范一家去看看他父亲，你可去过么？"

陶甄红了脸，吃吃地说："我不是忘了，实在因为怪不好意思，去了教下人看着算什么？再说我母亲又有病……"

"你真孩子气！他家里已知道你和范一订婚，你以未来儿妇资格去探望老人，有什么不好意思？"

"大姐陪我去可以么？"

"笑话，你可怎么好！快请吧，咱们改日再谈。"信芳推着她。

陶甄出了余宅，一直坐车到何公馆。她照例先进内宅去见绛珠，打算托绛珠向何止百转达自己的意思。绛珠正在家里和二位姨娘陪梅隐青小姐吃饭，见陶甄来了，十分欢迎。大家谈了一会儿，陶甄才把来意对绛珠说出来。绛珠倒很热心，主张等前楼客散以后，父亲回到内宅，由陶甄亲自请求，同时自己和二位姨娘从旁一敲边鼓，定要磨得他答应。但陶甄因听了信芳的话，怀着戒心，不愿久存，推说家中有事，仍希望绛珠代为转达，明日送信给她。绛珠好似想多留她一会儿，定要她对何止百面谈。

两人正在磋磨，不想给第三者造了机会。

那位梅隐青小姐近日常到何公馆走动，是有用意的。她本性好虚荣，趋势利，对殷小楼原无爱情，只有贪欲，一年来已久处生厌。而且殷小楼也人枯财尽了，她早想另谋出路，目的就在一班新贵的汉奸。因知何止百正在活动，日常贵客满座，就不断来寻绛珠。无奈既是小姐的朋友，只成为内宅的贵宾，何止百即使在前楼召优伶舞妓，唱歌侑酒，也不能请女儿的朋友入座联欢。即使有什么作用，把二位姨太太供献出去，也不能使串门女客加入战团，沾润利益。于是梅隐青空来了多次，终于不得其门而入。她又不便毛遂自荐。尤其今日听说前楼宴请中日贵宾多人，更感到万分艳羡。这时一听绛珠、陶甄龃龉，立刻妙计上心，就插口调停，笑着说："你们不用争执，我给出个两全的主意。陶小姐既然家中有事，何必教她着急？绛珠恐怕自己对父亲说，万一没有圆满结果，陶小姐要埋怨她不尽心，所以希望你对舅父面谈，也是有道理的。我以为不必耽误时候，立刻跟何老伯说，好在这只是几句话的事。"

"可是父亲正陪客人吃饭呢。"绛珠说。

"就是陪客吃饭，稍为离开一会儿总可以。咱们并不要他到内宅来，只去到前楼，教仆人请出他来，说几句话好了，至多用五分钟。"梅隐青很快地说。

陶甄摇头说："这不大好，我还是……"

"怕什么？甥女找舅父，还有表妹陪着，要不……我也跟你们去。"梅隐青说着，做出一种侠士助人的豪概站起来。

绛珠本是没主意的，已被隐青说动了，就随声说："好，咱们就去。"

陶甄只希望赶快对何止百说出请托的事，自尽其心，不管结果成败，及早离开；同时又不知前楼正开着重大宴会，聚集着一班魔鬼。她在梅隐青怂恿之下，已有些同意，但还有些犹疑。梅隐青更不容她犹疑，拉着就走。陶甄不好辜负人家热心，只好随着二人，由内宅到了前楼。

绛珠以主人资格先走上去，到楼上招过一个仆人，低声说："请老爷出来，有事。"

仆人是受过训练的，一见小姐陪着女友，自然不能教她们在甬道中立等，就引导先到客厅坐。这客厅的门虽和饭厅门斜对，但距楼梯较近，三人若进了客厅，就不致被饭厅中客人看见。但这也是何止百的报应，也可说是幸运，他竟先给下了埋伏。仆人推开客厅的门一看，立刻又关上了。原来那位因惹祸被斥的闽秀峰先生，正垂头丧气地坐在里面。

仆人低声说："请这边坐吧。"

又领着三人向里走，正经过饭厅敞开的门前。饭厅中一种热人的酒肉气喷发出来，绛珠倒还规矩，只斜睇向里面看了一眼。梅隐青在上楼时，原走在陶甄前面，这时故意落后，走过饭厅门前，脚步越慢；做着媚眼，发着巧笑，把座上人都端详了，然后装作含羞，低头再向前走。只有陶甄唯恐被人看见，悄步疾行地走过，然而她也被人注意了。

古来有些吃饱不饿、有事不做、闲成风雅病的人，研究出许多种美妙有诗意的声音，例如雨声、茶声、书声、棋声以及什么秋叶残荷，月下吹箫等等，不胜枚举。若使古人生在今日，必要再添上一种，那就是时代妇女的履声，所谓"高跟鞋子洋灰道"，已经入了诗人的吟咏。这七个字可谓十分动人，若是不信，请作个比喻。你走在马路上，忽然背后响了一声炸弹，你当然惊得回头去看；若是背后有高跟鞋声，得得而来，你也要不由自主地回头去看。可见这声音的力量，和炸弹一样，因为能使你动，所以称为动人。若是个七十岁老头儿穿着一双棉鞋，拖着一只寒腿，虽拖得地下乱响，你也不会回头的。其实高跟鞋在楼板上和洋灰道一样的声音清脆，何况她们又是三个人，早被饭厅中注意了。

陶甄进入仆人推开的室门，见里面好像是旅馆的设备，有铜床，有梳装台，有沙发，有锦墩。但陈设的精美，却为旅馆所不及，尤其衾枕的华丽，灯光的绮艳，使房中弥漫着一种不正当的醉人气氛。陶甄也知道西洋高等家庭，设有招待宾客留居的精舍，除了觉得过于考究以外，并没什么奇怪。但还不知何止百在这房间内，很少招待单身客人；即使是单身的，他也能化单数为偶数。因为双人大床，空闲一半未免太不经济。过去只有一次，那是在两年前，有一位得道高僧某法师，被请来天津说法。那时何止百因为一班阔人很多皈佛谈禅，就也常常带数珠充好人，到居士林走走。居然借机会，把法师邀到他家居住，就下榻在这精舍里面。但某法师只住了一夜，次日就匆匆移居别处。事后告诉人说，何止百家的住室太已香艳，大概就是佛经上的摩登瑶舍，睡在里面一直做梦；梦见许多魔鬼，引他到一片丛葬的墓地，忽然每一座坟头，都变成妇人的乳房！

三个人等了一会儿，何止百才推门进来，面上冷冷的，好似不满意她们在这紧要时候前来搅扰。但也很客气地向陶甄和梅隐青招呼，又单独向陶甄问："怎么总没来，有事么？"

陶甄迎头叫着舅父，问候几句，随即把来意说出来。何止百听着，渐渐皱上眉头，摇头说："这个恐怕没有办法，宪兵队向来是不讲情面的，我又不认识里面的人。"

"舅父可否从侧面托人给帮帮忙？实在这杨家太冤枉，也太可怜。全家都被捉进去，只有闰生的母亲才放出来，也愁得病了。"陶甄婉转而恳切地说。

"这杨闰生跟你有特别关系么？"

陶甄红了脸说："我跟他只是同学。"

"依我说，随他去吧，为同学值不得操这种心，而且……"

何止百才说到这里，忽然仆人进来，报告说河野参谋要走，何止百匆匆走出去。

陶甄很不高兴地紧上外衣的带子，说："我也走，梅小姐、绛珠妹，咱们改日见。"

绛珠因父亲不答应陶甄的请求，似乎有点儿难堪，拉住她说："你忙什么，还没说完呢。"

梅隐青在何止百出去时，就跟踪随到门口，探头向外瞧看，似乎想瞻仰河野参谋长的仪范。但她并没有看见什么，听陶甄闹着要走，忙转身把她拦住，劝着说："你再等一会儿，何老伯也并没完全拒绝，可以慢慢商量。"

陶甄被她们拦住，只好仍坐回沙发上。梅隐青仍站在门口，向外看着。这时饭厅中席已散了，河野因为还有公务，一定要走，何止百挽留不住，和其他来宾一起簇拥他先到客厅去穿外套。出到甬道，河野向主人道谢，主客对鞠了半天日本式的躬，然后大家送出去，到楼梯口又鞠了半天躬，才由何止百单独送下楼去，来宾都回了客厅。

梅隐青又得着好机会，她探出半身，尽其所能地表现媚态，向那班人作目挑心招的笑。她的电力并没使每个人都感受到，但是已经发生作用，因为大半在互相谈话，并未注意，只有胡庆堂、平井两个人看见她，当时也没什么表示。及至回进客厅，平井向胡庆堂问："外面那女人是谁？生得真美！"

这时人们都已经醉了，平井虽未在何止百家享受过醇酒妇人的乐趣，胡庆堂却是久得个中趣的。他又和平井比较狎熟，深知此君酒后无所不为，无须矜持，尤其那两片厚嘴唇，谁也看得出是色情种子。于是胡庆堂拍着平井的腿，哈哈笑着，说出何止百的秘密："他家有很多漂亮女人来往，我们向来在这里吃饭，都有女人陪酒。只今天因为初次请贵宾宴会，恐怕失礼，才没邀她们。方才外面的女子大概也是何止百暗藏的春色，只要平井先生中意，他一定可以代办。"

这时仁格太次郎和李不陂见他二人狂笑狎谈，都过来问什么事，胡庆堂说了。仁格太次郎更是何止百的知己，深知他是除荆妻外无不可与人共的，在这楼中更是无事不可为的，就主张："无须得主人回来，我们自己去寻那个美人。"

随即踉踉跄跄地向外走，平井、胡庆堂、李不陂都随着，只有古仙桥、闽秀峰自觉资格不够，没敢参加。常四可则因酒后烟瘾大发，已经动不得了。

仁格太次郎先跑进饭厅，向桌上拿起一瓶打开的白兰地和一只杯子，其余三人也都照办，各持一瓶一杯，乘着醉意，走向那间精室，都把瓶杯相击，好像奏乐，齐一步伐前进，平井走在最前面。梅隐青还立在门口，也有些吃惊，向里一闪。平井已把她抱住，一同跌向近门的沙发上。胡庆堂等本以为房中只有一个人，原打算替平井圆成好事，自作旁观，不想进门时还有两个更美的女子，不由一怔。同时也全发动了野心，向里面扑去。仁格太次郎寻着了绛珠，胡庆堂得着了陶甄，李不陂则因为饮醉较少，尚有谦逊的意思，又立在最后，所以独抱向隅。

绛珠正坐在床上，仁格太次郎恰好把她扑倒，但很快又抱着她翻身坐起，手中的瓶杯并未抛弃，这真是功夫！绛珠在他怀中挣扎着喊父亲，仁格太次郎也喊着："不要怕！我多多地给钱，大大地请客，你喝一杯酒。"说着，将瓶酒倒满杯中，递向绛珠口边。

绛珠摇着头叫："我不喝，你放开我！"

陶甄坐在迎面一张单人沙发上，在四人闯进时，她已经立起来。及至胡庆堂扑向她去，忙又向旁躲闪，但已被胡庆堂抓住。他转身坐在沙发上，陶甄也从左边被拉到右边。因为力量太猛，立脚不稳，跌在胡庆堂的身上。胡庆堂趁势扳着她的臂儿，陶甄竟横仰在他肥腿上，急得两手乱舞，两足乱蹬。

胡庆堂端详着她，发出惊异的呼声说："你真好看，我怎没见过你？宝贝，别闹，你说要什么，我都给。"

内中只有梅隐青最安静，最懂得"国际交际礼貌"，她只略微地挣扎一下，就放弃了抵抗，已悄不声地受着平井的拥抱，喝了几口酒。

不想好事多磨。忽然，胡庆堂高声喊叫起来。陶甄怒愤至极，趁着胡庆堂对着她的脸儿说话，瞥见他右手还握着一瓶酒，就冷不防猛一拳腿；膝盖正撞着瓶底，瓶口便猛击胡庆堂的鼻梁，同时酒也全涌出来，替他洗了脸。胡庆堂眼也睁不开了，惊疼大叫，忙举手去揉眼。但左手还垫在陶甄颈下，猛然一拍，倒把她扶起来，陶甄乘势跳开，忙向外跑。

恰巧何止百走进来，他去送河野，已耽搁了工夫。及至回到楼上，那个年轻的仆人邢顺，已迎头报告：几位客人拿着酒，跑进小姐所坐的房内去了。何止百深知醉鬼接近少女是危险的，急忙赶过去看。

走到客厅门前，已听见室内的喊叫声音，正要飞步赴援，哪知客厅中的常四可也正盼他救命，一见何止百经过门前，就高喊："止翁，你快教人把烟具拿来，我饭前同着河野没得抽烟，现在已瘾得要命了！"

何止百怔了一下，大概他以为，秘书长的烟瘾较女儿的贞操问题百倍重大，就停步，吩咐仆人赶快预备烟具，请秘书长到新收拾的日本式房间去抽烟，这一来又耽搁了时间。

到他进入精室，陶甄已脱身跑过来，她在慌乱中还以为何止百能保护自己，跑到他身边，便停住步。正要说话，不想里面二位小姐的廉耻观念，也恰在这时发动了。绛珠喊着父亲，对仁格太次郎连推带打，离开他的怀抱，也奔过来；梅隐青则仍被平井拥抱，她只扭动着腰肢，好似无力摆脱，口中叫："何老伯，你看他……这是……快救我！"

但梅隐青这一扭动，好似给平井一个暗示，更用力把她拥紧了。

何止百转一看房中情形，早已明白几位贵宾做了什么好事，但还装作糊涂，向陶甄、绛珠询问。绛珠草草说了几句，陶甄气得说不出话。

何止百哈哈一笑，说了一声："误会，没关系！"

随即摆着手，向三位贵宾介绍，指着绛珠说："这是小女。"

指着陶甄说："这是我的甥女。"

又指着梅隐青说："这位是梅小姐。"

跟着再介绍三位贵宾给她们。三位贵宾互相看着，好像有些不安。绛珠向他们点点头，梅隐青却不能行礼如仪，因为平井并没放松她，她也没有摆脱的意思。

仁格太次郎大笑着说："何先生，这些位美丽的小姐，你应该早给我们介绍，现在……罚你一杯。"说着跟踉跄地走过来，斟了一杯酒递给他。

何止百接着，赔笑说："好，罚我，罚我。"

他擎着酒杯对绛珠、陶甄说："你们可以坐一会儿，仁格和平井先生都是很高尚的人。"

绛珠含羞未语，陶甄早气得从何止百身旁转出去，直奔门外。

胡庆堂仍仰在沙发上，擦着他的脸，喊着："陶小姐要走？那不成，何二哥，你教她回来，我请客。"

何止百已赶着陶甄出去，连叫："你回来，我跟你说。"

陶甄头也不回，一直向楼梯跑去。

这时，胡庆堂已赶出门外，叫着："何二老，我得跟你交涉，怎么你只说他们是高尚的人？她只疑我不高尚，所以走了，你不把她叫回来，我跟你玩命！"

何止百回头说："老弟，你醉了，快休息休息吧。"

胡庆堂还哓哓不休。这一耽误，陶甄已下了楼。何止百略一犹疑，就向旁边立着的仆人说："去请陶小姐回来，她不上前楼，到内宅去也成，我有话跟她说。"

仆人飞跑下去，直追到门口，陶甄已出了大门，叫着一辆洋车，正要坐上去。仆人赶到近前，说："陶小姐，司长请您回去。"

"我不去，你告诉他。"陶甄含泪愤愤地说。

仆人扶着车篷，点点头，咂咂嘴说："不去顶对，陶小姐，我真服气你！好，好，可是你压根儿就不该上这混账人家来。"

陶甄转脸看看他，见这仆人有二十七八岁，一张黑脸，两腮特凸，好像金鱼一样两只突出的圆眼，翻鼻孔，大而歪的嘴，剃着光头，蠢气十足，说话是武清县口音。想不出这样的人会说出这样的话，她不由冲口答说："是的，我本不该来，谢谢你。"

说着，车夫已抬起车把，走了开去。那仆人还怔怔地望着她的车影，半响才转身回去。门旁的请愿警问他那位小姐是谁，他摇摇头没作声，一直进去了。

这仆人名叫邢顺，就是半小时前，在楼上饭厅门外破口大骂的人。他回到楼上精室，见室中光景已经大变。平井已不再拥着梅隐青，主客六人，四男二女，都围着中间茶几坐着，酒瓶和杯放在几上，谈笑正欢，好像没有方才的事。梅隐青仍挨近平井，绛珠挨着仁格太次郎，似乎已经"乾坤定矣"。唯有胡庆堂还和何止百絮絮叨叨。

邢顺进去报告，陶小姐不肯回来，已经走了。胡庆堂跳起来，向何止百不依。何止百好像很窘，忽然眼珠一转，立刻拉着胡庆堂向外走，劝着说："你不要撒酒风，这个好办，咱们客厅去谈。"

胡庆堂跟他走出，何止百随手把门带上。这时，精舍只剩下了二男二女，中日各半，分配很均衡的。

二人走出客厅，古仙桥、闽秀峰都站起来，二人并不理睬，一直到屋隅坐下，就唧唧低说起来。古仙桥、闽秀峰很不高兴，但也只有静静坐着，听他们密谈。起初因为距离稍远，语声太细，听不清楚。以后胡、何二人似乎交涉得有了眉目，双方都得意忘形地提高声音，同时闽秀峰也渐渐提起了注意，因为他听出和自己有关系了。

　　大概胡庆堂和何止百议着交换条件，何止百允许在一星期内，替胡庆堂办成一件事。办成以后，胡庆堂就把河北省某某六县收买棉花的事务，交给何止百所举荐的人去办。以外还有什么烟土业组合的事，闽秀峰却听不明白。不过二人言语中，常有什么成头、分头、应酬、联络等等名词。每逢胡庆堂争辩的时候，何止百口中常发现"陶小姐"三个字，他微笑着说，胡庆堂皱着眉听，但态度立变缓和，好像这三个字有特别魔力，能使他屈服。

第四章

巧妙的戏法——残忍的魔术

陶甄从何止百公馆回到自己家里，并没有把受侮辱的事对父母说，但夜间气得哭了半夜。她把洪范一的照片拢在枕旁，对着它忏悔，自己不该到那坏地方去，几乎对不住未婚夫，又骂杨闰生害人，若不为他请托门路，何致受这侮辱！直到清晨三点后，才得入睡。

次日自然起迟了，将醒时还做了个可怕的梦，梦见她自己在一只船上，四望大海无际，同船只有那个肥蠢的胡庆堂，赤裸着上身，双手划桨。她正在害怕，忽见胡庆堂放下了桨，弯身凑过来。她坐在船头，无处退避，竟被胡庆堂抱住。她仍拼命挣扎，但那船无人管理，又受震动，左右倾侧得很历害，眼看要翻。她瞬目之间，看见自己的头部将要挨到水面，吓得失声一叫，幸而船又向另一边倾侧过去。但她已不敢动了，同时见胡庆堂圆球式的头，发着可怖的笑容，已向她的脸压下来，就惊得醒觉了。

她睁开眼，已不见那可怕的人头，只瞧见屋顶，但身体仍在摇动着。使她恍惚的心灵，疑惑还在梦中。但听耳旁有人低叫小姐，急忙转脸一看，原来床侧立着一个女仆，正在用手摇撼她呢。

陶甄自觉通身都出了汗，怔了一下，才开口问："什么时候了？"

女仆答说："十一点都过了，有二位小姐来看你，因为你睡着，正在老太太房里说话儿。"

"哪二位小姐？"陶甄撩开被子坐起，自觉身上汗湿得发凉。

女仆正要回答，但不劳她开口，门外一阵履声，一个女子掀帘走入，笑着叫："甄姐，什么时候了，你还不起？真会享福！"

后面还跟着一个，正是何绛珠和梅隐青。陶甄因昨夜的事，由鄙恨何止百而不满意绛珠，尤其瞧不起梅隐青。同时她也想不到她们会来，当时略一犹疑，才觉到这是自己家里，对她们不能不招待，就"哦"了一声说："二位早来了，对不住，请坐。"随即披上旗袍，移身下床。女仆忙替她收拾洗漱用具，整理床褥。

陶甄还只怕她们当着女仆说出昨夜的事，但二人都很解事，只谈着闲话。到她洗漱完毕，女仆也倒完了茶退出，绛珠才低声说："甄姐，昨天教您受委屈了。"

陶甄满腹怨气迸发出来，成为一声冷笑，说："谢谢你。"她这时正坐在镜前扑粉。

"甄姐，我真想不到这群醉鬼这么混账，家父当时也是无可奈何。在你走后，家父恼恨得了不得，说：'甥女在我家受了气，我真该死！'所以今天一早，就叫我来慰问你，并且道歉。"绛珠吞吞吐吐地说。

陶甄掷下了粉扑，又拿起刷眉的小刷子，毫无表情地说："谢谢二舅。"

说着，由镜中看见绛珠被冷淡得红了脸，似乎刺促不安得不知再说什么是好，眼睛只往左看，左边正是梅隐青坐的地方。

这时梅隐青已立起，走到陶甄背后，用手扶着她的肩头，柔声说："陶小姐，不要生气。何老伯当时又急又气，措手不及，你得原谅他。若提受委屈，我的委屈更大。那个平井顾问……他不是叫平井么？那东西简直是个畜生，拼命缠住了我。在你往外走的时候，我冷不防打他一个嘴巴，才脱了身，跟绛珠一直跑回内宅。何老伯把那群畜生送走以后，回到内宅，顿足生气，骂了半天，直打自己嘴巴，又对我说了许多好话。我本负气要走，绛珠竭力留我，就跟她做伴住了一夜。可是我们俩越想越气，越说越恨，一夜也没睡觉。到早晨，何老伯派我们来看你，就跟着来了。"

陶甄听着，由镜中看梅隐青的脸，确是眼圈发青，现着失眠的光景；再回头看看绛珠，见也和她差不多。不由想到二人终夜失眠，还拖着倦乏身体来看自己，总算盛情可感，自己不该拒人太甚，就把颜色缓和许多，徐徐立起身来。

但陶甄梦想不到这二人昨夜的失眠，并不是一种病症，也不是安眠药所能治愈的，她们也不要安眠药。譬如每夜十二时之后，全市人都入睡了，有一种人辗转反侧，越要睡越睡不着，也许张眼直到天亮，这是夜的苦难者。但是也有一种人情愿失眠，或是欢迎别人搅扰他的睡眠，这是夜的享受者。隐青、绛珠的失眠，是属于后一种，陶甄却误会她们是前一种，未免太傻。然而一个少女怎能想到，何止百家是这样能发生奇迹的恋爱速成学校和人肉拍卖行呢？

当时陶甄很气愤地跟她们谈昨夜的事，痛骂那群畜生。隐青、绛珠也跟着骂，但声音、态度都不大自然，因为她们都已和畜生发生了关系。陶甄又问昨夜自己走后的情形，她们都把自己说成贞节烈女似的。尤其梅隐青更是激昂，她说因为昨日所穿着的衣服曾被畜生接触，所以完全脱换弃掷了，现在是借穿绛珠的衣服。陶甄看她确是换了件旗袍，心中颇有些相信。却不知她原来穿的旗袍，被平井呕吐狼藉，才向绛珠借穿。至于平井许她的赔偿品，却是一只钻戒！隐青正预备今晚大加修饰，去赴二次幽会，取得那件珍品，补偿她的损失。她所损失的岂止一件旗袍？

谈了一会儿，陶甄有些讨厌这个问题，就把话题移转到别的方面，又谈了好久。陶甄留她们吃饭，绛珠说父亲还在家等着，一定要走。但又说何止百和二位姨娘因为使陶甄在他宅里受屈，万分过意不去，今晚特备一点儿粗菜，请陶甄去玩。座中只有家人，并无一个外客，要她务必前去，还有别的事谈。

陶甄虽敷衍着绛珠，但对何止百的芥蒂绝未消除，当时尽力辞谢，还在口吻中露出以后不再登门的意思。

梅隐青在旁，已领会她的语意。绛珠似乎还没听出来，仍自殷殷劝驾，最后说："甄姐若不肯去，家父就要亲自来请了。"

"那可不敢当，就是二舅亲身来，我也不能去。请他和二位姨娘原谅，回去替我道歉。"陶甄整着脸儿说。

绛珠有些窘了，半晌不能开口，梅隐青在旁转圜说："既是陶小姐不能去，那么过几日再说好了，咱们走吧！"

绛珠也随着一句，转身要走，忽然看见床上放着一张装镜架的四寸照片，照中人是个英俊少年男子。这原本是洪范一的照片，向来放在镜台旁的小几上。陶甄既不避人，家中也全知道这是她未婚夫的小影。只于昨夜陶甄因受了刺激，才把这照片取到枕旁。今日睡醒，就接待客人，忘记放回原处。女仆匆忙中也未替她收拾。这时绛珠看见她床上有男子照片，深觉奇怪，就一面以玩笑做报复，一面解自己的僵窘，伸手拿起说："这是谁？"

陶甄劈手夺过，红着脸说："同学，这是我们西楼的同学。"

梅隐青在绛珠身后，已瞥见那照片，又听陶甄说是同学，立刻联想到一件事。她那灵活的脑筋，就很快撰出几句自以为有力的谎话，开口说："绛珠，你忘记了，咱们临来时，何老伯不是说陶小姐所提杨闰生那件事，已经想出办法，只等陶小姐去仔细商量么？"

绛珠虽然头脑较钝，也已猜疑到这照片中人大概就是那个杨闰生，再听了隐青的话，立刻明白她和自己有同样见解，所以借这机会，再向陶甄作最后的有力引诱，就顺口回答："可不是，我竟把这要紧的话给忘了。"

陶甄更明白梅隐青的话从何而来，当然她是把照片中人当作杨闰生。即使何止百真有这话，她看见照片才想起来，说出来，已使人太已难堪，何况这还许是触机撰造的，不由更红了脸，摇头说："不用再商量，这件事我不管了。"

"你真这么狠心？"绛珠奚落着说。

"活该，他死活跟我有什么相干！"陶甄在羞愤中，为撇清自己，拒绝对方，不觉说得十分狠厉。

然而这仍不足改变梅隐青的成见，她以为照片中人必是杨闰生。陶甄若和他没有深切关系，绝不会代为奔走门路。这时只为被自己点破，才含羞假撇清，这是少女常态，绝不足信。就又跟着讽刺了一句话："别这么说，同学呢。"

"同学的多了，何二舅说过，为同学值不得操心。我得听他老人家的话，是不是？"陶甄很脆快地回敬。

绛珠、隐青没再开口，就下楼走了。陶甄送出门外，才转回房中。自觉最末一段话，以矛攻盾，反报有力，颇为痛快。但不知二人去后，她的患难就要到来了。

陶甄恐怕何止百真的要来，在早饭后就出了门，晚上才回来。到家一问，并没有人造访。次日，她还怀着戒心，仍然出门。天夕时回家吃饭，一进楼门，但听客厅中有人说话。她经过时才要向里看，里面已有人先叫她："甄儿，进来，你二舅来了。"

陶甄一怔，才看见厅中何止百正坐在迎面，自己父亲在旁陪着，不由暗自悔恨：怎么进门没先注意，若发现他在这里，我就退出去了。但也没法发现，因为自己不是不注意，何止百向来出门必坐汽车，他今日竟好似徒步而来，巷外并没有见汽车的影子。好在是自己家里，又有父亲保护，也没什么畏惧，就走入招呼一声。何止百含笑问她上哪里去了，又教坐下，随即和陶甄的父亲继续谈话。他感叹歔嘘地讲说时局，痛骂日本人和汉奸，简直像个爱国志士的口吻。

陶甄听着，正在暗中鄙笑，何止百又感慨地提到他本身的事说："自己非常惭愧，不能不和这班人稍为联络，因为他们的势力是不可抗的，我们现在已成了准亡国奴，又仗谁来保护，和谁去说理？岂止被他们诬陷一下承受不住，即是稍为开开玩笑，也能要命。你知道有多少人的财产已被没收了？我以前曾做过民国官吏，又有几处房产，他们欲加之罪，何患无词，就是很客气地只借占我的房产驻兵，或是设立机关，我立刻就生计断绝。你们知道我已多年没出去做事，家中人口繁多，只仗这点薄产吃饭，所以不得不违着心跟他们联络。我敢对天明誓，绝不想活动出山做官，只为着保产……保产！"

陶甄的父亲陶树南，年纪已经五十多岁，在壮年时就入铁路局做事，资格很老，能力很差，所幸一向担任保管卷宗，地位虽不重要，但是必须熟手，所以历往变局，总能保持地位，已做十多年卷宗室主任。他天性不求甚解，当时听了何止百的话，表示十分谅解赞同，连陶甄也以为，何止百理由虽不正当、充足，但在他的立场，还算在情理之中。但想起前日他那胁肩谄笑的情形，心中仍不高兴，就立起说："二舅坐着，我上楼去换衣服。"

"等等，"何止百拦住她说，"我今天来，特为要跟你谈谈。前日你到我家，不是说有位姓杨的同学，被宪兵队捉去，托我设法营救么？当时……你不晓得那个梅隐青，是……咳，一言难尽，总而言之，我当着她的面，不便说实话，所以只好跟你推托。其实这件事是必得办的，咱们立在中国人立场，无论那位杨先生是抗日分子，或是受了诖误，我们只要稍有力量，就不能看着一个大好青年被日本人残害。"

何止百义勇愤怒地站起来，好像对着许多人演说，向陶家父女问了句"是不是"，又接着说："我既然接近了日本人和汉奸，自然可以设法。固然途径是不对的，可是目的正大，可以问心无愧，我一定尽力办成这件事。"

陶树南原也知道杨闰生的事，只不知陶甄曾去托何止百营救，当时听了何止百的话，颇受感动，并未嗔怪女儿多事。陶甄也被何止百慷慨的言词所动，觉得他还是个有心的人，自觉不便绝人太甚，而且乐得借这机会拯救杨闰生出狱，就应口说："二舅就多费心，救救我这个同学吧。"

"那当然，我是义不容辞的！"何止百重复就坐，又接着说，"不过现在日本人要贿赂，比中国人还凶。宪兵队里面无法无天，空口说白话是不成的，我以为连请客带送礼，至少得二十万。"

陶甄听到这里，心中犹疑，莫非何止百从中取利？何止百接着说："钱倒没有关系，我可以替他担负。你明天先到杨先生家，打听他被捕的详细情形，报告给我，以后就不用管了。而且你一个女孩子，也不便为这个奔走，最好给我大哥添点麻烦。"他说着，转面向陶树南，"明天甥女把杨宅打听的详细情形，先报告给你，你上午就到舍下去，咱们再仔细商量。你我虽都是局外人，可是立在中国人立场，谁也义不容辞。大哥，是不是？"

陶树南被他用话逼住，若说不是，就等于自认不是中国人，只可点头说："你既然这样热心，我当然听候驱遣，替你奔走。"

陶甄听何止百既肯慷慨解义囊，代办一切，又把自己摘出事外，只请父亲合作，足可证明毫无歹心。不由感情转变过来，向他道谢说："二舅太费心了，应酬款项的事，怎能由您担负？杨闰生家境还算宽裕，现时也许拿不出很大数目，日后也必能偿还，不过我得先和他母亲谈一下。"

何止百摇头说："那倒无须，我们先尽正事办。这点款子，我凑合着还能筹划。"

说着，又叮嘱陶树南明日务必到他家去，还对陶甄说："我家近日常有日本浪人出进，我不得不应酬。内眷总得避着些，那人里什么坏蛋都有，所以我把内宅前门封锁，只走后门。你若上我家，最好从后门进去，不过没事不去更好，我教绛珠常看你来。"

何止百说完这套光明正大的话，才告辞走了。陶甄对他印象，和一小时前已大差天渊，觉得这位二舅还算不错。

第二天早晨，陶甄就上杨家去了。杨闰生的母亲听说何止百肯为设法，非常欣喜，就急忙派人出去筹款。但杨宅虽是便家，一时也不易筹集这么多钱。陶甄在她家吃了午饭，直到下午四点钟，才取得十万元现款。杨闰生母亲求她暂将此数应用，以后无论用多少，杨家一定偿还。陶甄回了家，把情形告诉父亲，陶树南就带着款子到何公馆去。

他直至半夜，才大醉而归，还是何止百用汽车送回来的。陶甄想问他商议结果如何，无奈陶树南已经神智不清，只好扶他上床睡了。次日是星期日，睡到十点多才醒。他起床一看钟点，直说几乎误了事，赶忙洗漱、吃点心。

陶甄向他询问，陶树南说："昨晚何止百为杨闰生的事，特邀了两个到他家吃饭，一个中国人姓毛，是宪兵队嘱托；一个日本人山口羽，是宪兵队审判官。大概何止百跟他们已有接洽，在座上替我介绍，说是杨闰生的亲戚。山口和姓毛的很套交情，说杨闰生和他叔父的官司已经打点好了，只要把说定的款子交过去，就可以把人放出。何止百当时就要把款子托两人转交，那两人很避嫌疑，不愿经手；一定要杨宅的亲近人直接把款子送交一位直接负责的岩村少佐，他是宪兵队的分队长。何止百就教我今天去访岩村，我已经答应了，所以把杨家的款子又带回来。因为何止百告诉和岩村议定的数目，恰是十万，其余酬谢山口和姓毛的，再加上请客，至多再有三四万足够了。那山口还对我说，他一定通知岩村，今天正午十二点，准在宪兵队部等我。这件事总算顺利。"

陶甄向来感觉宪兵队和阎王殿一样可怕，听着颇不放心，就问："您真亲自去么？"

陶树南点头说："当然亲自去，我已经答应了何止百。何况这只是接洽事情，给他们送钱，并非自己犯罪，有什么关系？不过你先别告诉你娘，她太胆小，又在病着。你也别出门，等我回来一同吃饭，饭后还得给杨宅报喜信去呢。"说着匆匆吃过点心，就出门走了。

陶甄觉得事已千妥万妥，不会再有意外变化，即有问题，也还可以重作商量，至大不过徒劳往返而已，陶树南也是这样想法，哪知事实大谬不然，以下便是他的遭遇。

他到了宪兵队分队部，向守门的兵请求谒见岩村分队长。门兵不大懂他的话，就叫出个姓马的翻译来。向他一问来意，很和气地说，岩村队长已等候很久了，立刻领他进去。陶树南明白山口必已代为接洽停妥，大为放心。马翻译领他越过一道院落，进入一间小室，里面只有一张写字台和两把矮椅，教他坐下时候，就出去了。过了半晌，才陪着一个日本军官进来。陶树南并不能由服装标记上辨别军官阶级，不过看出确是个军官，绝不是兵士。但他骨格很不好看，四肢好像现安上的一样，无力地虚挂着；肩耸背弯，面色灰白。若是中国人，陶树南一定猜他有两口烟瘾，但他是日本人，陶树南就不敢那样想，以为必是久历沙场，积劳致疾。这位军官面上的阴险成分，可比普通日本人丰富得多。进门深度的鞠躬，和蔼的微笑，客气的招待，使陶树南受宠若惊。

马翻译介绍这位就是岩村分队长，陶树南向他鞠躬。岩村很客气，让座，又敬了支纸烟。陶树南慢慢地说出自己的来意，表明是何止百介绍来，又提起山口审判官。岩村微笑着点头，随即向马翻译说了几句日本话。马翻译就问陶树南跟杨闰生是什么关系，陶树南自然按照以前约定的话，自称是杨闰生的亲戚。岩村脸上笑纹更深了，仍然很和蔼地点头。陶树南觉得是时候了，就把钱拿出来，放到岩村面前说："这是经山口审判官和何司长接洽好的，共是十万元，请你点一点。"

岩村向马翻译点头，马翻译拿起钞票，点了一过，说："不错，是十万。"

岩村面上笑容突然消失了，颜色铁青，很快立起来，对马翻译咕噜了一阵。马翻译冷笑着问陶树南："你在什么地方做事，每月挣多少钱？"

陶树南已觉察情形有变，心里乱跳，说话声音也颤了，只好从实回答："在铁路局做事，每月挣二百五十元钱。"

"那么你一年才挣三千块钱，这十万元是怎么来的？"马翻译问。

陶树南腿都软了，他不明白已经接洽得千妥万妥的事，怎会忽然有了变化？又从马翻译口中的话，感到将有危险。他知道日本这特别的国家，因为人民穷光蛋居多，所以对金钱有特殊的看法。例如一个日本人，每月有一百元收入，他的生活享受就得以一百元为标准；倘若超乎范围，就要受旁人的议论，甚至引起警察的注意。在中国，尽有职业收入低微，而家中财产富厚，能够随意挥霍的，这一层日本人好像不懂得。

陶树南也不敢解释自己家中另有财产和积蓄，并不全仗职业收入，还特别给自己留了地步，回答说："这钱是杨闰生家的，和自己无干。"

马翻译又问："杨闰生家哪里来这许多钱？"

陶树南说："杨家开着几爿买卖，很是富厚。"

马翻译问："杨家开着什么买卖，都在什么地方？"

陶树南本不知道，自然无法回答，只剩了张口结舌。马翻译瞪起眼说："你不是杨家的亲戚么？"

岩村忽然开口了，敢情他说得很熟练的中国话，两手支在桌上，像法官宣布判词似的对陶树南说："你的心大大的坏了！我知道杨闰生是蓝衣社的，反对日本的，你的也是。现在杨闰生被捕，你们要救他出去，这笔钱一定是你们政府给的，这是秘密工作费。好，好，你的该死！"

陶树南听着，只觉头顶轰轰直响，好像灵魂要夺门而出，颤声说："我……我绝不是……不敢……您这可冤枉死我，钱实在是杨家的。您不信可以去问，还有何司长可以证明……"

岩村摇摇头说："等我调查明白再问你。"随即和马翻译一同出去。

马翻译不知几时，已把钱藏在身上，出去时空着手儿。陶树南还跟着分辩、哀告，被岩村一声喝骂，吓得缩回门内，頽然倚在墙上。自知大祸临头，眼望院中，心想乘机逃走，又怕门岗拦阻；又愁着十万元已被没收，出去也没法去向杨家交代。正在战栗迷茫，不知如何是好，外面已进来两个日本兵，揪着他一直送入低湿的狱所中去了。

陶甄在家中陪着母亲，等待父亲回来。直到天夕，还不见影儿。陶甄又急又怕，也不敢对母亲实说，自己溜下楼，派仆人到何止百家打听。

过一会儿，仆人回报，说陶树南并未到何公馆去，何止百也未在家。陶甄急得要死，但是毫无办法，只有等着。直等一夜，仍无消息。她母亲也是犹疑，但还不知陶树南是上宪兵队去了，还以为或是因事逗留在外。陶甄因母亲病尚未愈，恐怕惹出意外，只好跟着假装糊涂。

次日早晨，她起床就出门，上各处托人打听。费了许多周折，才打听出陶树南由昨日进宪兵队，就没出来，显见是受了羁押。陶甄好似遭受雷震，觉得六神无主，哭了半晌。她曾屡听人讲说宪兵队的残酷刑法，心中只想父亲正在被灌煤油、灌凉水，挨受毒打，这全是何止百所害！她决心去看何止百，问他跟自己父亲何冤何仇，如此相害？他若并无此心，就得急速设法救解；倘若推托，自己就跟他拼命！陶甄只顾拯救父亲的急难，忘了本身的危险，竟把自己又送到一向视为畏途的虎狼窟！

她到了二十二号路二十二号何公馆，一进大门，就有个仆人迎出来，叫着："陶小姐，你来正巧，司长正要派汽车去接你。因为车被二太太坐出去了，还得一会儿回来，司长急得直跳脚，您快上楼吧。"

陶甄一怔，立刻想到何止百也许才听到父亲遭事的消息，当时未暇思索，就随仆人上了前楼，直入起居室中。这时居然意外地清静，房中只何止百一人，在背手来回踱着。一见陶甄，就顿足说："真糟糕，你听见你父亲消息没有？"

陶甄本想迎头骂他，但不由自主地竟流下泪来，哭着说："好二舅，你害得我们好苦！我父亲到宪兵队，可是你的主意，现在他被押了，还不定受了什么罪……"

何止百拉她坐下，好像很难过地说："是，是，全是我的错，我认罪，我负责！甥女，你先不要着急，这件事……不知你父亲跟你说过没有，本来都已经接洽好了，不知道怎又出了岔子。日本人真该死！我从今天下午知道消息，已经给那个山口去了三次电话，只找不着他。也许他因为给弄砸了，没脸见我，也许一起头他就安心不善，骗完了我避不见面。现在总得快想办法，无论如何，得把你父亲救出来……"

陶甄听他表示负责，为救父亲要紧，不便再作苛责，就拭着泪说："您看怎么办呢？"

"我已经想了办法，当然还得托人，我的力量可办不到。"何止百说，"方才在你没来以先，我已经托了位朋友，那位朋友是日本驻屯军参谋长河野最亲信的人。求他托河野跟宪兵队说句话，一定可以把你父亲保出来。现在那位朋友已亲见河野去了，我怕你母女着急，正要派车去接你，告诉一声，不想你恰巧来了。"

陶甄吁了一口气说："谢谢二舅费心，您看准能成么？"

"我看能有九成希望，你是不知道这位朋友跟河野有多么深的关系，在天津有多么大的势力！他大概不久就来，你稍迟就可以听到好音。"何止百说，"甥女，你安心坐一会儿。哦，瞧你哭的这样子，快去洗洗脸，回头教人看着多么不好意思！"

陶甄听着，才想起今日尚未正式梳洗，就点点头说："我上后边大姐房里去吧。"

何止百摇头说："绛珠跟她姨娘都出门去了，这前楼也有女客梳洗的地方。"

说着，就领陶甄走出起居室，又进了那间待客的精室。陶甄想起那一天的情形，未免有些怵目惊心。但因为这时并无可怕的客人，略一犹疑，就走了进去。

何止百替她开了妆台右方的乳色小灯，又说了句："你洗完脸可以歇会儿，等开饭时来叫你。"就退出去，把门带上。

陶甄洗了脸，对镜梳妆，看见妆台上所备的化妆品，都是法国上等货。有几样已经断庄，自己多次搜寻不到，心想：何止百为应酬，真是不惜工本。梳洗完了，自己倚在床上，稍为休息。过了约有一刻钟，外面有人敲门，随见房门开了，一个仆人推着一张圆桌进来。桌上放着许多精致的菜，还有酒瓶酒杯，桌下四足安着轱辘，所以能悄无声息地推动。

何止百也走进来，笑着说："绛珠跟她二姨娘还没回来，大概在外面吃馆子，咱们爷儿俩先一块儿吃，这倒清静。"

陶甄说："我一点儿不饿，想回去瞧瞧，您何必费事？"

"笑话！跟我还要客气？再说，我不是还得听我那朋友的回信儿么？来，坐下，陪二舅吃点儿。"

何止百说着，已自就座。陶甄不再客气，只好坐在对面。何止百斟了两杯葡萄酒，推给陶甄一杯。陶甄推辞说："谢谢二舅，我不会喝酒。"

何止百端起杯子笑着："葡萄酒不算是酒，只是一种滋养品，我每顿饭都用一点儿。你多少陪两杯，这像糖水似的。我最怕自己喝酒，在内宅吃饭，绛珠常陪着我，今天你只当代表她。"

陶甄本来时常出去交际，并非向不饮酒。这时被何止百怂恿，又知道葡萄酒没有力量，就喝了一口。但凡事只怕开端，喝一口就有两口，喝一杯就有两杯。何止百简直用起席面上搅酒的恶手段，对付这个没经验的少女。陶甄本只打算敷衍情面，浅尝即止，但不知这葡萄酒有什么成分，或是加了什么佐料，一杯下肚，已觉头脑昏昏，神智迷惑，失了定力，糊里糊涂又灌了两杯，就颓然伏在桌上了。

这间精室真是神秘特别，是能使人做梦的地方。陶甄醉后就一直做着不成片段的怪梦。古语说日之所思，夜辄成梦，但她这时所梦见的，不特日间绝未想过，而且向来也未想过。她梦见的怪事太多，零乱得不能记忆。本来梦是难于记忆的，除非在梦醒时立刻抓住梦中的印象，若是翻身又睡一觉，就要完全忘了，若是连做几个梦，也只能记住最后的一个。陶甄不知醉了多大时间，直到最后，她梦见在一座树林中的水池里，有三四十个少女都在裸体洗浴，内中有绛珠、隐青和几个旧同学，还有几个好似当时极有名的女伶，以外都不认识。她自己也在其内。大家逐队游泳，正在笑乐，忽听池边一株大树上枝叶一阵哗啦的乱响，迎头见由树上露出一个魁伟的少年男子，容貌装束简直就是西洋影片中的泰山。也是全身赤裸，只腰间围一块布，大笑着叫了一声，就从树上跳下，直落到池中。这些正在游泳的少女，都吓得乱叫，燕掠莺飞地四散逃避，陶甄自己也爬上岸去，向林中逃窜。但走没多远，回头见那男子已经追来。她飞步快跑，不留神被树根绊倒，转眼那男子已赶到近前，把她抱起。她已毫无挣扎的力量，那男子粗暴地紧抱她，连连地吻着，她不知怎么，竟然屈服了，心意也摇动，伸出一只手攀着那男子的肩头。正要开口说话，忽然听见四围起了一阵杂乱的笑声。转脸一看，奇怪得很，在丈许外的地下，冒出了二三十个人头，成半环形地并列着，好像春笋乍从地下迸出，面目有男有女，都望着她哈哈笑。

醒时一张眼，当前的情景比梦中还觉奇怪，好像在鼻端以前，就挨近浅牙色的墙壁，但又不像墙壁，因为这墙壁是温热的，而且蒸发着汗气；同时觉得头下所枕的不是枕头，而且可怪的地方还有很多。她惊得头脑忽然清醒，略一抬头，立刻发觉自己是睡在床上他人怀抱之中，同时也看见一个熟认的肥圆大脸，相对不过半尺，正对自己笑呢。陶甄要喊都没喊出来，急忙挣扎坐起，转侧之间，又感觉自己在这一醉之间，已由少女变成妇人了！

这时的心情真是无从描述，又气又恨，又羞又悔，明白是上了何止百的当，恨不能跟他拼命！但他不在面前，在面前的只有这已把自己污辱的胡庆堂。她不由把牙一咬，自思已经受辱，终身无法洗涤，不如死了也罢，就举目四寻，想寻个可以自杀的器具。但附近绝对没有那种东西，结果只看见那横在外面、一直笑着的胡庆堂。她恨得咬牙，拼命向他撞头。这一来，反又撞入胡庆堂怀里。胡庆堂真像个才刮了毛的水牛，万不会撞伤他的。她立刻觉到不是办法，忙又挣扎坐起，用手向胡庆堂乱打。然而胡庆堂丰厚的肌肉，对她这无力的打击，更不会发生什么难过的感觉。于是她自知完全失败，毫无办法，只有发挥她女性最后的本能，嘤嘤地哭起来。

胡庆堂这才坐起来，披上睡衣，也替陶甄披上件华丽的丝质睡衣。陶甄怎肯接受他的殷勤？一扭身把睡衣抖落身后。胡庆堂笑着说："倘然你不愿意穿这睡衣，我倒不反对，还教我可以饱享眼福！"

陶甄明白他所说混账话的意思，气得要死，但不由伸手到背后，拉起睡衣，穿在身上。

胡庆堂忍住了笑，柔声说："陶小姐，我实在该死，太对不住你！无奈我太爱你了，从上次见面，我几乎为你发狂。若是不能亲近你，我简直非死不可！所以今天才做出这件冒昧的事，论理实在罪该万死。不过这是被爱情逼出来的，你定得原谅。"说着，头已凑到陶甄耳边。

陶甄忙向旁挪开，同时回手打了他个嘴巴，切齿说："你这魔鬼，狗贼！我只要有一口气，总饶不了你，还有何止百……"

胡庆堂挨了打，并不理会，又接着说："你不要恨何止百，他是为着救我的命，也为成全你家的事。你父亲不是被宪兵队押起来了么？我已经替你办好，你父亲明天就可以放出来。还有那杨闰生，不是你的好朋友么？我也可以救他，算赎我今天的罪。"

"放屁，用不着！"陶甄厉声说，"我情愿跟父亲一同死，杨闰生更扯不上，他跟我有什么关系？滚开！"

"你别忘了，家里还有母亲呢，就忍心抛下她？再说，你父亲若不快救出来，在宪兵队里想死也办不到，至少得过一年半载，受够了各种罪刑才会死哪！不瞒你说，我跟日本关系最深，现在虽然只做棉毛会社的首脑和天津商会董事，可是华北统税总局局长，已经内定是我。还有华北组织银行，统制金融，主办人也是我。你若肯顺从我，我不但担保立时救出你父亲，还能教你终身富贵荣华。"

陶甄"呸"一声说："你这臭汉奸，只会把这种话引诱人，我才不受你的引诱！"

胡庆堂哈哈大笑，抚着肥颊说："汉奸么？我的小姐，你是有学问的，请看历史，哪一朝代的开国功臣，不是有一半汉奸？汉奸成了功，就是元勋。现在你看，中国的势力能再打退日本，恢复失地么？我想一万年也办不到，咱们又何苦装傻子？乐得及早图个功名富贵，是不是？"

"这是你们汉奸的哲学，我不懂，少说废话，我情愿死。"

"好宝贝，你不懂汉奸哲学，可该懂爱情啊！现在我万分爱你，你总得可怜我！"

"混账，你也配讲爱情？我看你这种万恶东西，只懂得玩弄女性，我……我……"陶甄说着，推开他，就跳下床，一直奔向房门口。但到门口拉门钮，才知已然锁上了。

胡庆堂跟在她身后说："你现在出不去，再说，看看你身上穿的，这样能出去么？请你安静一些，听我几句话。你骂我混账，我完全承认，这事我实在做错了，只有求你原谅。不过你说我不配谈爱情，实在

73

枉冤，天知道我多么爱你，我对天发誓！"

说着跪在地下，接着说，"我说实话，家中还有个太太。现在有了你，一定和她离婚，跟你结婚，并且终身做你的忠实奴隶。若是口不应心，叫我吃枪子，打碎脑袋！"

陶甄知道闯不出去，倒向里走了几步。背着身不听他的话，但心里已经变悲惨为忧伤，只想自己失身于他，以后将要如何？又想母亲一人在家，怎知女儿已受了这样侮辱？她此际盼夫望女，不知怎样着急！想着，不由看看腕上的表，已然到夜间三点，越发惦记母亲，泪又涌出来，对胡庆堂说："少说废话，你若还有半点人味儿，赶快开门，放我回家！"

胡庆堂立起来，走到她身旁，柔声说："你不必惦记家里，何止百已经派人给你母亲送信，说你父亲和你都在这里，明天午后一同回去。这句话一定应验，绝不会教你母亲失望。现在先谈咱们的事，你能答应我么？"

陶甄又一扯身，理也不理。胡庆堂又转到她面前，正色柔声说："难道你还不能原谅我？"

陶甄想要还他一声冷笑，但只笑不出来，咬着牙说："原谅？除非我死了，或是你的死尸倒在我面前的时候！"

胡庆堂低头略一沉吟，随即点点头说："你不肯原谅我，当然是还不能信任我的爱情。天知道，我若得不到你，就活不下去。现在只好最后一次表白我的心迹，并且碰碰命运，请你自己选择一条路。我早料到这步，已经预备好了。"

他向沙发上取起一只大的黑皮包，拿着走到中间圆桌前坐下，叫陶甄坐在对面，陶甄并不理他。胡庆堂打开皮包，好像献宝似的，取出一只小的蓝绒盒、一只大的红锦匣、一本银行存折、一张折叠的纸，都放在桌上。然后把盒盖打开，存折和纸都翻开，招手叫陶甄过去瞧看，陶甄不睬。胡庆堂才一一指点着说："这是两只钻石戒指，每只石头是七八个克拉；这是一对翠镯、一对珠镯、两对金镯；这是用你的名字在兴华银行所存的五十万元款子。这三种是我们订婚纪念品。还有这张纸，是我给你的保障，也就是在三月以内，决定和你结婚的切实凭证，请你过来仔细看看。"

陶甄这时仍是仰面望着屋顶，并不向他那边看。胡庆堂叹了一口气，又从皮包里拿出一件东西，却是小而精致的蓝色手枪。他放在桌上，然后徐徐立起来了。陶甄看他拿出手枪，只疑他用枪胁迫，心中一跳，就不由不注意了。

"这枪已装满子弹，"胡庆堂用手指点着说，"这左边是我预备的订婚纪念和爱情保障品，里面还包括着咱们的幸福和你父亲的性命。你若选择了这一边呢，自然是大家的幸运；这右边是一支手枪，你若恨我，就用它打死我，我是罪有应得，绝不抱怨。可是这一来，你我和你父母一齐都完了，请你仔细想想再动手。"说着，就转身向后退，退到一只沙发上坐下，随又闭了眼，好似将一切命运全交给陶甄，任她处决。

陶甄在他后退时，很快便走到桌前，伸手拿起手枪，自觉可得了报仇的机会。及至握枪在手，眼望着胡庆堂，便举枪瞄准。但看他闭目待决的样儿，忽然想起他方才所说的话，自己若打死他，固然报了仇恨；但自己必要偿命，父亲也必瘐毙狱中，母亲也必伤痛致死，一家岂不全完了？不由心中犹疑，握枪的手也落下来。但怔了一下，又想国破家亡都是劫数，自己何必多所顾虑？事已至此，先打死这恶徒，然后自杀。两眼一闭，什么也不管了，就又举起枪，咬牙切齿地要放。无奈又心慌手颤起来，手指空拢着机关，连扳动的力量也没有，反觉手臂酸软，又垂下来。

这次枪口触在桌上，响了一下。她吃惊低头一看，眼光恰落在那两只盒子上。看了钻石的粒头真不小，成色也极好，发着火油光，在电灯下闪烁夺目。翠镯、珠镯也是最上品。她不由注视了一会儿，再把眼光透过珠光宝气来看胡庆堂，猛觉他比方才好看了许多：肥头大耳，显出福相，既不怎样蠢笨，也没什么奸刁，只不是翩翩少年而已。但才三十多岁，也不算老。他这人倒有些奇怪，既然施用奸心毒计来污辱我，怎又肯以性命来伏罪，挨着死证明他的真心，博取我的爱情？也许他是真爱我，只于一时愚妄，采取了不正当的手段。但是即便他情有可原，难道我就这样忍辱负屈地顺从他？不过事已至此，就打死他，自己也已经被污辱了，抛下父母又将如何？自杀更不合算，还不如打死他。然而那又像是太残忍，万一他真是爱我，他的举动诚然可恨，但替他着想，若不是用这不正当的手段，当然绝没希望亲近我的。这也许应了"情之所钟，不能自已"那句话。

陶甄这样循环往复地寻思着，眼光重又回到桌上的珍饰上面，似见自己已变成一位珠围翠绕的贵夫人，向来所希望的享受，以后可以尽量满足。但这贵夫人的荣显，只能向一方面炫耀，过去的旧朋友旧同学，完全不能再见了。想到这里，好像现出两张人面，一个是洪范一，面似冷霜地对她看着；一个是余信芳，愁眉苦脸地对她摆手。陶甄脸上一阵发红，身上一阵发冷，瞪目怔了半响，自觉到了人生最艰难的地步了。

诚然是的，古人说过："千古艰难唯一死，伤心岂独息夫人。""岂独"二字用得最妙，直好似连此日的陶甄也包括在内。人的心情大都一样，在不能死的时候，闹着要死，越劝越闹得凶；若把他送到河边，他又不肯跳了。陶甄在发觉被辱时，极想自杀，并且想杀胡庆堂。但胡庆堂把枪给她，她又舍不得自杀，也不忍杀人了。然而她不知道，在这时她要自杀绝不可能，杀胡庆堂更不可能，因为那只手枪本是空的，并没装子弹。她可惜没想这一层，否则若检查一下，便可以发现胡庆堂的奸欺，改变当时的心境。但她有生以来，这还是第一次摸到手枪，怎能知道检查有无子弹的方法？所以胡庆堂很明白，既没有性命危险，也不致被她发觉欺骗，才安然闭目仰首，静听陶甄的声息。时间隔得很久，忽然桌上啪的一声，跟着椅子喀吱一响，随有嘤嘤的哭声发出来，他才睁眼，瞧着陶甄已放下手枪，坐在椅上，手扶着额角哭了。

人真是怪物，不但心理常常矛盾，就是人身上的物理作用，也时常矛盾。例如唾液，颇有粘性，有时可以粘贴东西；但也颇为滑泽，有时可以当滑润油使用。还有女性眼泪，对于有感情的人，是一战斗的利器；对于没感情的人，是屈服的表现。颇如太太要买大衣，先生因为没钱，表示反对，太太流泪痛哭，这就是说非买不可，宁可牺牲丈夫，也要得到大衣。但是一个女子若是遇陌生人，对她有非礼举动，或是迫她做不情愿的事，她起初一定拼命抗争，但到一切绝望，或是心意改变时，就要哭起来，眼泪举着白旗出现，表示已经屈服了。胡庆堂很明白这种道理，就立起到陶甄身边劝慰。

陶甄起初还一直哭着，扭动身体，不肯理他。但十分钟后，已停止哭泣。二十分钟后，就离开椅上，坐到床边，胡庆堂挨近她喁喁低语。陶甄只凝眸视地，不肯言语。半点钟后，因为胡庆堂提到陶树南，陶甄才开口问他：明天可一准能放出来？胡庆堂一口担承，明日午前必能回家。由这儿陶甄一开口，再也闭不住了，就算有了酬答。胡庆堂又谈到杨闰生，稍后几日也能出狱。陶甄因为绛珠等曾把范一的照片当作杨闰生，微词讽刺，觉得是一种侮辱，所以这时还不自觉地对胡庆堂表示和杨闰生只是同学，并无关系。但是，绛珠、隐青当日曾把他们所误会的，当作事实对何止百报告。杨闰生的照片在陶甄的床上，当然若不是她的未婚夫，也是情人。所以何止百所定引诱挟制的妙计，完全用杨闰生做题目，陶甄居然上了圈套。

胡庆堂既有何止百先入之言，自然不肯信陶甄的话。但以为她已然倾心自己，对旧情人不甚关切了。即使她内心并不如此，起码也是为博取自己的宠爱，这当然不能辜负她。于是，在陶甄不能拒绝的情势下，实施了他的宠爱，同时也回复了陶甄初醒时的景况。这就好像两国在会议席上交涉破裂，起了战争，但最后又实现了日本人所谓"全面和平"，双方重回到会席上，签订和约。那趾高气扬的胜利者，自然觉得这一仗打得不错；那创巨痛深的战败者，白挨了打，人家要什么还得给什么，也许后悔多此一举，不如起首就伏首贴地，投入对方的怀抱。

这一夜就这么过去了。次日早晨，陶甄醒来，房中已不见胡庆堂，只有绛珠在床边坐着。陶甄羞得几乎钻入衾中，绛珠很大方地拉她坐起，说："甄姐快起吧，姑父一会儿就要来，胡先生已经派人保他去了。妹妹昨天住在这儿，我因一夜没回家，也不知道。"

陶甄无法藏躲，只好厚着脸皮搭讪问："你哪里去了？"

绛珠好似要替陶甄遮羞解嘲，又像因为陶甄已是一路上人，无须隐讳，大家说穿了，好互相了解，就爽直说明：自己和一个鹈羽情报部长玩了一夜。这个鹈羽是华北日军有力的人物，脾气很好，年岁也不大。日本真有好人！自己原本跟仁格太次郎交朋友，一同玩了几日。仁格因为他本身又老又丑，恐怕委屈了我，就教我认他作义父，另外介绍了这个鹈羽给我。鹈羽比他强得多，就是喝醉了太爱胡闹。

陶甄听着只有红脸，也说不出什么，但还具有是非之心，觉得绛珠这位舶来品义父，好像对一种果品只吃两口尝鲜，随即送给别人吃，还把自己提升一辈，真是万恶，但绛珠还说日本人真有好人！

绛珠又提到隐青跟平井顾问往来很密，平井已把一所强占的所谓"敌产"楼房拨给她住。平井有鸦片烟瘾，每天都到她家去抽，现在隐青也坐自用汽车了。

陶甄听着，已明白何止百早已要拉自己下水，由当时绛珠、隐青过访，直到昨夜一切经过，是整个的圈套。但事到如今，也没的可说了。当时下床梳洗完罢，又稍谈一会儿，忽然外面叩门。绛珠探头出去，问了一声，就回头说："姐姐，姑父来了。"

陶甄急忙出去，跟着绛珠到了客厅，见果然是自己父亲来了。但已面容憔悴，好似害了场病，忍不住直奔过去，伏在陶树南肩上哭起来。陶树南哪里知道女儿有满腹说不出的委屈？还以为是历劫重逢，心疼老父，不由想连日所受惊恐忧惶，也流下泪来，抚着她说："起来，我这不是出来了，还哭什么？"

陶甄拭泪坐在父亲身旁，才看见何止百、胡庆堂都在对面坐着。何止百先对陶树南道歉说："自己做事荒唐，错把山口当作可靠人，被他弄得七乱八糟，两不接头，害大哥受了这次惊恐。我得信以后，急得要死，幸而这位胡三爷特别帮忙，走了很大的门路，去跟宪兵队方面解释，才得把您保出来。还算万幸，昨天甥女也来了，很对我生气，我实在惭愧！幸而已经得着胡三爷回信，知道您一定出来，所以留甥女住在我家，等您出来见面。我还预备了一桌水酒，给您压惊。"

何止百说完这一套话，算把自己表白了。也不容陶树南客气，就立起给他跟胡庆堂介绍，陶树南谢了两句。何止百就让大家进饭厅里坐，吃了顿很丰盛的午饭，陶树南又喝了个大醉。饭后临别时，胡庆堂又对陶树南担保杨闰生不久可以出狱，那十万元一定不会白花的。

陶甄随着父亲回家。陶树南对妻女述说自己这两日的经过，自言好像做梦一样。他诚然是做了一场梦，而且对这梦的来源，恐怕永久不会明白。陶甄却颇有感觉，知道父亲的遭难，大约和自己有关。何止百为胡庆堂设计图谋自己，利用父亲和杨闰生做挟制的工具，终于得到成功，真是木已成舟。她气也气不上来，恨也恨不上来。

　　晚饭以后，绛珠来访，说是代表何止百来慰问姑父、姑母。谈了一会儿，又到陶甄房里，趁无人时关上房门，从皮包里拿出几件东西，就是胡庆堂所赠的珍饰。陶甄未得自己带回，故而绛珠给送了来。她又告诉陶甄说，胡庆堂明天下午在皇宫饭店四十号房，等她有事面谈。陶甄红着脸，半晌没开口。但她心里知道，既已开场，底下的戏是不能不唱了。

第五章

诗人打成了壮士

　　光阴迅速，一晃便是一年多。这一年的时光固然不长，但过起来要看怎样过法，写起来也要看怎样写法。在太平年景，写起来是很美丽的。例如从春天开始说吧。春风吹绿了杨柳和芳草，桃李争先开放了。去年南飞的燕子又回到旧巢。人们踏青扫墓，跟着就换了单衣。石榴花一红，端阳节就来到，家家门上插艾，吃完了粽子。天气热了，荷花开了，电扇、冰箱又应了时。人们白天出汗，夜晚乘凉，屋顶花园成了胜地。使人迷恋的管弦声弥漫夜空。这一季是很长的，但一过了七夕，暑气渐退，人们舒了口气。但天公又要噫气，西风动了，桂花香送走了中秋节，菊花又迎来重阳节。人们把酒登高，饯送这一年好景，以后就改营室内生活。吃着肥蟹，听鸿雁从天上飞过，渐渐西风改成北风，大部人都生了毛，变成兽类。不过男人的毛藏在里面，而女人的毛露在外面。跟着腊鼓催开了梅花，也催走了残年，人们忙起来了，尽力地欢迎新年，竟忘了在一生中又销除一岁。结果光鲜了外表，涨满了肚皮，却花空了囊橐。到过了年，才想起何必如此，何苦如此！然而到来年此时仍复如此，这虽是人生的一片段，也影射了整个的人生。一入新正，爆竹锣鼓响彻春街，火树银花点缀元宵，等到风筝随着骀荡的春风上了天，底下就"桃红又是一年春了"。

　　在沦陷时期里，季节也照样改换，花也照常开落，燕子也准时来去，人们也凑合活着。只是情形变了，心绪变了，满街上走着那种欺侮我们五十年，同时也是我们自幼就痛恨鄙视的敌人。汽车上装着汉奸，遍地都是日本气氛。今日报告日军攻下了汉口，明天报告攻入了长沙，强迫中国人参加庆祝。中国人知道又有若干父老兄弟被残杀，诸姑姐妹被蹂躏，若干建设被毁坏，也只有含泪听着。敌伪报纸上说：我们的父兄都是坏人，做错事，只有汉奸才是圣贤，中国人也不能争辩；敌人在我们面前残害、欺凌我们的兄弟朋友，我们也只有看着；敌人教中国人多用日语，忘记国文，或是少吃大米，多吃豆饼，人们也只有忍着。在这种丑恶、污秽、残忍而又血腥气的时代，固然春仍是春，秋仍是秋，但这春秋比战国还难度过呢。然而不管怎样痛苦，也居然度到第三年夏季。这时又增加一层痛苦：日军封锁了租界，租界中人民成了囚犯。

这一天下午，余信芳在家独居，怀芳出门去了。下午四点后，汪秀兰来访，进门就问："姐姐叫我有什么事？我今早才接到了信。"

信芳让她坐下，笑着说："我也没什么事，不过今天……今天是什么日子，你记得么？"

汪秀兰怔了怔说："什么日子？我倒……真想不起来。"

"哦，对了，你没有参加，莫怪记不得。在两年前的今天，就是范一跟陶甄订婚的日子，我请他俩吃饭，在座的还有杨闰生、常青、怀芳，只缺少你。当夜就发生事变，还是个纪念日，所以我邀大家再聚一聚。"

秀兰点点头说："不错，我记起来，可是你说大家……现在还剩几个人呢？范一已走了两年，近日有信么？"

信芳说："他上月又来了封信，当然什么也不能说，只说现在又转到湖南，一切都很好，问候我们这些朋友，并且问我为什么陶甄许久不给他写信。"

"哎呀，这个怎么回答！你回信了没有？"秀兰问。

"我回信了，把一切能告诉的都告诉了。只没提陶甄一字，我不能泄她的底细，也不能欺骗范一，这真是两难。"

"诚然陶甄也太胡闹，她现在是胡庆堂的外室了。可惜这个人，她当初在我们里面是最有思想的、最激烈的。"

信芳慨叹着说："所以看人很难，这也不必谈了。自从她和胡庆堂发生关系以后，就未见我的面。去年冬季，范一曾来信，信中也问陶甄是否离开天津，或是搬了家，为什么屡次寄信，都得不到回信？我当时很为难，就给陶甄写了封信，劝她赶快自己振拔，不要一直堕落下去。只要她过去种种既如昨日死，我能担保她能得到范一的原谅，将来种种也就譬如今日生了。但是过两日接到陶甄回信，一张信纸只写了'惭愧'两个字，我也没法再说了。"

"陶甄真是可惜，何苦这样作践自己！"秀兰说。

"据我听说，她的堕落完全是由于何止百的引诱，她一个弱女，倒是可原谅的，不过何止百却是该死。"

"这情形我也听人谈过，但是现在又有人说，陶甄所接近的不只胡庆堂一人，跟几个日本人也有关系。现在胡庆堂已是局长兼什么董事长了，难道陶甄还不能满足？"秀兰嗤鄙着说。

信芳摇摇头说："这个我们不去说她，反正一个人落进粪坑，无论陷进一双脚，或是没了顶，反正是臭了。现在我只盼她赶快涮洗，可惜恐怕不易。至于范一那面，我竭力替她瞒着，一则为她，二则也免得伤心。还有范一的父亲那里，范一原本托我帮陶甄照顾，陶甄根本没尽过责任，我因为已经答应了范一，无奈又不便单独出面，所以委托怀芳常去看看，或是送些东西。去年冬天，老太爷因为我替他做了一件皮袍子，还亲身来谢了一趟，所以我也有时陪怀芳去看他。"

"你真是好姐姐，什么责任也肯负的！"秀兰感动地说，"杨闰生在宪兵队的时候，你不是也常去看他母亲么？他近日有信息没有？"

"他出狱已经一年多，举家都迁到北京去了，他近日倒没信来。"

秀兰叹了口气说："你看范一走了，杨闰生搬到北京了，陶甄也不是我们的人，当初常聚的，只剩下我和怀芳。"

"还有常青，"信芳说，"他倒是很好的，不过也很少见。自从日本封锁租界，他辞退我所荐的家馆，专干市立小学教员。"

"大概光景也很窘的。"

"当然不问可知，不过倒是很忙，怀芳有时候去学校看他，一过下课时间，就见不着，也许有了别的副业。今天我教怀芳去请他来，大家吃顿饭，苦中寻乐地度我们的纪念日。虽然七减三等于四，到底我们还有四个呀！"

秀兰笑着立起身来说："吃饭么，我今天接着信，就知道必有饭吃，八成回不去，所以告诉母亲要住在大姐家里。现在我帮忙你去弄饭。"

"谢谢你，饶命吧！不帮还好，一帮倒越帮越忙，你的成绩我早领教过了。"信芳笑着拦阻她。

"你不要轻视我！要知道士别三日，刮目相看，我已不是当初的我了。"秀兰面色渐变惨淡，喟然接着说，"你知道的，在事变时，我家很受了不少损失。不久又赶上吉恒银号倒闭，我家的一点儿积蓄都在那里，结果只收回了十分之三。家境日坠，不得不紧缩，只得把女仆辞退，由我帮母亲操作。近日母亲又常害病，做饭洗衣，几乎全归我一个人干。姐姐，你看看我的手，在人前简直不敢伸出来。"

秀兰红着眼圈，伸出手来。她那一双手，在当日是以尖细柔白出名的。信芳常说，她只凭两只手，就可以冒充音乐家，但她钢琴也弹得很好。如今好像放大了些，皮肤也粗糙皱裂，和所戴的手表、戒指看着不很配合。

信芳拉过她的手，轻轻拍着说："这不算什么，你该记得那句名言，我们要有更龌龊的手、更清洁的脑筋。我们的手还不太龌龊，只常常洗净就好，我已经两年没用女仆了。"

"这样生活，我实在挨不下去，很想出去做事，挣钱够雇个女仆的就成，到底可以躲开这又累又不干净的工作。"

信芳笑起来说："好的，你是想用自己的工作，换别人的工作，那我可以留意。倘若某位太太愿意当女仆，而她家缺一位秘书或是教员，你们就可以交换工作，谁也不用找给谁钱。现在先跟我做饭去，我看你有什么手艺。"

秀兰又换上信芳一件旧衣，随她进了厨房，二人说笑着慢慢做饭。

转瞬天将六点，信芳不住瞧手表说："怀芳已出去四个钟头，怎还不回来？"

"也许赶上常青有事或是出门，他在那里等着呢。"

秀兰才说到这里，忽听外面大门敲响，信芳忙跑了出去。开门一瞧，门外只立着一人，用手扶着头，身体不住摇晃，好像喝醉了酒似的。信芳细看，才认出是怀芳，不禁"呀"的一叫，问："你怎么这样？"

怀芳不言语，一直向里走，但才踏入门内，脚下一软，竟而跌倒。这时秀兰也闻声出来，见状大惊，忙和信芳把他扶起，架到房中沙发上坐下。只见怀芳头面都肿成胀猪一样，青紫斑驳，有几处都已破裂流血。身上新换的笔挺白色西装都已撕破，也变成地皮颜色，上面还有斑斑血点。他坐下便龇牙咧嘴，不住呻吟，好似疼楚非常，随又眼泪直流，呜呜地哭起来。信芳、秀兰连问他有什么遭遇，伤到这样，怀芳只痛哭不语。信芳要去请大夫，怀芳拼命拦阻。信芳急了，教秀兰避入旁室，把怀芳身上的衣服全剪碎撕掉，细看腰、腿全都有打击的伤。就自己动手，弄了盆温水，先把全身洗净。好在她原有医疗知识和技能，家中又储有现成的药品，就寻出来，分别破处、肿处，都上了药。该包扎的也包扎了，又给穿上浴衣，送到床上躺着。过了一会儿，信芳、秀兰都坐在床前，听怀芳诉说他所遭的横暴。

原来，他在午饭后，奉信芳命令去邀常青。常青是在河北第六小学作级任教员，这一去当然出租界。怀芳走到日法交界的封锁线上，随着等候出界的可怜人民，挨个过关。虽然等了不少工夫，幸而没遭遇什么不幸。及至到了第六小学，常青正在上课，又等了一会儿，常青下了课，才邀他进私室闲谈。

怀芳先说了来意，常青搔头为难说："大姐叫我吃饭，我当然要去，不过今天晚上我另有要事，实在不能赴约。"

怀芳问他有什么事。常青说："有一个重要的会议，绝不能耽误。"

怀芳又问是什么会。常青好似自觉失言，红着脸说："不过是本校教务会议。"

怀芳说："教务会议有什么要紧？你以前曾屡次对我说，把教务会议忘了，没去出席。哎呀，不对！现在正是暑假，离开学还远，你教的是补习班，有什么会议！"

常青很不好意思，但仍坚持着说确有重要会议，不能缺席。怀芳无法勉强，很不高兴，便要告辞。常青留他再谈少时，二人就天南地北地说起来。最后提到今日是事变第二周年纪念日，也是范一和陶甄订婚纪念日，所以信芳邀几个残余的朋友聚一次。随又提到近日范一来函，再度询问陶甄近况，信芳无法回答的事，渐渐把问题集中陶甄身上。

怀芳意外地发现，常青不但对于陶甄，就是对胡庆堂、何止百的情形，也非常清楚。不由很是诧异，问他怎么知道。常青含糊回答是听人说的。但他越谈越见激愤，说："陶甄是个女子，我对她的行为只有怜恤，也能原谅。唯有胡庆堂、何止百这两个东西，万恶不赦，我若能做主，一定把他两个杀掉。也许能把陶甄警劝一下，使她自己超拔出来，日后或者还能和范一重圆旧约，那女子倒是可惜的。"

怀芳听着笑了，说："你说得很热闹，可是你做什么主？做谁的主？我看咱们全是一样，只能关上门说硬话而已，什么事也做不出来。除非夜里做梦，或者能梦见痛快事。我改两句唐诗送你，原文是'不堪盈手赠，还寝梦佳期'，我改作'不能亲手斩，还寝梦除奸'，请睡觉去吧。"

常青摇头说："不见得，我并非醉生梦死的人，只要有机会，就干得出来。"

怀芳哈哈笑着说："你等机会吧，我走了。"

常青也笑起来，好像自认所言过度，有些吹牛，随又拉住怀芳说："再告诉你一个消息，杨闰生现在北京，已经加入汉奸团体，做了宣传处的秘书。"

怀芳瞪大了眼，摇头说："不会的！他进过宪兵队，是日本的仇敌，怎能又替敌人做事？"

常青说："他的心理，我怎能知道？不过这消息是确实的。杨闰生本来就是一身少爷脾气，跟我很不一样。"

怀芳还是不信，以为何致如此，常青也不和他再说。怀芳又坐了一会儿，便告辞出来。常青叮嘱他：务必代向信芳道歉。

怀芳随口应着，心中只替陶甄和杨闰生二人惋惜，又惊讶他二人变得太快。及至出门坐上洋车，还一直想着这事，以为人皆有志，便是父子也有时分道扬镳，何况朋友？事既不能挽回，只好由他们去。忽然一阵感触，发了诗兴，想出两句，是"落花莫怨东风恶，落溷飘茵任自飞"，自觉还不错，但还得再凑两句，够一首七绝。

他还没想出来，车已到封锁线边上停住。他下车付了钱，排在过关的队伍后面往前挪，心里还在推敲。好容易挨到机会检查口，一首诗居然凑成了，但已到了日本兵的跟前。他抬头看见是狞恶的面孔，吓了一跳，急忙拿出了居住证递过。那日本兵并没看，只转脸对他身后的翻译说了一句，那翻译就拉住怀芳，说声"这边来"。怀芳立刻魂灵都吓飞了。

原来检查室有两间，第一间是检查过往行人的，检查手续倒很宽大。因为检查人只居于监视地位，并不动手摸索，只教被检查者自己运动，这也许是日本人可怜中国人运动太少，借此锻炼我们的体格。这室中只铺着一领地席，放着一条长凳，被检查者走进去，先把身上所带的钱、表，以及一切零物都拿出来，放在凳上，而且要放得罗罗清疏，一目了然，不许互相压盖掩覆，否则至少一串嘴巴。拿出东西之后，跟着脱了鞋，走到席上，再脱外衣、内衣、中衣、袜子，最后只留下一条裤衩。这倒不是要留中国人的体面，而是怕亵渎了日本人的"尊严"。但这还不算完，以后该做柔软体操。解了裤带，用手提了裤衩上口，虽不必距跃三千，起码也要雀跃三下，以防局部有挟带藏掖等情，到这里才算检查完毕。然而，第二个运动又挨上来了，势不能因循逗留，必须在几秒钟内穿上所脱的衣服鞋袜，带起一切零散钱物。若是赶不及，就得七乱八糟地抓起来，到外面去穿。这又是给中国人一种好训练，凡是常常经过封锁线的人，倘然日后家中半夜失火，一定逃得特别快。

怀芳对于这一种检查，倒有几次经验，并不甚怕。但对第二间检查室，却并未观光过，因为那是一间刑室。凡是触了日本人的特别规则，或是带了什么日本人认为不合法的物件，就得被带到刑室"运动"。但并不是自己"运动"，而是别人在他身上"运动"。怀芳吓得血都凝了，口中津液也干了，自思没有犯规矩，恨不得寻个镜子照照自己身上，有什么教日本人看着不顺眼的地方。但是那翻译力量很大，脚步很快，转瞬已把他拉进刑室。这里面好像比较豪华，放着一张花园式的长椅，却没有地席。墙角倚着一条木棍，形似戏台上皂隶所执的水火棍，只没了黑红颜色，是白硝儿的，但上面染有斑斑血渍，另外还有两支步枪。

室中先已立着两个人，一个是穿着纺绸长衫的老头儿，年纪将近六十岁，胡须惨白，像是商人的样儿。一个是短发中年人，像是小贩，都已惊骇得面无人色。那老头儿更战抖得像风中的树叶。

怀芳进到室中，才壮足胆量，问了句："我犯了什么罪？"但得到的回答，是那翻译的一个嘴巴，打得他昏头转向。那翻译跟着把老头儿推到墙隅，只把中年小贩拉过来，和怀芳对立着，先指着怀芳对那小贩说："你打他二十嘴巴，狠狠地打，若不使劲，我把你碎了！"

他穿着一身日本式的制服，由衣装、神气和行为上看，好像是个日本人，但一开口说话，才知道他的的确确是中国人。

那小贩对怀芳素不相识，无冤无仇，但在这场合，知道要保护自己，就不能不侵害对方。略一迟疑，看看那翻译的恶魔面目，只得咬咬牙，伸手就打。怀芳疼得半边脸冒火，"哎呀"一叫。到第二下打过来，不由向旁躲闪，算没被打重。不料那翻译忽然跳过，一脚把他踢倒，又踹了几下，重又提起站好，对那小贩说："你给我往死处打，看他还敢再躲！"

怀芳才知道这地方挨打，不许躲闪，只好拼出死去，挺着脊梁承受。到二十嘴巴已打完，已是顺口流血。

"好！你也打他二十。"怀芳不敢违掬，又转而打那小贩。那小贩因有前车之鉴，纹丝不动地挨着。就在打人的不知什么来由，挨打的不知因何罪状的状况下，打完了一个回合。

怀芳本来没有力气，又加心慌气促，大概表演成绩有欠紧张。翻译大为生气，过来踢着问他："是没吃饭，还是成心装孙子？"于是又喝令小贩再打怀芳二十嘴巴，并且用手背打右半边的脸，为着"打均匀了，省得小子得了偏坠"。

西谚说:人不到危迫时，则潜力不出。诚然不错，人类的潜力本很富余，但是平时所表现的很少。和一个颠顿的富翁一样，平日能过优裕生活，也就不觉自己的富有。必到遭遇大事，将要破家，急忙搜罗搜罗，才知祖遗财产如此富厚。例如鲁滨孙若长守在家庭，衬衫破了也得他母亲替补。一旦漂流荒岛，就有了许多发明；一个普通人，看见厨子宰鸡，能三天吃不下饭。做军人上战场，看见尸横遍野，也就视为平常；再如黑籍人物，平时迟几分钟不得过瘾，就要涕泗横流，好像性命交关。但是一旦因事捉将官里，监禁一年半载，也照样活着出来。所以人到危迫时，不但智力、勇力，就是忍耐、抵抗，以及其他种种潜力，也都能尽量发挥了。怀芳若在家中姐姐跟前，像这样的痛打，挨上两下早已昏倒，但在这地方，他知道昏倒不但不能解免，反将加重痛苦，于是也就不昏不倒，挨足了四十嘴巴。不过也已身体摇摇，倚在墙上两颊高肿，下颏满是鲜血了。但那墙隅立着的老头儿，看着这种凶怖情景，已失去支持能力，瘫在地下，好像傻了。

这幕戏还只唱了一半，那翻译是主角，他该亲身上场了。喝令怀芳和那小贩跪在地下，爬到长椅前面，将上身钻到椅下。那长椅固定在地上，长约八尺，前后共八条腿。好像是特制的，每两条腿间只有不到二尺宽空隙，恰可容纳人的宽度。怀芳和那小贩各钻进一个孔隙，因为椅是靠墙放的，钻进去恰好是头顶着墙，而两臂都紧受椅足约束，腰部以下都露在外面。那翻译拿起一支步枪，就向他二人的腰、股、腿各部，用枪托痛捣，又向胯骨撞击。二人空疼得鬼号，但绝对不能躲避，直有半点钟工夫。

怀芳还算幸运，他因痛楚欲绝，每被捣一下，身体便不由前窜，头顶自然向墙上猛撞。次数一多，就昏厥不省人事了。及至苏醒过来，身体已离开椅下，仰卧地上。睁开眼，正看见那翻译的歪脸，嘴里衔着纸烟，对他笑着。怀芳呻吟一声，眼又闭上。那翻译不容他再作过度的休息，高喝："快起来！"怀芳身体已整个麻木了，怎能起立？还是那翻译把他提起来，但一松手又跌下去。翻译口中骂着，再揪他立起。这次先不松手，踢了两脚，帮助他血脉流通，恢复活力。倒是没白费事，怀芳居然立住了。

这时，那老头儿和小贩都已失踪不见，但又来了一位学生模样的新客，面无人色地立在门边。那翻译大概要招待这新客，不留怀芳久坐，拉他到门外，忽然变了和蔼态度，笑着说："你往法租界去么？往这边走，下回记住了，见日本兵要行礼。"

怀芳听完了这受刑后宣布的罪状，才明白自己挨打，只是为了忘记对日本兵鞠躬。只顾犯酸作诗，以致挨打吃苦，这一首诗几乎成了遗作！

他跟跟跄跄走出封锁线，用极高的价钱雇洋车回家，心中又怒，又恨，又气，身上又疼得要死，一路切齿流泪，回到家中。哭诉经过以后，信芳、秀兰都恨得咬牙。信芳忙又跑出去买了一种止疼特效药，给怀芳服下，她坐在旁边劝慰着，直守到夜间，怀芳才睡着了。

信芳、秀兰到外室吃饭。信芳道歉，今日邀她来挨饿。秀兰说："姐姐多余说这话，我已经气饱了，到现在也并不饿。你说日本人这样万恶，我们应该怎样报复他们，到将来国家胜利的时候？"

"我不主张报复，应该奖励日本人。"信芳说，"你以为不该奖励么？"

"奖励？"秀兰张大了眼睛说，"奖励他们，因为他们蹂躏我们的领土，残杀我们的国民，并且几乎打杀你的兄弟？"

信芳笑笑说："是的，就为这个才该奖励！你明白，日本侵略中国是有理由的，他们本国地方小，人口密度增加又快，不得不向中国移民。中国不肯欢迎，他们才不得不用飞机、大炮开路。及至占据了中国的地方，又发现中国不但地大物博，而且人也够多。比如他们占了天津，而天津的房屋都被原有的中国人住满，新来的日本移民，又向哪里安插？自然该把中国人屠杀一些，驱逐一些，清理出地方，好铺他们的席子。"

"好的，你的论调不错，听说近日新民会出了个宣传处长的缺，你大可以去干！"

"那我的天恩祖德还不够，不想干这个。"信芳掠掠发，接着说，"我以为在国家胜利以后，还是奖励战败的日本，仍旧贯彻他们的移民政策，并且由我们中国加以协助。不过要告诉他们，中国的气候已不适于日本人居住，他们本国也一样的不适宜了，最好把全部男子移到格陵兰，全部女子移到澳洲南方的罗斯岛一带。这不但把他们的移民政策扩展到地球两端，而且可以借天然的气候，医治他们国中的黩武狂热。"

秀兰笑起来说："这主意值一百分，我太赞成！可是这样隔离，岂不绝了种？"

"不，不，我绝没有那残忍意思。"信芳举起手，正式否认，"他们两岛上的移民，每隔十年或是五年，可以在赤道非洲的维多利亚湖边聚会一次，限期最少十天。"

秀兰拍手说："真该这样，我若有权力，就照你的话办。"

"你啊，永远不会有权力，就有权力也不会这样办。"信芳摇摇头，抖抖手说，"我说的本是阿Q式的梦话，费点唾沫解解恨罢了。我敢预测，将来中国胜利的一天，对日本也不会怎样报复，因为我国国民性是仁柔的、善忘的，在挨打时虽然咬牙切齿，但到打人时就要下不去手。然而日本这种国家，不是你扭断他的喉咙，就是他撕碎你的身体，无论到什么时候，绝没有共存共荣可讲的。"

秀兰摆手道："你错了，共存我不知道，共荣是确实有的，满街都是。"

"不错，我也见过那种新牌号的纸烟。日本人真笨，他们把共荣二字做了纸烟牌号，好像给人们暗示，说这是有毒的，不卫生的，只适于挂在嘴边的。"

"你真会想！"

"不是我现在才想，早已就想过。"信芳说，"你看吧，凡是外国纸烟的牌号，很多暗示着危险、毒性、奢侈，至于领悟与否，那全在吸用的人。例如'炮台''海盗''老刀''金枪'，不都危险么？'红锡包'是宝石，'皇后'不奢侈么？'品海'是钉头，不是有毒么？"

"这你只就一部分而言，未免有些牵强附会，大多数并不如此，例如政府牌。"

信芳眯着眼说："政府有没有毒质，你看历史和哲学书去，我是专指这个名词说。"

"还有呢，像美丽牌、红唇牌……"

信芳笑出声来说："妙得很！世上还有比美人再危险的东西？至于红唇，当然是附属于美人的。据医生说，每一片红唇上有百多万细菌，我向来没用过唇膏。"

秀兰不由举手掩着她那艳红的小嘴，不愿意似的笑着说："我才自己自投罗网，无故地惹到自己身上来！"

二人又谈了一会儿，就收拾餐具，到怀芳房中看了看。怀芳仍在睡着，恐怕惊扰，又悄悄退出来。信芳教秀兰到卧室去睡，自己出入照料着怀芳，到后半夜方才就寝。次日午饭后，秀兰就告辞走了，信芳答应替她留意寻觅一个职业。

怀芳直在床上躺了十一天，倒是很安静的，但未免安静得过度。他除了睡觉以外，只是躺着出神。偶然和信芳谈几句闲话，也绝不提起挨打的事，又叮嘱信芳不要对外人谈说。尤其那位邻居诗人郑伯扬，倘若来访，务必托词挡驾。郑伯扬果然来过两次，信芳都辞以怀芳出门不在。

怀芳将养全愈，初起床的那天夜间，人静以后，就跟信芳开了谈判。他坐在沙发上怔了半晌，忽然开口叫："姐姐，我有件事跟你商量。"

信芳正看着书，闻言把书放下，问什么事。

怀芳凝眸向着墙壁，好似眺望远方，悄然地说："我打算走。"

"哪里去？"

"上内地找范一去。"

信芳好似出于意外地愕然看着他，半晌没有开口。

"怎样，你赞成不？"怀芳说，"可是，姐姐，你赞成我也要去，不赞成我也要去，不过我一定要你赞成。"

"你这意思几时起的？"信芳问。

"这不是明摆在这里，你何必问！"

信芳点点头说："这个你不要问我赞成不赞成，先问你自己志向坚定不坚定，要明白这不是随便一谈的事。范一现时虽在湖南，可是他时常转徙，你去了找不着他，又将如何？"

"我找不着他，总可以找得着中国，国家能拒绝我以国民资格投入军队么？"

"你说得很好！不过一路的艰难困苦，和日后做军人的危险辛劳，你可想过么？你是个才放下书本的孩子，何曾受过……"

"现在这亡国奴的待遇，我更不曾受过，不是已经受了么？"怀芳恨恨地说，"至于什么艰难危险，我已经在床上连想了十多天，现在不须再想了。"

信芳冷冷地说："那么，你的主意已经打定，不能动摇了？"

"不错，我已经决定了，希望你能不动摇我。我最怕……现在咱们家只剩了姐弟两人，我抛下你走……咳，倘然你不赞成，或是为这个难过，我真要万分伤心。"

信芳徐徐立起来，走近怀芳，把手搭在他肩上，很沉着地说："好弟弟，你错了，我希望你的就是这一天。当初范一临走时，曾和我商量，想邀你同去，我替你谢绝了。"

"为什么？这事你并未对我说过。"怀芳问。

"你无须这样兴奋，先静下心想想。"信芳柔和地说，"在那时……不止那时，截至十一天以前，你只是娇养的少年，又是个只会空想的诗人，何尝有丝毫勇气？成天作那种无聊诗，好像不待亡国，就预先做二十岁的遗老了。现在你这英雄气概，可以说是打出来的。你想，在那时，我能送你这样的弱者上战场么？"

怀芳承认了，点头说："诚然我以前是太懦弱，太消极了。想起来真后悔，当初为什么不早些振作，跟范一一起走了多么好！"

"因为敌人的残暴还不直接加到你身上。"信芳说。

"是的，我承认原来是只小羊，经这一顿打才变成斗狗，很得感谢日本！哦，从这上面可以证明，杨闰生加入伪组织的消息不确，他在宪兵队里也曾受过毒刑的。"

信芳摇头说："那倒不然，强暴的力量有时得到反抗，有时得到屈服，那要看被压迫方面的人格而定。杨闰生那人过于聪明油滑，心计太多就等于没有心计，太聪明就等于不聪明。常青说他的话很有可能，不过我还希望他不致如此。"

"不管他吧，反正我的事是决定了。"怀芳说。

"好，我答应替你筹备一切。当初范一邀你同走的时候，我曾说现在强逼一个懦弱的人上战场是不人道的，将来只要怀芳能自己振作，我一定对国家贡献这个弟弟。当时范一也许怀疑我是托词，想不到如今居然实现了我对你的期望，也能践了对范一的允诺。"

"范一看见我，定要万分惊讶的！"

"他当然也万分高兴，"信芳说，"你知道的，他向来对你偏好，当作弟弟看的。"

怀芳沉吟一下，又黯然地说："这都是关于我的事，可是我走后剩下你一个，怎么好呢？哦，要不咱们一同走吧，你那点医学若到医院给伤兵看护，准可以成为白衣天使，而且范一定然希望你去的。"

信芳听到这里，忽然退一步坐在沙发上，低下头双手掩住脸，好似受了什么刺激。实在她是被怀芳说动心了。因为她在和范一临别之夜，突然发生了爱情，虽明知由于一时情感的冲动，是不合理的。然而女子的心理和情爱，玄妙深奥，说流动也流动，说固执也固执。尤其信芳自幼贞静，未曾爱过一个男子，方寸中好似一座坚城，不容侵犯。但若一旦有外兵攻进去，就要凭险据守，再也驱逐不出来。又像一块未曾开垦的沃田，向未种过禾苗，忽然投入一粒种子，就很快地被蕴蓄的地力催得暴发起来。信芳几番自加抑制，结果知道对这颗情苗无法拔除了，就决意把这不合理的冲动做成合理的牺牲，终身保守心底的秘密，不使任何人知道。同时把夫妻之爱推给陶甄，自己只以骨肉之爱替范一照顾陶甄和他的老父。日后范一归来，和陶甄生了小孩，自己就以阿姑资格抱过一个，替他们教养，把孩子当作范一小影，爱情也有所倾注了。

信芳存了这样的心理，所以对陶甄十分关心，又常劝陶甄去探望范一的老父。及至陶甄被诱变节，这本是信芳得到范一的好机会，然而她绝没有自私的心，只尽力劝陶甄记忆与范一旧约，赶快脱出泥潭。当范一来信询问陶甄近况时，又屡次替为遮盖。虽然这样，心上仍觉不安。这时一听怀芳要她同行，又说范一定然希望见她，不由心中大为振动。知道怀芳的建议十分有理，岂止范一希望见自己，自己更希望见他。若把陶甄一切行为，设法使范一知道，他一定会把爱情转向自己身上，岂不偿了愿望？但她才发生这个念头，突然感到非常羞愧，自觉犯了极大罪恶。陶甄向来把自己当长姐看待，怎可以幸灾乐祸，自便私图，趁她一时走入歧途，就去攫取她的未婚夫？这种事不必去做，就只起个念头，也够可耻的！信芳想到这里，良心上觉得和怀芳同行，去接近范一，直如接近危险、接近耻辱一样了。

怀芳在旁看着，很是诧异，就问："你怎样，不愿意跟我去么？难道还舍不得这个家？"

信芳沉了一沉，才仰起头来，面色已由晕红转为苍白，悄然说："你说对了，就为这个缘故，我不能跟你走。"

"什么原因？"

"你不是才说过了？我实在舍不得这个家。我近来好像老了，常是记忆过去。这个家并没什么好，可是母亲曾住在这里，死在这里，咱们姐弟又生长在这里，我怎舍得离开？而且一个女子出远门，是不方便的。我要住在这里，替你保守这个家，使你无论走在天涯海角，常常想到自己有家，家里有人。"

"你是决定不走？"

"决定不走，你自己去吧。"信芳说，"若能见着范一，千万不要说陶甄的实在情形，只提她早已随父亲上山西去了，跟我们也不常通信。"

"你的意思，是替那丧廉耻的陶甄说谎，欺骗范一，这又何必！"

信芳红了红脸说："因为我已经欺骗过范一了，这不过要你替我圆谎。而且你要明白，咱们既要避免给谁生事，也不要惹谁伤心。譬如朋友的父亲死了，我若没有报告的责任，或是没受家属托付，绝对不去报告，因为我怕看人哭。"

怀芳不大耐烦地说："好了，好了，我也怕看人哭，就任凭他父亲尸身臭在床上，也不去报告！再说我并非立刻就走，你先不用叮嘱这个。"

"我不过想起来就说说罢了。"信芳笑了笑说，"好，咱们先研究你的行期，跟着就该整理行装了。"

三天后，怀芳走了。信芳送他到车站，看着车开行了，抱着一颗孤独悲悯的心独自回家。家中成了空旷的道院，一个人住着五六间房子，推开任何一道门，里面都是寂无生气。每天除了吃饭以外，开口的时候很少，因为没人可谈。就是道院也有许多女道士同游同息，除非和尚坐关，才会把一个人关在一个地方。

过了几日，信芳感觉太孤寂了，就想了两个办法。第一个办法，是在家中办一座小规模幼稚园，把本里中未及学龄的男女儿童，都收揽来加以教育，不收费用，完全义务，借儿童的天真，安慰自己的心情，就作为服务的酬报；第二个办法，这附近有一家私立济慈女医院，院长江涛小姐是信芳旧友，她打算投入医院做助手，也可以工作消除寂寞。但她踌躇着不知走哪一条路最好，还得仔细考虑。在这个期间，忽然外面又起了风声鹤唳。但于战事无关，只是各河水势大涨，今天听见某处决口，明天听见某处被淹，好像天津也很危险。信芳倒并未理会，因为她根本不知发水是什么情形。民国六年天津大水时，她还在襁褓中呢。

这一日，天气很热，午后一阵小雨，转为凉爽。信芳晚饭后闷坐无聊，就换件衣服上街闲遛。走到一家电影院前，看见开映《理想世界》新片，心想这片子内容一定不错，可以进去看一场。但瞧瞧手表，离开场尚有一刻多钟，就在报摊上买了份报，带进去消磨时间。

信芳因厌恶日本人的虚伪宣布，很久不大看报，偶然才买一张。不想今天这么巧，在新闻栏有一段北京通信，题目是杨闰生升任宣传处长。本文是"北京宣传处长郭泽现已荣转某要职，遗缺由该处秘书长杨闰生升充。杨君抱负远大，青年有为，必能于中日亲善前途多所供献。并闻将于本星期三作广播演讲，题为'阐明日本和平真意，忠告重庆伪政府'云"。后面又附了一篇略历，说明他的年龄、籍贯以及学历，确实就是那位在二年前事变时，慷慨激昂、痛恨日本、切念国家的杨闰生，也是曾进过宪兵队羁押受刑的杨闰生。

信芳看着叹息：怀芳传来常青的消息，这算完全证实了！可惜一个青年竟会忘了国仇私恨，甘心去做汉奸，未免可惜。但是人心不同，别人若说他堕落可惜，他还许说别人愚蒙可怜呢。想着，影片已然开映，信芳怀着怅恨的心情，看完这套《理想世界》的影片，心中觉得理想的世界太已可爱，而现实的世界太已可恨。若是得不到理想世界，宁可不要这现实世界，请上帝毁掉了重造，再经一回开辟，即使长久停顿在洪荒时代，总不致有许多坏东西。

散场后，她在稻香村买了些点心，提着走回去。哪知才转过一道街口，忽见路旁军警林立，日本兵凶神似的擎枪警戒，如临大敌，监视着中国警察检查行人。信芳吃了一惊，不知出了什么事，徐徐向前走着。将到近前，见已有几个男子正在受检查，先把通身都摸索到了，然后教取了居住证，详细盘问姓名、年龄、职业、住址，都答对了才放过去。内中有一个乡下模样的人，被这严重的局面吓得惶恐失措，说话结结巴巴，不能流利，弄成形迹可疑，竟被两个警察带走了。幸而对女性还稍宽些，信芳并没受到男人一样的检查。好在夏季女性的衣装一目了然，绝不会有什么挟藏，只看看居住证，问了两句话，就放过去了。但再向前走，到一条十字街口，又经过同样的检问。前后一共过了四道临时关卡，才回到致安里。

信芳进了巷口，回头见附近还有军警逡巡，心想：这是发生了什么事，情形如此严重？平日虽有时作临时检问，但也只在衢要街口经一度盘查，今日却好似把附近街道都包围了。自己近来很少出门，偶然出去一次，竟遇着麻烦，真是倒运！

想着已到门前，就拾级上楼。以前曾提过的，信芳住的房子是公寓式，楼梯公用，上了二楼才到她自己的家门。信芳取钥匙开了门，走进去，又取下锁匙从里面锁上。才进了起居室，开亮了灯，觉得房中空气有异，好似和自己出门时不同。但细看看，却没什么异状。忽想起在出门时因预防下雨，曾关了窗子，当然空气不通，觉得气闷，就把窗子全开了，让凉风吸进来。随又走出到厨房去，想煮一壶水泡茶。

哪知才到厨房门外，忽觉脚下踏着滑腻的东西，高跟鞋一歪，几乎跌倒。忙扶住墙壁，伸手开了厨房的灯。低头一看，原来脚下所踩的是一汪红色的液体，好像是血。信芳大吃一惊，再抬头向里看，很整洁的厨房已然纷乱，临窗所搭的木案已然倾倒，零碎的家具都落在地下，一把水壶也倒了。在木案前放着一团东西，红白两色间杂。仔细看，才知是一件白丝绸西服上身，几乎沾满了血渍。

第六章

一块石头击落两只鸟

信芳惊得几乎窒息。她终是有胆力的人，立刻镇定了精神，走过去。提起两件衣服，见上面大部分都被血液染透，心中突然想到：附近必是发生了血案，军警密布的原因大半与此有关。但是我家中并没有人，也不会有人在此被杀，怎会弄了满屋的血，还发现这件血衣呢？想到这里，忽然忆起往日所看的侦探小说，曾有这种情形，自己既踏了两脚血，又沾了一手血，岂不造成了杀人的证据？就悚然把血衣掷下。怔了一会儿，又想：这件血衣的主人，一定就是被害者，但是他的尸身在哪里呢？真是天外飞灾！人命关天，不能掩饰，我只好去报告警察，就是受了冤枉连累，也只可付诸命运。想着，就转身退出。但看看地下，除了方才踏过的一汪血液外，还有一滴滴的血点，成不规则的直线，由厨房门外直连到窗下。急忙走出厨房再看，原来那一缕血点，每一点到一点中间，相隔一两寸到尺许不等，竟一直通到前面住房。信芳通身血脉好似都已凝结，胸中一转，想到：必有凶徒杀人，不是在外面杀了人，把尸身移到我家来，就是在家杀了人，又把尸身移出去。但是他从哪里出入呢？大门锁着，各室窗子全都关着，唯有这厨房窗户未关。但是这是在二楼，上距晒台，下距平地，都够两丈有余，外面又是平滑的墙壁，怎能飞进来？但眼前景象，总是真实，并不是做梦。

信芳倚着墙壁，定了定神，觉得在前面不定哪一间房中，躺着一具被害的尸身，或者藏着一个杀人的凶手，也许两者都有。自己无论如何，非去报警不可，就决计出去。

但才走了两步，忽又害起怕来，寻思：尸身是不能侵害人的。倘若藏着个凶手，恐怕我对他不利，要杀害我呢？想着，就停步不敢移动，但又想：这样困守下去，不是办法。就向厨房中寻了根生煤炉的铁钩，拿在手里，做自卫武器，然后向前面大门走去。

她提心吊胆，好似怕惊动谁似的，蹑足向前走。才挨过她自己卧室的侧门，将到起居室洞开的门前，忽听背后有很低的声音，呻吟着叫大姐。信芳以前历睹恐怖景况，都能镇静，但这时竟被低微的呼声吓得失声"呀"的叫起来。但很快就咽住了，她猛然醒悟，既向自己叫大姐，必不是生人，又想到半月前怀芳在外面受毒刑回家的情形，猜到莫非他途中遇着什么祸变，又逃回来了？

信芳立定回顾，借起居室射出的灯光，才看出自己卧室的门开着一道缝，门缝下面有一件毛茸茸的黑东西，好像卧着一条小黑狗。她转身喝问："你是谁？"

门缝下又低低地答了句："是我，大姐。"

但仍听不出是谁的声音，但可断定不是怀芳，因为她对怀芳一切声音都已听惯，无论如何变化，也能辨别出来。信芳鼓起了勇气，奔到房门外，先伸进手去，把房内电灯开亮，跟着又把门推开，才退步低头向里看。只见门边地下躺着一个人，通身都是灰黑色，好像个煤铺伙计。细看才知道，穿着白的西服裤和衬衫，都已染黑了，上身血迹很多，但已不是鲜红颜色，身旁地下也汪着血。他那脸也是黑的，而且头发蓬乱，遮盖到眉目以下。方才就因为他把头探出门缝以外，所以黑暗中看着好像毛茸茸的小狗。

信芳看着，又惊又怕，再问了声："你是谁？"

那地下的人才答说："我是常青……"

信芳"哎呀"了一声，立刻丢下铁钩，奔过蹲下去，撩起他的头发一看，可不就是常青！但脸上满沾煤屑，身上也是一样，左臂衬衫被血湿透了。信芳这时已把惊骇的心情转为怜恤和诧异，忙问："你受伤了么？"

常青哼了一声。信芳忙扶他坐起，用尽力量才移到床上，但常青还低声叫着："不，不，不要弄脏了你的床，就在地下好了。"

信芳说："不算什么，你不要动，我看看伤在哪里。"

说着，先把常青的头放在绣枕上，又将身体摆好，才用剪子把他衬衫左臂剪开。一看是受了贯通的枪伤，子弹由肘上后方二寸的地方打进去，由前方穿出来，并未留在里面。信芳是学过医的，看那创口稍偏于外方，大概未伤骨头，至多也只挨破一点儿，并无大碍。就咂着嘴说："真运气！再偏右一点儿，臂骨就断了。你是怎么受伤的，被谁打的？"

　　常青呻吟着才要说话，信芳又拦着他不许开口。自己跑出去，取来净水，把伤口洗净拭干。又取来药匣——这是信芳预备邻居小儿跌破头碰破手，替他们义务诊疗用的——上了消毒和止疼药，用药棉绷布包扎好了，再取温水把他手脸洗净。这才看出常青面色苍白，想是失血太多的缘故，就给他一点儿水喝，教暂且安静休息。又说："这伤是不碍的，不过这里的药品不完备，我的手术也怕不好，等会儿在附近去请一位大夫……"

　　常青睁开了眼，匆匆地说："那可不成！大姐，你不要教人知道我藏在这里。"

　　信芳愕然地说："你藏……你做了什么事呀？"

　　常青闭上眼，喘着气说："我杀了人，被警察追赶，经过这致安里，实在没法，才跑进来藏躲。大姐不要怕，我绝不连累你，稍过一会儿就走。"

　　信芳惊得一抖，睁大了眼说："你杀了……杀了谁……哦，方才街上的严厉检查，就是为着你么？"

　　"这个……当然是的，我杀了人就逃跑，现在军警当然要捉到我。"

　　"你为什么杀人哪？"

　　"关于这个，我不愿意说。现在只能告诉你，我并非为私仇行凶，并且所杀的人你不久也会知道，他就是胡庆堂，也就是陶甄的……"

　　信芳听着，不由跳起来，叫着："你杀了胡庆堂？这真……"

　　常青摆着没受伤的右手说："大姐，你小些声儿，留神外面听见。不错，我是杀了胡庆堂。"

　　"为什么？"信芳低声问。

　　"您还问我，这种人难道不该杀？"

　　"该的，当然该的，不过你怎样杀的他？"

"大姐，你不要问可以么？关于我的事是一种秘密，你知道了是没有好处的。我现在处于极危险的地位，因为藏在这里，连你也有危险。所以我稍藏一会儿，等到后半夜就要离开，省得连累你。我在临河路还有隐藏的地方。"

信芳很冷静地笑了说："常青，你不必怕连累我。现在你因为出血太多，也绝对不能走。实告诉你，你倘若杀了个平常人，那我就对不起，万不能收留你；如今你杀了胡庆堂，我认为不但是件好事，还是人人想做、该做而做不到的事，就被你连累了也情愿。你不用犹疑，就安心在这里养着吧。我明白，你这并非个人的行为，而是团体的工作，你一定早已加入秘密抗日团体了。"

常青愕然说："你怎么知道我是……"

信芳耸耸肩说："这很明显。第一，你是关外人，我们这二年所尝受的，你在八九年前已经尝受过一次，所以刺激更大，对日本的仇恨也更深；第二，在上月我教怀芳告你来吃饭那一次，怀芳回来对我述说你不知忙什么的情形，又知道很多我们不知道的消息，我就想到你或是干着什么秘密工作；第三，今天你又干了这件事，我立刻回想到怀芳说你提过要杀死胡庆堂、何止百的话，当然全明白了。"

常青唰了一声说："大姐，你真聪明！可是怀芳呢？"

"他已经上内地寻范一去了。"

常青几乎欠身欲起，但头儿并没离开枕上，叫着："他居然走了！一个人走的，还是和别人搭伴？"

"他是被日本打跑的。"信芳说着，把怀芳南行的经过草草述说一遍。

常青点点头说："大姐，我对你致敬！你现在就算是抗战分子的家属了，我可以把一切都告诉你。我实在早已参加抗日团体，不过只办情报一类的轻工作，直到今年春天才转入执行部。不瞒您说，我们的情报组织是很周密的，对每一个汉奸的动作，都知道很详细。例如胡庆堂，在经济汉奸名单上列在第五名，是很重要的角色。所以关于他的情形，我们调查得很清楚，就是关于他和何止百引诱陶甄的经过，也全知道。尤其他在奸污陶甄那一天，用一支不装子弹的手枪和几样珍宝，制伏那可怜的女子的一幕，也完全亲眼目睹了……"

"你们真厉害！可是，谁亲眼目睹的呢？"

"自然有人，我们因为何止百交结日本人和汉奸，就设法派了个人去在他家探听消息。这个人很可靠，在陶甄初次到何止百家去，受胡庆堂侮辱，逃出以后，他还警告过陶甄。"

"哦，这个人在何家做什么事，仆人么？"信芳问。

"你怎么知道？"

"我想多半是这样。"

常青颔首说："不错，是的。我因为认识陶甄，知道胡庆堂、何止百合谋污辱她的事，很是气愤。不过倒原谅陶甄，认为她只是个没有经验、没有定力的少女，遇到这两个汉奸，歹毒万恶的东西，好像小羊落到了狮窟，自然要被吃掉。若是责备小羊为什么不抵抗，那未免过于残苛。同时我又是范一的朋友，所以一直想消灭了胡庆堂和何止百，好使陶甄得到解放，重新做人。不过，对胡庆堂倒有办法，因为他在我们执行名单上名列前茅，迟早可以把他除掉；对何止百却很困难，因为他并非现任官吏，罪恶都是隐秘而不显著，所以还没有被暗杀的资格。我就处心积虑地想出一个主意，在怀芳去看我那一天的晚上，正是执行部开会的日子，我在会中提议提前暗杀胡庆堂，并且自告奋勇去作执行，又解释现在正有好机会，费了许多口舌，才得到允许。

"你知道，我们干这种事都在事前需要一番布置的，我这次却是独力担当，不要一个人帮忙。好在何家已有内线，消息灵通，我只要和那内线联络，知道何止百什么日子宴客，有胡庆堂在座就够了。胡庆堂以前是常到何家去的，后来因为有了陶甄，另立小公馆，有暇总在那边消磨。又加今年官运大旺，做了统税局局长和银行经理，总得天津北京两边跑着，每月在天津住不到十天。所以何止百有事总是前去访他，他却很少到何家去，除非他由北京回天津来，何止百总要宴请他一次，那才是机会。到前天胡庆堂由北京回来了，何止百约他今天到家吃饭。我就在夜里上何家去，和那内线踩出了出入的道路。你大概不曾注意，何家房子的前门是很严密的，但后面就不成了。他房子的后背靠着两座小楼，其中有一座是没人住的，外面墙又很矮，极容易翻进去。经过一条夹道，就是两家交界的一道墙，再翻过去就到了何家的后院。我把道踩好了，方才回去。

"到了今天下午八点钟，又得到那内线通知，说胡庆堂已经到了何宅，稍迟就要开饭。我真是疏忽，只问明一共去了多少人，并没细问都是谁。那内线也只告诉我，除胡庆堂以外只有三个男客，剩下都是女客。我也真糊涂，会没想到内中有个极危险的人，其实早该想到的，这一来可不妙了。"

"怎么，莫非内中有日本军官，带有武器，或者警卫特别森严么？"信芳问。

"不是的，我并不怕日本人，更不怕他们有武器。既干这种事，就根本不希望生还，能逃跑只是侥幸。照规矩最要紧是达到暗杀目的，本身若有机会逃跑，自然要跑；但若看出情形危急，不能逃跑，那就立刻掉转枪口自杀。生死既置于度外，所以只要达到暗杀目的，再被别人打死，自然安心瞑目；若是没达到目的，先已被人打死，那也认命。至于警卫森严，更不算什么，他们只警卫前门，不会顾到隔街的后方。"

"那你怎么说有了危险人物，弄得不妙了呢？"

"你听啊，我在九点半钟才到何家后街，由踩好的路翻墙进去，到了何家后院。一直溜到前楼，才大摇大摆走上去。到饭厅门外，见有两个仆人站着，就对他们说，我是统税局的，有要紧事寻胡局长。那两个仆人以为我在大门外曾被盘问过了，也许认为我是有身份的人，并没疑惑，也不拦阻，只说局长正在吃饭，我们给你回一声。我说不必，局长教我来的。说着就一直闯进饭厅，向里一看，席上果然只有三个男客，其余都是女的。我头一眼先看见胡庆堂坐在正面，何止百坐在他对面背向着门。我往里走，到桌前正要掏出手枪，忽然听有个女人"哟"的一叫，我稍一注目，才发现在侧面坐着的是陶甄，立时心里一跳，知道完了，莫说今天未必能逃出去，就是能逃出去，这里已有认识我的人了。"

信芳"呀"地叫了一声说，"陶甄也在那里，你该怎么办？"

"其实好办，"常青说，"我只多费一粒子弹打死她灭口得了。不过我没有杀她的理由，而且在感情上说，我也不忍。还有，那样一来就要

102

破坏原来的计划。当时把心一横，只当没有见她，仍照原定计划行事，在座上众人一怔之间，我已掏出手枪指着胡庆堂，口中却对着何止百说：'司长，您说的就是这个胡庆堂？'我只说出这一句，也不等何止百回答，就开了枪，枪弹正好打在胡庆堂两眼之间，流出鲜血，向后仰倒。我知道无须再费第二粒子弹了，回身便往外走。这时女客已都哭叫起来，我因为行事很快，至多不过十秒钟，一出饭厅，正看见仆人们向楼下跑。我赶上喝住他们，仍令回到楼上，关在一间房里，才自己下楼，仍由原路向后院走。

"哪知大门外已听见枪声，胡庆堂带来的保镖已跑进来，楼上又有人喊'凶手往后院走了'。但这时我已翻过后院的墙，到了那座空楼房院里，穿过夹道，一直向外跑。翻过临街的墙，就可以暂时脱险了。哪知才翻上墙，忽见由墙角转过一个穿黄衣的警察，那是何家雇用的请愿警。大概他地理比较熟悉，一听楼上人喊凶手往后院跑了，便已料到我是从这空楼房逃脱，所以赶来兜截。他手里拿着手枪，喊叫：'站住，哪里跑！'我不由分说，很快就给他一枪，不知怎么，枪机恰在这时坏了，只听"咯"的一响，并没有子弹出来。但那警察的枪已经开了，正打中我的左臂。当时我只知受了伤，却不知伤在哪里，也不觉疼痛，一个急劲儿把手中的枪向他掷去，恰巧掷在鼻子上，倒把他打晕了，倚在墙上。我撒腿就跑，只听后面警笛乱鸣，也不管那些，只顾逃命。

"因为我预备隐藏的地方，是在敦德道上，所以一直向南跑。将到这致安里口，听见前面也响了警笛，我知道不易通过了。又加伤处疼得支持不住，就想到大姐和怀芳，奔进巷来，打算暂时藏躲。不想上楼到你家一叩门，竟没人答应，好像都不在家。这时再出去已不行了，我才急了，直接上了晒台。晒台上没有人，但是在这热天，难保邻人不上来乘凉，我四下一寻，看见有个大木箱，足有七尺长、四尺高，过去拉拉箱盖，居然没锁着，心想这里倒可以藏人。哪知就在这当儿，楼梯一响，有人要上来，我急忙跳进箱里，把盖儿盖上。敢情箱里盛的是煤，我进去一震动，煤灰全飞起来，呛得我要死，又不敢咳嗽。楼下已有人上来了，那是一位太太领着一个小姑娘，两人全是才洗过头，上来乘凉吹风，足坐了有一点多钟，几乎把我憋死。"

信芳接口说:"那大木箱是我家的,存着去年冬天剩下的烟煤,莫怪你全身都染黑了!可是,你怎么进屋里去的呢?"

常青摇手说:"请先给我一口水,喉咙干燥得很。"说着,已由信芳喂他喝下半碗水,才接着说,"等那位太太和姑娘下去了,我寻思藏在箱里不是办法,就又跳出来,到晒台上探出上身向下看。看您二楼的窗中仍没有灯火,知道还没回来,但看后面厨房的窗户开着,又恰巧有一条泄水铁管,由晒台一直通到楼下,经过厨房窗户旁边,我就决意冒一下险,由晒台边溜下去。抱住水管,我慢慢往下溜,溜到厨房窗旁,伸脚踏住窗沿,才松开水管。由厨房窗户爬进房中,还发晕了半晌,便走到前面,先进到憩坐室。因为恐怕你万一同着外人回来,看见不便,怀芳卧室又锁着,所以只好又穿到您房里。进门被什么东西绊倒,我再也没气力爬起。直到您回家时,我爬到门口偷看,见只您一个人,才叫了一声。实在对不起,我自己闯了大祸,跑到这里给您……"

"你歇歇吧,用不着跟我说这些!"信芳插口说,"我不怕受连累,你已经替国家、替朋友做了一件好事,我倘然受累,不过分你一点儿光荣。"

"可是,大姐你要晓得,这里没有倘然,简直危险就要到来。陶甄既认出是我,她当然会想到我藏在哪里,也许不到天明,军警就来了。"

"不错,她会想得到的。"信芳微笑着说,"但是她不会告诉别人,你不要把陶甄太看坏了,她固然已在堕落不堪,还不致于把良心完全泯没了。只看她上次回我的信上,只写惭愧两字,便可以明白。尤其对于我的感情……这样说吧,她对胡庆堂不见得会有爱情,忍于卖了旧朋友,替他报仇。若是她想到你藏在我家里,那更要闭紧了嘴的。"

"我怕未必。"常青说。

"我倒很能相信她,你不是在做这件事以先,早把性命付诸度外了么?现在更用不着忧虑。"

"我是替你忧虑,觉得还是赶快离开这里的好。"

"用不着,还是老实养着点吧。现在我是医生,你是病人,你得听我的命令。不过咱们也不能不留神防备,你受伤所流的血溅在地上,恐怕要成为很好的线索,把军警引进来。你就走开,我也脱不了连累。"

常青摇摇头说："这个我倒预先想对了。在逃奔的时候，就脱下西服上身，缠在伤处，免得流在路上留痕迹。所以在您家附近，大约不会有的。"

"这可保不定，也许偶然有一两点，总得小心。尤其你在晒台上耽搁工夫很大，在从水管溜下来时候，也难免沾在墙上。"

"那怎么办呢？"常青苦着脸儿问。

"你就不用管了。"信芳说着，立起走出去。须臾又进来，手里擎着两件白色衣服，对常青说，"你自己挣扎着，把身上带血的衣服脱下来，换上怀芳的，你俩身量差不多，我好替你收拾。"

常青说："太麻烦大姐，你放下吧，我自己会换的，换完就挪到怀芳房里去。你也得休息了。"

"不必，这房间比怀芳房里隐秘，因为对面没有高楼，不致被人看见。我到怀芳房里去好了，你自己歇着，我还有好些事呢！"

信芳说完，略一寻思，就走到妆台前，拉开抽屉，取出一只镶宝石的戒指，戴在手上。随又将宝石用力取下，仍掷进抽屉里。常青看着不解，问她这是做什么。

信芳说："我要下楼到巷里，看看有没有血迹。可是在这深夜里，岂不教人疑惑，戴上这戒指，就算我丢了上面的宝石，对人可以有话说了。"

"大姐，你想得真周到！"

信芳从旁门走到憩坐室，取了只电棒，又换了双旧绣花鞋，手中握了块湿布，才开了大门走出。由楼梯一步一步向下照着，居然并无血迹。及至到了巷中，听得潇潇有声，原来正下着雨。信芳暗想：这真是上帝帮忙，路上便有血迹，也将全被洗净，到明晨什么也看不见了。但还不大放心，仍一直照出巷外，身上都被雨淋湿了，才走回来。

进门先换了件衣服，再去看常青，对他说："外面正下着雨，这一来可以放心了。"

这时常青已换了衣服，信芳又教他坐起，把床上凉席也擦拭一下。然后拿了他脱下的衣服，到了浴堂，连那件西服上身都着实洗净，又把甬道和房中血迹都擦净。再前后检查一遍，天已将近清晨三点，看常青早就睡熟，信芳才到怀芳房中去睡，在枕上听雨声似乎更大了。

次日早晨九点后，信芳起床。天已放晴，听外面有人卖报，急忙下楼买了一份。见上面登载着一段胡庆堂被刺消息，但只寥寥数行，说"昨晚胡庆堂到何止百家赴宴，席间突有凶徒一人闯入，用手枪将胡庆堂击死，随即越墙逃走，但为请愿警开枪击伤，何宅立行报警。及该区警局长率属赶到，匪已无踪。当局认为此次暗杀案情重大，为有计划的行动，已将当场目睹人证及涉嫌人犯带局侦讯。闻已得有线索，不久或可破案"云。

这本是官样文章，向来官方公布都是一样，从没有说线索毫无，警探束手的。但信芳看了，只就字面上寻思，以为这件事的线索，完全在陶甄心里，莫非她已给举发了？但她又何致如此丧心病狂呢！

信芳想着，就拿报去告诉常青。常青却较有经验，认为官方已得线索的话只是照例之谈，未必可靠；倒是当场人证带到警局侦讯，确有可虑。陶甄是没经过风浪的，若经官人用审贼的方法套问，倒是当她有心隐瞒，也必露出马脚。信芳也觉得这一层可虑。常青仍要赶快离开，到预定的地方躲避，信芳说他还不能行动，而且今日外面一定还是警探密布，贸然出去危险太大。常青仍恐累及信芳，坚持要走。信芳为阻留他，就说："我先出去，看情形若是不太严重，就送你走。"说着走出去，倒锁上门，下楼到街上走了一转。情形倒是和平常一样，人们仍然熙攘往来，看不出什么。但信芳却很明白，自己并没有观察能力，即便街上密布着便衣警探，又怎认识他们？她及早返就归途，进入巷口，忽得到一桩消息，是一个人造冰厂的送货夫和一位邻居闲谈。那冰厂地址距离二十二号路不远，所以送货夫知道消息。他说昨晚何宅发生暗杀案以后，军警就在附近一带挨家搜查，到如今戒严尚未解除。又听说日本军方还要派队进租界来，做一次大检查。因为四方都有封锁网，凶徒作案又在晚上，绝不会混出界外，当然至今还藏在里面呢。

信芳听着，心想：这可不好！倘然全租界挨户搜查，可真危险。日本兵派队进来搜查，在理论上不会有的。但是昨天已看见日本兵了，想必是在凶案发生后硬闯进来的。旧有的国际条约，已抵不住日本的武力了。

想着缓缓走回家去，对常青把这件事听到的消息隐瞒了，只说街上仍有官人盘查，万不能走。常青只好答应了，但心中终是忧虑陶甄不能代守秘密，把自己供出来，或者引到这里搜拿，连累信芳受祸。信芳虽很信任陶甄不致卖友，但也怕她禁不住迫诱，信念有些动摇又加愁着大检查的实现，但不能对常青实说，心里志忑不安，只有强颜笑语，安慰着常青。但他们两人哪里知道，这次陶甄竟大出他们意料，不但守口如瓶，而且助成了常青一石击双鸟的计策。

　　原来何止百那天请客，直可以说是家宴。因为胡庆堂日渐禄位高升，何止百为套交情，把他当作至亲一样看待。其实由陶甄身上说来，也可以算是亲戚。所以这次胡庆堂由北京回来，何止百欢宴他，并没邀请外客，座上只有何家两位姨太太、绛珠、陶甄、梅隐青，还有李不陂、闽秀峰和他的太太，几乎都是成双配对的。虽然表面看着，只有胡庆堂、陶甄和闽秀峰夫妇两对，但绛珠和李不陂近来走得很近。绛珠表面虽仍是鹈羽的禁脔，其实每隔三两天，和李不陂在某饭店总有一聚。今日绛珠所以主张不邀鹈羽，还有一层原因，因为何二姨太太近来和李不陂也发生了好感，好像某日乘何止百醉后，有过一次畅谈。何止百知道了也不在乎，但绛珠却吃了醋，她已严密监视这事态，预防其再有发展。今日宴会，她竭力阻止邀请鹈羽，就恐是有他在座，自己便得全力周旋，有所拘忌，不啻给二姨太太和李不陂造了机会。可怜的鹈羽竟因此被牺牲了，这也算是日本人外交史上的小失败！

　　日本人的外交，永远是失败的。他们若不遇机会，对国际的外交永不会胜利；若没有权势，对女人的外交永是失败。谁见过仪表潇洒、风趣可人的日本绅士？而且他们一向男权过于膨胀，轻视女性，以致在社交方面，除了鞠躬九十度，获多人不怪以外，一切全很拙笨，简直没有技巧，所以女人不会真爱他们。

　　梅隐青和平井那一对，何止百都邀请了。不过平井临时到北京去，不能出席。梅隐青竟成了一只孤雁，这席上又没有一个无主的男子可以照顾她，因为胡庆堂是陶甄的，李不陂是绛珠的，闽秀峰有他自己的太太，何止百则在理论上属于二位姨太太的。那位闽秀峰在以前虽然不为何止百所重视，但他自从投到胡庆堂伞下，很受赏识，成为其私人。何止百也就随风转舵，对他要好，连内眷也渐渐来往起来。闽秀峰的太太是个旧式的妇人，还有两只小脚，论理和这班太太小姐不会相投。但她有一种特长，既能作小伏低，又善说家常话，婆婆妈妈、蜗蜗蚩蚩的，倒也有趣，人们也就乐于用她取笑。

大家入座以后，喝过几盅酒，就言笑无忌起来。本来这是任性欢乐的局面，虽然在座的名为太太小姐，但不是顶上附加头衔，就得在名下另附小注。例如陶甄，虽然和胡庆堂的关系已然半公开，但因胡庆堂并未实践结婚的诺言，所以她仍是妾身未分明，不能成为胡太太，虽然她久已实任了太太的职务。好在她倒不注重名分，乐得还保持清高的小姐地位。至于梅隐青，则不特有本夫，而且还有姘夫，但她还是"小姐"。绛珠呢，近日已经改了口味，特别爱吃酸东西，虽不知她腹中的多头种子，是传自古文化之邦，抑是传自侵略者之国，不过总是快做母亲的人了。然而她仍是冰清玉洁的"小姐"。此外则何家的两位，需要在"太太"上加个"姨"字。个中只有闽秀峰的太太，是货真价实不带问号的太太，但她本为逢迎巴结而来，绝不端太太的架子。

在这班太太小姐中间，男宾的自由是没有范围，不受限制的。阿Q有言："君子动口，小人动手。"好在座上男宾都是君子，除了李不陂曾以皮靴向何二姨太太暗送"密码电报"一次外，其余都是口角调谑，只不过所说的常是不堪入耳。所以"英雄见惯亦常人"那句古语，是有道理。就以胡庆堂来说，他固然不是英雄，出身也许十分低鄙，但现在既做了大官，当他高坐堂皇，把严正面目向人的时候，岂不威仪可畏，迥异凡俗？使莫测高深的人，发生他是否也用口吃饭、从肛门出恭的疑问。可是，他这时完全抛失官体，现出市井村俗的本相，向梅隐青寻开心，对众人说："平井顾问有一种很特殊的嗜好，是小姐们所不愿意的。去年我曾替他介绍了一位上海来的朱小姐，只盘桓了一天，朱小姐就躲避了，不敢再见面。如今梅小姐倒和平井处得很好，想必是……"说着，眼望梅隐青哈哈大笑，座上人也都笑起来。

梅隐青红了脸，却不向胡庆堂交涉，倒扭着腰儿向陶甄说："胡局长又拿我们开心，你管不管？"

陶甄义不容辞，用牙箸打了胡庆堂手腕一下说："你别看着今天梅小姐落单了，就欺负人家！"

梅隐青跳起来，向陶甄不依，说："你也把我醒脾，我非治你不可！"

陶甄笑着央告，胡庆堂就代为解围说："梅小姐，我认罚成不成？"

梅隐青问怎样认罚，胡庆堂说："我喝一杯。"

梅隐青叫着说："那不成！我想起来了，上星期我的亲戚高升号经理汤朗之，有一批货违章被扣，听说要全部没收，还得另外罚款。我已经跟你在电话里谈过，还没给我下文。现在我要罚你替我在明天办成这件事，不但货物完全发还，还不许罚一个小钱。"

胡庆堂缩缩脖儿说："我的老爷子，这可不容易！你知道，这是分局的事，我在公事上不便破坏规章。"

"瞎说，你是总局局长，正管分局。再说天津分局长又是你的表妹夫，谁不知道！"梅隐青叫着说。

"可是你要明白，总局、分局都有日本顾问，局长不是完全做得主的。"

"不管那些，税局的日本顾问算什么？就是天津最高的日本顾问也拗不过我！"梅隐青自负地嚷着。

胡庆堂挤挤眼笑说："那当然，平井当然拗不过你，他怕你有时候要拗他，所以白天不敢拗你。"

梅隐青呸了声："你嘴里永也不吐象牙，少说废话，我一定要你这样办，不办不成！"

"你一定要这样办，那……那……"胡庆堂故意整了脸儿，做出要拒绝的神气，但口中却说，"那就这样办，谁教你是梅小姐呢，梅小姐的命令我敢不依么？"

梅隐青听了非常高兴，想不到在调笑中办成这样一件事，起码可以有十几万外快到手，就笑着说："谢谢胡局长，咱们可是一言为定，明天我就要货。"

胡庆堂说："那一定，不但是货，连货栈、货厂、货车都给你。"

梅隐青哽了一声说："你还是耍滑头，这不成，得罚你！"

说着拿起酒壶，离座走到胡庆堂身旁，替他斟满了一大杯。她这是以罚酒为名，实际是来敬酒，并且在斟酒时，好像拦阻胡庆堂不要立起，一只手按在他肩上，于是半边身体都接触了。胡庆堂有些享受过度，笑眯眯地要求隐青也陪一杯，隐青很豪爽地答应，借陶甄的杯斟满了酒。胡庆堂就立起来和她对饮，但因已有几分醉意，又当神魂飘荡之际，身体一摇动，一时不能平衡重心，立刻向旁倒去。幸而隐青扶了他一把，才未跌倒，但他竟抱住了隐青，颓然坐回椅上。因为身体很重，震得椅子唬的一响。就在这时，旁边有人叫了声："哎哟我的儿！"

座上人看着胡庆堂将要跌倒，都吃了一惊。及见他和梅隐青狼狈的神情，又忍不住要笑。但还没笑出来，已被那叫儿的声音怔住了，都举目寻觅这声音的来源。唯有何家二位姨太太，则闻声已知这是闽秀峰太太的口头语，因为早就听惯了。这位闽太太是天津土著，举止言谈全有些粗俗，大概平生识字不过十个，却读透了一部"妈妈大全"的无字真经。向来看见孩子打喷嚏，必说一声"一百岁"；若见孩子跌跤，必要喊叫"我的宝"或是"我的儿"。在她自家如此，在别人家也如此，好像已成为习惯。何家内眷都听惯了，所以知道除了她没有别人，不由同声笑起来。

胡庆堂吃惊以后，又听闽太太对自己作这样亲热称呼，不由有些气恼，望着闽太太说："我是你的儿？"

闽太太见惹恼了贵人，自知失口，大窘之下，脸红头涨，吃吃地说："我说错了，你不是我的儿，我是你的儿。"

"谢谢，我不要！"胡庆堂说着，还有些愤愤，但一想也忍不住失声大笑，众人都随着狂笑。唯有闽太太连受了闽秀峰几个白眼，在眼光中大有预约回家挨打之意，于是她再也笑不出来，闽秀峰则根本不想笑。

还是何止百善于解围，替大家斟了酒，又请大家尝尝新上来的白烧鲍脯。胡庆堂吃了一箸，夸赞说："这个菜只有何宅做得最好，一切馆子都比不上。"

何止百谦逊说："哪里哪里！不过舍下还有几样特别的菜，可不是厨子所能做的。明天胡三哥若肯赏光，咱们还是原座，教我们老二下厨。"

胡庆堂听了，望着何二姨太太说："二嫂还有这样好手艺，这可不能不扰。我本打算明天晚车上北京，为您这顿饭，决定改在后天早车走了。"

陶甄白了他一眼说："你就这样没出息，为吃饭连公事都不顾了！"

"吃饭比公事要紧！这年头儿，吃在肚里，藏在箱里，抱在怀里，这是我的'三里主义'。要不我为什么！"

陶甄听着，知道他这"三里"中有"一里"是指自己而言，不由红了脸，向何止百说："二舅别再让他喝酒，他已经不说人话了！"

何止百还未答言，这时常青已从外面闯进来了。大家一怔之间，陶甄已看出是常青，心里诧异：他怎会到这里来？口中"咦"了一声，几乎问出口来。但常青已把手枪掏出来，对何止百问了句话，便开枪把胡庆堂打死，随即跑出去。他的行动太已迅捷，踪迹太已飘忽，众人都被惊得呆了，几乎疑惑是一幕幻景，并非真事。但看胡庆堂连座椅倒在地板上，两目间的伤口冒出红白两色的流质，但那不是梅雪争春，而是鲜血和脑浆合流，任何不懂医学的人，也知道他是不可救药了。

一阵惊愕过去，女人们首先哭号起来，何止百也想到自己的责任，跳起来，推开门喊叫仆人，又跑到窗前招呼门口的人拦截凶手。但这时门外的人们已听见枪声，跑了进来。李不陂在窗口看见常青向后院跑去，就告诉楼下的人跟踪去追。何止百走到胡庆堂近前，看他已死了，不由浑身抖战，知道这场祸事不小，但他终有经验，急忙跑出去打电话，报告本界工部局和华界警局，并且请一位医生来。

房中女客们还在哭号，陶甄因为和胡庆堂有特殊关系，勉强挣扎着立起来，向尸身走近两步。以她的身份，应该扑过去抚尸痛哭，但她并没有那样，一望见胡庆堂血花流烂的脸，立刻"嗷"的一叫，举手掩住了脸，身体抖得像一片树叶。

李不陂倒很懂事，过来扶住陶甄，低声说："甄小姐，已经没希望了，你看着也没用处，外边坐吧。"说着，就扶陶甄走出饭厅，进到对面客厅。

这时，那些吓昏了的人们，见陶甄走出，才想到自己为什么守着死尸，还不快走？于是一哄而出，走在后面的还乱叫乱挤，好像恐怕死人跳起来挽留他们。

但是人类的聪明会连带触发的。方才大家守着尸身，惊怖欲死，竟想不到离开饭厅；及至由陶甄引首走出，大家都跟出来，到了客厅内，人们的灵机竟由一动而再动了，都想到应该赶快回家，离开这是非之地。有一个提头儿说要回家，众人都附和说"我也得走"，连绛珠都要到隐青家借宿。可惜这是不可能的，何止百已放下电话耳机，对众人说："你们都不能走，警局人说，凡是一同吃饭的客人和本宅上下人等，都得留在这里，不许离开。等他们来了，还要挨个儿问话。"

人们都瞪了眼儿，只得各自坐下。唯有闽太太还颤巍巍絮絮叨叨地说："留我们干什么，又不是我们打死他，有能为捉凶手去呀！"

闽秀峰骂了声："倒霉鬼，还不夹紧你的嘴！"

闽太太才闭口无声，别人还有的小声说话。

陶甄倚在沙发上，用手帕掩着脸，好像正在哭泣。但她并未哭泣，方才由惊吓而生的眼泪，已经干了。她对胡庆堂并没有爱情，所以流不出悲恸的泪。心里也不觉难过，只寻思常青怎会来刺杀胡庆堂。这当然是爱国行动，而不是出于私仇。回想自己和常青认识，是在信芳家里，现在不知常青是否还常到余宅去？并且在这种爱国工作上，他们大家是否都有联络？

想到这里，不由忆起在前年的七月二十九日，信芳在家设宴，庆贺自己和范一订婚，当夜就发生事变，大家都住在余宅。到次日下午，汪秀兰也逃了来，大家在三楼晒台上，望着日本飞机轰炸起火的地方，都含着眼泪，约定永久对敌人斗争。举起手宣誓，余大姐数着人数说："记住了，我们一共是七个人。"如今算算那七个人，范一首先走了，闽生遭官司入宪兵队，出狱以后就上了北京；常青今天才证实，干了最激烈的爱国工作。信芳姐弟和秀兰即使没有参加什么工作，也都是很干净的。只有自己是堕落了，污秽了，简直不成人了！

她再想自己所以堕落，完全由于胡庆堂、何止百的牢笼引诱。胡庆堂当日曾许着抛弃他的发妻，和自己结婚，以后竟然失信。自己既不爱他，也并未希望做局长太太，所以未曾着力逼他践约。他好像自觉对不住我，就用金钱珠宝弥补这个缺陷。到现在，我所得已很多了，日后的享受不成问题，所以对他的死活，也无足轻重。仔细想来，他和我真是嫖客和妓女的关系，我牺牲了身体，他破费了金钱，算起来好像两不相亏。可是到今日，吃亏的还是我。他这个汉奸死有余辜，我呢，本是好好儿一个人，无端被他牵引堕落，以致不能自拔。今日他死了，我的梦也醒了，醉生梦死的生活不能再过下去了。然而故人已无颜重见，旧爱也无法重续，我好像被抛到世界以外，将要如何是好？虽然我很有金钱珍宝，但我现在所需要的不是这个，而是另外一种东西，恐怕永远得不到了。

陶甄这才流出真正伤心的痛泪，这泪当然与胡庆堂无关。岂止无关，而且她越追悔自己的过去，越对胡庆堂发生怨恨；再溯本追源，又对何止百腐心切齿。她悲痛悔恨，哭得身体抖颤，旁边的人看着，以为她和胡庆堂情意不薄，却不知她心里所想的另是一件事。

陶甄难过至极，倒抱怨常青没把自己一齐杀死。又想自己看见常青入室，几乎失口叫他，幸而未曾发声。否则被别人看出我和他相识，必要追问，那就不好办了。难道我竟以汉奸姘妇的资格，替胡庆堂报仇，出卖常青么？

想着，忽听旁边梅隐青和李不陂低声密语。隐青说："那凶手进来时，曾向何二爷说了句话，好像和他认识。"

李不陂说："我也听见那凶手叫了句何司长，底下那句话我没听清楚，不过少时官面来人若不问到这里，我们可以不提，恐怕于何二爷不便。"

陶甄心想：常青那两句话，我倒听清楚了。那语气好像不但认识何止百，而且预有接洽。当然据我猜测，常青不会认识何止百，更不会预有接洽。常青这样说，想是别有作用。我不管怎样，为着本身的怨恨，也要把这一层揭发出来，帮助常青的作用发生效力。但这又得作一番戏剧性的表演，拼着一时耻辱，以胡庆堂的未亡人自居，才能消灭痕迹，使人相信。即使打不倒何止百，他也想不到我有意报复他。

这时，本租界的官人已经到来，是一位西籍侦探长、一位中国巡捕长、一位官医和四五位警士。何止百以主人资格，迎接他们先到饭厅去检验胡庆堂的尸体。随后又来了日本方面的宪兵队长、中国方面的警察局督察长和许多特务人员。这情形是以前所没有的，现在这租界的势力，已在武力前颓坠了，而且胡庆堂是日本和伪组织所制造养育的汉奸，和亲生儿女一样，他们天然有哭主的资格。

经过一阵纷乱的检查以后，中日官宪、租界警务人员开了次联席会议，要先在这出事地点，审问宅中和在场的每一个人。法堂暂设在客厅旁待客的精室内，也就是陶甄和胡庆堂初次会合的"洞房"。何止百首先被叫进去。

客厅内外寂静，因为来了两个警士看守，禁止交头接耳，众人都吓得面色惨白，好像将有大祸临头似的。陶甄为要唱这出戏，一直假装哭泣，腹中默默地打着底稿。

何止百受审约有半点钟，方才回来，脸上气色很是难看。

随有一个警士走进门内问："哪位是陶甄小姐？"

陶甄立起说："我就是。"

警士把手一摆说："请到那边。"

陶甄点点头，随着他就走，心想：必是何止百已对官人说明自己和胡庆堂的关系，所以第二个便讯问我。这倒更加重了力量。想着，已走进那间精室。

里面很是光亮，连妆台上的灯也全开着，放出幽艳的色焰。房中香气仍然弥漫，但是中间的席梦思床绣褥之上，竟坐了三个国籍不同，但全穿着制服的人。面前放着大圆桌，上铺极美丽的绣织台布，桌旁椅上还坐着几个人，好像正开圆桌会议。想不到这温馨魅惑的房间，竟和冷硬无情的法律发生关系。陶甄走进去，不由想起自己当日堕落的根由，心中酸痛，到站近圆桌前时，眼泪已直流下来了，这倒是对于她现在地位很有帮助的表情。

座上执行讯问的是中国警察局的督察长和租界的巡捕长，他们还兼任翻译的职务。那日本宪兵队长和西国侦探长，不断参加意见，所以讯问进行得很慢。先问了陶甄的姓名、年龄、住址、学历，陶甄都从实回答，但在学历上留了心眼，只说在光华中学毕业，并没做过事。以下就开始讯问，还是西籍人尊敬女性，教警士搬过张椅子来给陶甄坐，陶甄更感到自己是被他以哭主见待了。

巡捕长开始问："你是今天被请的客人，亲眼看见胡局长被人打死的？"

陶甄答："不错，我是被请的客人，和胡局长一同来，我眼看见他被打死。"

问："你和胡局长是什么关系？"

答："我是他的太太。"

座上听了，立刻起了一阵轻微的骚动，跟着督察长开口了——他原本不负这种责任，因为正式负责人未在，代表赶来的。

问："不对吧，胡局长家住在河北二马路，太太已三十多岁，很多人认识的，你怎么也是他的太太？"

答："不错，他家里原有位太太，我也是他的太太。"

问："你是第二位……"

答："不，我向来不接受这个名称。"

问："你跟胡局长可结过婚？"

答："没有（这时座上有几个人笑了）。没结过婚当然不能发生夫妇关系，这一点我很明白。不过另外还有个缘由，当我和胡局长结合的时候，他曾允诺我在三个月内跟他的太太离婚，跟我结婚，有他的亲笔字据为证。虽然到现在还未实行，是他失信，并非我不跟他结婚。你们要这字据，我可以呈出来。"

问："这不是我们急于查问的事，你且说和胡局长结合有多少日子？"

答："差不多二年。"

问："好，我们承认你和胡局长的关系，那么今天你是和胡局长一同被请的？"

答："是的，我们七点一同来到这里，八点多就发生凶案。"

问："何止百今天为什么要请客？"

答："什么也不为，只是联欢性质，胡局长每次由北京或是外埠回到天津，何止百总要请他吃饭。"

这时，日本宪兵队长向督察长低声说了一句话，督察长点点头，接着又问："你跟何止百早先认识么？"

陶甄听着，心里一动，但知不能说谎，就回答说："不止认识，他是我外祖母家的远门同族，我叫他作二舅。"

问："那么你跟胡局长的结合，是何止百介绍的？"

答："是。"

问："那么今天杀死胡局长的凶手，你是亲眼看见的，他是什么模样？"

答："当然看见。他放枪时候，离开我没有二尺远，这人是中等身材，脸色微黑，身上穿白色西服。"

问："你以前可见过这个人？"

答："没见过。"

问："他进门行凶的情形，你可记得？"

答："当然记得，我的印象太深了，何况又只隔了这一点时候。"

问："那你可以仔细说一说。"

答："我们正吃着饭，忽然饭厅的门开了，那个凶手直走进来。我因为坐在侧面，看得很清楚，他进门就一直奔到饭桌旁边。我先说明各人坐的地位，迎面首座是李不陂，胡局长下面是闽秀峰、何小姐、何二姨太太，李不陂下面是我和梅小姐、闽太太、何大姨太太。何止百坐在主位，本背着饭庭的门。凶手进来，就立在梅小姐和何二太太身后，掏出手枪，先指着胡局长问何止百说：'你说的就是这个胡庆堂？'才开枪把胡局长打死。"

座上听到这里，忽然全现出诧异的神色。低声议论了半晌，那巡捕长在西籍侦探长暗示之下，先开了口。

问："那凶手进饭厅掏出手枪，指着胡局长，向何止百说什么？"

答："他说：'你说的就是这个胡庆堂？'"

问："这是问何止百？"

答："不错，是问他。哦，我记起来了，在问这句话以前，还叫了声司长。"

问："你确实听见是这样？"

答："我听得真真切切，一个字不会差的。"

问："你不会记错么？方才何止百供的，可不是这样。他说凶手进

116

门，只向胡局长问了句'你就是胡庆堂'，没等回答，就开了枪，这可得弄清楚了。"

答："我敢断定凶手没对胡局长说话，何止百所供的，和我所看见、听见的并不一样，好在座上客人还多，可以请他们证明。"

问："依你这样说，何止百听了凶手的话，可曾回答什么？"

答："他没有出声。"

问："他当时有什么表情和动作呢？"

答："我没有注意，因为凶手很快就开了枪。我看见胡局长两眼中间冒出鲜血，向后倒去，已经吓呆了，哪还顾得看何止百！"

问："那凶手怎样走的？"

答："开枪以后，我只顾了胡局长，到大家喊叫起来的时候，我再回头，房中已没有凶手的影子，他当然仍是从饭厅出去的。"

问："你听凶手口音是哪里人？"

答："好像带点儿本地口音，可又不像天津人。我因没出过门，对外界接触又少，不敢随便判断。"

以后又问了几句不甚重要的话，便算暂告段落。陶甄又表示情愿把自己全部私蓄作为获凶的奖金，要求从速破案，才由警士把她送回客厅里。又叫李不陂进去。

陶甄坐在沙发上，仍装着哭泣，心中暗想：何止百这次一定要遭殃了！他未免太不聪明，常青那样表演，当然是有意拖累他，但技术并不巧妙，而且有些泄露。何止百应该从实诉说，再自己辩白洗刷。这一隐瞒蒙混，又被我揭破，官人当然要根据这一点向众人请问。料想大家都未必敢说谎，这一来倒显得他形迹可疑了。

想着见李不陂回来，闽秀峰又进去。如此挨个儿个别讯问，每人最少一刻钟，直到十二点后，才把主人和客人全讯问完毕。以后又是本宅的仆人和请愿警，最后进去的是个二十七八岁的仆人，黑脸，凸腮，圆眼，翻鼻孔，很大的嘴向左歪着。陶甄一眼瞥见，认识他名叫邢顺，自己初次到何家来，受胡庆堂侮辱，负气出门时，他曾替自己雇车，并且大抱不平，说不该到这混账人家来。我若能听他的忠告，何致落到今日光景，真愧对这粗人了！

邢顺出来以后，天已早晨两点，大家以为可问完了，能释放了。不料何止百又被叫进去，约有十分钟才走出来，但这次竟被两个警士看管，再不许他进客厅，到另一间房内去了。陶甄看着，以为自己的侧面控诉有了效验。却不知她的力量还达不到这个阶段，而是另有人给何止百倾注了新压力，硬把嫌疑帽子紧套在头上，摘不下去。

这个人就是邢顺。因为官人对每个人都要问以前是否见过这个凶手，众人全说向未见过，但问到邢顺，邢顺竟说好似见过。官人问在哪里见过。邢顺说：就在这何公馆门外。大前天天夕时候，何止百到转角王律师家去，那时家中没有客人，大门关着，请愿警也正在门房吃饭。自己开门出来买东西，看见何止百从王律师家回来，还没走到公馆门口，忽然由路旁走过一个穿白色西服的人，拦住他说了几句话。又交给他一件小东西，好似是纸卷儿，随即向马路那边走去，何止百也回了家。当时除了自己，并没第二人看见。方才这个凶手的身材衣服，和那日拦住何止百说话的人相同，只是面貌没看清楚，不敢十分断定。

邢顺这番话，单独看来，也许没有太大的力量，但参以众人所供凶手曾向何止百所说的话，再加上他独自隐瞒的情形，嫌疑可就加重了百倍。何止百虽然极口不承认大前天曾在门外和一个穿西装的交谈，但他天夕时确曾到王律师家去过，而邢顺原说只他一个人看见，当时门外确实没有别人，何止百也提不出反证。官人并不要他在这里和邢顺质对，只吩咐到局里再说。何止百知道自己算陷入这人命官司里面，万不能脱身事外了，反诧异自己平日待人不坏，怎这邢顺如此负心，竟而凭空诬陷，简直成心要我的命。我和你何冤何仇，下此毒手？日后过了这场事，看你能逃上天去！

陶甄见何止百受了看管，方在暗喜，不想又有警士过来，唤她再到审讯室去。陶甄以为还要询问关于何止百的事，就坦然随着进去。见那几位官人仍在原座未动，只互相低声谈着。陶甄一走到桌前，众人都住了口，把眼光注在她面上。督察长还是先开口。

问："你认识那凶手么？说实话。"

陶甄心中一跳，暗想：他们怎又重提起这个问题，未免奇怪？就回答说："我怎会认识凶手？方才已经说过了。"

问："以前见过么？"

答："当然没有过。"

问："不对吧？我问你，你为什么看见凶手就喊叫起来？"

答："眼看着凶手打死人，还会不吓得喊叫？况且叫的不止我一个人。"

问："我不是说这个，因为凶手才进到饭厅，你先叫起来，那时他还没开枪。"

陶甄听着，心更跳得厉害，自思在常青进门时，自己认出是他，确曾因惊异而叫了一声。难道座上有人注意了，又报告了官人？当然是这样的，否则他们不会问及。我必得竭力狡展。这一层可关系重大，若露出实情，不但害了常青，自己也将受累。就反问着说："这是谁说我先喊叫？"

问："当然有人，你就说实在情形吧。"

答："我也记不甚清，也许曾叫过，你想，凶手满脸杀气，闯进来就掏手枪，那时候谁能不喊叫，我又是个女子。"

问："可是据人说，你叫的时候，凶手还没掏出手枪。"

答："没有的话！凶手进饭厅时，确是空着手，到桌前掏出枪，握在手里，才对何止百说话。我喊叫就在他掏出枪的时候，若不看见他掏枪，我能无故喊叫么？而且凶手的动作，我最看得清楚，方才已说过了，因为凶手正立在我的对面。"

问："你说得很有理，我们也不是疑惑你和凶手认识，只想问问你。若早先见过他，或者知道他，最好从实报告，这对于破案很有帮助。"

答："我绝对没见过，也不知道。请你们别忘了我是哭主，希望破案比谁都心急。"

督察长因问不出线索，就对座上人都看了一下，似乎征求意见。众人都没表示，他才又改个途径，再问："你对这件事，预先没有警兆么？"

答："警兆……这个我倒没理会，哦，只有昨天眼跳了一会儿。不过我平日常常眼跳的，绝没想到发生意外的事。"

问："不是这个，我问在今天以前，你可曾发现可疑的情形，例如接到什么恫吓信?"

答:"这个……我可说不清。因为我和胡局长的关系一直是秘密的。他曾给了我一所房子,在马厂道南头。虽然都收拾好了,可是因为那里太僻静,都没去住过。他另在皇后饭店开了一套包间,给我住着,两年来都是如此。除了何止百这班近朋友,很少外人知道,所以便有恫吓信,也不会寄到我这里。不过胡局长曾告诉我,他以前常常接到匿名恫吓或是痛骂的信,所以他出门必带保镖。想不到这次保镖竟没有用!"

她说着又抽咽起来。座上官人似觉无可再问,停了一下,就教她出去等候。

陶甄回到客厅。过了不大工夫,就见官人们都走过来,宣布所有在座的人,都要到工部局去,还要经过一度询问才能释放。众人听了,全部大为惊惶,闽太太竟哭起来,但也没法避免。结果三辆汽车把在场主客和仆人、请愿警,以及胡庆堂、李不陂的汽车夫、保镖完全带走。何宅的光景,立由繁华变为清凉,内宅只剩下大太太、女仆、门房和两个看守的警士。前楼则由死面仰天的胡庆堂独自高卧,等待明日正式检验以后,由他的家属收葬。

这班人在工部局押了一夜,次日过堂以后,大部人都取保开释。只有何止百、陶甄、仆人邢顺,还有胡庆堂的两个保镖,给传送了中国警厅。何止百是重大嫌疑,陶甄是一声喊叫的嫌疑,邢顺是何止百的证人,那两个保镖则是责任关系。

结果,陶甄经过几次询问,她总是坚持着第一次回答的理由,回答得无懈可击,就在第三天被开释了。那两个保镖则不知结果。何止百又被转送了宪兵队,受过几次毒刑,他承受不住,只得承认和抗日团体有关系,胡乱供出凶手名字。但因此更受了罪,日本人以他的话去拿人,完全不对,认为是虚供搪塞,又把他折磨得死去活来。最后何止百竟妄指出一个毫无关系的熟人,把那人捉进去,受刑不过,死在狱中。何止百则福大命长,在宪兵队中住了一年,又被送到中国法院,糊里糊涂地被判了七年徒刑,去吃安闲茶饭。邢顺以证人资格,被扭累了很久,但他总是自由的。

陶甄被释以后,就退了皇后饭店的房子,回到家中。很伤感自己的命运，又因羁绊已经没有，而这次卫护常青，尚能对得住本身的天良。她很想去看看信芳，诉说苦衷，但提不起勇气。又赶上天津发了大水，交通阻碍。直过了几天，她实在忍不住了，就在一天下午，坐船到致安里去访信芳。进到巷里，见水涝很深，有五六尺，无法进门，更提不到上楼。她在楼下喊叫半天，楼上无人答应。她并不知怀芳已到内地，只以为他姐弟必与常青有关，因为常青枪杀胡庆堂，有自己看见，恐怕说将出来，向他们追究凶手，所以急忙躲走了。陶甄想着，悲郁非常，心想：信芳本是最知心的姐妹，大概她因为自己堕落，已完全不相信任。但她又怎知道我这次的作为呢？留恋半晌，方才掩泪归去。

到大水退后，陶甄就托人卖了胡庆堂所给的那所房子，自己到北京去住，不想由此又发生了遗恨千古的事。倘然她能看见信芳，一定会被留住，并且涤除旧污，重造新生。这也是命运，因为信芳只是暂时出门，并没离开天津，在陶甄来访当天晚上，就回了家。倘若陶甄迟一天来，结果或者就完全不同了。

第七章

大水冲跑了志士

事变那一次大水，据说当时虽然四围各处都闹水灾，但天津还有希望不致被淹。只为日本人早已预备把天津做总兵站，不但用来扫平中国，兼以应付与美国的战争，所以在事变之前，就动工挖掘一条大地道，由大沽海岸直通到天津市内海光寺兵营，以求军火运输的便利和秘密。当时所谓的海河流尸，就是挖掘地道的工人，被日本人杀害的。地道修成以后，日本人又将其用作代用仓库，在里面存储大量军用品，被中国抗战军队侦知，就乘着大水泛滥之际，掘堤淹了天津市，毁灭地道中的军用品。这事的真实性不敢断定，倘若确实如此，大水倒是很爱国的。即使不确，它也具有微劳，因为救了常青。

常青自在余宅匿居，伤势幸未变坏。只是流血过度，身体疲弱，又因常时提心吊胆，影响睡眠，更加重了痛苦。信芳时时安慰他，常青却只怕连累信芳，恨不得立时离开。信芳因自己有着看护责任，他既不能入医院，到别处居住未必有人尽心照顾，坚决不放他走。但是外面谣传甚凶，很多人说日本兵要进租界挨户搜查。信芳虽不告诉常青，但也不免暗地担忧。

两天过去了，居然没有动静，只偶然有人说，某街某里已被搜查。信芳听见，就赶到那地方打听，但居民却说并无其事。但不知是传错了地名，还是完全是谣言。信芳以为搜查的危险仍然存在，但被陶甄举发的危险，却已过去了。晚上伴守常青时，就对他说："已经过了两天，可以证明我的话不错了，陶甄并没有举发你。她倘若举发，恐怕早从这里把你捉去了，你就放心将养吧。"

常青仰着苍白面孔，微动着下颏说："大姐，你的看法不错。不过我在这里总是不安，希望早早离开，倘若在街上或是别处被捉了去，不过只我一个人，便有被连累的，也是我们同志，他们也没的可怨了。"

"我就不是同志，我就有的可怨？"信芳正色说，"老太婆，你絮叨得很够了，我已解释过百十遍，你再说这个，我可不高兴了！"

"好，我不说了，请你原谅，大姐。"

"你最好闭紧嘴，老实养着，到伤好时再说。"

"我看这伤若从此一点点好下去，也得几个星期才能走。"

"你好了以后，要上哪里呢，回学校么？"

"学校不能回去的，因为我恰在那天失踪，一定被人注意，回去岂不自投罗网？而且陶甄便没举发我，但我的面貌已被许多人看见了，留在天津危险很大。一定得走，我打算到内地去。"常青凝眸低声地说。

"四川还是湖南，你得经海路走吧？"

"不，我打算先上山西，因为有位同志在阎锡山部下，我先到那边看看。若有合适工作，就留在山西，若没有合适工作，就由山西奔四川去。"

"这条路不危险么？"

"危险？现在遍地都是危险，在天津更不安全。大姐你猜，譬如把您家大门做起点，把重庆做终点，这一路上哪里最危险？"

信芳想了想说："我没出过门，怎能知道？大概中日军队对峙的地方，或是其他……"

"不对，你还没想明白。"常青微笑着说，"因为那些地方虽然危险，却不一定遇着，也许能平安通过。现在确实有危险在等我的地方，就在附近……"

"哦，我知道了，是由租界出去的封锁口。"

"当然！日本人和中国地的官警，一定认为我还藏在租界里，当然检查特别严紧，我经过时一被看破，就算完了。"

"可是他们也未必能认出你呀。"

"什么？第一，他们可以带何家那天吃饭的人，到封锁口去指认。第二，他们可以挨个儿查看，身上有没有枪伤。凡有伤的就扣住了细问，这不都很有效么?"

信芳听着，心想，岂止这两样可怕，你还不知道外面正传说要按户检查呢。但仍安慰他说："这固然可虑，但不会长久的，过些日也就松下来了，何况我们还可以不出去。"

"不出去? 总在房里困着，那还不如死呢! 我倒有个法儿，只是怕办不到。听人说，有一位秘密工作的同志，在中国地当警察，他的岗位正挨近封锁法租界的电网。若逢他深夜值班时候，常有同志钻电网出入，或是运送东西。不过我不认识那个警察，也不知他的岗位在哪里，还得寻人打听。"

"这个现在先不用忧虑，等你伤好了再说吧，车到山前必有路，船到桥头自然直，我一直信服这两句俗语的。"信芳很沉静地说。

到了次日，吃过午饭，信芳听巷中人声嘈乱。她因心中有事，自然吃惊。出来一看，才知道数日来传说的发水果然实现了。虽然这时只见街上的暗沟向外冒水，同时有不知水源的水，由别的街上流过来，但水量尚小，好像情形并不严重。但附近的河业已平槽，又有人说较低洼的几条街已经被淹。眼看水灾不可避免，于是人心大乱，都纷纷收拾东西，购买食物。

信芳也不能不预备一下。所幸住在楼上，较比安全，家中煤粮俱有存储，只要买些蔬菜和佐味材料，便可以了。她回家告诉常青一声，就提只竹篮出去。这时街上已被水盖没，一下便道，就得蹚水。走到附近一条商肆栉比的街上，见各种卖食物的商家，如粮店、肉店，尤其杂货店和煤店，都拥挤得好似过年一样。

信芳挤进了杂货店，她本来觉得没很多东西要买，但一看旁人购买的种类很多，才发现自己该买的太多了，结果装满了一篮，还提着许多包儿。她走出杂货店，又上稻香村买了几样在暑天容易保存的食物，才走回家去。这时马路上已完全被水淹没，有一尺多深，只好蹚着走。到巷口，见巷中只有前半段被淹没，后半段还是干地，她家的门正介于水陆之间。信芳上楼，开门进去。先把购得的东西放进厨房，又进卧房去换了鞋袜，才到常青房中，把外面情形告诉了他。

"水势这样凶，恐怕水灾万不能避免了。"常青说。

"这又是一次大劫，不知有多少人遭难。不过咱们住在楼上，总不致被淹，你正好借这机会休养。大水断绝交通，日本人也不至于再进来挨户搜查了。"

常青愕然说："怎么，日本人要到租界挨户搜查？"

信芳才觉悟自己失口，只得向他说："在前两天倒有这种传说，我想不会实现的，现在又发了水。"

常青笑了，说："大姐，你怎想不通，大洋尚能渡过，何况街上这一点水，他们不会坐船来么？"

"我的意思，以为已经过了两三天，可以断定不会再来搜查。他们能来早来了，也许受了租界当局的拒绝，现在又发了水，居民各处逃避，更没法搜查。"

"也许这样，可是若真来搜查，四面有水困着，更没法跑。"

"就在没水时候，你可能跑么？"

常青笑着不再说话。信芳坐了一会儿，到天夕时又走出去，但已不能下楼了。巷中水高尺半，楼梯淹没两三级。楼下住户中也全有了水，各用木板搭成临时走道，维持门内交通。信芳走到最下近水的一级，向一家邻居门内看看，不由叫着："哟，屋里也有这么深的水了！"

那家邻居姓张，张先生在铁路局做事，最近被调到山西，家中只有太太和几个孩子。这时张太太听信芳说话，就由板上走到门口，叫了声："余小姐，你瞧多么糟！这水再涨，楼下就不能住了，家里面又没人，真把我急死。"

信芳听了心里一跳。她本是最热心帮助人的，听张太太语气中充满求助的意思，很明白她希望的是什么。若在平时，一定自动邀请张太太到自己家暂住，并且立刻跳下去代为搬运什物，照顾孩童了。但这时想到家中住着常青，是个"黑人"，万不能被邻居知道，怎可邀张太太同住？只是眼看他人受难，袖手不管，实觉良心有愧。信芳焦急之下，终于无可奈何中说出向未说过的含糊话："这水也许不再涨了，看看再说吧。"说完，羞得转身就向楼上走。

哪知背后的张太太竟又开门见山提出要求说："余小姐，您家里人少，可以借一间房给我暂住么？"

信芳怔了一下，她只好又红着脸撒谎说："真不巧，您早说多么好！我方才上街买东西，遇上两位熟人，已经把房子借出去了。这两家人口很多，大概还够挤的，真对不起！"

张太太很失望地说："没关系，我另想法儿好了。"

信芳连头也没敢回，一直走上去。心想，现在虽然把人家回复了，但是以后并没人搬来，岂不证明是说谎推托，怎么对得起人？想着，自觉窘得要死，就一直走到二楼，由楼梯旁的窗口探头向外眺望，见巷中已成了一条小河，街上更是汪洋一片。大概意大利的威尼斯水城，就是这样光景，高楼夹水，碧波当门，倒是别有风味。只可惜这东方临时水城的人民可太苦了，两岸人家多半惶惶如大难将临。而且河心中行的不是船而是车，但车也很像船，因为轮子没在水面以下，不能看见，好像车在水面漂浮。汽车完全不能开动，一辆辆在街上抛锚停泊，越是最新型的流线汽车，越像已死的大甲虫。洋车还能行动，但也很少。偶然见一两辆，上面不是满装箱笼包裹，便是堆积着小孩儿，摇摇晃晃，看着危险得很。还有许多男女在水中走路，哭号叫喊，情形可怜，大概他们的家已被大水占据，不知要逃到哪里去。还有一位满身红衣、满头红花的少妇，坐在洋车上，怀中抱着红包袱，两只脚都搭在车的挡泥板上，脚下鞋袜也是红的。大约是位新娘子，才娶过门，就遭水患，抛了洞房逃难。最新鲜的是一张方桌，倒放在水上，桌面向下面，条桌腿中间坐着个产褥中的妇人，还抱着初落生的婴儿，两个男子在水中推着。若被教徒看见，定要疑惑到了世界末日，挪亚的方舟又出现了。

信芳看了一会儿，心中感伤：刀兵水火依次而来，真是天乎何酷！随又看见对面住的郑伯扬先生，也就是怀芳的朋友，正由窗中伸着瘦如枯蜡、乱发蓬鬈的头，愁眉苦脸地向巷外张望。

信芳对他招呼一声，郑伯扬点点头，叫着："糟糕，糟糕！古人常说水厄，这才真是水厄，要厄我于陈蔡之间。"

信芳并未听清楚他说些什么，但明白他是对水抱怨，就说："你怕什么？住在三楼，比我们还保险呢。"

郑伯扬摇摇头说："余小姐，你不知道，我什么也不怕，只怕断了粮。也没这么巧的，存粮今天正好抽完，我的仆人赵四前天又告假回了家，没人去买，把我急得要死。方才在两点多钟，我托一个常在这门口揽座的车夫替我去买，到现在天快黑了，还不回来，也许这小子把钱拐走了，来个黄鹤一去不复返。"

信芳知道他所说的"粮"，是指鸦片烟，就问："你给车夫多少钱？"

郑伯扬说："钱倒不多，我只教他给买五六两。只是他若拐走，等于谋害人命，我简直活不了！"

说着似乎要哭。但向外再看，忽又满面堆笑，信芳向来所见人类面上悲苦的变幻，没有这样快的。原来一个车夫模样的人，正从巷中走来，下半身都淹在水中，从头顶到下颏，系着一条旧手巾。那郑伯扬张牙舞爪地叫："你回来了，居然回来了！怎去了这么大工夫，我差点儿急死！"

那车夫很粗鲁地答说："特别一区的水都快没了人了，我好几回差点儿淹死，你还嫌来得晚哪！"

郑伯扬变了颜色，忙问："我买的东西怎样，没给掉在水里？"

那车夫把头上手巾解下，同时从头顶取一个纸包，举着说："这不是你买的烟？我怕被水湿了，一直顶在头上。"

郑伯扬看着，眼笑眉开，挑起大指说："老弟你真好，真好！诚实可托，古人说屠沽队里有英雄，实在不错！我得跟你交交，老弟你上楼，我请你吃饭。"

那车夫把纸包抛入窗内，摇摇头说："我不吃饭，得回家去了，那是五两烟，你给的钱正好，不多不少。"

郑伯扬哦哦两声说："我还没谢你，这儿有……有……"

说着向身上掏了半天，才掏出一张钞票，伸手递向楼下说，"这儿有五元钱，你拿去。"

那车夫翻眼看看他，大声说："什么，五块？你起头儿不是许着谢我几十，现在又变卦了？我在水里泡了几点钟，就为这五块钱？大爷不要了，你留着抽吧。"

说完转身便走，边走边骂，一直出巷而去。哗哗的水声，好似给他伴奏。郑伯扬怔了一下，才把拿钱的手缩回去，低声自语说："五块钱还少，穷人真是难惹！你不要也没法儿。"说完，便转身上楼去了。

信芳看着又笑又气。这位郑先生，当车夫没回来的时候，望眼欲穿，大概宁出任何代价，也希望得到那几攸关性命的烟。及至车夫回来，他有了把握，竟又吝惜钱财，把允诺的酬金大打折扣。看来真是卑鄙，怎么一有嗜好就这样呢！幸而怀芳没跟他处长久，否则传染上恶习，就不易纠正了。想着，就回到家中，把所见情形都对常青述说。过一会儿便去做饭，一同吃了。

到晚上，电灯想是受了水的影响，竟没有亮。信芳只得寻出蜡烛点上，放在常青房内，在微光荧荧中说着闲话。到十点钟后，忽见天上一片红光。信芳大惊，忙跑上四楼晒台去看，只见北方火光冲天。因为全市多在黑暗，又加水光映托，所以显得火势特别大。信芳暗想这真是水火既济。但观察半晌，因为距离很远，看不出在什么地方。只觉在这大水包围之下，消防队倒是易于扑救，只是被灾的人逃出火窟，又入水心，未免太可怜了。

这场火究竟烧了哪里，直过了很久才知道。原来是爱国志士一件伟大工作，烧了日本海光寺兵营。由地下工作人员策动，放火的是一个在兵营做仆役的十五六岁少年。事后这少年被日本人打得几乎残废，也未肯招供实情，结果保住生命，得被释放。这位少年英雄是谁，可惜没人知道。

信芳再回到房里，不久就觉得困倦了，因为烛光暗得使她发闷。人类的欲望是无厌的，所以圣人说欲不可纵，一纵便如野马飞驰，漫无止境，而且收不回来。一切享受都是欲所造成。例如一个穷人的孩子，自幼挨饿，能有粗粮吃，已非常满意。到长大能挣钱，处境稍裕，得吃精米白面，粗粮就不能下咽了。再富足一些，常吃鸡鸭鱼肉，又视精米白面如无物了。再阔起来，吃惯燕菜、银耳、黄翅、紫鲍，又觉非此不能保养，不得滋味。再看鸡鸭鱼肉，倒有些肥腻可怕了。这时若忽然败落下去，穷得要吃粗粮，他简直无法下咽，也许不能再活下去。但他原是吃粗粮长大的，若没有中间生活的改变，一直在穷苦中度过，到老还吃得津津有味呢。再说到灯，最古以月为灯。没有月亮的日子，就摸黑儿。到有了火炬，已觉太方便了。再发明蜡烛、油灯，不知怎样欢欣鼓舞。以后和外国通商，更进一步，洋蜡已然可爱，乍用煤油灯，更亮得照眼。到近几十年，又有了煤汽灯、电灯，日久也看作平常。也许将来有一日发明出比原子炸弹时所爆发强光还高万倍的，只要不伤目力的话，人们享受之后，再看电灯又黑得可怜了。所以现代的人，每逢停电点洋蜡的时候，就不能忍耐。但忘了我们的老祖宗，都在微光中生活得很舒服，并且中国五千年文化，约有十分之九，是在比洋烛光还暗弱的微光下造成的。

然而理论总拗不过事实，更拗不过习惯。在电灯下生活惯的人，乍看烛光，无论如何也提不起精神。信芳和常青对打呵欠，常青先闭了眼，信芳也回房去睡。睡到半夜，忽然被惊醒了，听见楼下人声嘈杂，楼梯也有纷乱的步履声。朦胧中伸手摸着床头电灯开关，按了两下，眼前仍旧黑暗。才想起睡前的情形，就摸火柴点着蜡烛。才披上睡衣，悄悄出房，走到门口，侧耳向外一听，有几个男女说话，还夹着小孩的哭声。细听了半响，才知楼下大水已经上床，人们都纷纷向楼上逃，仅能携带随手东西。大约那位张太太，是借居在隔壁的家邻了。信芳自觉十分惭愧，但又恐怕另有人敲门借宿，仍是迎怕两难。幸而乱了一会儿，便已平静，想是楼下的人都已借得住处。信芳才回房睡觉，很不安地转侧多时，才得入梦。

次日早起，是晴朗的天气，日光照入纱窗，天上一片蔚蓝，好像仍和平日一样。但看水影映在玻璃窗上，又映到屋顶，摇摇漾漾，才想起遍地大水，全市都在劫中。但外面静得非常，因为市声全寂，街上车辆全无，一班小贩和乞丐也销声匿迹，岑寂得有如乡村。但和乡村稍异的，是邻居打麻雀牌的声音。大概这一家在庆祝大水的降临，不是幸灾乐祸，就是苦中寻乐。信芳由窗口向外瞧看，见巷中水平如镜，但高度几乎齐到门楣，和街上的水相连，很像支流归入正流，但都是静静的。街上也没有车过往，更没有人走路，因为水比人高，车自然行不得了。

这一天真寂寞得难过，这又是心理作用。信芳有时整天不出门，但那只是不想出门，若想出门立刻就能出去，她也不感觉什么。现在本来无须出门，但她常常想到无法出门，更希望能够出去，因而发生一种被囚禁的苦闷。所幸常青伤势颇见进步，也有了精神，能坐起和信芳闲谈，把这一天度过。

第三日清晨，信芳起得很早。才走到常青房中，忽听巷中有人说话。信芳心想：怎么底下有人，莫非水已退了？急忙开窗瞧看，原来是一只小船，正停在楼下。对面二楼窗中有一个中年男子，和船夫正在说话。信芳想不到巷中会见了船，真是陆地行舟，成为奇景。再听那男子和船夫所说的话，是磋商价钱，那男子要到南门外杨家花园去，船夫讨价一百五十元。这价儿讨得很大，那男子好像急于要走，结果以一百元说定了。

信芳忽然心中一动，想到杨家花园是在封锁以外，就插口问："船家，你是从哪里来？怎么进租界的封锁口，容易过么？"

那船夫抬头看看她，回答说："我从河里来，满地大水，哪儿都没人管，用不着走封锁口。"

信芳才明白人力终抵抗不住自然，大水已把人为的界限给冲破了。这正是千载一时的机会，使常青逃跑。稍一延迟，若是日本人再恢复了封锁，又将断绝希望。想着就说："船家，你送走这位先生以后，可以回来再送我一趟么？"

船夫犹疑了一下，才说："这一趟就够远的，我再空着船回来，那多么……"

信芳明白他的意思，接口说："不要紧，我可以多给你钱，不过你得快快回来。"

船夫倒还朴实，点头答应着。那男子已上了船，船夫就撑着出巷走了。

信芳急忙跑进门内，向常青说："想不到大水给你带来好希望，封锁线已被冲破，船只可以随便出入，正好趁这样机会快走！"

常青怔了怔说："你怎么知道？就是能走，又上哪里寻船去？"

"我已经定妥了，大概过两点钟就可以回来。"信芳说着，又把方才和船夫接洽的情形都告诉他。

常青听着也很兴奋，由床上跳下来，在地下踱了两步，又说："真得感谢上帝！我一直奔车站好了，不过我身上没多少钱，还得设法找人去借。不过在这时候……"

"你无须为这个发愁。我这里现钱倒不很多，几百元还有，另外再给你几件首饰，随处都可以变卖。你不是先到北京么？"

常青说："是的，不过我这样打搅大姐，实在不安，再说您还要生活。"

"你这种话我可以不回答，你怎知道我给你这点东西，自己就不能生活呢？咱们不要耽误时间，该着手预备了。"

信芳说完，就先去厨房做饭。两人赶着吃完，信芳随又坐着深思一会儿，才悄然地说："咱们怎样化装呢？"

常青一怔，说："化装，怎么还要化装？不是封锁线已然冲破，无须经过那道关口么？"

"封锁口就算不成问题，路上也得小心，尤其车站上检查一定还很严密的。咱们到了北京，你上了平绥线的车，才算稍为安全。"

"什么，咱们到北京，您这是什么意思？"常青很诧异的问。

"我当然要送你到北京。因为第一，你的伤还没全好，在京津这一节路上，容易被人注意，露出破绽。有我跟着，不但可以照顾，还可以掩护你；第二，咱们可以装作一家人，假作因为住宅被水，到北京投朋友，比你一个人走好得多。"

常青摇摇头说："这个我很反对，何必又劳动您？我自己走，也不见得有什么危险。"

"你不用管，这是我的自由，你不能拒绝我搭伴上北京。现在先研究咱们是平常的样子，还是化装。"

常青见信芳词意坚决，心中只有感激，同时也知道无法推拒，就随着她说："我想还是化装……"

信芳笑了笑说："我想用不着化装，还是平常样子最好。不过也不能太平常，因为日本人注意的是知识分子，咱们得避着些。我已经想好了，你等着，我去取衣服。"

说着，信芳就到怀芳房中取来一套衣服，是白洋纱短衣裤，半旧的灰布长衫。向常青说："你来试试，这裤褂是怀芳的，长衫是范一的。就在事变那年，怀芳从他家借穿了来，就放在这里，也忘记送回去。你穿着若是合适，再到怀芳房里去寻一双鞋穿就成了。"

常青依言，就拿了衣服，到怀芳房中去换好，又由床下寻了双旧礼服呢鞋穿上。居然都差不甚多，只是长衫稍为长些，对镜看看，倒像个小商人，或是小公务员。随即走过来给信芳看，不料门已关了，信芳在里面说："等着，我也在化装呢。"

等了一会儿，信芳才开门出来，常青看着一怔，跟着又笑起来。其实信芳的打扮，并没有什么特殊地方，只是她平时常是淡妆，常青向未见她这样打扮过，才觉着眼生，而且好笑。信芳把头发梳得很平整好看，脸上涂着很厚的粉，两颊擦着胭脂，唇上涂着口红，还戴了一副浅蓝色眼镜；身上穿件月白色阴丹士林布旗袍，脚下是一双浅藕荷色绣花缎鞋，手里拿着化学制白色手包。这样打扮，令人一看，就知这是一个小家碧玉，但有满身的妇人气，绝不是姑娘。但她对装饰的追求欲是很盛的，只为经验不足，财力不够，环境又不对，距离真正的摩登女性还有相当距离，不过她已经尽了力量了。常青头一次看见这样的信芳，怎能不笑？其实街上这样的女子很多。

信芳也忍不住笑了说："你看怎样？我觉得很好，你也很好，很像个什么公司的小职员，每月只挣二十五元薪水，所以太太只能穿布旗袍，可是你要出去做事，才穿件绸的。"

"不过你太漂亮了，有点儿像女招待。"常青笑着说。

"你真外行！人家女招待出门时穿得都很讲究，我这身打扮，确是个规规矩矩的坐家儿小媳妇。只这副眼镜有点儿奢华，而且不大方，可是谁教我爱好儿呢！你还记得这眼镜的来源么？"

常青摇头说："我不记得了，您当然不会买这种东西。"

信芳说："陶甄看见一定记得，这是前几年他们西楼大学纪念会演话剧，陶甄扮一个好虚荣的穷家姑娘，弄得这副眼镜戴上，演完了就抛在这里。哦，咱们别尽闲谈，还得收拾行李预备着，省得船来时手忙脚乱。"

常青问："什么行李，您不是到北京就回来么？"

"我自然用不着行李，不过既是一家逃水，怎能不带东西？而且你这一去，越走越远，越远越冷，起码也得带些衣服。好在怀芳身量和你差不多，他的衣服可以都寻出给你，这是废物利用。"

"我把怀芳衣服都带走，他回来穿什么？"

信芳笑着说："你真想不通！怀芳年纪还小，身体也没发育完成。这次出门一定要受很大的锻炼，过几年再回来，这些衣服还装得下他么？"

说着就又出去，过一会儿提了只大皮箱回来，告诉常青："这里中西服、夹棉衣都有，若还缺什么，你自己添补好了。"

常青感激得不知说什么是好。正在这时，外面有人喊叫，原来船已回来了。信芳忙隔窗吩咐他稍等，随即跑出去，到厨房把火炉压灭，又各处都看看，各房门都锁好，才和常青出门。常青本来把左臂用绷布系在颈上，作为支架，这时因要掩饰眼目，自然得解下来，任其垂着，觉得不大舒服。但右臂却没毛病，就提着箱子。信芳把街门倒锁了，才走下半截楼梯，由船夫搀架着上船。

这时，那位曾向信芳借房子的张太太正抱着孩子在楼梯旁的窗前，向外看水。信芳经过时，向她招呼一声，张太太哼了一声，并未说话，只将惊诧而带仇恨的眼光，看着她和常青。信芳明白：自己已得罪了人。本来自己对张太太说，将有许多戚友来住，拒绝她的借居，她才住到隔壁的王家。但王家有六七口人，自己仅有一口人，王家能容纳，而自己不能容纳，已经太不成话。何况近在隔壁，动静皆知，自己家并没有戚友前来，更使她想到是故意推拒。而今日忽然由我这独居的小姐家中，走出个男子来，她当然要由怨恨中又发生疑惑，何况我这打扮更教她扎眼。这位太太向来气量狭小，口角尖酸，还不定给我造出什么谣言，但也没法儿。

信芳想着走上船，和常青对面坐下。船夫掉转船头，便问上哪里去。信芳想了想才说："我们上车站，你要多少钱？"

船夫张口便要四百，常青吐舌头说："这太凶了！"

船夫说："我从杨家花园空放回来，路上有许多座儿，都没肯揽，少挣多少钱？再说这位太太许着多给钱，我才回来。"

信芳一听，自己居然成为太太了，足见化装居然成功！就和容悦色地跟船夫磋磨价钱，结果以二百八十元定议。这价目在当时足可以购买八十袋面粉，船夫们真是发了财。但也由于来得早，投对了机会，若再过几天，船只渐多，这点路程至多不过三元而已。

船出了巷，走到街上，完全是河心风味，鼻中闻着水腥，身上吹着河风，路上的风景树都只露着枝叶，好似河心芦苇。这些树日后多半枯死，但是这时却还青葱。街道是很静寂的，两旁楼房都矮了几尺，有的楼上女人临窗外眺，或在月台登栏小立，大有"临水人家红袖招"的野意。信芳和常青若不是逃难出走，心中有事，若是只于闲游，他们真得欢呼，因为好几天被拘禁在房中，未和大自然接触了。

路上并没遇到几只船，也没见到几个人。但有些壮汉，用木头造成粗陋的筏，撑着随意游动，或是运送货物，或是做小贩生意。临时的交通，也只仗这班古式工具维持了。他们的船果然未经封锁口，由捷径穿出去。直到夕阳西沉，才到了车站附近的地方，那里已没有水。二人付钱下了船，提着皮箱走到车站。幸而还有一班夜车，半时后开行。但这时由天津到北京的客人太多了，信芳只得教常青看守皮箱，自己去挤着买票。她本想买三等票，好符合身份。但看三等票窗前人太多了，只好买二等，也费了很大工夫才买到手。

二人匆匆进站，在一列车人的队伍中，受到日本宪兵和警察的检问。因为二人的装束、神情以及言语，都没有可疑的地方，而且信芳原本生得很美，又加涂饰艳丽，打扮娇俏，把军警的眼光都引到她身上，常青反而不受注意。二人很平安地到了车上，只是二等车也极拥挤，寻不着座位，只好站着。好在人多，可以互相倚靠，谁也不致跌倒，就是站着睡觉也可以的。

不久车开动了，常青和信芳对看一眼，都庆幸很轻易地逃出难关。在路上又经过两次盘问。因为这是慢车，各站有上下人，到北京前门站下车，又有一度较严密的检问，但都平安过去。二人出了车站，已将十点钟，方才商量京绥线是否还有夜车，是否还赶得上。常青到附近买了一张铁路行车表，看看才知，今日最末一列车，已在二十分钟前开出。只好暂且落店，等得明天的早车。

二人走到打磨厂，寻了一家不大不小的店，叫作大来旅馆，进去要了间干净房间。方才坐下，茶房便拿来纸笔，请他们写店簿。信芳对这个并无经验，常青倒还明白，就提笔写：王章甫，二十五岁，商界，天津人，偕妻张氏，二十四岁。

茶房拿过看看说："先生，你还得填上是做什么事的，上这里干什么来。这些日地面上查得太紧，漏一笔不但柜上受气，您也麻烦。"

常青只得又接过来，提着笔不知怎样写是好。信芳很快地说："快写啊，好叫他沏茶去，我渴得很。只写利记电料行司账得了，咱们是上保定探亲，路过北京。"

常青就依着写完，茶房心想：你们上保定，在丰台倒车岂不省事？也许成心到北京玩两天。想着，就拿了纸笔走去。

常青才问："您怎么想起教我做利记电料行司账呢？这个利记可真有么？"

信芳笑了笑说："当然有的，就在致安里北边。我家电灯向来由他们安装修理，所以才就近荐你去做司账！"

第八章

临别之夜

店簿写完了，须臾茶房送茶进来，又问二人可曾吃饭。常青就叫了两客炒饭、一碗汤。二人草草吃饱，茶房把食具取出去。天已到了十一点，按夏季时间，这时只在天黑后一点多钟，可以说是黄昏的尾巴，但一日时光已算结束。二人都以为除了睡觉，再没别的问题了。但是问题还多着呢。

第一，睡觉就是问题。房间中的床，好像由经济专家特制，教人无法判断是双人床还是单人床。照规矩说，宽度在三英尺以内的，是单人床；四英尺以外的，是双人床。然而这张床介于三四尺之间，连三尺半还不到。若称为双人床，似乎不够资格；若称作单人床，又有些屈枉它。而且还有特别"经济"的地方：虽然宽度不足，但若双人同睡，两旁还可以剩余出空地，因为床的藤条太已古老，中间凹陷，成为两座岭夹成的低谷，人不能在斜坡上停留，自然都滚落到谷里。

常青饭后，请信芳倒在床上稍为休息，信芳说并不觉乏，教他歇着。常青倚在床上，就想到夜间如何睡法。这本来很容易，另开个房间好了。但他们在店簿上写的是夫妇，而且身份是小商人，若分房居住，很易惹起猜疑。常青寻思半天，觉得唯一的办法，是借口天热床窄，教茶房另添一张床。

但他未及和信芳商量，忽然外面甬道中有沉重而杂沓的脚步声，似乎是五六个着皮靴的人，走入隔壁房间里。脚步声音，细心人很容易辨别，男女自然有异，就是同样着皮鞋的男子，也各有差别。少年和老人、跳惯舞的摩登客、学西洋人步法的洋化客、文绉绉的学者、学时髦

136

的乡人，都可以听得出来。而皮鞋的本体，发声也各不相同。例如拔佳公司最时式高价皮鞋，和兵士、警察的皮鞋，不但式样有玲珑、笨重之别，就是分量也相差很多，所以走起来是听得出的。

常青听着，方才一怔，随又闻隔壁有人大声说话，似在盘问客人姓名、职业，以及来踪去路，便明白军警来查旅馆了。

这时信芳也听出来，就悄声问："是查旅馆么？"

常青点头。信芳眼珠一转，便推着常青，教他躺在床上装睡。"他们来盘问，有我回答，你不要说话。"随又回到原坐的椅上。

常青方才躺好，外面一声"查店"，房门已被推开，四个穿黄色短衣的人走了进来。由服装和颜色上，看得出是两个军官、两个警官。信芳装作有些惊怕，慢慢从椅上立起来，四个人都看着她，随又看到床上，一个警官高喊："起来，快起来，查店。"

信芳连忙走到床前，推着常青说："快起，快起，查店的来了！"

同时又连拉带抱的，扶常青坐起。她是怕万一军警动手拉他，摸着臂上扎裹的伤处。常青假作乍醒，蒙眬得睁不开眼。信芳立在常青身旁，回头对军警说："他白天在火车上受了暑，方才吃过饭，觉得头晕，就睡着了。老爷们别见怪。"

信芳这一身小家碧玉的艳装打扮，居然把四个人的眼光拢住了，全向她瞧看。内中一个军官，听了她的话就点头说："好，教他睡吧，你们从哪儿来？"

"天津来。"信芳说。

"往哪儿去？"

"上保定去。我们本打算当天就换车走，可是今儿没有车了，只好住旅馆。这一来多花好些钱，他又病了，明天还不定能走不能，真……"

"不能走就多住两天，人要紧，钱是小事。"一个军官居然说了家常话，跟着又手指常青问，"他叫什么？在天津哪儿住？做什么事？"

信芳都照着店簿所写的回答，一个警官手中正拿了店簿看着。这情形很像学生背书，书在先生手中拿着，学生并看不见。然而背的成绩很好。

"你是他什么人?"另一个军官问。

信芳好似害羞地说:"我是他的……他的太太。"

那军官所以不问常青是她的什么人,而偏问她是常青的什么人,就为着看她受窘害羞。因为"他是我的先生"这几个字较易出口,而"我是她的太太"这句话,很使一个女子说着不好意思。他已看出信芳是个出嫁未久的新媳妇儿了。随又问到他们亲戚在保定的住址。信芳原有个旧同学是保定人,至今还时常通信,就把那同学的住址说了。

那军官点点头说:"穿心楼东啊,不错,我也在保定住过,常从穿心楼走,那地方很好。保定三宗宝,铁球浆子春不老,浆子没用,春不老也不好吃,铁球倒可以买一对玩儿。"

另一个军官忍着笑说:"走吧,哥们儿,你别在一株树上吊死。办完公事,还有乐儿哪。"

那三个才转身,一同向外走去。信芳说:"诸位不坐会儿了?"

说着跟到门口去关门,耳中听他们在外面低声说:"这个小娘儿们真不错,多么帅呀!"

另一个说:"帅也干瞧着。"

先一个说:"可不是干瞧着?是只当打了个不花钱的海茶围。"

说着,又转入另一间房里,高喊:"查店!快起来,懂规矩不懂?"重新摆出官人面目来。

信芳关上门,骂道:"该死,这群人真该枪毙!不过我的计划总算成功,他们只注意我,就忽略你了,一路上不都是这样么?"

常青看了信芳一眼说:"大姐跟这班东西打交道,真是天大的侮辱,这完全是我……"

信芳不等他说下去,接口说:"你怎样?我看你很够乏了,快上床去睡,明天还要赶路呢。"

"大姐也够累的,更该歇着。只是这房里只一张床,我看教茶房添一张,我们可以借口天热……"

信芳想了想说:"我看不必,得防备再有查店的来,而且我们是小商人,手头总得啬刻些。再说店簿上写着是夫妇,也要装得像。你就上床去睡,我在椅上坐一夜好了。"

"那怎么成，你坐一夜，我在床上睡！"常青说。

"你要明白，以后长途漫漫，不知要走几千里，总得保着精神，何况伤又刚好。我明天回到天津，尽能歇着，可以连睡十天八天。"

常青一定不肯，还是要信芳上床，他自己睡地板。最后信芳说："都在床上睡好了，横着睡，你占一头儿，我占一头儿。"这样才算解决了。

过一会儿，信芳教常青先睡，她出去一趟，回来关好门，也在对面躺下。这是黑籍人物的躺法，只差中间少一副烟具，然而真有些不方便。常青早脱去长衫，只着短衣，信芳却仍穿着那件阴丹士林布的旗袍。这又是男女不能平权的地方，男子可以同着女子赤背，而女子同着男子，即使在极热时候，宁可单穿一件旗袍，也不能露出短衣。因为那是太粗俗的，而男子则只图舒服，不避粗俗。

天气很热，似乎北京比天津的温度高得多，实在原因是天津被水包围，成为海洋气候，而北京并未被水包围，仍是大陆气候。他们由临海来到内陆，自然觉得干热。信芳又是头向着墙，空气不大流通，她有些出汗，时时用小扇扇着。过一会儿就不扇了，喘息微微的，似已入睡。

常青却是睡不着，不住地眼瞧着信芳，只觉心中慌乱。他原来就爱着信芳，但是敬多于爱，也和陶甄、汪秀兰一样，把信芳当作长姐，自居小弟。从刺杀胡庆堂，受伤逃到余宅，受信芳隐庇救护，自然越发感激。又加信芳仁慈勇敢，不避难危，处处表现巾帼丈夫的气度，更加重他的崇敬心。但是终日相处，耳鬓厮磨，常青又领略到信芳内心和外表的种种美点。他并不是圣人，也不是高僧，只是个热血的青年，怎能不由感激发生爱情，由爱情生出奢望？但因向来习惯上的约束，和信芳一种似骨肉的情谊，使他受到压迫，只得竭力抑止自己的感情。今日到了这地方，这情境之下，常青有些抑制不住了。他虽然使尽勇气，和情感作战，但勇气好像成了叛徒，时时归附到情感一边。尤其信芳今日这身少妇装束，对他发生奇怪的力量。他绝对没有丝毫猥亵的心，而且明白信芳这样装束，完全是费尽苦心，做成拯救自己的工具。但不知怎的，竟由这身装束，好似把距离拉近了些，胆量放大了些。

这是什么道理，只可请心理学家解释。若是勉强加以研究，只好做个比喻：我们平常崇奉一位神，时常叩拜，诚惶诚恐，不敢失仪。但若有一天，这位尊神下界私访，穿着西服，手摇短杖，口唱时代歌曲，我们虽仍崇敬他，但因他已有人间味，就不大畏惧，也许敢拍着他肩头说早安了。这比喻是很勉强的，并不能完全符合常青的心理状况。

他虽然情感十分冲动，但理智仍然有着潜力，时常警告他：信芳直是他亲胞姐，怎能对亲胞姐说"我爱你"？但情感又来破坏，告诉他信芳并非亲胞姐，只是女朋友，对女友来说爱是可以的。他心里成了理智和情感的战场，被蹂躏得真够痛苦。不过这战争好像预先安排好的拳赛一样，互有胜负，分数平均，谁也打不倒谁。第一场理智战胜，常青已决意静下心睡觉了。哪知情感又复崛起，把理智按低了头，于是使他又微张开眼，偷觑信芳的睡态。如此直有十几次，常青渐渐痛苦得受不住了，只得仰身面向床顶，但仍定不住心，结果一翻身坐起来，下床在地板上来回踱着。

信芳张开了眼，打个哈欠说："你怎么还没睡，又起来做什么？"

常青吃吃地说："我……我……不大好过。"

"怎么了？"信芳问，"哦，你的伤口不舒服么？等我给你看看，再换回药。"

说着已下了床，走到他身边。常青这时越发心慌意乱，而且有些羞愧，觉得假作臂疼，尚可自解，就说："还好，还好，您不必费事。"

信芳不由分说，已把他的衣钮解开，衣袖褪下，随又解了绷布，看了看说："并没什么，我给换一点儿药好了，这里不能洗，旅馆的家具不干净。"

说着打开旅行箱，取出一盒药膏和一卷药布，剪下一块，抹上药膏，替他按在伤口上。把换下的药布，用报纸包好，放在桌上说："记着，明天出门时带到街上抛弃。"

信芳把药膏、药布放回箱里，重又锁好，忽然"哦"了一声说："我几乎忘了，这可很有关系！箱里一件厚呢大衣的下摆，缝着两对金镯，是舒直了才缝上的。还有一件棉袍里藏着五只戒指。一件白布小褂的口袋，装着五百元钞票。你可记住，不要胡乱丢掉了，我的手皮包里还有二三百元，明天到车站再交给你。"

常青平日对信芳的恩意，还都能硬着心肠接受，这时不知什么缘故，竟而说不出话，眼泪直流下来，呜咽着叫了声大姐。

信芳愕然说："你怎么……为什么……"

常青背过身去，又叫了声大姐。

"你这是……快去睡吧。"信芳以为他是感极而泣，以为很不值得，才这样说。

哪知常青忽然转过身来，竟跪在她面前。

信芳很惊讶地叫了一声，伸手拉住他的肩头说："你这是怎么了，快起来！"

常青低下头，不敢瞧着信芳，用手掩住了脸，呜呜地说："大姐，请你原谅我，我实在不能再忍耐了，再忍耐下去就得发狂。今天我……我要对你说，我爱你！"

信芳好似实然受了一下打击，放开了手，愕然向后倒退，坐在床边，将手抚在胸口。这意外的突然事件，使她太震动了，怔了一下，才恢复了镇静态度，好似不经意地说："当然，你很爱我，我也很爱你，和爱怀芳一样。"

常青听她第一句，方觉欣喜，但再听到末一句，真好似撞在一堵坚墙上。她爱自己和怀芳一样，这就等于说此路不通，行人止步，赶快退回！但已到了这地步，怎能退回呢？就又鼓起勇气说："不是这样……我爱你是……是超过姐弟的爱，希望再进一步做……"

信芳当然已经明白他的意思，所以一直闪转腾挪，只为给他一种暗示，把要说的话咽回去，免得落下痕迹，两下没意思。开言又说："姐弟就是骨肉，世界上还有比骨肉再进一步的么？"

常青这时自觉箭已离弦，决不想再收回了。信芳这句话又给他缝隙，他就乘隙攻过来，接口说："有的，我感觉这一世，离开你不能生活，希望你答应我做终身的伴侣！大姐，你肯答应么？我实在太不自量，不过你要知道人是感情动物……"

常青这求婚的话头，仍是很恭敬的，并且带着畏怯。

信芳吸了一口冷气。左拦右拦，仍没拦回去，他终于说出来了。当时怔了怔，眼珠一转，就使出平日做大姐的庄严态度，发着责备意味的声音说："常青，也许我以前看错你了，你这意思是从现在才起的吧？那只怨我太和你接近……"

常青听了身体一抖，好似受了重击，扬起头看着信芳，发出人类受冤枉的呼叫，红着脸说："大姐，我何致这样卑鄙？我……我早已……早已暗地爱着你，起码有两年。不过没有勇气对你说……今天实在没法忍耐了，我前途的幸福和痛苦，全在你一句话。"

求婚这件事本是很平常的，一个男人爱了一个女人，就可以开口求婚，但一个女子爱了一个男人，却只能用暗示或引诱的方法，教男人向自己求婚，而不能直向男子开口求婚。这又是男女不平权的一例。希望主张女权者在这种地方加以纠正，使女子也能爽直倾吐她的意愿，免得男子总以可怜虫的态度去求人。而被求的女子，也没什么困难，若是愿意，就点头好了，再能作一篇美丽的情话，那就更好。若羞于当面答应，也可以说，容我考虑二十四小时，再以书面答复，避开直接交涉的窘境。回家后在纸上写"YES"三个英文字母，装信封寄出去。或是用打字机打一篇长长的合同，再附一张公函，告诉对方，自己有这些条件，台端若能完全同意，即请签字寄回，就算乾坤定矣，等待钟鼓乐之；若不同意，那就滚你的蛋！这不是很简截么？但若男子求婚，而女子不愿意，那也没有什么，不过女子应该先道谢，再说对不住。因为无论男子是否冒昧，求婚总是瞧得起人的表示，完全出于善意。就和有人请吃饭一样，你即使不想去，在情理上，不是应该先道谢，再说对不住，今天没工夫，不能奉陪么？

但是信芳却另有难题。她一看常青当时的情形，再参配他向来的个性，知道他这时的情感，好似烈性火药。火药藏在炸弹里，存放稳妥，多少年也不会爆发；但若触动机关，爆发起来，那就没有方法可以阻止。所以她对常青一直左遮右挡，不作正面接触，只希望不碰动机簧，把炸弹稳住了，使火药安全在里面，不要爆炸。否则必然纠缠不已，难于应付。但信芳竟白费了力，炸弹终于爆发，常青把要说的话都说出来了。

信芳这时已和他立在对面，无可闪避了。她无可奈何地抖抖手，才正色说："常青，你起来，我对你说。"

常青仍跪着不动，仰起头说："这是我的生死关头，希望你立刻回答我！"

信芳立起来说："我一定要你先起来，再说话。你若这样逼我，我就走出去了。"

说着又伸手拉他。常青不敢再固执，只得立起来。

信芳拉他同坐在床上，才和蔼地说："请你原谅，我知道你必要很伤心，可是我不能答应你。"

常青原本张大着眼，注定信芳，闻言好似头筋突然折断，把头垂下，口中哑声说："为什么？"

"我自然有缘故，你不要问了。"

常青低头无语，好似全身都已僵了。屋中更寂静如死，信芳腕上的手表都显出声音，但没人听见。

过了半晌，常青才凄酸地自语说："我诚然冒昧，一个人应该自量，我的地位、学问以及种种，都不及格，当然……咳，白白地冒犯了你，自己也……"

信芳接口说："你不要错想！我并没有势利观念，你是个难得的好男子，比一般有地位有学问的人强得多。我不能答应你，并不为这个，是另有缘故。"

"什么缘故？我要明白。"常青抬起头问。

信芳本是决意拒绝常青，但又不忍太刺激他，还要安慰他，以致绕来绕去，倒把自己绕进圈子里，反给常青以诘问的机会。她只可摇摇头说："你何必问呢？反正是不……比如说，一个小孩儿要玩火，她母亲当然不能给他。总而言之，孩子总不能得到火，即使问明白了缘故，也依然不能得到，那么又何必问呢？"

信芳仓促中被逼出的比喻，实在不大恰当，因而又引出常青的话。

"大姐，我不大明白你的意思，你是说怕有害于我么？那我情愿为你死！"

信芳听着，知道自己引喻失义，又引起他的误会，忙摇头说："不，不是这意思。"

常青又逼紧一步说："不是这意思，是什么意思？大姐，你一定要

143

给我个明白。"

信芳喘息着，实在被逼得没法，只得说："你一定要问，我就告诉你，我已经……订婚了。"

常青似乎绝没想到她的理由竟是已经订婚，当时瞪目哆口地说："真的么，怎我没听说过？"

信芳摇摇头说："你问得岂有此理！我何必说谎？一个人的婚事，也许秘密不告诉人的。"

常青似乎还不相信，又问："你几时订婚的，那个有福的男子是谁？"

信芳笑了笑说："你简直在反问我了，你有这权利么？"

"我怎敢反问你？不过求你告诉我，我明白以后，也就断了指望。"

信芳冷冷地说："每个人都有自己的秘密，我不能告诉你。"

常青默然半晌，又问："这个人我认识么？"

信芳凝眸望着对面的窗户，似有所思，并不作声。

"大姐，容我再问一句，这个人在天津么？"

信芳才淡淡地开口说："当然不在。"

"他在什么时候走的，在什么地方？"

"我还是不能说。"

"他到内地去参加抗战么？"

"也许是的。"

常青才不再说话，呆了半晌，忽然立起，在地板上来回走着说："大姐，我决不信你已经订婚。我认识你三年多，时常见面，你除了杨闰生、洪范一和我以外，并没有男友。我们也只是你的弟弟，不是男友。你嘴里也没说过订婚的话，身上也没有已经订婚的气味，所以我决不相信！可是我也不能再逼迫你，现在只说我自己的立场，大姐拒绝我，当然有着原因，不过我以为还是由于自己太渺小，配不上你的缘故。我这一去，一定要鼓励自己，拼命努力做一番事业，到日后再回来时，你也许能改变意思。"

信芳摇摇头说："我永不能改变意思，这是事实问题，我已经订婚了。"

常青坚决地说："那我不管！反正我已经爱了你，就要爱到底，谁也不能限制我内心的情感。即使你永远不爱我，我也永远爱你，并且在今天对天立誓，至死也不再爱别人！"

信芳面色一变说："那你是胡闹！要明白，对一个已订婚的女子这样说话，是失礼的。"

常青好像没听见她的话，仍接着说："无论隔三年五年，十年八年，只要我回来时，你还是余大姐，我一定还要跪在你面前，请你重新考虑我的请求。"

"那是没希望的。"信芳低声说。

"不管有希望没希望，反正我永远在希望，除非那时你把未婚夫或是已婚的丈夫介绍给我。"

"那倒也许可以的，到时再说吧，你可以休息了。"信芳说。

常青无可再说。他好似一个武士，领队攻城，经过多次冲击，并没把城攻下，自己反受伤而归。颓然坐在椅上，半晌才说："大姐，我太惭愧！"

"我更抱歉！"信芳说，"你快睡吧，早上还要赶路。"

常青无言，仍倒在他原睡的地方，很快闭上了眼。他才受了这样大的刺激，当然不易入睡。但他竟好似睡着一样，有如小动物的假死，借以脱避窘境。实在这种情境太教人发窘，不但常青，连信芳也是一样。男女日常见面，常是坦然，若一旦谈到婚事，那就只许成而不许败。成了自然倍加亲密，倘若失败，再见面就全觉难堪，何况他二人仍同一室呢？信芳却只在椅上坐着，默然沉思，好似由常青的举动，使她又勾起另外的心事。常青虽未入睡，但已不好意思再让信芳上床休息。

过一会儿，窗外微露曙光。信芳就熄了电灯，呆呆望着窗外，由深灰转为浅灰，又转为鱼肚白色，再变成浅白、浅蓝，旭日出来，又有一片玫瑰色映入窗内。时间是很久了。装睡的常青，以为信芳是想着方才的事，也许不大高兴。但哪知她这时心已飞到千里以外，思念着另一个人。

常青渐渐躺不住，才装作睡醒起床，问信芳："大姐早起来了，怎不多睡一会儿？"

信芳点点头说："我睡够了，你洗脸吧。"

说着，就开门叫进茶房打水。二人都洗漱了。信芳仍打扮得和昨天一样，又教茶房买来点心。吃完，天已八点多，便算账出了旅馆，坐洋车直奔西车站。

到站，离开车还差半点钟。仍是信芳去买票，这次只买了一张到石家庄的车票，一张月台票，信芳是送客的人了。二人进了站台，上车寻着座位，安置了箱子。信芳好似没有昨夜的事，仍很大方地叮嘱常青路上保重，又把皮包里用剩的钞票取出来给他。常青倒不能客气了，他不知是感激还是凄惨，眼泪直涌出来，但又没什么可说。

须臾汽笛响了，信芳握着常青的手，说了句"一路保重"，就走下车去。

车徐徐向前移动，常青由车窗探出头来，挥手叫着："大姐再见，你给我希望……"

信芳没有回答，只对他挥手。这一半是送别，一半却是暗示着不能。

渐渐常青的脸儿看不见了，车走远了，信芳还呆立在站台上。她很惆怅，教一个远行的人带着失望走，是极残忍的，但是有什么法儿呢？人类的心理是微妙而奇怪的，有时由几千人、几百人公共订立的国际条约，虽然仪式无比隆重，为世界所重视，但约束却十分微弱，随时可以撕毁。而一个人心底偶得的信念，情感的结晶，深秘隐藏，为他人所不知道的，约束反倒很坚强。信芳就是不肯背弃自己和自己订立的秘约，这种秘约，女孩子心里时常有的，但是保持到底的很少。就因为没有第二人知道，即使违背了，除掉自己良心以外，不致受到外来的谴责。

信芳走出车站，自己寻思：应该回天津去，但是到家又要困居楼上，度因犯生活。况且自己也好几年没到北京了，正好趁机会在这儿玩几天。只是所带的钱，都交给常青了，所余有限。再看自己身上衣服，也实没逗留的可能。但她犹疑半天，仍决定在北京住一两天。就坐车到西南城寻一家旅馆，开了房间，先洗去脸上化装的脂粉，把眼镜也抛弃了。才草草吃了午饭，出门到北海去玩。一个人当然是无聊的，不过是各处游览，走累了，到茶座喝茶看报。但也在里面直转一天，到夕阳西下的时候，才向外走，打算到旧刑部街一家小西餐馆吃饭。这家餐馆是她做学生时常吃的地方，想要重赏当年风味。

但才走到园门，忽见有一部汽车停在门口，走下四五个人，都是男子，除一个穿着便服外，其余都是公务员服装。信芳和他们交臂而过，不料内中一人立住，望着信芳说："这不是余大姐？你几时来北京的？"

信芳转脸一看，原来说话的是杨闰生。他比当年更健壮了些，肤色也黑了些，身上穿的是公务员制服，但仍不失风流潇洒的态度。信芳"咦"了一声，方要走过去和他叙旧，忽然想起曾在报上看他已做了伪组织北京市宣传处长，就停住脚步，淡淡地向他点头说："少见，杨先生，我来了两天，明天就回去。你请忙，再见。"说完仍向外走。

杨闰生怔了一怔，随即对同来的人说："对不住！我遇见了朋友，不能奉陪了，明天见。"

说完就直奔出门，追到信芳身旁，叫着："大姐，您上哪里去？"

"我在北海玩了半天，现在要回旅馆吃饭。"

"大姐，我请您吃饭，咱们谈谈。一晃两年没见了，您知道我多么想你们！"

信芳说："你不是陪着朋友，何必为我耽误正事？"

"什么正事，也是随便玩玩，大姐请上车。"

杨闰生摆手把汽车叫过来。信芳无法再推辞，只得上了车。杨闰生也上去，坐在一旁，问："大姐吃中餐还是西餐？"

信芳说都成。杨闰生对车夫说："撷英吧。"车夫便开车飞驰前进。

到了撷英餐馆，二人进去。馆内人迎着杨闰生一叠声喊"处长"，请他们到楼上宽阔清洁的大房间落座。经理又跟上来周旋，仍是一口一个"处长"。信芳听着好笑，心想：杨闰生居然也当处长了，一做官便到处有人逢迎，风头不小。但是他只为这个就甘心做汉奸，却未免不值，而且可笑。想着，就抿嘴微笑。

杨闰生好机灵，一看信芳神情，便理会到她心里想着什么，不由脸上一红，向那经理说："咱们免处长，还是杨二爷好了，今天菜单是什么？"

信芳更觉可笑。向来在饭馆吃饭，因为人的口味不同，所以常用免字。例如怕吃酸的免醋，怕吃辣的免青椒，怕吃油腻的免肉，现在杨闰生要免处长，最妙这句话在饭馆里说。

这时，杨闰生已把菜单递过，信芳看看说："很好，我就原样儿，不用换。"

杨闰生却换了一道菜，又问："大姐用什么酒？"

信芳说："我向来不喝酒，你自己请便。"

杨闰生就教拿威士忌和啤酒、汽水。他问信芳到北京有什么事，信芳说没事，只来玩玩。他又问天津发水情形，信芳告诉了大概情形。

一会儿茶役端上来小吃和酒水，杨闰生喝啤酒，信芳只要汽水。茶役退下以后，杨闰生才询问信芳近日情形，信芳回答还是那样。杨闰生又问怀芳怎没同来，信芳说他出门了。杨闰生问上哪里，信芳说在上海同朋友做生意。杨闰生问哪个朋友，信芳说你不认识。杨闰生又问做什么生意，信芳说大概是西药。

杨闰生怔了怔，又问："范一有信来么，他在什么地方？"

信芳说："他走后始终没信，谁知道在什么地方！"

杨闰生又问："常青呢？"

信芳说："这个人已经一年多没见了，不知道在天津不在。"

闰生默然半晌，叹口气说："大姐，我很明白，在旧朋友堆儿里，我已经变成了叛徒。无怪大姐这样防备我，什么都不肯说。不过……咳，我承认自己是失了节，对不住国家，见不得朋友。可是您也得原谅我一点儿，我进过天津宪兵队，受罪受怕了。这次在北京，他们教我做事，我不敢不依，否则又要勾起旧事，再受陷害。我诚然是懦弱，但现在他们的势力是不可抗的。"

信芳笑了笑，点头说："我当然原谅你，你是遇到不可抗的力量，一抗就有危险。在现在这年头儿，总以保重为是，对不对？"

闰生红了脸："大姐，您的话实在教我惭愧！咳，我并不是没有心，您记得在事变初起那一天，我比谁都激烈……"

信芳要笑，又忍住了，点头说："当然你是有心的，不过彼一时此一时，识时务者为俊杰。"

"您再这样说，我简直得自杀了！大姐，我现在还是当初的杨闰生，

148

除了失节以外，并没有什么改变。现在求大姐还像当初那样把我当作小弟弟，不要这样冷酷，我心头难过得很！"

"我对你说的全是实话，怎能算是冷酷？"信芳诧异地说。

"您的态度，对我直如对付一个侦探，三成防备，再加上四成敷衍，我怎能不伤心？您可以抛开我现在的过错，只以旧友的立场对待我么？"闰生凄然地说。

"当然可以，你所说我敌视、防备、敷衍的话，是太误会了！不过若教我以旧日交谊的立场来说，很希望你改行脱离官场。"

闰生看着她说："您是说，教我赶快摘去这顶汉奸的帽子？"

信芳摇摇头说："不是这意思，我以为你的性情不大宜于做官。若改行经商，一定有更大的成就。"

她这话完全是昧着心说的。她知道杨闰生的性格才最宜于做官，因为他轻浮。世上最轻浮的东西，总是爬在最上面，例如腻的油、辣的酒，绝是浮在清洁的水的上面。她所以这样说，完全为着交谊。希望闰生惶悟。

闰生苦笑着说："大姐说话多么婉转！您还是防备我，不肯坦白说话。不过我对您的话是十分感激，日后得机会，一定照办。现时还……咳，您不知道，我简直骑虎难下。"

"我信你有这种困难，不过希望你在虎上永远平安。"信芳冷冷地说。

杨闰生听着，似乎有些悚然，又有些难堪，就改口说："大姐请吃菜，这里的小吃还好。"信芳连说很好，吃了些菜。

这时茶役已送上汤来，闰生用匙舀着汤，又问汪秀兰近况如何。信芳因秀兰的事毫无关系，就详细对他说了。闰生听着，似乎很同情地说："她景况既然不好，希望做事，我可以替她荐一个职业。"

"好，在你的宣传处做事么？恐怕她的学力还不够。不过，我一定把你的好意转达给她。"

"不，不是我那里。我的意思是荐她到别的机关做职员，商界也成。她还无须到北平来，我和朋友在天津新组织了一家公司，不久开幕，可以聘请她去。"

信芳笑了笑说："这倒不是官商合办，是合办官商，双管齐下，一定发财的！"

"什么发财，马马虎虎凑合罢了。若不另想路道，只仗做官这点薪津，简直不够吃饭。"闰生说着，又问，"陶甄呢，她近来怎样？"

信芳心想：当初闰生曾追求陶甄，而陶甄又是事变后变化最大、波折最多的，闰生应该最先问到她。如今竟留到最后，还装作不经意地问，这一定别有用心。就回答说："也有快二年不见了。我还记得她在前年九月，因为你的事到何止百家去，顺路到我家谈了一会儿，以后再没有见。"

"以后她就嫁了胡庆堂。可是胡庆堂在上月已经被刺丧命，陶甄失了倚靠呢。"闰生看着信芳说。

"哦，胡庆堂已经死了么？我因为不看报，还不知道。这样说，你比我知道的还多，怎倒问我？"

"我只想知道陶甄在胡庆堂死后，是还在胡家，是回了娘家，还是自己独居。"

"我全不知道。"信芳摇摇头，又笑着说，"你这样关心，是想见她么？"

闰生点点头，很直爽地说："是的，我想见她。第一，她曾救过我；第二，她若不是为我到何止百家去托情，还不致受胡庆堂的骗；第三，现在我和她都是失节的人，应该同病相怜，所以很想同她谈谈。大姐回到天津，请费心给她带个信儿，或者打听到她现在的住址，告诉我也好。"

信芳说："我稍为明白你的意思，但是你别忘了，她是范一的未婚妻。"

"大姐，您这话有语病，应该说她曾是范一的未婚妻。您以为他们的婚约还存么？范一回来还会和她结婚么？"

"婚约当然存在，因为并未解除。而且陶甄和胡庆堂的关系是秘密的，非正式的，在表面上并没有破坏婚约的形迹。问题只在范一能不能宽恕她。"信芳说。

"您想范一能宽恕她么？"

"那我怎能知道？不过我以为，倘然陶甄从此悔过，范一应该宽恕她的。"

"只怕不能，范一那种刚烈脾气，对这种事……说个比喻，倘然范一将来能宽恕她，您现在就不致不原谅我。"闰生说。

"我何不原谅你？"

"大姐若真能原谅我，就替我寻找陶甄，传达我的意思。我以为她对范一是没有希望了。而且她所以堕落，完全由营救我而起，所以对她的将来，我应该负责任。"

信芳听着，心想：原来你是这样心意！陶甄好容易脱开胡庆堂，若再和你结合，岂不愈陷愈深？我绝对不能管这闲事。而且关于陶甄和范一，我只有尽力维持，万不能有破坏的举动，这是良心问题。只要帮助另外的人图谋陶甄，就是自私，我宁死也不能做。想着就说："我很希望能够帮助你，不过和陶甄疏远太久，消息断绝，倘若办不到，你也得原谅我。"

"大姐，您向来对我们是热心的，请您仔细想想这件事对陶甄的利害，就肯帮助我了。"闰生说。

"好吧，等我仔细想想，只要可能，一定尽力。"

二人的正式谈话就止于这里。信芳从和闰生见面以后，就一直在敷衍，好像唱一出不愿唱的戏，只希望快唱完了走开。对于陶甄，她一定是爱护的，决不愿她和闰生接近，所以只以游词应付，并未答应闰生的请求。但她哪里知道，陶甄在胡庆堂被刺，经过一场牵累以后，因访信芳不遇，竟而灰心丧气地到北京来了。

饭后，闰生要送信芳回旅馆，信芳坚辞。他就买了许多水果糕点赠行。信芳次日就回了天津。

第九章

枪弹造成的姻缘

这时候，地下工作的爱国志士工作得十分积极，刺杀汉奸或敌人的案子重见迭出。所谓宪兵队和警局的特务人员，四下查缉。因为处在包围网之下，竟抄获许多地下工作的秘密机关，捕去了多少爱国志士。同时遭诬陷逼累的，更不知若干。民间受到很大纷扰。例如刺杀某巨奸的凶手在逃，据说凶手是麻面，于是平津两地因小时未种痘而致出疤留瘢的人，多成为嫌疑犯，遭到逮捕。又如刺杀某日本人的凶手，据说穿着灰布长衫，于是一些买不起绸缎而穿布衣，偏又碰巧了颜色的人，也遭了殃。然而暗杀事件仍然层出不穷。

这样过了很久，直到上海的日本人想出了聪明办法，又把这办法推行到华北，这才渐渐戢止。这办法真够毒辣，无论什么地方发生暗杀事件，只要凶手在逃未获，就把出事的附近地方严密封锁，禁止居民出入，食物邮件也不许越境传递，把这区域做成死区，直到凶手就获，才能开放。倘若在封锁时间以前，这区内一个婴儿的母亲恰巧出门买东西，一个病人正等待医生，一个死人正等待棺材，忽然毫无预告地封锁了，那个母亲就不能进门，婴儿只有饿死；医生不能进门，病人只有待死；棺材不能进门，死人只有腐臭。至于饮食起居的极度痛苦，更可不言而喻。

这就是说，日本人等于明白表示，已无力防止和查究这许多暗杀事件，只可用无耻办法，告诉中国人：暗杀是你们中国人干的，我既捉不着那个作案的中国人，就要对你们大部的中国人施行惩罚。冤枉当然冤枉，但我管不着，因为你们都是中国人。

日本这种举动，就大处看来，实在是一种"德政"，应该感谢！因为日本人向来一手皮鞭，一手糖果，口里喊着亲善，来麻醉中国人；但他们好像又不忍中国人心尽死，就把皮鞭挥得极响，打得极重，时时使出这种极聪明的笨办法来，提醒沦陷区的中国人，使其发生国家民族的思想，加深对日本的仇恨。可怜把糖果全枉费了，何如留着自己吃！

不过，这种办法倒收了效。大概爱国志士因为杀奸收效尚小，而贻累于同胞者却大，又加同志牺牲得太多，就渐渐减少这种工作，而致力于其他方面。日本人因此就大言不惭地宣传，反动机关大部肃清。其实满不是那么回事。

经过一度沧桑情海风波的陶甄，恰在暗杀事件最盛的时期，由天津到了北京。

她这次的短程旅行并没什么意义，也没什么希望，只是因为胡庆堂死后，她由醉生梦死的情境中醒转，身心全受了重大打击，颓废空虚，又没人给她劝导，使她振作。她觉得自幼生长的天津，旧友既无颜相见，而新的朋友又都是和胡庆堂、何止百有关系的，更不愿相见。而自己的母家也成为伤心之地，不能再住下去。就决意到北京小住，顺便买一所小房，销声匿迹地隐居，度几年清闲岁月。她虽只二十二岁，但已有了老人的心境，打算早作终老之计，日后最多在教育界做点事，以遣余生。

她倒是很有钱，胡庆堂贪污所得，至少有三分之一落在她手里，生活绝不发愁。只是精神上非常痛苦，而且寂寞，常常羡慕他人，觉得任何人都比自己快乐，却不知她的美貌和富丽的风度，仍到处为人所羡慕。所以说起"羡慕"二字，是由于不知足。由于不知足，才对人羡慕，但人人心里都有所不足，于是就互相羡慕。一位家境贫寒的少妇，身穿布衣，随着她的穷丈夫走在街上，看见一个穿着绸旗袍的女人，心里就想：我几时做上这样漂亮旗袍，就满足了。却不知那个穿着漂亮旗袍的女人，正看着一个舞女腕上的金镯，寻思自己若能戴上这件东西，该多么得意！而那个舞女又看着一位坐跨斗三轮的阔太太，羡慕人家的幸福。这时一部崭新的汽车停在附近，由汽车上走下某高级首长的夫人，被人簇拥着走进大饭店。这位阔太太自然又该羡慕这位贵夫人了。

但这位贵夫人，正因为丈夫另有所欢，久受冷淡，这时看见那贫家少妇和丈夫挽手偕行，正慨叹着自己的命运，心想自己虽然富贵，毫无快乐，若能像人家这样夫妇和美，宁愿受穷！

所以人心是永不会满足的，因为满足了第一种愿望，就要立刻寻出第二种愿望，给自己造成缺陷。而且人心又是变幻的，例如那位贵夫人，在几年前她丈夫未发迹时，她很看不起丈夫，时常反目交谪。她不断表示，只要衣食饱满，情愿不要这没出息的丈夫，永做穷妇，倒更清静。但现在丈夫功名成就，万事俱备，她又以缺少爱情为苦了。

陶甄就是这样。她看一切人都比她快乐，而不知自己被旁人投射着羡慕的眼光，惘惘地到了北京。她住在西城最大的大亚饭店里，虽然正值秋高气爽，风候清佳，但她一个人寂寞独游，走遍了北京名胜，也只是消遣无聊，丝毫提不起兴致，却已引起许多人的注意。因为她人既漂亮，派头又在。说实话，她这派头是在和胡庆堂同居时养成的，以前只是个学生。

很多人想要接近她，她都很冷淡地拒绝了，于是渐渐惹起猜疑。一个很漂亮的年轻女子，独居在旅馆，既没有朋友来访，又不和男子接近，独往独来，不声不响，似乎形迹可疑。这风声传到当地官人耳中，就有人要图谋她。

当时在普通社会中，以翻译、特务势力最大。他们常用种种阴毒手段，来攫夺产业，霸占妇女。陶甄既是孤身羁旅，情形又可疑，若被他们进攻，简直不易脱免。比如有个特务人员前来见她，声势汹汹地说，已经查明她是重庆间谍或是抗日分子，来北京有所活动，立刻要带到宪兵队或是警局。接着再暗示可以转圜，但必须给他满意。陶甄只一害怕，就得坠入圈套，被他霸占。对这种人还是没法，因为当时暗无天日，翻译、特务就能制造人的命运。陶甄真够危险，已有人暗地筹划演这出戏，眼看就要实行了，然而她还不知道。

这不知是幸运还是噩运，竟恰巧发生了偶然的变化，把这局面改变过来。这一天，所谓华北委员的王克敏，和一个日本大官同坐汽车出门，中途因事停车，被人持枪射击。日本人重伤身死，王克敏虽然号称瞎子，却是脚下明白，居然逃脱了性命。到军警齐集时，凶手已查无踪影。

这在北京便成为空前巨案，中日宪警全体出动大索。先起出事地点封锁，捉去了许多嫌疑犯，就连以前在这地点住过，而新近搬走的，或是居民出门未归的，以及来访的亲友，在本宅没有户口的，全都捉去。因此，暴力展延到天津、唐山、保定、张家口各处。因为该处居民，有迁移或旅行到这些地方的，都按照线索，捉回北京去审讯。

陶甄所居的大亚饭店并未在封锁区内，但也相隔不远，军警宪也去严厉检问，捕去了二十多名旅客。恰值陶甄出门游玩，未在饭店，但这样更坏，因为她虽不在，军警们也不能疏忽，就向饭店打听她的底细。但是饭店并不知道，只把情形说了，一个美貌女子，举动阔绰，派头十足。却不和任何人来往，也没有朋友，谁也不知道她是什么来路。显然诡秘可疑，深堪注意，就留下人趴底等她。

陶甄在外游玩一天，晚饭后回到饭店，进门才休息了没十分钟，忽然房门一启，进来七八个人，中日俱全，门外还有十几个。先是一个日本宪兵曹长向她说话，由一个中国人翻译。先问了姓名、籍贯，以及在天津的住址，又问到北京来做什么。陶甄回答是来游览。那曹长又问她可曾结婚，陶甄说没有。

曹长问："你一个没结婚的姑娘到北京来，单身住旅馆许多日子，和中国风俗不合。"又问，"你每天都去哪里？"

陶甄说每日各处去玩。

曹长又问："谁陪你去？"

陶甄说只有自己，曹长摇摇头，又问："今天下午你在哪里？"

陶甄说："我在中央公园玩了半天，天夕又到华美饭店吃饭。"

曹长问："谁能替你证明？"

陶甄说："我自己去的，中央公园的茶房也许能认识我。"

那曹长寒着脸说："你说话全都可疑，一定和暗杀案有关系！"

就吩咐部下带陶甄走。陶甄在外面已听见人们传说下午发生的事，闻言就吓坏了，忙分辩："自己确是规矩民人，到北京来游玩，决不知道什么暗杀的事，请你不要冤枉人。"

那曹长说："我已经调查清楚，你住在这饭店已经二十天，向来没

155

朋友来看你。这是不合情理的，你故意这样做，教人看不透形迹，天天出去暗地活动，和同党秘密会面，是不是？"

陶甄听他硬给自己加上罪状，更是害怕，知道自己地位很为危险。人到迫急，总要想法自救，她忽然想起杨闰生，就说："你完全弄错了，我并不是没朋友，是想自己清静玩几天，就没通知朋友。现在我可以请一个人证明我的身份，北京市宣传处长杨闰生是我的同学，你们可以请他来，或是去问他。"

那曹长寻思了一下才说："我们可以找他证明。"

但仍把陶甄带走，不过没带到宪兵队，而是带到警察局。到局又审了一次，问答仍是大同小异，最末归结到杨闰生身上，就带下押了一夜。大概在次日早晨，宪兵队和警局都派人向杨闰生查询真相。杨闰生倒也真够朋友，闻讯立刻就跑了一趟宪兵队，又来到警察局，对两处都以身家性命保证，陶甄万无轨外行动。又把她一切经过，连和胡庆堂的关系都说了。于是警局又提陶甄过了一堂，仔细讯问，证实她所供与杨闰生所说相同，就允许取保释放，由杨闰生具保，把她保了出来。

杨闰生把陶甄送回旅馆，只为安慰几句。因陶甄夜中失眠，又受惊恐，精神不振，就请她休息，自己告辞走了，约定晚上来瞧她。

陶甄洗了澡，上床睡了一觉，下午五时才醒。在对镜理妆之际，杨闰生便来了，说请她出去吃饭。陶甄理好妆，随他出门，坐汽车到撷英饭店。在陶甄以为不过两人小酌，哪知竟是盛宴，杨闰生约了总有二十多位，内中有当时的官场名人、文化名流、商界名士——日后都有列入汉奸名册的——还有一些小姐、太太，济济一堂，来替陶甄压惊。压惊酒需要许多人，这倒是合理的。譬如小孩儿夜里梦见鬼，吓得哭喊，家人就该围住他，使其增加胆量。但陶甄已不是小孩子，杨闰生这一举，似有炫耀自己的势力和风头的用意。这一席很热闹地吃完，杨闰生又早在戏院包了厢，请陶甄和几位太太、小姐去看尚小云。戏散又单独送陶甄回旅馆。

从此以后，杨闰生几乎每天公毕以后，就去访陶甄，陪她出门游玩，或是在家静谈，但再不邀旁人。这是很自然的，男女中间，是不能容纳第三者的，并非指有危险性的第三者而言，即使不相干的人也是一样。譬如你认识一位情人，每逢相约出门，她的姑母或是妹妹总要跟随，大概世上最讨厌的东西，无过于这姑母和妹妹了。你也许由此对一切的姑母和妹妹发生恶感。再如你走在马路，遇见一对情人，他们敷衍着邀你同行，你若加入行列，那就算把自己造成个最讨厌的东西。

于是陶甄有了朋友，并不寂寞了。但朋友只杨闰生一个，他并不带任何人同来。不过他和陶甄的关系，仍是很纯洁的，只是朋友。他又很聪明，仍以当日同学时的态度对待陶甄，并不把她当作已经嫁过人的。同时决不提起胡庆堂的名字，尤其不谈洪范一。但是外面的风声，可不大纯洁。杨闰生的朋友，都认为他有了情人，而情人却住在饭店里，就更容易引起猜议。尤其杨闰生主持的宣传处里，都传说处长在大亚饭店里有了姘头。而杨闰生认为访友无须秘密，还吩咐同仁，若临时发生紧要公事，可以打电话到大亚饭店通知。这一来风声就更大了。杨闰生的处长名头，倒压得住这种风声，也没有坏人敢来罗唣。但可惜压不住另一面的人，地下工作的志士，对他本来早已注意，只是不得机会下手。这时因为他时常单身出入饭店，有迹可循，就暗暗地布置着。

这里若替汉奸打打算盘，他们也有巧宦，也有笨蛋，也有幸运儿，也有倒霉鬼。例如向途人询问，本地统税局长是谁，税关监督是谁，十有八九不能回答。并非没人知道，而是知道的很少。但若问宣传处长是谁，大概人人都能回答。因为干宣传的，天天报纸上、电台上、会场上鼓吹大东亚共荣，劝中国人认贼作父，最惹民众的注意与痛恨。而宣传处长的月薪，还抵不上税关监督或统税局长太太一把平和所输的钱。所以干宣传的都是笨蛋、倒霉鬼。但杨闰生却是家里有钱，赔着本儿出风头，因此有些人认为他加倍该死。

杨闰生平时不是不防备，出门坐汽车，带保镖。但自和陶甄来往以后，被情所迷，渐渐疏忽了。而且情人的行列中，孱入个粗鲁的保镖，也不成格局。他每到饭店，总是不带保镖，同时又因本身也怀有手枪，足以自卫。在起初几次，还有些小心慑慑，过了多日没事，就大意起来。

这时已届深秋，天气初寒，西风渐厉，街上满地都是落叶。一天下午，杨闰生本和陶甄约定一同出去，吃过晚饭，再看电影。不料临时发生阻搁，有两个日本中级官员来中国视察市政，恰在这日由天津到北京。这是件大事，不管日本人官职大小，总是当时汉奸的衣食父母，自然要欢迎、招待，由市长出面欢宴，杨闰生当然出席。席散以后，他急忙赶到饭店，对陶甄道歉。但时间已将十点，看电影是来不及了，就改计划到一家较清静的舞场去。

在舞场，二人都喝了一点儿酒，又同跳了几场舞，杨闰生心头跃跃，他的情感遏制不住了。

自来浓厚的情感，可以发生肌肤之亲；而肌肤之亲，可以发生浓厚的情感。这里并没有侮辱跳舞这高贵艺术的意思，只是说跳舞是能使灵肉合一的动作。灵肉本来就是一对很和谐的异性，跳舞能使它们更加和谐，甚至于结婚。若有人强把灵肉分离，硬说跳舞场中都是高僧，那就未免陈义过高，距离现实太远。倘若都是高僧的话，可怜这许多阿难尊者啊，他们都遇着摩登伽女了。

在一次舞罢归座，杨闰生就借个题目，先提起旧日同学时的快乐，由快乐而引到双方的情谊，最后才说出自己现在精神上的寂寞。言外暗示着：自从当日追求陶甄失败以后，心灵上受了创伤，绝对没有和别个女人接近，而且也不想再爱别人。

陶甄含笑听着，并不答言。

这时灯光再暗，乐声又作，陶甄立起，杨闰生和她一同走下舞池。跳了半圈，杨闰生搂紧了她，附耳低声说："我不能再忍耐了，今天要你允许我。"

陶甄抬头看看他，低声问："什么，要我允许什么？"

"你当然明白！这一次可不能再教我失望。"

陶甄低下头去，仍不答话。

音乐已经停了，灯光一亮，舞客都停住步，这一场的音乐似乎太短。大凡舞场中的人，总有两样感觉，舞客嫌音乐短，舞女嫌音乐长，这是普通人情。例如一个公司经理，总觉得光阴过得快，眨眨眼就到了月底，又该发放同仁薪水；而同仁则总觉日子太慢，好像永远到不了月底似的。但月底得了薪水回家，发付种种支出的时候，却又皱着眉对太太抱怨："日子真快！又该给房租、付女仆工钱了。"总而言之，是付钱的觉时间快，挣钱的嫌时间慢。其实地球、月球转动都有规律，钟表制造也有准则，完全公正无私，而人的感觉则各不相同。

杨闰生和陶甄归坐，他还眼巴巴地盼望她答复。陶甄燃起一支纸烟，默默地吸着。

过了半晌，杨闰生忍不住又问："你可以答应我么？请不要再残忍，这时候是我的生死关头。"

陶甄摇头笑笑，伸手从杨闰生襟上摘下他的自来水笔，又问："你有纸么？一小块就成。"

杨闰生从记事簿上撕下一张白纸给她，陶甄接过去。杨闰生以为她是不好意思开口，故而以笔作答。哪知陶甄好像并未写字，好像只用笔在纸上写着玩儿。这时灯光又暗了，杨闰生并不能看明白她画的什么。

过一会儿，灯光又亮了，陶甄已把笔退还给他。闰生看那张纸，还在她面前杯旁放着，上面画了花朵，就伸手拿过来看。只见上面画着朵莲花，亭亭直立，但像已经残谢，花瓣离披，有两瓣飘在水面。花旁还写着四个字是："无聊，何必"。

杨闰生抬头看看陶甄，见她正若无其事地望着别处。当时略一寻思，就用笔把陶甄的图画周围画了个大圈，在圈旁又画个小叉。好似学校中老师评判学生的课业，因为太糟了，连一分也不给。只画个叉，然后在另外的空白地方，写了"你永远是我眼中的安琪儿"一行字，又送回陶甄面前。

陶甄看着，似笑不笑，将玉齿咬着下唇，凝眸似有所思。随即把那张纸撕碎，掷在地下，又举手看看表，悄然地说："不早了，我想回去。"

杨闰生想想，本来在这地方说话也不方便，求爱是有戏剧性的，大庭广众间，只能言情而不能动作，等于演剧、播音总不如彩唱的效果大，还不如出去汽车上谈的好。就付了账，和陶甄走出舞场。

这时已将午夜一时，夜风很峭，门外颇为冷落，只有两部汽车和几辆人力车。杨闰生走到自己汽车前，见车内并没有人，就扬声呼唤，才听背后有人呻吟着答应。回头一看，原来车夫正坐在便道上，面前呕吐了一大片，酒气蒸蒸，腥臭难闻。杨闰生就教陶甄走开些，才问车夫怎样了。车夫呻吟着说心里难过，吐了好几次，肚子还疼，大概是霍乱。杨闰生心想，这时正当冬令，霍乱未免不合季节。这车夫素来好酒，当然是喝醉了，但也不犯和醉鬼辩论，就说："你这病大概不用上医院，回家睡一夜就可以好，现在把车钥匙交给我，你去你的。"

车夫交了钥匙，闰生就和陶甄上车，闰生坐在前面开车，陶甄自然坐在他旁边。走出不远，闰生就开口问："你能允许我么？"

陶甄目光仍凝望着前面被车灯照明的道路，口中徐徐地说："你现在不要再问，容我想想，明天……也许后天答复你。"

闰生方要再说，但车已到了大亚饭店门外，急忙停住了，才开口说："你千万不要教我失望。"

陶甄已推开她那一边的车门，闻言点点头说："明天再谈。"

杨闰生又说："你倘然再教我失望，我就自杀。"

所以迷信的人不敢信口乱说凶死的话，恐怕成为语谶。事情也真凑巧，杨闰生才说完了，陶甄还未答言，忽然"咯"的一响，杨闰生这边的车门被人从外面拉开。他回头一看，只见车外立着一个穿西服的人，头上呢帽戴得很低，看不清面目。

他一怔之间，那人已开口问："你是杨闰生处长么？"

杨闰生仓促未及细想，冲口答说："我就是，你哪里？"

那人更不说话，把插在衣袋中的右手伸出来，手中握着一支枪，对准杨闰生胸部就放。双方距离不过一尺多，杨闰生一见手枪，就知道完了，绝对来不及躲避抗拒。只要枪声一响，自己就算脱离这个世界，一切功名富贵、幸福情爱，完全留给他人。在这短促的时间，他来不及想什么，也不恨面前这个杀他的人，唯一的念头，就是有些后悔，何苦当这个汉奸！

枪声很快地响了，但不是清脆的轰声，而只听"哒"的一响，并没有子弹射出来。杨闰生怔了一下，跟着又听"哒"的一响，仍是照样。他立刻明白了，那个人的手枪机件有了毛病，子弹不能射出，立刻生出勇气，伸手掏出自己的自卫手枪，就要还击。

但那个人连放两枪不响，已消失勇气，转身就跑。杨闰生跳下车去，对准那个人的后影瞄准欲射。但这时忽听陶甄在车里喊叫起来，她在那个人对杨闰生放枪时，吓得全身僵木，连声带也绉缩了，作声不得。这时见凶徒已跑，紧张的神经方一松弛，立刻喊叫起来。杨闰生略一犹豫，就停枪未放，转身向车中抚慰陶甄。陶甄抓住他的手，颤声问："你没有受伤？"

杨闰生摇头说："没有，凶手已经跑走，可怜他们的工具太不行了，白白费了力气。"

这时饭店中人已听得陶甄的喊声，有两个人走出来看，还有附近的岗警也来了。杨闰生略一寻思，就悄悄把手枪放回衣袋，扶陶甄下了车，对饭店的人说："没有什么，方才陶小姐一下车，道旁有个穷人跳过来抢她的手皮包，可是没得抢去，他已经逃走了。"

岗警认识杨闰生，过来行了礼，就问那穷人是什么样儿，往哪儿跑的。杨闰生笑着说："黑影我怎么看得清他的模样？只看见是个矮子，往东面跑去，转进小胡同，早已没了影儿。现在穷人太多，这种事到处都有。你是因为责任问题，自然要根究，不过可以放心，这点事我决不报案，更不会对人说的。"

那警察行了个礼，又说句"谢谢处长体恤"，便退下去。

杨闰生向陶甄说："你进去吧，我走了，明天见。"

陶甄拉住他说："我不能放你走，跟我进来。"

杨闰生就把车锁好，跟她进饭店上楼。茶房开了房门，二人走进去。陶甄关上门，倒在沙发上，喘着气说："哎哟，可吓死了！你还想走，万一他们还在路上等着呢？"

杨闰生笑着坐在她身旁，摇头说："那不会的，中国人还没有这样聪明。他们知道这一次没成功，我必已有了防备，绝不敢再冒险了。前几年美国有一段新闻，几个匪党去抢银行，因为警察来得快，并未得手，倒被警察追跑。但是警察还未回来，那群匪党竟又抄捷径回到这家银行。这次可成功了，抢去很多钱。匪党完全利用人们心理上的疏念，以为不会再来，哪知居然来了。"

"我就是怕这样，所以叫你进来躲避。"陶甄说，"可是你方才为什么不报告警局，要他们保护，并且捉拿凶徒呢？"

闰生摇摇头说："我不愿那样办。第一，警察保护有名无实；第二，莫说凶徒早已跑远，不会捉着，即使能够捉着，那就要由此引出一件大案子，牵扯出许多人，使抗日工作的人对我更增加仇恨。不但危险，而且断了道路，我还想得机会跟他们暗地联络联络呢。现在中国已和日本打了二三年，结果谁胜谁败还是难说。万一中国胜了呢？我既在这边做事，岂不成了汉奸，简直要身败名裂。所以不如趁这时候，跟重庆方面秘密工作人员有些联络。"

"若是被日本方面知道了呢？"陶甄说。

"那就在我的手段了。当然不会被日本人知道，因为我并不是真想参加他们的秘密工作，只是利用他们，为自己将来地步，至多稍为掩护掩护，或是稍为资助资助。只要表示我未忘祖国，到时候有人加以证明，祖国就不能处罚我，弄好了还许以参加秘密工作的功绩，取得很好的酬报。"

陶甄笑了笑说："你真聪明！"

"我才不聪明，若是聪明，早已得到你了。"

陶甄看着他说："又来了！我已经说过，这问题是明天的事，现在不许谈。"

杨闰生吁口气说："我遵命，不谈了，现在天已太晚，你该安歇，我要走了。"

"你不能走，外面怕有危险！"

"那怎么办呢？"杨闰生说。他这时已不说不怕危险或这时没有危险了。

陶甄悄然地说："你就在这儿好了，咱们谈一夜。"

上帝造出日月，使其很巧妙很规则地公转、私转，给地球上分出昼夜，然后有时间可以计算。原是很公道而自然的，对昼夜两个，并没有善恶优劣的分别。但是地球上的人类，竟给这两个字加以不公平的权衡。青天白日，是光明美洁的象征，而黑夜是罪恶污暗的象征。例如窃盗、奸淫、贿赂、赌博，甚至吸鸦片，都是夜间为多；害病大概日轻夜重，思想则是月夜幽情和平旦之气，邪正相差霄壤；再如昔年美国戒酒时期，日间，总统是民众钦敬的元首，黑夜，总统却是国人痛恨的恶党首领。总而言之，夜真是不幸，她相比于昼这个孪生兄弟，只因生得太黑，竟被人把一切暗影射在身上，无端受了恶名，以致人们说话，遇到"夜"字也得小心斟酌。譬如你对女友说：明天你上午来，跟我玩一天，她大概会欣然答应；但你若请她晚上来，跟你玩一夜，那她也许不用口而用手回答，你的嘴已快肿了。因为夜能使人联想到罪恶，同时夜也实在制造和产生罪恶。现在有最好的证据，就是官府只在夜里戒严，而不在白天戒严。细想起来，不但官府为治安而在夜间戒严，我们个人为道德和卫生，也该自己在夜里戒严。

陶甄倘若说要和杨闰生谈一天，那听的人也以为只于谈而已。但她不说一天而说一夜，实在这是在夜里，她并没有说错，不过听的人却由"夜"字而连"谈"字都感觉迷离了。

杨闰生这时血液循环加速，心里跳着，面上还装作若无其事的，答应说："好，我就陪你谈，好在明天早晨没有公事，不用到处里去。"

他俩谈是谈的，不过怎样谈法，以及谈些什么，却是只能永远待考。这时正在冬天，房中已生了暖气，房门自然要关闭严紧，以防寒风侵入。而且半夜以后，房门又加了锁，钥匙仍然插在钥匙孔里，不但外面无法偷看，连声音也不会外传。换句话说，这间房是正在戒严状态之中，而房中的人，已取消交通限制，自由通行。

次日，杨闰生向市政府请了一天病假，终日和陶甄厮守在房中，二人都未出门。不过陶甄却失了信，她昨天允许杨闰生今天答复的问题，并没提起，而只谈些结婚和布置新房的事。真是奇怪，好似国际间的什么重要会议，并未见开预备会，也未经小组和私人的接洽，只见各代表突然齐集圆桌周围，提起笔就签订了条约，立刻天下太平，真是好到无可再好。可惜这只能见于小说，不能见于实事；只能见于男女之间，不能见于樽俎之上，我的天！

一星期后，天津的余信芳接到了两张印得极考究的喜帖，上面印着：陶甄、杨闰生——陶甄在上首，自然是尊重女性的意思——于本月某日某时在北京利和饭堂举行婚礼，敬祈光临。一张是给信芳，一张给汪秀兰。这喜帖在陶甄的意思，很不愿寄给信芳等人，因为她自觉惭愧；而杨闰生却以为得到陶甄，是自己的最后胜利，也是一生最得意的事，就背着陶甄寄出来。不过范一已早走了，便是在天津也不能寄的，他又从信芳口里知道怀芳到上海经商，常青已久无音信，所以只发给信芳和秀兰。

信芳接到这喜帖的时候，才受过一次大纷扰，完全是由得罪人的结果。信芳的性情，本不致得罪人的，只为常青逃到她家，正赶上发水，楼下住的一位张太太，向信芳借房居住。信芳因家中藏着常青，实不能被外人看见，就以已有亲友预定，不日到来为词拒绝了她。张太太移到别家借住，已经怨恨。但过了两日，信芳家并没有人来，显见她是托词，张太太更是生气，觉得她太没邻居情分。及至信芳和常青坐船出门时，又被张太太看见，她恍然大悟，以为信芳私藏男子在家，有了淫邪行为，才拒绝邻人借住，更由怨恨生出鄙薄的心。若不是大水围门，她必将在附近替信芳播扬丑声，并且加枝添叶，不知造出什么谣言。所幸被水所限，她只能在楼上宣传。

也是机缘凑巧，她恨信芳，很快就得了报复的机会。在信芳走后的第二天，就是信芳送常青上西车站，和杨闰生相遇的那一天，忽然致安里来了许多警察，还有几个外国兵，来挨户搜查，仍是由于胡庆堂被刺的案子，搜索凶手。这件事信芳本来听人说过，但所闻的比这个严重，是日本军宪联合伪军警，进租界来搜查。确乎不是谣传，起初日方确实有此提议，不过经租界当局竭力抗议，以为维持租界治安自有责任，应该由租界军警严查凶手，无须日方侵权代庖。这时日本虽倚仗暴力，已屡次侵犯租界的权利，但对于租界所隶属的国家，尚在表面维持着和平状态，不能过为已甚。只好允许租界自动搜检的要求，于是租界中就开始搜查了。信芳、常青还算幸运，早走了一天。

这班警察驾着小船，沿街巷挨户搜索。到了致安里，查到信芳家中，却是锁门恭候。一问邻居，知道主人出了门，这自然不能破门入视，只好转身走了。哪知那位张太太正抱着孩子站在门口，她多嘴说："这家只有一位余小姐，她在前天跟着一个面生的少年男子一同出门去了，坐船走的，那个男的大概在她家住了不少日子。"

她这话本是为泄愤而发，这带有宣传性质，好似说给邻居听，我对警察也这样说，足见不是诬赖。但她的末句话，却是想当然耳的猜测。

警察听了，自然生疑，就仔细向张太太询问，张太太又把信芳和常青同行时的情形描摹了一番。警察听着，虽不能断定那同行的男子便是凶手，但已觉有些可疑了。结果虽没有对张太太说什么，也没留下人卧底，却已暗地命令附近里口警察，注意余信芳，见她回家，急速报告。

这时大水满街，深至没顶，岗位的尖顶小水屋，都已变成了小船，随水漂流。警察不能在水中站立，他们弟兄都临时高升了，有的攀登民家屋顶，堂皇高坐，俯视一切；有的坐在商家的柜台上，由大玻窗向外观察水势。好在这时水面上的交通，既无须维持水面下鱼类的纠纷，又管不到，倒是很幽闲的。致安里的岗位更是特别，因为附近都是楼房，最低的也有两层，不易攀登，就是上去也好像变成航空警察，和天空发生关系，与地面就缺少联络。他们为本身职责，只好把岗位设在一段墙头上，墙头很窄，只好用骑马式骑在上面。但既没马镫可踏，又没马缰可拉，孤悬墙头，居高防坠，大有临深履薄、岌岌自危之势。

信芳下午回到天津家里，没过两点钟，便有警察坐船来了，请她到警察局去，却不说明是什么案情。信芳惊异之下，已想到是常青的案犯了。但是常青业已远去，家中又没留痕迹，自己倒不怕什么。而且既出了事，怕也没用，于是就横了心跟着前去。

到警察局，由巡捕长对她讯问。这巡捕长就是在胡庆堂被杀之夜，和日伪军宪一同讯问陶甄、何止百等人的。先照例问了姓名、年龄、住址、职业，接着就开门见山地问："你前几天离开家，和一个少年男子到哪里去了？那男子是谁？"

信芳一听，果然不出所料，好在心里已打好底稿，就毫不慌忙地回答："送我弟弟出门。"

那巡长问："你弟弟叫什么？他上哪里去？"

"他叫余怀芳，到上海去，我送他到济南，住了一天。他由南京转上海，我自己回来。"

"不对吧？我已经打听明白，你的弟弟早已走了，这次同你走的男子，是个面生的人。你不要狡展，快说实话，他是谁？"

"他是我弟弟余怀芳。谁说他不是我弟弟，就请他来和我对质，难道我自己不认识自己弟弟，别人倒认识我的弟弟？"信芳理直气壮地说。

"你弟弟不是早已走了么？"

信芳一听，立刻明白：自己家中情形已被官方访明，但常青的真相，却不曾有人知道。只有那个张太太曾见过一次，必是她挟恨给说出去的。现在可是紧急关头，我必须回答好了，否则难免露出马脚。

想着念头一转，立刻想出个主意，就扬起头侃侃地说："不错，是早已走了，新近才回来，我又送他走。巡捕长，我把实情都告诉你，我的弟弟余怀芳是个学生，因为受不住现在的环境，所以要到内地去。他打算先到山西找个朋友，看看情形，再转陕西到四川。就在前两月，由京绥路到山西去。哪知到了山西，并没越过日本的防线，倒被土匪把盘费行李都劫了去，只得又奔回天津。在路上又害了病，艰难困苦就不必提了，去时只几天工夫，回来竟费了差不多两个月，到家已不成人形。将养了几天，他仍要走，但是这次自然不能再走山西，就改道走上海转香港，再到内地去。所以我送他到济南，这就是实在情形。"

"但是有人说，那个生人绝不是你弟弟余怀芳。"

"谁这样说？我弟弟这次回来，一直在家养病，并没见过外人。哦，只有我们楼下住的一位张太太，对了，一定是她！这里面还有个情由，在发水那一天，我弟弟病得很厉害，我下楼买菜，遇见张太太，她要求到我家避水。我本该答应她，无奈她的孩子很多，平日就吵得四邻不安，我弟弟养病需要清静，我没法不自私。可是若和她说实话，她一定说:便是你弟弟在家养病，也只占一间房，确可以借给我们一间，我只教孩子们安静就得了。可是她并不能管束孩子，这话等于白说，所以我就回答：已经另有亲友先借定了，不久就要搬来的。这样回绝了她，不过实际并没亲友前来。前天我和弟弟出门，又被她看见，也许我弟弟病得改了样儿，她没认清；也许她怀恨我，故意造谣言，反正我送走的确是我弟弟，不是别人。"

巡捕长点点头，又问："你弟弟是抗日分子么？"

"他不是抗日分子，只是受不住现在的环境，又因在天津没有出路，才想到内地去做事。"

"你可知道胡庆堂被刺的事么？"

"胡庆堂？知道，他不是个大官儿，我从报上看见的。"

"刺杀他的凶手你可认识？"

这句话问得太突然，信芳早有预料，闻言毫不惊慌，反问："刺他的凶手是谁？什么名字？什么样儿？请先告诉我，我可以回答是不是认识。"

巡捕长笑了说："我也不知道，只怕是你弟弟余怀芳。"

信芳听着，并不理会，心想：你能疑惑到我弟弟身上，倒也不错！好在他和常青都已跑了，我至多落个凶手的姐姐，并没有什么不得了。就回答说："我弟弟回家，一直病在床上，我可以担保他没有出门，更莫说杀人。他很懦弱，做梦也想不到杀人。"

巡捕长又问了几句不相干的话，便吩咐把信芳带下去，押在女监室。因为这是租界警局，待遇较优，而且女室也没第二个人。信芳身上又带着钱，可以买东西吃，并未受罪。

到次日下午，又过了堂，却已把那位张太太传来对质。幸而信芳口齿犀利，又咬定自己的弟弟不会弄错，旁人或许看错；又反问那张太太："近来可曾见过我与任何男子交游？家中可有男子出入？"

张太太却是事变后才搬到致安里的，那时范一已经南下，闰生已经入狱，常青也不常来，信芳家中除了怀芳以外，确实没其他男子出入，她自己更不交男友。所以张太太说不出什么，被问得张口结舌。

信芳又问："我家既向来没男子出入，这时怎会忽然来了面生男子，我还留他同居，你是不是成心破坏名誉？"

这一来张太太算失败了。堂上认为她言语颠倒，不足采为证据。但信芳对张太太的胜利，却是徒劳。因为旧日有句俗语，官方办事，只有错拿，没有错放。错拿了那是活该，若是释放可就难了，必须慢慢腾腾，清清楚楚。既不能轻易释放，而租界警局依法又不能长期羁押人犯，于是把信芳和另外几个倒运的嫌疑犯，都转送了中国伪警局。

信芳在中国伪警局又过堂。她咬定牙关，久供不离原词，翻来覆去，所说只是在租界警局那一套。只承认送走的是弟弟怀芳，而怀芳是到内地去。

警局问官问她："你弟弟是不是反对日本？"

信芳回答："我不能说他反对，只能说他不爱。"

问官又问："你呢？"

167

信芳说："我和他一样，不过他走了，我还留在这里。"

这样过了几堂，警局被信芳的坚定供词搅迷惑了，竟抛开原来所谓面生男子的问题，认为她的弟弟余怀芳，有刺胡庆堂嫌疑，就押着信芳回家去取怀芳照片。这正是信芳所希望的，就把怀芳近年的照片都寻出来交付。警局用这些照片，向胡庆堂被刺时在场的一切人询问，除陶甄已离天津，无法寻找外，其余的人，连狱中的何止百，都说凶手和这照片中人绝无相似之处。这一来，竟把信芳嫌疑消灭。本来怀芳和常青是截然两人啊，警局既得不到证据，无法判定她的罪名，而且不能因为弟弟去内地，就把姐姐枪毙。她那不爱日本的话，固然可以加以周纳，问成个抗日思想犯，但不能为这个理由送法院。送日本宪兵队固然可以，但日本方面既没索要她，那又何必？汉奸虽然万恶，但内中也有微具人性的，于是信芳这场官司居然滚出来了。结果"嫌疑不足，取保候讯"。所谓"候讯"，自然是表示本案未结，尚待调查，但是又上哪里调查？更谈不到讯，这就是糊里糊涂候讯开释了。

信芳被押将近一月，回到家中，水已退了。幸而大门锁着，家中尚无损失。她休息了两天，就接到杨闰生、陶甄的喜帖。她看了，很叹息了一会儿，想不到陶甄又和闰生弄到一处，不知他们是怎样遇着，怎样结合？不过闰生久已有心，想是他设法寻着陶甄，重作第二次进攻，竟得了胜利，也算有志竟成。但陶甄既嫁给他这位宣传处长，真是愈陷愈深，无可救药。自己一向维护她的苦心，全算枉费了。又寻思自己的弟弟和朋友，走的走了，变节的变节，只剩下自己和秀兰，而秀兰也许多日不见了。信芳这才忽然想起，这些日子只顾了常青的事，竟忘记秀兰，她家住着平房，这水后是否平安呢？就决定次日去访秀兰，并且代送杨、陶二人的请帖。

次日，信芳就到秀兰家去。哪知到地方见大门紧闭，叩了半天，里面无人答应。旁边有一家杂货店，正在收拾水后残余，信芳过去一问，才知汪家母女逃水未归。信芳回想事变时她们逃到自己家里，这次逃到哪里去呢？当时惘惘归家，就买了两件首饰、两件衣料，用自己和秀兰的名字，由邮局寄到北京，作为贺礼，却没有亲身前去。以后又去访秀兰两次，但她们母女一直未回，信芳很觉诧异。

第十章

烽烟遍地鸡犬升天

在这非常时期中，信芳过着孤寂岁月。她不久便到附近一家医院去做医师助手，借工作消遣心底痛苦，以后就没有什么大事发生。但这只是就她本身说，至于震动世界的大事，却不久就发生了。

说也奇怪，日本大概为着"八纮一宇"，把世界搅得七乱八糟。他们想是爱上了一、八两字，所以发动战争，日期多与一、八有关。例如占领东北是九一八，上海战争是一二八，空袭珍珠湾对美宣战是一二〇八。

就在对美宣战的那一天，天津租界上的人，又遇着奇景。大家在前一天夜间早早地睡了觉。但也有人因为粮价高涨，忧愁生活，而夜间失眠。次日早晨醒来，只见满街都是日本军队，铁甲车横冲直撞，完全是战胜军占领敌人领土的姿态。英美人都成了俘虏，完全绝迹。接着报上宣布日本对美已经宣战，原因是美国不了解日本的国策和东亚和平的真理，无理地欺压日本，结果遭到报应。日军偷袭珍珠港，数小时内使美国海军近于全灭。英美是一对孪生兄弟，要打自然一齐打。可是你瞧，英国已被德国压得喘不出气，而美国海军又遭重创，大东亚共荣圈真比铁桶还坚固了。

不过沦陷区人民头上的圈，却是越束越紧。日本方面接二连三地统制这个，清除那个，取缔这个，禁绝那个，又要人民动行这个，献纳那个，真弄得日不聊生。尤其对于英租界，认为这英美遗毒汇集之区，特别注意，居民所受压迫骚扰也就更甚。信芳所居恰在这一区，所受刺激自然极大。同时日本因为战事扩大，前途茫茫，他们本是利用中国物资

169

来作战的，这时当然更积极进行，军事第一，民生自在第二。而当时伪政府尚未能组织军队参战，于是无形中变成了日本人第一，中国人第二。譬如学校考试，第一名一百分，第二名总有九十几分，距离不会太远。但是这一班只有两名学生，第一名一百分，第二名简直不及格。换句话说，就是日本人可以放量饱餐大米，中国人吃粗粮还要束紧腰带。同时天津一位"好市长"，又发起配给制度，厉行节约，禁止买卖大米，并且禁止饭馆用白面做食品。于是燕窝、鱼翅的盛筵上，常有窝头两盘陈列，造成可笑的矛盾现象。

这里说几句笑话。杂技场说相声的，有一段谑谈，说有人穷极了，在大年除夕买不起白面，只买了玉米面，还要包饺子。但是玉米面质地粗松，一捏即散，绝不能包饺子，就异想天开地弄了些麻刀（即是麻的表皮纤维，切成寸许短段，平常都是和在青灰里，作涂抹墙壁之用。因其可以发生拉力，使灰不致松散脱落），和在玉米面里包成饺子。听者都要大笑，因为玉米面包饺子，闻所未闻，然而作者却真吃过玉米面包的包子，就是在那节约时代，饭庄的蒸饺便是玉米面所做（但里面没有麻刀，不过混有白面，否则无法做成）。还有一次，在西餐馆吃炸大虾，照例应该用面包碎屑做成糨糊，涂在生虾表面，再用油煎，方才松脆适口。但这时因为禁用白面，只好用玉米面做糨糊，煎成以后，硬得无法咀嚼，只好剥了皮吃。这都是那位好市长的"德政"。他本人也以身作则，请客必用窝头。但到他卸职以前，竟囤积了大量精米白面，图博厚利，致使市面粮价愈涨……

此际，除了汉奸、奸商之外，人民大多数都筋疲力尽，非常窘迫。真有世家巨族，在高楼大厦里面，日以粗粮度命，还常常青黄不接的。于是都盼着配给，因为配给粮较市价能低五分之四，而且按人口配给，虽不足用，但尚可稍作喘息。

信芳虽尚有余蓄，但已显着空乏了，也就很注意配给；又累因家无女仆，每次领配给都是自己去，挤在人丛里排队等候。这样日子又过了一年。这一年中是日本的全盛时期，向南打败了英国、荷兰，占据了南洋无数岛屿，直到坡罗洲苏门答腊，再前进几乎就要到了澳洲。又压倒了法国，把越南、暹罗都收入势力圈内，预备进攻印度。只是向东无法前进，望着隔洋的美国，无可奈何。但胜利的基础已经奠定了，汉奸兴高采烈，更努力献媚，希望日后分茅裂土，封侯封王。只有人民垂头丧气，仰天呼号：我们几时才能煞得出来呀！

光阴转瞬，又是旧历残年将届，伪市政府特许鸿恩，发出布告，对市民每人配给白面二斤十二两、小米二斤四两，以为度岁之资。这时旧英租界已改作特别行政区，这一区配给最晚，截止期限至除夕。信芳因为在医院做事，平日无暇，等待星期休假，正是除夕前一日。偏巧刮着大风，她在早八点便提着布袋，到指定的食粮店去领配给。哪知食粮店前，竟和戏院一样，星期日特别人多。大概都和她有同样原因，为职业所羁，挨到星期日才来的。信芳排在女人行列的一边，前面有百余人。而食粮店中人并不慌忙，他们在屋内当然不冷，慢慢舀粮，细细看秤，做出忠实服务的郑重态度，好像力求分量准确。其实他们希望尽力挨延，使领到的人少，而他们所余的就多，还可以大变戏法。此外还有掺杂伪质和收买配给票等等私弊，所以使人痛恨配给店。不过细想起来，他们也还可原谅，要知道配给的被指定，并不是无故的，要先下很大本钱，应酬社会局主笔者和地面，既下本就该图利，理所当然。

信芳直等了一点多钟，才向前移动了整六尺。能依比例计算，大概到日落黄昏时可以领到，但又怕到那时店中宣布时间已到，敬请晚安，明天早见，岂不白受了一日的苦？她想着，心中很是焦躁，同时风又越刮越大，夹着土沙。信芳被吹得秀发蓬乱，满面浮土，身上穿的又是旧青呢子大衣，都变成黄色，简直不像样儿。正在这时，前面来了一个三十多岁的妇人，硬向队伍中插档，后面的人不依，就吵起来。那妇人十分凶横，自称本夫在警局当特务，娘家兄弟在部队当排长，你们谁敢不教我插，滚出来，奶奶把你送个地方！

信芳正看着前面争吵，忽听身旁有人"哎哟"一声，跟着又叫大姐。信芳转脸一看，附近并没有人，只在数尺以外的便道下面，有一辆崭新的挎斗三轮车，座位罩着棉篷，车夫正蹲在车后，似乎坏了机件，停住收拾。信芳心想：这是谁，莫非不是叫我？但声音听着又很熟。随见那车前棉帘一启，一个女子探身走下来。那是一位美丽的贵妇，身上穿着成色极好的灰大衣，下面露着咖啡色绒旗袍，脚下是蓝布高跟鞋，头上烫飞机式发型，满面脂粉，非常艳丽。因为坐在车内未受风沙侵袭，看着仍似新妆才就。她的大衣皮领竖起，掩盖两颊，所以只看见前脸。信芳虽看出是个熟人，但还不能断定她是谁。那个女子已很快地走过来，伸出戴满金翠的手，一把拉住信芳，声音哽咽地叫："大姐，你怎么……"

信芳这才看出她是汪秀兰，心想二三年不见，她怎忽然阔起来？就回答说："秀妹妹，原来是你，你从哪儿来？"

秀兰摇摇头说："这也真巧！我坐车走到这里，车子出了毛病，车夫停住修理。我闲着没事，就从车窗里往外望，正看见大姐在……我几乎不敢认了。"

"我乍见你几乎也不敢认呢。"信芳说，"你现在很好吧？发水以后，我曾到你家去过两次，听邻人说你们自从逃水出门，一直没回去，我还很惦记。"

秀兰并不回答，仍拉着信芳说："你不是还住在原地方么？咱们回去谈。"

信芳说："我还得取配给粮，若是今天不取，就怕取不到了。"

秀兰不由分说，拉着她就走，回头对车夫说："王二，你赶快回家，用洋面口袋装两袋大米，再拿两袋好面，给送到致安里十七号余宅，我就在那里等你。"车夫答应着走了。

秀兰拉着信芳向前走，信芳直说："你又何必？我就是不取，也有吃的。"

秀兰不作声，只挽臂径向前走。一直到了致安里，走进巷口，才抱住信芳悲声说："大姐，我真该死！只顾了自己，二三年没来看你。不想你……咳，当初大姐多么疼我！"说着眼睛有些红了。

信芳说："小妹妹，我还很好，并没怎样。不过现在只剩了一个人，没用女仆，所以自己来取配给。"

秀兰没再说话。到了门口，信芳开了门，让她进去。秀兰见室中情形依旧，并没什么改变，才似安慰了些，脱下大衣，掷在沙发上。

二人落座。秀兰先询问信芳别后状况，又问朋友情形，信芳都告诉了她。提到常青、杨闰生、陶甄等人，都非常感慨，想不到旧时朋友竟会有这样变化，各自走入相反的途径。而常青刺杀胡庆堂，好似给杨闰生造了机会，否则陶甄不会落到他手中。不过陶甄无论如何，总是陷在泥潭里，好像命中注定，左右逃不开。信芳又寻出杨闰生、陶甄的喜帖和谢帖，并且把因寻秀兰不着，代为送礼的话说了。

秀兰很感谢说："大姐一直没忘了我，我可对不住大姐！"

"你学得有些不老实，太客气了！"信芳看着她说，"你只问别人，还没报告自己情况呢，我猜你已经结婚了，是不是？"

秀兰红了脸说："是的，我结婚了，就在前三个多月。不过没通知大姐，我可不是忘了你，只因为……我很惭愧。我是嫁作商人妇了，他是真正的商人，和我们并不是一类。"

信芳诧异说："这有什么惭愧？商人也很好，现在只有商人得意，读书人都快饿死了。昨天我看见对门住的旧日南开大学教授胡先生，被债主逼得要死，把所有的书都卖给打鼓的。他眼泪汪汪的，得到很少的钱。"

秀兰叹息说："您这话真教我难过，我当初也曾跟您说过对婚姻的意志，现在居然嫁给商人，完全是环境所迫。何况我们这位先生……咳，这也是一段孽缘，我的命运由事变时逃难到你家那一天，就注定了。"

信芳说："怎么在事变那天逃到我家的……我怎没听你说过？"

"我曾跟你说过的，我和母亲逃难过河的时候，不是有个染坊小伙计很帮忙么？"

"哦，哦，我脑里还有一点儿影子，好像这个人帮你母女上船，很尽力的，现在这个小伙计怎样？"

"他现在就是我的丈夫。"秀兰很感慨地说。

信芳瞪大了眼问："他是……他现在当然不做小伙计了？"

"他现在是大德证券行经理、大光商行副理、三多银号监理、财阜银行董事、长春染业公司常务董事，还兼着染业公会副会长。"秀兰说，"名片上总有七八行，但是上面的字未必认识一半。"信芳听着舌拐不下，真是好多的官衔。事变不过四整年，一个染坊小伙计竟成了商界名人，暴发户也发得太暴了！

秀兰不待信芳询问，就把自己的遭遇详情都诉说出来。

秀兰在前二年景况就不大好，需要在家帮母亲工作。她很不适意，常想出去做事。曾和信芳商量，信芳劝她忍耐，等待机会。秀兰却有些耐不住，就各处托人谋事。有个邻居的姐妹，在日租界大口商店做售货员，要介绍她去做同样的事，秀兰就随着去了。这大口商店是纯日本商店，性质和百货公司一样。内中售货员多是中国少女。不知怎么造成一种风气，也许是因为薪给不足生活，也许由于痛恨日本人，要给他们损失，就都发生了偷的习惯。其实也不算偷，只于乘人不见，把细故值钱的货藏在身上，带回家去而已。日久已成公开秘密。因此凡是在大口商店做事的人，落职后到别家商店谋事，大概都没人敢领教。

秀兰到了大口商店，见着售货部主任，却是个中国人，姓黄名叫起山，年方三十多岁。经过一度谈话，知道秀兰曾在大学肄业，看相貌又秀丽出众。不经考试手续就录取了，约定次日上班。秀兰却因看了店中其他女职员情形，又嫌售货员职位太低，竟反悔了，没去上班。哪知过两日那邻居姐妹又来了，带了黄起山一封信。信内说："汪小姐资格既高，学问又好，做售货员实在屈才。现在店中出了个出纳员的缺，专司收款，薪水比售货员多一倍，还不和顾客接近，似乎较为合宜。汪小姐如肯屈就，即请驾临面商。"

秀兰看了，觉得这职业倒还可就，次日就到商店。自然一谈便妥，当日取了铺保就走马上任。做了些日，倒也安然无事。哪知黄起山对她早有野心，不住追求。汪秀兰也只可敷衍着，有时和他出去吃饭或是看电影，但并没有发生朋友以外的关系。

不料世上真有巧事，俗语说无巧不成书，好像书上的事都是造出来的，因为有时过于巧了。但是因为巧才发生事故，有事故才值得写入书中，否则也就不值得写了。譬如有个人走在路上，天上一只乌鸦飞过，便粪落在他头顶，他一定很懊丧地逢人便告：怎这样巧法，鸦粪偏偏落在我头上？听的人若不见他头上的粪，还许不信有如此巧事，乌鸦飞在天上，空间阔大，而一团粪十分渺小，怎会恰巧落在他头顶？可是若不恰巧，这团粪稍偏半尺，他也就没的可说了。

所谓恰巧，就是天津发了大水。这日秀兰正到商店工作，一见街上有了水，惊惶非常，就要告假回家去接母亲。黄起山问她打算避到何处，秀兰仍想到信芳家去，就回答要投一个女友。黄起山说："何必呢？我家里房子空着，把老太太接到我那里去好了。"说着就要伴同秀兰回去。

秀兰一时没有主意，就带他回家。黄起山大费力气，把汪老太太和什物都用车拉出来，到自己家去。这时街上水已没胫了，所以这才叫巧。黄起山原有太太，偏巧他的太太在前几日回上海住娘家，家中无人，黄起山就把秀兰母女接来。他早已没安好心，因为家中虽没太太，却有妇女遗迹可寻，不能瞒人，就在闲话之间，假说自己太太已在前半年因病亡故，自己尚未续弦，独居至今。同时又对秀兰大献殷勤，竭力进攻。大水在天津驻留了一个多月，而秀兰在这水期中间，便被黄起山攻破防线，发生密切关系了。汪老太太虽然看出情形，她因很赞成秀兰嫁给黄起山，也未表示反对，秀兰当然也有同样意思。

哪知大水将退的时候，忽然黄起山的太太由上海回来了，大家见面，戏法立刻被揭穿。黄起山当着太太的面，自然不敢抹杀她的地位，只好从实介绍说"是我的太太"，而介绍秀兰母女，则说是店中同事，来借居避水。黄太太虽觉情形可疑，但因未得证据，只好以主人资格，敷衍招待。秀兰母女才知上了当、吃了亏，但有苦也无法声说，声说也白讨无趣，秀兰只有暗地哭泣。无奈还不能立时搬走，恐怕被黄太太看出形迹。又忍耐了两天，水已退了，才暂且移到旅馆。黄起山随后赶来，对秀兰央告了许多话，他的意思还希望转圜，想另租房子，把秀兰当作外室，又允诺赶紧设法和他太太离婚。

秀兰对他已不能信任了，本想完全绝断，但转念既已失身，他又仍然纠缠，乐得趁机报复他一下，出出怨气。就提出两个条件，第一，从此虽可以来住，但要恢复朋友关系，不能再有进一步的纠缠，除非等到他和太太离婚，方能再议；第二，自己万不能再去大口商店做事，受他的管理，也不能受他经济上的帮助。但要他另外给找一个职业，自己到别处做事，以力谋食。黄起山央劝无效，只得全答应了。

过了几日，黄起山便给她母女寻着两间房子，搬了过去。但秀兰虽然利用了他，却不肯受他一文钱的帮助，只催着赶快替自己谋事。黄起山也真有手眼，不多日子，就辗转托人，替秀兰谋到财阜银行的司账员。

在平时，一个人进银行做事，并非容易。但沦陷期中，金融界非常纷乱，尤其太平洋战争起后，许多新银行、银号纷纷兴起，不是有汉奸做靠山，就是有暴发户的资本。真有理发师由囤积肥皂发财，娼窑掌班由囤积灰纸发财，也居然做了银行主脑人，流品滥到无以复加。财阜银行就是这样新成立的一家，职员更是参差不齐，有的由穷山恶水的地方来，有的由出产修脚匠的地方来，有的从出产小脚老妈的地方来，然而都是气概轩昂，西服笔挺，成为令人羡慕的银行行员。

这种地方自然容易进去，秀兰的能力做司账也游刃有余。每日在行吃一顿午饭，下班回家，生活倒还舒服。月薪虽不很多，若节省着用，尚敷家庭的开支。过了有一个多月，忽然行中的女打字员因出嫁而辞职，一时没找着替人，又赶上紧急公事，经理询问多位女职员谁会打字。秀兰因昔日学过这种技能，就出头暂为代庖，居然成绩很好。由此一回是情，二回是例，再有打字的事总找到她头上。行中并没再找正式打字员，但也没给秀兰提高待遇，秀兰很不高兴，也无可如何。好在并不是每天有事，有事也只一两个钟头的工作。过了些日，秀兰才发现所谓公事，十之八九和本行无关，都是董事们的私事。因为他们由囤积倒把所赚的钱太多了，自然不能放在家里生锈——何况钞票还不能生锈，只能生霉——又加吃惯了甜头，仍要以钱挣钱，大做生意，于是左和人合股开商行，右和人合股开公司。既合股就得立合同，立合同就得烦劳打字员工作。董事既多，合同也就多，打字员直变成合同专员了。

楼上有两位常务董事住着。他们的房间就是俱乐部，每夜狂赌，甚至招妓侑酒，联络汉奸以及同类的商人。欢宴之余，商量出一种发财事业，大家认了股，次日秀兰就要忙起来。有这么一天，楼上送下来一张草稿，教秀兰立刻打成。秀兰看了看，原来又是一张组织商行的合同。这种合同因为立得多了，内容几乎千篇一律，所差异的只有营业种类和人股，以及经理副理人名。秀兰很快打好，正在校对，不料那位教她打合同的董事竟更性急，据说一刻钟内要赶火车，带着合同上北京，竟自己下楼来催索。秀兰交给了他。那位董事看见秀兰，好像怔了一下，接过合同，装作瞧看，但眼光却不住端详她。秀兰很不好意思，低下了头。那董事也就走了。

过了没五分钟，有茶房到来，说李董事请汪小姐上楼，大概合同还有要改的地方。秀兰恐怕自己匆忙中打错了字，要受申诉，心里很是害怕。但秀兰何尝不知道，这班董事出身有限，既没受过高等教育，而且前几年也许是专门在马路上练体操的运动家。但是天下足以压人的东西，唯财与势，有了钱就可以开银行做董事，做了董事在银行中就势位甚高，小职员低低在下，自然望他们如在天上。

秀兰上了楼，茶房领她进了会客室，里面只坐着李董事一个人，秀兰对他鞠了躬。那位李董事坐在沙发上，身上穿着崭新的西服，鼻架眼镜，一身财主派头，阔人气味。年纪只有二十多岁，容貌也白白胖胖，好像自幼便养尊处优，锦衣玉食，才有这一副好气度。他见了秀兰并未说话，只点点头，等茶房出去带上了门，才立起来，带笑说："汪小姐，你还认识我么？我做梦也想不到你在这银行里做事。"

秀兰听了一惊，忙举目端详他，但看了半天，除了好像有一点儿面熟以外，绝对想不到是谁，就怔怔地说："我实在想不起来，您是……我们同过学么？"

李董事笑了笑说："我没跟你同过学，你真是贵人多忘事！痛快说吧，我名叫李玉增，现在改用我的号，人们都叫我李长山，所以你想不到。"

秀兰听了，心中寻思，李玉增、李长山这两个名字完全生疏，仍是想不起来。实在没法，只可又作遁词说："您是我们凤林村的老街坊吧？也许年头太多，一时真想不起来。"

李玉增一笑说："汪小姐，你自然记不起我，咱们见面的时候，我还是染坊小伙计。在事变那天，你和老太太从河东过河到租界来，我在船上给你帮过忙。"

秀兰才恍然大悟，这可想起来了。本来在四五年前，她虽受过帮助，但除临时感激以外，她这摩登小姐，怎会把染坊小伙计印入脑筋呢？这时一经提明，也就引起记忆，再看李玉增，仍觉不像。当时乌眉黑嘴、头发剃光、两手深蓝、身穿敝衣的小伙计，怎会变成这分发油亮、西装笔挺、面庞白嫩、钻戒金表眼镜一概俱全、完全阔人式的李董事呢？不过细看面庞，也有些依稀仿佛了，就"哟"了一声说："原来是李……李董事，那次帮忙，我还没得谢谢您。"

李玉增笑了笑说："汪小姐，咱们今天遇见真是有缘！这几年我常常惦记你，只是遇不着，你大概不会记着一个染坊小伙计的。今天我想……我想请你到国民饭店吃晚饭，你肯赏脸么？"

秀兰略一犹疑，就说："谢谢，我怕没工夫，再说您不是忙着上北京订合同么？"

"北京不去了，这种生意做不做没要紧。"李玉增说。

他暗示为着秀兰，任何事业都可以抛弃，任何利益都可以牺牲。秀兰倒有些不好意思地说："何必呢，等您回来以后好不好？"

"我好容易遇见你，一定得今天谈谈。"李玉增说。

秀兰见他十分诚恳，不好再辞，只得答应了。

李玉增又叮嘱："晚上七点，到旧英租界维格多利饭店，只有你我两个，并无别人。"

秀兰应许准时必到，就退出来。

下班后，秀兰回家修饰一下，换了衣服，过七点才到维格多利饭店。李玉增早在那里等候。两人坐在单间里，所叫酒菜都非常考究，在沦陷期尤其是太平洋战争以后，可以说极贵族化了。当初配吃这种饭的人，这时已不知逃亡到了何处，窘困至于何等，大概连什么滋味都忘了。只有奸字号的汉奸、奸商，配有这等享受。

席间李玉增提起他升腾经过，虽然完全由商业发迹，但他自居为安分的人，绝不是奸商。他在事变次年就出了师，恰逢染坊营业甚好，这是很明显的，因为颜料多是由西洋运来，尤以德国货最为著名。一有战争，输入减少，货价自然上升，中国国内颜料商就发了财。第一次世界大战，造出了上海的颜料大王，可为例证。这次事变后，由于日本经济上的独占主义，西洋颜料输入已然有限，市价涨高，这一行商人好为得利。及至欧战一起，自然更发财了。李玉增所工作的染坊，虽不是什么有名大字号，但已赢利极多。虽然旧式商家待遇同仁都不甚优厚，但李玉增在两年中的花红已分得将近十万，这还是在欧战初起的第二年。

若问染坊原是一种手工业，并非颜料商，怎能发财？这里可以另举个例子。在白糖涨价的时候，街头推小车卖切糕的小贩，竟因囤积白糖而致富。因为他每日要用白糖，近水楼台，深悉市价内幕，容易囤积。也并没有人加以干涉，不准卖切糕的存白糖。那么染坊由颜料发财，更是极合理的事了。

　　李玉增虽然字认得有限，没入过商业学校，更不懂经济原理，但具有先天性商业头脑，这是很奇怪的。若使一个大学经济学教授和一个商店学徒同做一种生意，但是各自经营，学徒十有八九能发财，而教授也许赔得穿不上裤子。他先是囤积颜料赚了钱，更长袖善舞，又兼做别的生意，开设商行。当时的商行最多，若问商行是什么行业，那真无法分类，只能勉强称为杂货商。但这个"杂"字的范围就太广泛了，他们什么都做，什么都不做，做起来天地之间，六合之内，只要是货都可以被"杂"字包括，除了不贩卖人口——也未见得没有，贩运华工到日本的，就是以商行为根据地——凡百货物，自生人的食粮，至杀人的毒品，都在营运之列。但若看市价不好，情形不对，就关上门干黑银号，以月息五分往里收存款，以日息每万六十往外放拆息。左右逢源，变化无穷，怎会不发财？李玉增由这上面又得了意，接着跟人合股开银号、开银行。不到几年，他已由社会底层爬上顶层了。

　　岂止地位升高，连人也变了。所以黄金是世上最贵重的东西，你若在上帝跟前受洗礼，只能清洁灵魂；你若在黄金堆里受洗礼，却能改变你的一切。试以李玉增为证，他现在是福催貌转，肉并财丰，气度雍容，举止大方，衣履摩登，言谈文雅。虽然字仍识得不多，却满口的四字成语。又因常看话剧，表情上颇有研究，对付女性的手段也很精工，谈起来娓娓可听，哪里还是当初又污秽又拙笨的小伙计呢？秀兰看着他，想起逃难时扛着米面袋，劳苦可怜，蠢鄙可厌，而又常常挨骂的外乡怯小子，直觉发现了奇迹。

　　凡人都有一种特殊心理，比如你向来不注意别人的衣饰，有一天把一双旧皮鞋赏给仆人，仆人拿去剥垢磨光，修理得和新鞋一样，穿在脚上来给你看。你定要很惊异地看两眼，以为我的破鞋怎会变成这样好呢？又如你走在街上，对任何女性都不注意，忽然有人指一个漂亮女人给你看，说这就是当年邻居某家癞痢头拖鼻涕的丑丫头，你一定要张大了眼仔细地看，同时还觉得她怎样的美。其实她并不太美，只为你脑中存有极丑的印象，这时两相比较，才觉美得出于意外。

秀兰是这样心理，对李玉增的一切都有些惊异，由惊异而注意，由注意就渐渐生了好感。于是在一顿饭中，已谈得很为融洽。

饭后，李玉增又邀秀兰同去看了一场电影，才送她回家。李玉增有自备的挎斗三轮，请秀兰坐在车厢，他自己跨在边座上。好像以董事身份，做了女职员的保镖，也算难得的异数。秀兰却有些不好意思，但也没表示拒绝，请他另雇一辆洋车。送到秀兰住所，李玉增因为天太晚了，并未进去，只说明日来给伯母请安，就自坐车走了。

次日是星期日，李玉增果然在午前就来了。汪老太太竭力招待女儿的上司，和饭东却不敢深谈旧事，只说："当日若没有李董事，我母女早死在客边了，真是救命恩德！我和秀兰常常叨念，想不到今日意外遇上。你真是善人遇着好报，大阔起来了，还屈尊来看我们，真不敢当！"

李玉增却十分谦逊，十分柔和，对旧事毫不避讳，口口声声说："我小时情形是伯母看着的。"那意思好像汪老太太是位长亲，看他自幼长大，若有外人听见，定要以为他在老伯母臂上拉过青屎，可谓极尽套交情之能事。汪老太太也竭力张罗，留李玉增吃了午饭，在吃饭时还托付他照应秀兰。

李玉增当然太愿意照顾了，还只怕汪家母女不要他照应。但他所愿意的是另一种照应的方式，并非可以立谈而就，必须慢慢进行。于是在饭后又约汪家母女去看戏，汪老太太推辞，他说已经定好包厢，又把厢票拿出来看，汪老太太只好随同前去。看完戏又去吃饭，是到饭庄吃中餐。李玉增真是揣摩极工，手段奇妙，他很明白"看竹必须问主人"的道理。古人"看竹何须问主人"的话，只是名士放诞，不足仿效，若不问好主人，竹虽好而园门紧闭，也是可远观而不可近玩焉。即使能偷着跳墙进去，也难尽兴，何如打点好了主人，许你长日流连，不但主客同欢，连竹也舒心适意呢。李玉增真是士别三日，刮目相看，居然不读书而明理，知道要爱玩小狗，必得先哄好了老狗，所以他着意联络汪老太太。而且他单独请秀兰是看电影吃西餐，加上汪老太太便改为看大戏吃中餐，这都是大学生所未必通达的学问，因为大学没有这种课程。至于李玉增从何处学来，却也无从查考，只能说聪明天纵或是福至心灵而已。他又随意炫露自己的阔绰给汪家母女看。于是，这一天的交际可谓颇见成效，汪老太太回家赞不绝口。

秀兰原是聪明女子，有什么不明白？她只以静观态度，等待局势的进展。由此以后，李玉增在银行中几乎不和秀兰见面，但几乎每日到汪家去，去时很少空手，不是送衣料，就是带食物，而且遇有大小事项，总代为奔走措办，甚于把他的自用三轮车存在汪家，车夫也变成汪家仆人了。汪老太太被哄得天旋地转，李玉增自然成为汪家最受欢迎的客人。

但是还有个最不受欢迎的客人呢，那就是黄起山。黄起山自从把秀兰荐入银行以后，也常到汪家来坐，但秀兰总是冷冰冰的，不给丝毫颜色。还教他"恪守约章，先去和太太进行离婚，否则少来，不要做梦妄想我能做你的外室"。黄起山既无法转移秀兰的心，又加惧怕太太，不敢提出离婚。实际他并非真怕太太，而是因为太太的老兄，在下级社会很有势力，又是引荐他进大口商店做事的介绍人，他决不敢背叛。因此屡受秀兰冷淡，自觉无趣，来得次数渐渐少了，但隔些日还偶然来看风色。

自从李玉增常到汪家以后，曾被他撞见几次。黄起山因为每来必见李玉增在座，自然起疑，发生嫉妒，认为李玉增是秀兰新结识的情人。虽自知不易在秀兰心中争取地盘，但终不甘退让，就采取搅局办法。每天下午必到，盘踞不去，有吃便吃，有喝便喝，受冷淡也不在乎。若是秀兰背地诮让，他也很有理由，就是"别人能来，我怎么倒不能来"？因此把个快乐的局面搅得寂寞得冷淡，不能维持。

天下事有许多是相反相成，破坏等于建设。尤其男女之间形成三角状态，内中的一个，若发现这三角变成不等边，而自己这一角，成为距离最远的锐角，最好的办法就是洁身自退，拆除这三角形。使他们成为点与线，日后也许两点中间断了线，失去联络，第三者还很有希望。若因不忿而用搅乱手段，那只于更惹厌恶。譬如你能惹起三成厌恶，而你的情人对你的情敌只有七分爱，还没有成功的可能；只因你这一惹厌，于是情人就把你所得的负数三加到你情敌头上，立刻变成正数，加上他原有的七成为十，他就圆满成功了，你不知不觉地替他助了三成力量。

汪家情形也是如此。黄起山愈是搅局，秀兰对李玉增越是两情脉脉，不能自展，无形中更增长了感情。而且秀兰还怕李玉增因黄起山而怀疑自己行为不端，发生鄙薄的意思。但自己过去的事，又无法对他说，只有心中气愤痛苦。好在李玉增和黄起山虽然各怀敌意，但表面尚无冲突。

不料，一天赶上汪老太太生日，李玉增从饭庄叫来酒席庆祝。黄起山吃了李玉增的饭，酒醉后把他骂了一顿，李玉增一气走去，三天没到汪家来，也没到银行去。秀兰受不住了，一天下班后，就坐着李玉增借给的车，到他的住宅作首次拜访。

李玉增家是一座小楼，一切都很考究，只用着一个仆人、一个厨子、一个车夫，上下四人全是男子，大有光棍会馆的风味。李玉增恰巧未在家中，据说是到一家银号去应酬。但仆人们由车夫口中知道秀兰和主人的关系，不敢教她徒劳往返，就留住了，急忙给主人打电话。李玉增很快就回来了，十分高兴地招待秀兰，领她到楼上下各处参观。秀兰留意察看一切地方，虽都是不成格局的富丽，但连他的卧室中也没有丝毫女性痕迹，心中甚是安慰。及至并坐谈话，秀兰因为李玉增在自己家中受气，自然要对他道歉。既道歉就要提到黄起山，秀兰因心中委屈，不由哭起来。李玉增这时已经完全胜利，一个男子若能得到少女的眼泪，就等于得到她的爱情。但在学校中因先生给分数太少而气得哭的，那是例外。

李玉增尽力地安慰她。秀兰渐渐把自己受骗的经过都说了，求李玉增替想个办法，脱开黄起山的搅扰。李玉增就出了很好的主意，要秀兰和他结婚，连汪老太太也请过来同居。黄起山家有发妻，对秀兰又毫无把柄，自然不敢再来搅扰；若是敢来，自己也有权力惩治他。秀兰既把自己秘密和盘托出，就等于撤除防线，怎能再抵制他人进攻呢？何况这又是她所愿意的，于是在一度忸怩之后，就允许了李玉增的要求。但还诘问他是否还有发妻，不要害人，李玉增指天发誓说自己并没结过婚，又教她看家中情形，可有一点儿女子气味？秀兰倒很相信，李玉增大愿得偿，喜心翻倒，就请秀兰在家吃饭，庆贺订婚，并且商议日后的事。秀兰也觉此身有主，心中欢悦。在吃饭时被李玉增怂恿，饮了两杯酒，没吃完饭就倒在沙发上睡了。醒时已夜间三点，发觉自己在卧室床上。

这一夜并没有什么特殊事项发生，只两人倾夜深谈。秀兰不信李玉增这样少年得志，竟能自甘寂寞，不接近女人。李玉增很诚实地招认，以前曾结识一个舞女，但也只偶然来往。自从和秀兰重逢以后，因为情有独钟，再也没和那舞女见面。秀兰听着很相信，也很谅解，只叮嘱以后不要在外面胡闹了。

以后就进行结婚，一切十分顺利。黄起山知道秀兰将嫁李玉增，虽然妒恨欲死，但空瞪圆了眼，毫无办法。只可以阿Q的精神自作解嘲：自己虽然失败，但已取得前汉地位，和刘邦一样；李玉增虽然胜利，最终是后汉刘秀，是八代贤孙。所以阿Q是最能息事宁人的，古往今来，由他的伟大精神，不知消弭了几万万件祸事。若有人建筑和事老祠堂，应该推他正坐，大名鼎鼎如鲁仲连、范纯仁、马歇尔诸公只能当配角，因为鲁、范、马诸公必待出了事才调解，阿Q精神却能使人根本不出事，长处就在这里。秀兰也得他的默佑，未致发生桃色纠纷，顺利完成婚礼。

婚礼真是大举，在最大饭庄预备最好的筵席，请了极多的客人，收了极多的礼物。秀兰的新娘装饰更是非常富丽，李玉增恨不能用黄金包裹了她。但也有美中不足的，就是请伪天津市长证婚，而市长公忙未到，派一个秘书代表。那秘书是市长乡亲，文才出众，善作骈文，恰巧在这日早晨代市长作了一篇给属下各局的公告，要大家振奋精神，尽力工作，励精图治，慎思明辨。他作起来用骈体，内有"宜具长人顶天之精神，勿似矮客观场之隔膜"两句，真是简练工整、俊逸清新、入鼻有味、掷地无声的佳作！他得意扬扬地亲自送呈市长阅览。不料日本顾问正在市长办公室中，这顾问颇通中文，拿过去瞧看，随即指出"矮客观场"四个字，请他解释。这位秘书才醒悟自己太疏忽了，在这时候，最忌讳的一个字就是"矮"，因为日本人身量不高，听到矮字总以为是讽刺他们。如今煌煌公文，竟弄成当着矮子说短话，岂不糟糕！当时大惊失色，但又不能不讲，只可含糊说，这是……好比在什么戏场站在旁人后面，看不真切的意思。那日本顾问听了并不满意，又单指着"矮客"二字教他讲。这可没法躲避，只可吃吃地说："矮客……就是……矮子，就矮子是很好，像古时……"他还想用古时的晏婴、毛遂等人，证明矮人并非恶名词。哪知已有短粗的手掌落到颊上，不能再向下说了。那日本顾问打了他，又骂以混蛋，令之滚蛋。幸而市长从中缓颊，教他向矮客三鞠躬道歉，并且写悔过书，自誓以后再无此等侮辱友邦，妨害亲善的谬举，才算了事。

这位秘书肿着半边脸回去，还得更改原稿。"矮客观场"自然取消，但长人也有形容矮客的嫌疑，就不再用他顶天，连带和矮客同进退了。等把这稿子办完，又去向市长呈阅，市长倒不是媚日，只是善于和事，因为有方才的碴儿，就教他拿去给日本顾问看。他敬谨遵命，及时呈到日本顾问面前，那顾问把底稿掷在地下，粗声暴气地说："我的不管，你的什么什么的矮客，以后的不行，出去！"这位秘书只可拾起底稿，鞠躬而出。

所以你不要看轻了汉奸，若没有十年读书、十年养气的功夫，做到感情麻木、廉耻消亡的地步，还不够资格呢。因此有仁人君子希望现在对汉奸应该稍予矜怜，因为当他们得意的时候，日本人也没把他们当作亲生子，至多不过看作随母改嫁的拖油瓶，常常要受气的。

这位秘书对市长把公事交代过了，自己到厕所偷偷落了几点泪，用冷水洗洗火烧的脸，才回到室中。对同仁说，方才拟的这篇谕令，甚得市长赞赏，猪口顾问也十分夸奖，敢情日本人真有这么深的学问，连骈文都念得句儿，实令人佩服！正说着，市长又派人来叫。他自觉市长一时也离不开自己，才回来又叫，真是红员，就挺着胸脯出去。到市长室一问，原来是派他做代表，到大东饭庄，去替一个银行界人证婚。市长说："这是商会会长求的我，我才没工夫去，你去应应典，随便说几句得了。"

秘书领命出来，坐汽车直奔大东饭庄，被众人接进去，一对新人随即走入礼堂。他在坛上就开始致词。恰巧堂上有个日本来宾，面貌生得和市政府顾问一样，他看了一惊，忽然想起挨打的事，不由把腹中拟好的讲词给忘了。心中再一着急，他原有羊角疯的毛病——这也真个奇怪，在挨打时候并没发作——这时想起挨打，竟发作了，溜倒地下，大吐白沫。众人忙把他搭出去，继续进行婚礼。但是证婚人并未盖章，直待秘书羊角疯抽过去，才取出所带市长图章，补盖上去。

这是一件扫兴的事。还有一班行人情的朋友，几乎大半是暴发户带来观礼的太太，又大半不是舞女就是妓女，以致礼堂秩序甚乱。男客发着剃头修脚的乡音，说话像划拳戴帽儿一样，每句都冠以生理名词；女客则在燕语莺声中，时时杂着只有在市界边区或南市一带才能听到的言语，尤其在行礼后入席吃饭时最甚。这班人向新郎新娘取笑，每句话都只能关起门来说，而万不能在大庭广众中说。

好容易席散归家，又有许多人跟来，都是李玉增同等身份，经副襄理之类的人物。大家闹着要赌，于是楼上下摆了四五桌牌九和扑克。

这班人很大方，把投机倒把得来的钱，毫不在乎地大赌，头钱也抽得很多。但是不大工夫，楼下客厅中一位商行总理和一位纸烟公司司库，为换牌有弊打起来，众人劝解无效，二位都往门外走了。据说一位有在警局做特务组长的朋友，一位的姨母的干儿子盟兄是驻车站日本宪兵队的翻译，大概要各寻靠山，把对方弄得家败人亡，报仇雪恨。

这一场才过去，新房中赌牌九的客人又滚了赌，当场展开交手仗。结果居然被劝好了，但新房已被蹂躏得破坏不堪。有一个人被打破鼻子，弄得崭新绣花缎被子满是血迹。这位在赌场流血的，还是位天津名人。他虽然是不学无术的商人，却学会了一串应用名词，满口的"大东亚共荣圈""完成圣战""感谢皇军"，因此就做了商会的主持者，还是天津民选。不知是哪个民所选的，我也是民，我就没有选过，也没听见别人选过，大概只由几个中国籍的日本选民所选，那就是新民会诸公的全联会代表。他常常演说："英美是贪狡的毒虫恶兽，重庆政府要把中国卖给英美，若没有日本恩公拯救，中国就整个完了。我可惜年纪太大，又没学过军事，否则定要拿杆枪，追随日本恩公之后，去痛击英美，出出这些年的恶气！"他这样表示，确像有战死沙场的雄心，可惜今日把珍贵的血洒在赌场上。

"战争"过后，英雄们都走了。可怜的主人才收拾残局，做破坏后的建设。这倒无须乎期以十年，但是收拾就绪，天也亮了。李玉增真是损失太大，若以春宵一刻值千金为例，这是多少根条子啊！然而这倒没有关系。俗语常说闹喜，喜事是应该闹的，不怕闹的。只要没闹出人命，流些红色的血，也与洞房颜色很调和。所以秀兰虽然当时很不高兴，过后情形一直十分顺利，她也就淡忘了。

李玉增本打算在结婚以前就把汪老太太接来同居，而秀兰因为婚后需要住娘家，这是古礼，不能减免；否则要被人看轻，认为她没有来源，身世不明。就暂从缓办，汪老太太仍在旧房住着。婚后第九天，夫妇一同回门，汪老太太用姑爷的钱招待姑爷，用姑爷的饭宴请姑爷，办得十分风光。跟着到了一月期满，秀兰又独自回娘家住对月。所谓对月，就是出嫁一月，回娘家也住一月。但李玉增可不能离开她这么长久，才变通办法，改为十日，在月初住五天，月末住五天。虽然中间要空二十天，但也是初一到娘家去，三十日回来，谁能说不是一个月？就和奸商做伪一样手段，譬如一袋白面，中间给掺上杂质。

但这办法并没有实行，因为秀兰才回到娘家，汪老太太竟害了重病，延医调治总不见好。秀兰自不能走，直缠绵了一个多月，老太太终于逝去。她真是命薄，眼看可以跟着女儿享福，却连一天福也没享就死了。秀兰为这个十分难过，李玉增代做孝子，料理后事，自不必提。

然而秀兰却是有福，葬母以后，一心一意地和李玉增度日，李玉增对她更是爱情浓厚。除了有正事以外，二人常是一同出去，每有应酬，总见俪影双双。不多日子，李太太在同道朋友眼中成了一颗明星，因为她既漂亮又有学问，和那班初由山村土城到来，或由舞女歌妓变成的，大不相同，自然显得鸡群立鹤。李玉增更十分得意。有一次在宴会上才遇见敌手，那是秀兰在中学时一位同学，名叫谢姝，也是随着丈夫来赴宴。秀兰一看她的丈夫，大为吃惊。

原来秀兰在中学时和谢姝很要好，常到她家去玩，谢姝的父亲在某机关做科长，家庭生活很美满、很丰裕。谢姝只有一个小弟、一个小妹，连父母一共五人，却用着三名下人：一个厨子，一个女仆，一个车夫。这三个下人也是一家，以女仆为中心，厨子是她的新任丈夫，而车夫却是她前夫的儿子。这车夫并不爱他的后父，时常吵嘴，使他母亲从中为难。但结果总是儿子受屈，因为他才二十多岁，不及厨子手段巧妙。秀兰到谢家去，常见他坐在门洞里生气，或是哭泣。

不想这时谢妹的丈夫，就是当初天天拉她上学的车夫，也就是女仆的儿子。这真教秀兰诧异，心想：谢妹向来是大小姐脾气，怎会嫁给满身臭汗的车夫？固然这时车夫也已西装革履，俨然绅士了，但这桩主仆恋爱事件，是怎样造成的呢？

谢妹见着秀兰，也很不好意思。她倒很聪明，知道遇见深知根底的旧人，只能开诚相见，若是隐瞒，反要引起猜测，结果更糟。她就借叙旧为由，把秀兰拉到一边，诉说自己的遭遇。原来在事变以后，谢妹的老父就因秘密工作的嫌疑，被日本人捉进宪兵队，受刑以后又生了病，竟死在狱中。谢家本无积蓄，自她父亲死后就一落千丈，先把下人全辞退，谢妹也退了学，和母亲一同做活。无奈来源闭塞，坐吃山空，日渐穷窘，迫得谢妹到一处私立小学做教员。

适巧那位小学的校长是个旧式妇人，毫无资格和经验，只是看别人开学校能赚钱，她也凑些资本，开个商店，名义却是小学校。一切完全商业化，对学生的衣帽文具以至于点心合食，完全由学校售卖，以资一律，决不许向他处购买。学校所取利润倒不甚多，只在百分之百上下！此外若逢年节，校长还要买些应时货品，例如五月节的粽子、八月节的月饼、旧历年的各种肉类，以及粉条、海带，甚至月份牌、年画。声称是他人托为代卖，教学生向家长请求。若是家里买得多，孩子就是优等生，应受嘉奖；若是家里买得少，孩子就是劣等生，必受斥责。此外还有一种全世界未有，最先进的训育方法：学生犯过，不用体罚，而用钱罚。就是犯过的罚钱若干，补助学校经费。虽然数目不大，但积年月累，向学生吹毛求疵，在课堂打喷嚏也罚，戴帽不正确也罚，点名应声太高也罚，太低也罚，这样涓涓不息，集少成多，所得就可观了。所以生意很好，得利极丰。

校长是发财了，但对于所用职教员却是十分刻薄，待遇既坏，薪金又少，每年以九月半计算，寒暑假都不付薪。她的理由是不做事不给钱，而且平日请假扣薪，迟到扣薪，若是无故不到，更要按一日所得加三倍扣薪。同仁若是十日旷课，这一月就算白干，若是十一天不到，除白干外还要对学校负债。谢妹就在这好学校好校长的压榨之下，为着补助家庭生活，直忍受了三年多，已折磨得不成样子了。家中尤其苦不堪言，整年吃粗粮穿敝衣，两个弟妹也无力上学，成天在街上玩耍，眼看要变成马路天使。谢妹和母亲常是含愁相对，永没有高兴的时候。

不料，这一天谢妹下课回家，见门外停着一辆崭新三轮车，进门又见房中坐着一个客人，母亲正在招待。她一看，原来是旧日车夫王小三。但不是当初的模样了，变得又白又胖，衣履也非常考究。若走在街上，简直不能认识，而且已成坐包车的阶级了。王小三见了谢妹，还立起来叫声小姐。谢妹问他几时来的，他答说才进门，特意来看太太大小姐们。谢太太就说："你现在阔了，不要这样称呼。"随又问起他的情形，才知道王小三是个幸运的胜利者。他真够聪明，自从谢家败落，全家三口都被辞退以后，他在外面拉散车，他母亲也到别家做事，只剩了那个厨子没有职业，倚仗他母子生活。王小三心中不忿，就想了个主意，托人引诱厨子吸海洛因，渐渐成瘾，更不能做事。再向王小三要钱，王小三就一文不给。厨子只好去向女仆需索，次数太频，自然招厌。王小三又把厨子吸毒的事给报告了，那女仆查出证据，也就不再供给。厨子却没有第二条生路，仍是天天寻去吵闹。王小三又给母亲出主意，教她回故乡三河县躲避，那女仆就依言走了。但她在外做事多年，存钱不少，都放在一家商号生息，临走把存折交给儿子，教他代取利息。

王小三一看钱数很多，就全部取出来，买了二十五辆三轮车。也是运气太好，三轮车的市价已有经年停滞不动，他买时只三百元一辆。但存了没两个月，太平洋战事发生，一切五金橡胶类的货物，价值大涨，不多日就涨上十几倍。同时三轮车价值既涨，租价自然也涨，而且穷人要租车的太多，有些供不应求。王小三就设立车厂，把所存的车出租，每日价租能入万元以上。赚的钱太多，他也不想再扩充车厂，就改营别的生意，渐渐成为大商人。现在他已是三多银号董事，中华制药公司副理，三轮车业公会会长。财产有房子一所，金条股票值几百万了。说着又取出名片给谢妹看，上面除了所说三条官衔以外，还有一条是爱日小学校董。而且他的大名也不叫王小三，而改为王辅仁，号叫乐山了。

谢太太叹羡不已，很想留他吃饭，但是家中的窝头怎能招待贵客？

若另外现做，一切都得去买，且要影响全部预算。正在犹疑，王小三……不，王乐山已立起告辞，但临走时留下一卷钞票，说是送给谢妹的小弟妹买糖。谢太太不受，他掷在桌上就走了。谢太太拿起钞票一数，惊得倒吸冷气，敢情所留的钱足够谢妹半年教学的收入。真是阔人，给小孩钱都这么大方！母女二人很后悔没留他吃饭。

然而机会还有呢，不但人找机会，机会也能找人。王乐山此来并没安好心，在他做车夫天天拉谢妹时，就爱上她，但自知是癞蛤蟆，对天鹅不敢妄想，及至离开谢家，也就渐渐淡忘。这时他混得阔了，自然花天酒地，胡行乱走，倒也不觉寂寞。直到最近，有朋友劝他，既然有了钱，为什么不要位太太，成立一份人家呢？王乐山听了，才忽然想起谢妹，心中一动，就起了访旧之念。所以他来是有作用的，所留的钱也不是给小孩子，而是要买大孩子。

自此以后，他就常常来了。对谢家真是忠心帮助，不到一月，谢家已堆满了布匹和米面，全家焕然一新，弟、妹也上了学，自然感激王乐山，王乐山也常邀谢妹出来玩。但有一天，谢妹由外面回来，哭了一夜，原来王乐山当面向她求婚了，并且露出要挟的意思。若应允他，他就永远担负谢家的生活，并且力从优厚；若不允许，他就从此绝迹，并且把以前赠的财物一律索还。

谢妹思索终夜，为着母亲的晚景，为着弟妹的教育，只有牺牲自身了。人家还有做舞女妓女养家的呢，自己嫁王乐山虽然一样也是出卖，但整卖总胜于零卖，名义上比较好听。于是不久就正式结婚，成为王太太了。到现在过了有半年，谢妹已怀了孕，王乐山待她很好。因为和李玉增同是三多银号股东，所以今日随夫赴宴，和秀兰遇见。

秀兰听了她的诉说，十分感慨，心想这就是现在畸形时代的现象，原来在上层的跌下去，下层的翻上来。固然人生无定，贫富无根，但是即如苏俄那种国家，在初建时农工升高，贵族沉沦，好像天翻地覆，但还是由一种主义所造成，尚有理由可讲，和这种情形绝不相同。现在只是一班下等人毫无理由地倚仗投机倒把发了国难财，就把原来安分的上等人，踏在他们脚下，简直一面是虎落平阳被犬欺，一面是狗彘食人食了。就像谢妹，她在当年坐在车上，还嫌王小三汗腥气，用手帕掩着鼻子，如今竟给王小三做了太太。回想起来，心中是什么滋味？但自己未尝不和她一样，当初若教我嫁给染坊小伙计，我一定认为是天大的侮辱，宁死不依，但是现在怎样呢？

秀兰想着，为安慰谢妹，就把自己结婚的经过也告诉她，二人同病相怜，只有相对叹息。但李玉增的一切都比王乐山稍强，谢妹倒有些羡慕秀兰。最后她提起当日在同学时曾互相谈心，都希望大学毕业后到外国去，即使不能如愿，也得嫁个曾留学西洋的丈夫。现在可好，每人的丈夫连小学程度都没有。

饭后，李玉增等男子推说银号有事，召开会议，都先走了，其实他们是寻地方去嫖赌。秀兰约谢妹改日到家中吃饭，也分别各自回家。她坐着自用车——这是当然的事，先生总要把包车留给太太，一则显着恭敬，二则自己胡行乱走也方便，免得有车夫跟随，泄露消息——回到家门，才下了车，忽见门外台阶上坐着两个妇人。一个五十多岁，瘦如枯木，一个却看不出岁数，看她的身量不过十三四岁，看她的面目却够三四十岁。二人都衣服褴褛，如同乞丐，秀兰以为是讨饭的。因为天寒欲雪，动了恻隐的心，就由灰鼠背的手笼中取出几张钞票，递给老妇人说："老太太，天这样冷，这里不能过夜，你们拿这些钱吃些东西，寻个小店住吧。"

那老妇人看看她，并不接钱，摇头说："俺不要钱，俺找李玉增，他不是在这里住么？"

秀兰一怔，由老妇人的口音知道必是李玉增的乡人。固然李玉增现在已是满口国音，但也多少带一点儿原产地的味儿，就问："你找李玉增，你和他认识么？"

那老妇人看看秀兰说："李玉增是俺的儿子，俺是他的妈。"又指着那年轻妇人说，"她是他的媳妇儿。"

秀兰听了，只觉头上轰的一声，几乎跌倒，扶着墙说："你是李玉增的娘，她是李玉增的媳妇？"

"太太，你是谁呀？"老妇人问。

"我……我也在这儿住。你们这是从哪儿来？"秀兰说。

"从家乡来。家乡住不得了，简直在村里不能住。每天提心吊胆的，一听日本人来了就跑出去趴洼，等他们走了再回来。有时三两天不走，就得在洼里趴两三天。再说家里粮食也被搜净，没的可吃。俺一看实在没路了，就跟玉增媳妇说，玉增媳妇，俺们别在家受罪了，上天津找玉增享福去啊。玉增媳妇还不敢来，她怕玉增。在前二年玉增回家，俺给她跟玉增圆房，玉增住三天就走了，她要跟着，玉增不教去。她就哭天抹泪，玉增一气狠打了一顿，还用板凳把腿砸伤，到如今走路还一瘸一拐的。她打那回就怕了玉增，这回俺带她来，她还害怕，怕玉增再打她。俺说不要紧，俺保着你，不教他打。再说你们是小夫妻，大远的找了去，他还打你？真个的哩！"

秀兰听了老妇人这一套话，完全证实那年轻妇人是李玉增的老婆，而且由圆房那句话，可以知道是童养媳。李玉增竟牙清口白地告诉自己尚未婚娶，他说家中很穷，才出来做染坊小伙计，自然无力娶妻，到混好以后，又忙于事业，无暇娶妻。我揣情度理，觉得可信，竟忘了童养媳一层。如今不管童养不童养，她终是李玉增的大妇，我现在算什么人了！

这时，那年轻妇人似乎被老妇人的话引起恐惧，冤声冤气地说："俺说妈，俺哥要打俺，你可拉着，别教他打俺。"

大概童养媳对未婚的丈夫，自幼以兄妹相称。她口中的俺哥，便是指李玉增。秀兰再耐不住，便推门进去。但门已早开了，仆人正在门内，他和车夫挤鼻扭眼，知道将有一场风波，他们把一切的话都听见了。

秀兰进门上楼，进了卧室，把外衣脱下，掷在床上。她并不哭，只怔怔地想：自己和李玉增并非由爱情结合，只是由利害而结合。换句话说，他直如用金钱购买了我，所以今日发生的事，倒不值得过分伤心。只是自己既已嫁给李玉增，为身份、地位和利害各种关系，不能不设法打倒对方。但是看对方的样儿，可值得一打么？固然一战必胜，只是这种胜利太不光荣，而且良心有愧。就好似美国在世界战场上，把欧洲小国卢森堡当作敌人而打倒它，这似乎太丢人、太亏心。但美国绝不会这样做的，因为卢森堡并不是它的敌人，绝没有打倒的必要。而现在自己这不成对手的对手却实在是自己的敌人，若不打倒她，自己就要降低身份，丧失权利了，这可如何是好？我对这个不成人样，只怕"俺哥打俺"的可怜女人，使用毒辣手段么？

秀兰想了半天，她心里倒很稳定，自知这局面就如同用机关枪和赤手空拳的人对垒，绝对没有失败。就决定自己保持镇静态度，只看李玉增怎样应付好了。当时坐着吸烟饮茶，等李玉增回家。但想起门外的两人，在寒风中坐着，尚不知曾否吃饭，实在可怜。这完全是李玉增不好，她婆媳并没有罪，尤其那个媳妇，以她的地位说，本该在这宅里做主妇的。只为生于乡下，长得太丑，竟给闭在门外。她是没有知识，否则还不得气死？想着就按铃叫仆人上来，吩咐他把门外的两个人让到楼下客厅里坐，问问吃过饭没有，若还没吃，教厨房给做。

仆人以为秀兰是怄气的话，怔怔地不敢答应，倒劝着："太太不要生气，她们也许是冒充，我把她们打发走得了。"

秀兰见他误会了自己的意思，才要开口，忽听门外有车停住，就走到前窗，轻轻地开了窗子，见果然是李玉增回来。李玉增下了车，就看见那个妇人。那老妇人迎头叫声："玉增，你才回来，俺们直打听了一天才寻到这里，又等了一晚……"

李玉增起初吃惊，继而大怒，但又似怕被楼上人听见，咬牙切齿地低声说："你们干什么来，不老实在家待着！"

"家里闹日本，没吃没烧。再说你媳妇年轻轻的，若被捉去慰劳队，俺可怎的跟你交代？俺一看不能待了，就借点盘缠到天津找你来。"

老妇人说着来由，那年轻妇人不敢作声，只把眼光直勾勾地望着李玉增，不知是对她的豪阔发型的丈夫，觉得眼生，还是惊讶她的丈夫怎这样漂亮。

李玉增已气得骂："混蛋，谁教你们来找我，真是该死！"说着犹疑一下，才又低声说，"天津不是你们住的地方，趁早给我回去。先在寻店住一夜，明天清晨就回家，这儿有点儿钱，你们带着，家里没吃的不要紧，我随后托人给你们寄钱。"

那老妇人怔了怔说："你教俺们回去，俺们回不去。"

"你们怎么来的，就怎么回去！"李玉增恨恨地说。

老妇人和儿媳对看着，好像都非常失望，但又很怕李玉增，不敢再做请求。李玉增却十分急躁，催她们快走。老妇人才说："家里实不能住了，你这里一座大房子，给一间俺们住……要不俺自己回去，把你媳妇留下，她实在……"

"少说废话！瞧她这份德行，留下给我现眼哪？快滚快滚，等年头儿太平了，我在家里也给你们盖大房子。"李玉增恨恨地说着，最末的两句话只是给一点儿安慰，使她们快走。

她们知道没有希望了，但那愚蠢的老妇人竟望着儿媳，并且用手推着她，逼她开口。好像因为自己以母亲资格请求无效，希望她能以夫妇之情感动丈夫。大概在老妇人心中还存有一夜夫妻百夜恩的古训。那年轻妇人被婆母逼着，才提起绝大勇气，颤颤巍巍地说："俺们……俺们住……你让俺们住一宿……"她不敢过分请求，也许和老妇人意思一样，以为能留一夜，就能永远留下去。

李玉增并不答话，只喝了一声"快滚"。两个妇人不敢再说，但心里还有许多话要说。本来该说的话很多，一个是母亲，一个是妻，儿子的家就是母亲的家，丈夫的家就是妻的家，在法律、人情上都有同样做主人的权利。何况天寒地冻中，远路投奔了来，竟不教进门，立时赶了回去，她们很可以提出质问，教李玉增回答是什么理由。甚至鸣警成讼，也不为过。但是她婆媳怎会有这种知识和胆量呢？若有的话，李玉增也不敢这样对待，所以没知识的女子是可怜的。她婆媳心中要说的话也不过是央求，最凶的也不过想骂他没情义、太狠心而已。但她们不敢说，又知道说也没用，两人都把眼瞪着李玉增，一步步向外挪，似乎不敢不走，但又舍不得走。李玉增用严冷的目光震住她们，一来防止她们再絮叨，二来催着她们快走。

就在这时候，忽然头顶上发出声音，有人叫着"别走，都请进来"。

李玉增抬头一看，见秀兰由窗前探头下望，知道事情糟了。但还想挽回，就对母、妻二人低喝："快去，再磨蹭我踢死你们！"

随即抬头向上，对秀兰摆摆手，就向门内走。他本来很机灵，在转瞬间已打好主意，预备对秀兰说谎：这两个妇人是商行中一个同仁的母亲和妻子，因为那同事在去年死了，她的母、妻就常到柜上求助，柜上已给得不少，只为她们没完没结，近来不大肯给，所以她们跑到我家来，我已经给钱打发走了。但他还没想到秀兰已经先和他的母、妻谈过话，深知底蕴了。

他才进门口，又听秀兰在楼上叫："李老太太，你们大黑夜的上哪里去？都请进来，不要怕，有我呢。"

那婆媳二人听了，更茫然不知所措，居然停步不走，但也不敢进门。

李玉增这时已知事情破露，再驱逐她二人也没用了，只恨得咬牙跺脚，向里面跑去，想先向秀兰解释。哪知才跑上半段楼梯，正遇着秀兰从上面走下来。李玉增想拦住她说话，秀兰并不理会，推开他一直走出来，立在门口说："二位请进。"

那婆媳二人只直着眼看她。秀兰又说了一遍，二人才赸赸赳赳地走进来。李玉增立在楼梯上，急得满身大汗，叫着："秀兰，你上来，我跟你说话。"

秀兰也不理他，只以主妇身份，命令仆人把楼下一间空房打开，那房里也有床榻，只是无人居住。大概以前李玉增有位在张家口干烟土业的朋友，每到天津就下榻在他家，这房间是专为那朋友预备的，但已很久不来了。当时命令仆人打扫一下，生了火炉，把婆媳让进去，又教厨子赶做两人的饭。但她并没和那婆媳说话，见安置停妥就走出来。

李玉增正在门外等候，苦着脸向她说："你这是干什么，教她们走不就完了？"

秀兰仍不理睬，转身走上楼去，李玉增跟在后面。秀兰进了卧室，坐在沙发上燃支纸烟吸着，仍不言语，面上也和平常一样，只是毫无表情。李玉增坐在她身旁，想拉她的手，秀兰很快地抬起手来理发，李玉增扑了个空，只可嗫嗫嚅嚅地说："你知道她们是谁么？"

秀兰一笑，耸耸肩说："我自然知道，一位是令堂太夫人，一位是令正夫人，好容易从老家来了，你应该雇军乐队开正门迎接她们，怎该这样冷淡呢？"

李玉增红着脸说："你听我说，我娘倒没有关系。你知道我是乡下穷人出身，她那样儿也不怕你笑话。最要紧是那个……那个女人，我得跟你说开了，我可不是成心骗你，家里有老婆，假说没老婆，教你上当。实在她不算我的老婆。你再看她那德行，简直不算个人。我们乡下的风俗，常有拘童养媳的，你也许听说过。她是从四岁抱到我家的，小名叫牛轴儿，竟然是想养大了给我当媳妇，可是我自小就不喜欢她。再说我从十一岁到天津学手艺，直到如今，中间只回过三次家。住的日子又少，向来就没拿正眼看她。我娘常写信让我回去圆房，把她接出来。我就回信告诉，万不要她做老婆，教家中快寻个主儿，把她转聘出去。我已出一笔钱给她做嫁妆，无奈我娘不照我的话办，今天倒把她带来了，真是混虫！她还觉着这是献宝有功呢。你要明白，我可不是欺骗你，实在因为她不算是我的老婆，而且我早已决心不要她了。"

秀兰"哧"的一笑说："她不算你的老婆，为什么不算你的老婆？我亲耳听见你母亲一口一个玉增媳妇……"

"我娘是个混人，顺口胡说！她只是童养媳，还没跟我圆过房，自然不算是我的老婆。"

"不要骗我！在前二年你回家就圆房了。圆过房三天你就要走，令正夫人要跟着你上天津，你打了人家一顿，还把腿砸伤了。所以令正夫人到现在还'怕俺哥打俺'！"秀兰学那牛轴儿太太的乡音。

李玉增知道事情完全泄露了，恨得暗自咬牙，但仍分辩说："你不要听她们的话，反正咱们是夫妻，那个女人我决不承认是我的女人。明天一定打发她们走，并且教我娘赶快找主儿把她嫁出去。我准能办到，你不要生气。"

秀兰冷冷地说："我才不生气呢，咱们俩没有问题，我既嫁给你，上了当也得认命，是不是？你也得讲点良心，可不是在我身上。我知道你是一心爱我的，不过你那位令正夫人，她并没有罪，请想她从小儿抱养到你家，度着奴隶生活，管你叫俺哥，又曾圆过房，规规矩矩是你的太太，你不能这样待她。她应该是这里的主人，我让给她好了。"

李玉增听她口吻，在柔和中蕴藏坚决。在爱情纠纷场合里，不怕吵得天翻地覆，而只怕客气地和平交涉。因为吵打只是一时气愤，和平交涉却是已具决心了。所以李玉增很是害怕，竖着眉说："你真生气了，这该死女人简直来要我的命！秀兰，我求你不要灰心，限我一天，我一定和她脱离，把关系弄得干干净净。对老东西也脱离关系，给她几个钱回家吃去，永不许再到天津来。"

"你这是什么话！对自己的母亲妻子这样狠心，不是教我也害怕么？你别这么得新忘旧，翻脸不认人啊！我的话你不要误会，我说退让，只是把正位让给她，自己做第二个，并不是要与你脱离。"

李玉增被她这套话说得更是茫然失措，他这时倒愿意秀兰哭闹不依，甚至逼他拿把刀去杀死那个可怜的女人，他也情愿照办，以表心迹。但是秀兰说出一片公理，倒替那女人主张正义，李玉增怎能依着她的意思，奉自己所厌恶的为正妻，把所爱的降为小妾？但若不依她，而赶那女人走，秀兰已说出自己得新忘旧，反而无情，让她也害怕了，这可怎么好？何况秀兰所说的话，未必出于真心，八成是故意试试自己呢。李玉增急得满头大汗，搔着头说："凭什么这样办？我已经太对不住你了，宁死也不能再委屈你，一定赶她们走，你不必管。"

秀兰说："我一定要管。咱们的事好商量，你知道我不是不懂事不讲理的人，不能只顾自己，教你做亏心的事。也知道你不会对不起我，所以咱们慢慢商量好了。现在你下楼去，安慰安慰她们娘儿俩，大远来得不易，你一见面又是粗声暴气，她们太可怜了。你赶快下去，也为令正，也为令堂。一个人总得孝顺，你想想身从何处来，咱们往后还生小孩子呢。"

李玉增被她用大题目压在头上，没法驳辩，但心里却实在不愿意去，犹疑半天才说："她们也累了，今天先歇着，明天再说。"

秀兰正色说："我教你去，你就快去！"

李玉增实在没法，只得慢腾腾走出去。到了楼下房中，见他母亲和妻正在吃饭，吃的是肉丝鸡蛋炒饭，还有白菜汤。这种饭菜在李玉增、秀兰可谓粗粝，秀兰尤其不爱吃，因为炒饭不用香油没味道，用了油又嫌油味太重，所以向来不吃。但这婆媳二人却是初次吃到这样美食。哪知才吃了几口，李玉增已来到了。李玉增确是奉命而来，但他只奉行了命令的一半，来是来了，却并不安慰，关上房门就坐下痛骂。先骂他母亲不该到天津给他现眼，又骂他的妻："这份德行还敢到天津来，简直是出我的丑！家里便没镜子，你也可以到小河边照一照，撒泡尿照一照，大概母猪也比你好看。还不趁早死了，你当我还要你，在天津雇老妈子也不要你这臭猪！你看见方才在门口叫你们进来的，那就是我的太太。你瞧瞧人家是什么样儿，再说人家也阔，这座楼就是她娘家的嫁妆，你凭什么住人家的房子？快给我滚，给我死！"

他不住地骂，顿着脚骂，只骂得婆媳二人放下饭碗，呜呜地哭。他又把碗推在地下，骂着："凭你也配吃这种东西！"

婆媳二人只是哭，没一个敢作声，李玉增气出够了，才走出来，心想时间不早，可以去回复秀兰，报告安慰使的任务完成。不料走到楼上，见秀兰卧室房门紧闭。上前用手一推，敢情已锁上了，李玉增大惊，敲着门叫："秀兰，开门。"

秀兰在里面说："不能开，你今天应该到楼下去睡，和令正夫人谈谈，不要教她寂寞。我已教下人拿下两份被褥，一份放在客厅大沙发上，给令堂睡，一份放在那间屋里，给你和令正夫人睡。你快去吧，我已经躺下了。"

秀兰这一招可真来得促狭，李玉增想不到自己奉令出去安慰，回来时不但无功，反被宣付惩戒，屏诸国门之外，视同化外，大有不与同中国之意。他可真急了，用力敲着门，央告秀兰快开。秀兰只教他下楼，有什么事明天再说。李玉增如何肯走，仍自苦苦央告，隔门说了千言万语。秀兰起初还劝他："今天无论如何总该去陪伴远来的太太，不要和我缠磨。"以后就不答理他了。李玉增虽急得要死，毫无办法，他才明白秀兰怨恨他当日的说谎欺骗，就在正义的口号下，给他这样惩罚。真比徒刑还凶，因为无期徒刑还可以减为有期，有期就有希望刑满出罪。但现在看这情形，知道她是什么心意，到几时才能开恩呢？

李玉增直央告到两点钟以后，房中毫无回音，他知道今夜是没希望了。只可叹了口气，自思：这楼上下固然很有地方可睡，但自己万不能离这门前。因为倘若离开，秀兰或许疑惑我真个去陪那女人。她将以为我跌入粪坑，以后更不容接近了。我必须力表坚贞，今夜宁挨冻也要守在门外。她也许可怜我，过一会儿肯放进去。但是身体非常疲乏，不能终夜站立，想了想，就想到对面房里取一张毯子，在卧室门前睡，好对秀兰表示出忠心，并未下楼去挨近那个女人。但才走进对面房中，把毯子拿到手里，忽听卧室的门响。他以为秀兰回心转意，开放门户，急忙跑出来。但见门还关着，只门外多了两幅棉被，抛在楼板上。

李玉增才明白秀兰一直也在里面窥伺，待自己离开门口，就很快掷出棉被来。这当然是珍惜自己，恐怕冻着，可见情意不薄。但由此也可以知道她的意志坚决，今夜绝不许自己进去了。李玉增推推门，当然推不开，又央告半晌，仍然没人答应。他只得铺毯盖被，在地上睡了。自己长吁短叹，又切齿痛恨他的母亲和妻，以为自己受气受罪，都是她们送的。直想下楼去打骂一顿出气，但却怵着秀兰，不敢妄动。因为秀兰曾说，看他虐待母、妻，连自己也害怕。这种话是很锋利，也是很聪明的。

古人说，只见新人笑，哪闻旧人哭。凡是女子都愿意居在新的地位，甚至以旧人被虐受苦为乐。却不知新旧由比较而生，譬如一件衣服，不能常新，今天第一次上身，就叫作新衣，但到下星期，又制了一件，原来的新衣即使不破不污，也算是旧的了。男子若有厌故喜新的性情，做他新的人，不要以压倒旧人为乐，转瞬新变为旧，也一样被人压倒。现在你看别人被弃，觉得高兴，不久也有别人看你被弃。秀兰明白这种道理，说出那么两句话，竟压住李玉增，不敢向那可怜女人肆虐，倒成为情敌的保护人。

但楼下那婆媳二人，比李玉增的罪过还大十倍。她们虽然吃了向所未吃的好饭，在李玉增上楼以后，好心眼儿的厨子又给那位有名无实的主妇牛轴儿女士补做一盘炒饭。牛轴儿女士就着眼泪也全吃了。饭后二人看着华丽的床帐，都不敢上去睡，结果把自带的小铺盖卷打开，两副破烂被褥半铺半盖，两人挤作一团地睡了。李老太太愁着要被发遣还乡，咳声叹气地睡不着。牛轴儿女士虽然蠢如鹿豕，也未尝没有自伤薄命，抱怨丈夫无情的念头。所以古今以来最好的写情文字，就是《齐人》章里那两句："良人者，所仰望而终身也，今若此。"大概自有夫妇一伦以来，凡是不满意的妻子，都曾说过这两句话。固然有的用文言，有的用白话，有的改变字句，但总不失原意。而且不止因为丈夫是做小偷，做汉奸，娶小老婆，尤其在丈夫不能挣钱养家的时候，她们更常说这两句。牛轴儿女士也是个人，具有人性，何尝不希望在这高楼中做太太，并且和养得白又胖又漂亮的丈夫挽臂遛马路呢？但她已看见楼上的新太太了，俊得比纸烟盒、月份牌上的夫人还好看，其势不可与争锋。自己的命运是造定了，一定要赶回乡下去受罪。那还是后事，现在最怕的是李玉增来打她，看方才的凶样儿，保不定半夜下楼把自己打死。于是她真是风声鹤唳，一夜数惊。

哪知到天亮时，她竟做了一件真正该打的事。因为她内急，而寻不着乡下河边、树后一类的地方，虽然厕所近在对门，她并不知道；即使有人指引，她对那雪白漆亮的抽水马桶也不敢利用。于是在彷徨许久之后，只得跑到沙发后方便了。无奈地板不比土地，能有吸收作用，弄得山洪暴发，李老太太几乎随波而逝。惊醒之后，一问水患原因，牛轴儿女士吓得要死，战战兢兢地说出来。婆媳二人相对发愁，只怕被李玉增发现，连楼上那位太太也要不依，结果只好用她们的破烂被褥当作擦布，把地板擦干了，但被褥又已不可收拾，只得藏到床下。这房间从此就别有风味了。

她们婆媳是这座楼内最早起的人，起来只有呆坐着，静候处分。然而能处分她们的人，正在做着梦，还没有处分办法。这婆媳二人的命运，可谓尚在未定之天。

午前十点过了，楼上才微有动静。先是女仆起来，上楼收拾，看见老爷睡在卧室门外楼板上，吓得跑下来，在厨房召集厨子、男仆、车夫开会，先报告了视察情形，然后大家进行研究，直研究到十二点还没得到结论。楼上太太喊人了，女仆急忙跑上去，见卧室门已大开，门外的被子已经不见，老爷在漱口，太太在坐着吸纸烟，一切如常，毫无异状。她倒疑惑自己方才花眼看错了。当时备好洗漱用具，又收拾床铺，打扫房间。李玉增问秀兰吃什么点心，秀兰只要高汤卧两个果儿。李玉增就吩咐卧六个果儿，两碗盛。

女仆领命要走，秀兰问：“楼下二位吃过点心么？”

女仆一怔，她倒还机灵，就回答说大概吃了。

秀兰很不高兴地说：“大概是什么话？一定是根本没张罗，你们不要狗眼看人低，人家是正枝正叶，一生气把你们全赶走，连我也在数！”女仆气也不敢哼地走出去。

李玉增听着可受不住，忙说："你何苦说这个！谁是正枝正叶？你才是正枝正叶，我一会儿就打发她们走。"

"那你可丧尽天良，无情无义。敢情人发了财，就这样反而不认人，连母亲妻子都没有了。倘若你再阔些，娶个真正阔小姐，我也就成了现在你那位太太。"秀兰嗔责地说。

李玉增苦着脸说："你别这样挤我，教我可怎样呢？你瞧瞧她们的样儿，若留在这里，不是给咱们丢人现眼，你也要生气。"

"我才不生气，生气的应该是她们。你当初在家乡，没到天津的时候，也嫌她们丢脸么？人不要忘本，比如现在你到上海住几年，再回来时，我也要不得了。"

秀兰这套话真是厉害，李玉增既无法驳，而又测不透秀兰意旨，更无从决定办法。依着秀兰优待那婆媳二人，自己既不情愿，又怕秀兰心口不符，一招走错，更要弄成僵局，不好收拾。但若不依她，而径自把那婆媳驱逐出去，更怕秀兰真把着兔死狐悲的心理，看低自己的人格，以致寒了心。李玉增精神上真受到严重惩罚，再不敢有所表示，只希望探明秀兰意旨所在，央告她说出个办法。但秀兰的意旨简直无法探测，问到办法，只说他"应该把母亲当母亲，把太太当太太"。请她们做这宅子的主人，然而势不可能，母亲还在题外，若把牛轴儿女士做这宅子主人，享受太太名份，那将秀兰当作什么呢？难道教她做姨太太，做寄居的客人？李玉增当然不肯遵命，但秀兰又决不肯提出第二种办法，于是说了半天毫无结果。

午饭后，秀兰梳洗换衣服，要出门去玩。李玉增多了心，只怕她负气不归，就要求同去，秀兰也不拒绝，二人就一同出门了。到外面，秀兰不许李玉增提说家中的事，只是看电影，下馆子吃饭，好似心中抑郁，借此消遣。李玉增先承意志，不知怎样哄她，秀兰总是淡淡的，没有表情。等到回家以后，李玉增仍伴着她，简直不大敢出房门，只怕再被隔离在封锁线外。秀兰却是行所无事，除了时常督促下人用心伺候楼下婆媳二位，却不去亲自招待。她的理由是自己身份未明，没有资格去招待主人。

李玉增什么事也不去做，只在家中陪着秀兰，以防再出意外问题。

同时力谋打开僵局，然而他的办法只有一个，就是央告秀兰同意，把那婆媳二人发遣回籍。秀兰仍然反对，但只作理论上的坚持，而不肯提出有效的办法。开口总是请牛轴儿女士享受应得权利，这当然跟没说一样。李玉增急欲开诚商议，秀兰却像个狡猾的外交家，在会场上只唱高调，博取同情，旁人为着利害所关，自然不肯同意。他也明知旁人不肯同意，才故意这样说，若是旁人贸然同意，他自己就该变卦了。李玉增既不能取得谅解，又不敢擅自行动，一直无法打开僵局，自然陷入窘境，在这密云不雨的情况下过了四五天。

楼下的婆媳二人就更苦了。她们已成为不系械的囚人、等待判罪的囚人。知道楼上二位高高在上者，将要解决她们的命运，必是正在商量办法。只要有办法，不管是死是活，是好是坏，都甘心接受。她们自然不敢妄想实行秀兰所唱的高调，把生民以来便受压迫的可怜虫，突然提升到主人地位，那样更要加倍受罪。只盼能给条生路，即使放回家去挨饿也好。总而言之，只要有办法就好。然而楼上渺无消息，每到半夜楼上卧室关门，发出吱咀声音，好似宣传人员对记者说：对不住，今天没有消息发表。

但是爱情纠纷总是容易解决，不过也和政治问题一样，必得研究出折衷办法，换句话说，也就是利害共同点。所以发明鸡尾酒的，是世界上最聪明的人。比如四个人喝酒，甲要喝香槟，乙要喝威士忌，丙要喝白兰地，丁要喝黑啤酒。若只预备一种，必有三个人拂袖离座而去。聪明人就把四种酒合在一起，名之为鸡尾，这里面有你不爱喝的，但也有你爱喝的，你也就凑合着喝了。从此学得了聪明，以后每逢饮酒场合，大家争执不决的时候，你就端出鸡尾酒来，一定能收调和之效，这就是外交真谛。李玉增的外交天才，是被逼出来，而且在无意中发现，他实在被秀兰折磨得走投无路了。在第五天夜里，忽然想起一个办法：把母亲和牛轴儿赶回家乡，秀兰认为太狠，所谓挑刺怕伤了好肉，势不可行；若把她们留在这里，那将永远是个僵局，自己既然痛苦，秀兰也将发生意外枝节。现在只好取第三途径，既不赶她们还乡，又不收留同居，另给寻一所房子居住，供给衣食，断绝来往，令其自生自灭。就把这办法向秀兰请示是否可行。

秀兰本已想出这个办法，但自己不提议，只等李玉增自动开口。这时听了，就有默认之意。但还替那婆媳二人力争权利，要李玉增租一所更大的楼房给她们住，雇更多的仆人给她们用，又暗示教李玉增给自己想一个切实保障地位权益的方法，以防牛轴儿女士日后受人调唆，酿成斗争。

李玉增仰承意旨，办得十分漂亮。他先在西营门内一处风景荒陋的地方，寻一所小土房，把那婆媳二人搬过去，只给了一点儿钱和食粮，使其度日。对秀兰只说已经安置停妥，秀兰自然犯不上去调查真相。但李玉增还有第二步办法，他所经营商行中，有一个厨子也是外县人，名叫王德。王德有个兄弟名叫王禄，王禄二十多岁，在街头做小贩，单身一人，并无住处，常在商行借宿。李玉增看中了他，一天把他叫到屋里，密谈了许久，并且给了不少钱。次日王禄就到西营门内那所土房内，租了一间小屋，和牛轴儿女士婆媳同住。

王禄深解睦邻之道，和李家婆媳处得很好。他还很大方慷慨，常常买些鱼肉，烦李氏婆媳代做，到做成时就邀请一同吃，有时还送些应用东西。处得日久，李氏婆媳不免对他诉说身世，王禄还义形于色地代为不平。由此更尽心照顾，好似同情她们的遭际，完全出于好心。但渐渐把好心偏重在牛轴儿女士身上，不断地赠送脂粉、衣服，甚至包金小首饰等物。牛轴儿女士虽然蠢，但她既是个人，脑筋又没有病，就能对异性发生感觉，需要安慰。而且女子大多数爱好浮华，所谓浮华固然有比较性，例如贵族女子坐汽车、戴钻戒，在屋顶花园吃西餐、跳舞，也叫浮华；而贫女新制一件可体的布衣，去到三不管席棚戏院内看戏，也叫浮华。而贫女对浮华的引诱，更为容易感染，因为她们早已在憧憬着、希望着了。乡下来的女子，比都市的贫女加倍危险。都市的贫女还能见惯了，而知道挑择；乡下女子乍到城市，目迷五色，觉得什么都好，都可爱，一块印花手帕可以成为珍宝。所以王禄的工作很容易，花有限的钱，买一只镀金戒指送她，牛轴儿见到黄澄澄的金子，喜而不寐者三天之久。再领她看一次最起码的电影，牛轴儿女士更是不枉来到天津，大开眼界，得偿多年的愿望。当然要感激王禄，觉得自己的丈夫李玉增虽然发了财，但又另娶了太太，对自己毫无情义，连正眼也没看过，连块布条儿也没给过，怎及王禄这样好心？

但是对他的好心怎样酬报呢？牛轴儿什么也拿不出来，只好尽心竭力地替王禄洗衣做饭。然而王禄所希望的并不止这个，在一天竟提出另一种要求。牛轴儿倒是礼尚往来，觉得他能一切如自己的愿望，自己也该不辜负他的愿望。于是牛轴儿女士就在天津发生了一桩风流事件。在她也许以为报复了李玉增，却不知正中李玉增的圈套。

李老太太渐渐也看出了情形，论理她以婆母资格，应该厉行制止。但她已被王禄奉承得晕头转向，觉得王禄比自己亲儿子还好。何况她也爱讨小便宜，认为有很多地方仰仗王禄照应补助，就不敢得罪，只取放任态度。王禄更肆无忌惮，把牛轴儿当作妻子，把李老太太当作岳母，组织个不公开的家庭，对外仍称是同院邻居，关上门就是一家人。

有一天，李玉增忽然来了。他来得很早，不过清晨六点多钟，而街门竟没有关。大凡住家儿的大门，在夜间没有不关的，而她们昨夜竟偶然忘记了——但牛轴儿却记得昨夜确已关好——而王禄每日起早上晓市贩货，今天竟没去，所以牛轴儿还在他房里。这真巧得好像预先布置好一样，李玉增进门又走错了房间，不进李老太太的房，而闯入王禄的房内。于是很快就发现了秘密。这个被侮辱的丈夫，气得像猛虎似的，要把牛轴儿吞下去。牛轴儿吓得跪在地下，已有八成不省人事，只觉头后发冷。她并没有别的希望，静待李玉增用一把刀切下她的头。她知道故旧风俗，凡是妻子做了不才之事，做丈夫的只有两种办法，一种是英雄举动，切下奸夫淫妇的头，到官府去打双头官司。一种是将差就错，把妻子出让，和平解决，以博衣食。但这都出于软弱穷困的男子，李玉增既是发财的人，平日气焰又高，当然决不会采取第二条办法，所以牛轴儿觉得万无生理。

哪知结果大出意外。李玉增大闹一阵以外，忽然怒气尽消，对王禄说："我想不到你们做出这样事情，但既已做出来了，我也犯不上难为你们。不过牛轴儿是我家童养媳，我也没和她圆过房，你若肯娶她做太太，我就爽性成全了你们，做一件好事。你若不肯娶她，只想临时讨便宜，我可不能饶你。"王禄答应着娶牛轴儿，李玉增又转过问牛轴儿可情愿嫁王禄。牛轴儿一句话也说不出，只颤抖着伏地哭泣。她很愿意嫁王禄，但只怕说出来更加重了罪名，但终被李玉增逼得无可如何。李玉增说,她若嫁给王禄，便可宽恕；若做了坏事还忸怩作态，那就该死。牛轴儿怕死，就点了头。

李玉增真不含糊，拿出一笔钱帮他们办喜事，并且大大地捧了他们一下。这时天津伪市政府，为粉饰太平，正举办第五次集团结婚，名曰联璧婚礼，李玉增替他们向社会局报了名。数日之后，报纸上便有新闻登载，在参加联璧婚礼的人名中，有王禄、杨玉环一对。杨玉环就是牛轴儿，她这漂亮名字是李玉增代起的，可惜唐突了古人。半月以后，牛轴儿居然直上青云，在市长证婚、万众观礼的豪阔局面下，和王禄结为夫妇。一双俪影还登在报上，但报登得模糊不清，看报的人还以为他们是珠联璧合玉人一对儿呢。牛轴儿真不白奔到天津，居然在报纸上出了风头。这是在阔人和匪犯以外，平常人不易得的奇遇。

李玉增处分了牛轴儿，再处分他母亲。对于这件桃色纠纷，他母亲罪可大了，李玉增理可长了，不待诉诸法律，只论人情，他母亲就罪无可逭。连圣人都说过："虎兕出于柙，龟玉毁于椟中，是谁之过与？曰，典守者不得辞其责。"他母亲就是典守者。他母亲对于儿媳，天然有看护的责任，儿子不在跟前责任更重，而竟发生这样事情！李玉增看在骨肉分儿上，除臭骂一阵外，也未分析案情、追究责任，恐怕那样一办，又将牵扯出受贿、卖奸、纵容、包庇，甚至通谋敌国的大问题。李玉增真是孝子，只含糊了事。在牛轴儿结婚以前，便派了商行中一个伙计，把李老太太押解回籍。还给了一万元巨款，但还有交换条件，就是永不许再到天津来。

无怪李玉增发财，真有人所不能的手段，很巧妙地把累赘都消除，才向秀兰报告，牛轴儿因知丈夫爱情转移，不能偕老，在搬入新居以后就和一个邻居商人发生好感。向自己要求离异，自己答应了她。现在她已在联璧婚礼中和那商人结婚了。而他母亲则因牛轴儿嫁人，独居寂寞，想回家乡。他已派人护送老太太回去，还给了很多钱，带了许多东西。

秀兰当然不肯信他的话，但也没当面诘问，就暗地用钱打开包车夫的嘴，把实在情形探听明白。所以聪明的丈夫都不坐包车，因为坐包车就得用包车夫，那就无异替太太用了个情报专员，太太都是肯出大价收买情报的。秀兰知道以后，事已无可挽回，而且这是于她有益的事，根本无须挽回，不过明白李玉增阴险狠毒，暗自生了戒心。

以后就平安无事的，直到遇见信芳这一天，姐妹谈心，就把自己的遭遇完全诉说了。

信芳对她只有同情，对她的丈夫也无法批评，只劝秀兰对丈夫诱导，教他抽暇念一点儿书，交结高尚朋友，得些学问知识，好把囤积倒把的国难财逆取顺守，日后做个有用的人，替国家社会做些有益的事。秀兰摇头说："那是没办法的，我就可以做他的老师，做他的朋友。可是他有一种商人的根性，只知贪利，对我感情虽然很好，但到了事业上，就认为我思想幼稚，完全外行，一点儿不肯听话。他上进的意思倒很坚强，不过完全是无聊的野心，好像要把全中国的钱都赚到他的手里。所以竭力铺张，无论什么营业只要有利就干，前者还要和人合股贩运烟土，我跟他吵起来，才打消了。"

信芳沉吟着说："他这样长久了是危险的，你既嫁了他，就该尽妻子的责任，慢慢地劝导他。固然要他立时觉悟，把财产都帮助抗日游击队或是开医院、立粥厂，是办不到，只慢慢导入正途就是了。"

"你还提这个呢！前天他请一帮同业到家吃饭，大家商量要以单独一个同业公会的力量，给日本献两架飞机，在天津出一回大风头。我劝他，他不听，也是因为他的朋友都是这种见利忘义、为家忘国的暴发商人，认为只要巴结好日本人，日本人就可以永久保护他们发财。他们还有个恨中国、爱日本的理由，就是日本占领华北以后，他们才发财享福，在事变前他们只是最低微的穷人，中国并没给他们一点儿好处。"

信芳沉思着说："你应该阻止这件事，我们中国人拿出钱来帮助日本，打击英美么？那时候已经过去了。在太平洋战事起后，这一年里，日本表面是得了胜利，可是现在由报上可以看出来，它再也无力前进去打人，只等英美反攻过来挨打。唯有中国人还在日本的近旁，够得着打。你想想日本若多两架飞机，中国要受多少伤害？所以你无论如何得阻止这件事。"

秀兰皱着眉说："可是我怎么阻止呢？他们在外面办，我在家里怎么知道？而且李玉增在这种地方，也不听我的话。"

信芳凝眸想了一会儿，忽然拍手说："有了，这事可以用宣传方法，你和你先生的朋友同业的内眷，都熟识么？"

"差不多熟识的。"

"好！那么你从今天就着手办起，拜访每个朋友或同业的内眷，或者串门或者请她们出去玩。最好请她们吃饭，因为那样可以把许多人聚在一处，好在你是有钱的，花几个也不在乎！"

信芳不等秀兰开口，又接着说："你假装无意地说闲话，说前天在外面应酬，听见有人谈起偷听重庆方面的广播，中国政府公布沦陷区中的伪官，凡劝导人民向日本捐献金钱物资，或人民向日本捐金钱物资，价值在千元以上者，政府即认为叛逆，决不宽纵。除本人处死刑外，妻孥一并治罪，家产全部没收。你对她们宣传这个谣言，还假装为自己担心发愁。再跟她们讲一篇自私的道理，千万不要说中国一定胜利，只说中国万一胜利，我们就全完了。把这种观念灌入她们脑中，教她们再各人向各人的丈夫宣传。倘然她们说中国这命令必得在胜利后实行，可是胜利还没影子，或是说中国不知若干年后才能胜利，到那时隔的时间太久了，还上哪里找人去？你就说，沦陷区里中国地下工作人员一定很多，日本人永远也捉不尽，他们对当地情形一定有记录，而且必对重庆报告。即使他们懒惰到万分，也可以把当地报纸按日保存几份，留作证据。现在人们自以为光荣的记录，日后就是亡身败家的供招。何况中国政府既发表了这个命令，也许不待胜利以后，现在就采取严厉手段，由地下工作人员用暗杀手段执行。他们官员禁卫森严，保护周密，也许可以不怕，我们商人可就难逃毒手了。你把这一套对她们说，我想总有效果，而且借她们的嘴还可以替你向外人宣传，更能收获意想不到的效果。女人的嘴都是快的，你我全是女性，我说这话并不是侮辱女性。据一个英国人所著的书说，倘若你在零时告诉某人一件事，到零时过十分便有十个人知道这件事，再过十分便有一百人知道这件事。按时间比例计算，大概不到天亮，全世界人都知道了。若是起首告诉给女人，传播速度还能增加百分之五十！这当然是笑话，但女人嘴快好说，也是实情，心里有新鲜事万存不住。我们可以利用这一点，这件谣言固然由你创造，但到几个转折以后，就查不出来源了。不过你说的时候，可不要露出爱中国反对日本的意思，只是为自己害怕，为自己丈夫害怕。你知道恐惧是有传染性的，她们的地位都和你一样。"

秀兰听着，奋然地说："谢谢大姐替我出这主意！我一定照你的话做。李玉增向来愿意我跟朋友内眷来往，免得寂寞。可是我讨厌那班人，宁可自己出门看电影，除非有喜寿应酬，不跟她们凑热闹。现在我要开始交际了，从此情愿常常请她们，把我的私蓄都花尽了也好，只要能拦阻这班没心肝的人对日本献纳。不过大姐你可能加入么？"

信芳点头说："好的，我可以加入，咱俩组织个两人小团体，专在家庭主妇方面干消极的破坏工作，阻止人们对日本献纳物资。但是咱们也不可过于露骨，能完全阻止自然更好，若不能完全阻止，就减少数量也好。例如前几日献铜，因为逼得太紧，无法避免，连我也献了。按规矩每人最少六两，我很守法地献了六两，不多不少。可是邻人常有马马虎虎的，因没有小件铜器，就拿出大件的，家中三口人应该十八两就够，竟要献七八斤。我就对他们宣传：现在是第二次献铜，恐怕将来还有第三第四以至于第一百次。倘若一两次搜罗干净家中存铜，以后可怎样？邻居听了我的话，有的把铜器砸碎，按分量送去，有的另买小件的送去。大概日本由我身上损失了几百斤铜，至于间接发生的效力，就不能算了。"

秀兰说："大姐，我真佩服你！你一直没忘了咱们的誓言。我可太惭愧了，不过从现在做起也不晚。我并没有能力，也没有胆量，只能像你所说，从消极方面工作，本个人的良心，尽个人的力量。可是大姐你想，所献纳的铜铁都能到日本人手里么？我前些日听玉增说一个笑话，他和中下级的官吏常有来往，日久就成为朋友。据一位社会局科员告诉他，自从大东亚战争以来，天津每换一位市长，就要人民献一回铜铁。因为市长名为由华北政务委员会任命，实际完全由日本方面指派。所以新市长到任以后，自然要对日本报答恩德。同时也要希宠保位，就强迫人民献纳铜铁，还要以身作则。温市长献纳自己家的铜床和市政府铁门，已是尽人皆知的事。这次王市长到任，自然不能教温公专美于前，也就逼迫人民献纳。至于他自己献纳什么，好似并未受人注意，倒是他的秘书长出了风头。这位秘书长也姓王，据说还是位名士。他献纳了一只墨盒，这墨盒足有半尺见方，是什么精铜所制，什么名人所制，什么名手所刻，是他家六代世传之物、镇宅之宝，他竟为大东亚而牺牲了，真可谓国而忘家，忠则忘己。市政府的人们为巴结秘书长，就把这大墨盒挨局挨科挨室挨人地传观。次日报上还登载了新闻，大加渲染，以昭激励。还有有志的无聊文人，在报上把这件事加以歌咏，希望讨王秘书长的欢喜，请他去做个秘书。总而言之，这件事虽不足流芳千古，抑或遗臭万年，但已震动一时了。不过那只大墨盒既归入献纳之列，就不能受特别优待，自然落入废铜堆中。也许有人悼惜这有价值的古物不能保存，可惜天津虽多识时务的俊杰，却苦于头脑太不灵活。当时若有人依照慈善会标卖影星照片或篮球的办法，用几千万把这大墨盒买下供奉，那才更是讨秘书长的欢喜，连日本人也得加以奖励。但是实际这墨盒并未成为废铜，有人替为保存了，那就是社会局中一位管理献纳的职员。因为此次献纳结束以后，有人发现那出尽风头的大墨盒摆在这位职员家的书案上。这当然不算监守自盗，也不算经手揩油，只是爱好古物，风雅成癖。但还有不风雅的。这位职员在上次献铁时，曾从大堆废铁中拣出了许多自行车零件，凑成七辆自行车，加以电镀——这又是爱好工艺，利用废物——然而他把凑成的车都以高价出卖了。当然这又是实验经济原理，总而言之，是可佩服的。最可佩服是他的理由，他以为这不是剥削人民，而是剥削日本。他吞没一斤铜，日本就减少一斤铜，好像这也是一种爱国工作。这样的理论很通行，例如贪污的伪官吏发了大财，但本心并不是为发财，而是间接地使日本丧失人心，所以发财愈多，功劳愈大。倘然中国有日胜利，这班人应该首邀奖励，他们干的都是爱国工作。"

信芳听着点头叹息说："这种人这种事有得是，也算时代造成的。所以有人说，这次日本毁害中国，物质的损失还小，只要中国胜利，建设十年就可以恢复原状。可是国民道德的损失，恐怕五十年也不易纠正。"

正说着，秀兰的车夫送来米面，信芳不能辞让，就教捎入厨房。车夫又对秀兰说："老爷在家看见我取面，问明情由，教我告诉太太，您的朋友用米面，咱们有得是。大生仓库还存着六百多袋呢，都是二十五块时存的，朋友用随便拿，咱们白送。"

秀兰点头说："好，你拉车回去吧，我要在这里坐会儿，回家自己雇车好了。"

说着，车夫走出去，秀兰才含笑向信芳说，"你听见了，这就是新财主的口吻！他的慷慨能教你恶心，第一忘不了夸耀，他存了六百多袋；第二总显他精明，二十五元一袋买的，现在已经长了十倍。"

信芳笑了笑说："这不过是一种习惯，商人多是这样的。但你还应该满意，他还算不错，倘是个一文如命的人，你更苦恼了。"

秀兰说："咱们不谈他，我饿了，大姐还不做饭？"

"哎哟，我还忘了，我的小姐，我给你什么吃？"

秀兰说："我什么都吃，咱们一同下厨房。"说着拉信芳走出去，到厨房一看。信芳因自己一人度日，食物很简单，只有昨日剩下的半碗烧肉，这已足够信芳今日两餐的菜了，这时来了客，自然要添。但秀兰拦住她，代出主意，只另炒了几个鸡蛋，再煮些稀饭，还有昨天剩的馒首，凑合着吃。信芳很是抱歉，秀兰却非常高兴，认为这是数年来最快意的一餐，因为有当年风味。但信芳由此想起怀芳和分散的旧友，惆怅许久。

饭后，秀兰又坐了一会儿才走。信芳叮嘱她务必赶快按自己的办法，扩大宣传。秀兰答应着，又约定三五日再来。

信芳送她走后，自己坐着，拿起报来看。近日的对日本献纳风气居然风起云涌，有些商人大有毁家纾难之势，大批地献金，不知是只为博日方的好感，还是为保障自己的事业，总而言之，是太无心肝。信芳以前看到，只有生气，这时忽然想起主意，大概由于和秀兰谈话后连带触及的。她仔细想了一会儿，就走出门去，买了二十几个二号铅字。这二十几个铅字还是分在四家铺子买的，在一家买"天津青年会"五字，在一家买"中国工业总社"六字，在一家买"日本北支株式会社"八字，在一家买"抗毒素经理部"六字。然后另外到中原公司文具部买了一盒紫印色，又在一家小书局买了些普通信封信纸。拿回家去，才关上门工作。先从铅字中检出十二个应用的字，排列好了，四字一排，共计三排，成长方形，用细绳捆好，然后蘸好印色，印到纸上一看，是"中国抗日青年团天津总支部"十二字。这是信芳不会刻图章，而又不敢到刻字店去刻这样图章，才想出来的拙陋办法。

她做好了，放在一旁，又翻出近十几天的报纸检查，从里面寻出八件献纳的事。内中有同业公会出名，或由一个工厂商店出名，或由个人出名。内中最热心的是一家工厂，独力献飞机一架。一个商人以市民资格献金二百万元，这数目在当时尚很可观，真是该死！信芳就写了八封信，每封信都是一样词句：某某先生（或是公会工厂商店）大鉴，台端（或贵会贵厂贵号）于某日献纳敌军若干万元，已见报载，经本团调查属实，除已呈报总部转呈中央肃奸局存案外，合行通知，此致某某，中国抗日青年团天津总支部。只有这么几十字，里面并没有恫吓，没有责骂，甚至没有批评。好像专制时代皇帝批臣下奏折的"知道了"，又好像是收据上的"收到了"。

信芳确是思想细密，这几十字比恫吓、谩骂还厉害，因为好像不要发生作用，才更能发生作用，能使人看了如同面对着严肃的国法，却不告诉国法在哪里，几时到来，比什么手枪对待有力得多。这是一种精神攻势。

信芳写完了，又把信封写好装好，贴了邮票，把图章藏好，没用的铅字和信封信纸，都放入火炉烧了，才带着信出去。先到法租界冲要处，把两封投入信筒。再坐蓝牌电车到东车站寄了两封，再坐黄牌到北门外寄了两封，又改乘白牌到西南城角寄出两封。八封信全寄出，她才回家，自己也不知道能否收得功效。

过了五六天，秀兰来了，进门很高兴地报告成功。她们分手的那天晚上，自己就出去宣传，一直干了四五天，走了二三十处，听的人都很害怕。

"我还使了个手法，比如昨天对王太太宣传过一次，今天见着张太太，就说是从王太太处听到的，明天再见着高太太，又说是听张太太说的。这样一来，更查不出来源了。可是我不知道有没有用，直到昨天晚上，才发现了我们没白费力。"

秀兰诉说经过，原来李玉增昨晚回家，很不高兴，告诉秀兰，在外面听到许多传闻。第一件便是关于重庆方面的公布，凡是沦陷区官吏劝导人民对日捐献物资，或人民对日献纳在一千元以上者，一律死刑，由当地秘密工作人员加以记录，伺机执行。若不及执行，胜利后加重处置，妻孥一并治罪，财产全部没收。第二件是已经对日捐输较大数目的人，近日已接到中国抗日青年团的信，信内只说已经在死刑册内登录了他们的名字，并已呈报中央，此外并没别的话。接到这种信的有三十多人，都吓得不得了。有的躲在家不敢出门，有的已把信呈到警局，请求保护。现在警局和日本宪兵队正竭力侦查这中国抗日青年团，听说已捉住了负责人。

信芳听着好笑：整个抗日青年团都在自己肚里，他们上哪里捉去？除非把天津一百几十万人的笔迹，全部加以核对，或者能查出是我，此外绝无可能。不过听秀兰所说，自己的两种办法都已搅起波澜了，但是能发生多少效力呢？想着就说："敢情还有这么个抗日团体，和我们走同一路线！本来这些自动献纳的人实在该死，应该设法制止，当然人家团体必有特别办法，比我们只造空气的力量大。可是你先生打算怎样呢，他害怕么？"

"是的，他不但很怕，还愁死了，连他的一班朋友也是一样。你明白，他们这些暴发户才从光脚穿上鞋，才从窝头吃到鸭翅，才从伺候人变到被人伺候，一步升天，得到种种享受，所以这世界对他们分外可爱，生命分外可贵，他们是最怕死的。固然他们并不太信重庆真有这种公布，也不信抗日青年团真能把献纳的人都杀了，可是这总是有危险的，能教人不安的，而且提醒他们的警觉。想到现在，即使现时没事，日后中国胜利，绝饶不了亲日助日的汉奸。他们的聪明脑筋又翻过来，觉得现时给日本献东西献钱，日本并不给个官儿做，白白替自己和老婆孩子惹下后患，何必呢？所以他们都不想献纳了。可是还有难题，他们早已放出风声，将要献纳若干，这时若突然变卦，又怕日本不饶。"秀兰冷笑着说，"这才叫作法自毙，谁叫以前太热心了呢！玉增为这个愁了半夜，我暗笑了半夜。大概和他一样发愁的人还不在少，看情形他们怕不敢停止献纳，只是把数目大大减少。"

信芳点点头说："只要他们减少一个钱、一斤物资，就算我们对国家尽了一份力量，不，这也不是我们的力量，还是人家抗日团体的力量。不过我们的工作，总算得到小小的效果。"

"还有呢，"秀兰说，"他们本打算献两架飞机的钱，直接送到日本司令部。玉增还要比别人多出一点儿，好争个代表的位置，亲自到司令部去给日本人鞠躬献上。那就可以在报上登一张照片，出出风头，现在他自然已把这意思打消了。"

信芳愤然地说："这才真正该死！我在报上看见中国人对日本人鞠躬的照片太多了。现在日本是占领者，我们是受难者，鞠躬是可以的，但要看在什么地方。比如封锁租界的时候，在出入口上，中国人都要对日本人鞠躬，我们看了只有对日本增加仇恨，对中国人受着无可奈何的耻辱，只觉同病相怜。唯有自愿对日本人鞠躬的，尤其在报纸照片上，才是可恨可杀！在这几年里，你看报纸上，凡有中日要人会见的照片，日本人都是挺然峙立，中国人都是九十度的鞠躬，而鞠躬的姿势，以王揖唐最好，他能使长胡子的尖端，挨到自己肚皮上，真是恭敬到了极点。几乎每张照片都是这样，只此一端，他就该枪毙一百次。但是日本人是最讲究礼貌的，世界上人类鞠躬的度数，以他们为最高。我们常见两个日本人在路上道别，对鞠九十度的大躬，直有一分钟。甲礼毕抬头，见乙还在维持原状，赶快又鞠下躬去；乙抬头见甲仍在鞠躬仪式之中，也得仍旧陪着，常常就继续两分钟，可谓重虚伪礼貌的民族。所以我不信日本要人对中国要人，会像照片上那样无礼。照片上的现象，是两种原因造成的：第一，日本人对中国汉奸原很轻视，和他们会见，鞠躬用中国式，点到为止，而汉奸奴随主人，不敢不用日本式，于是双方时间上就有了差异，日本人已站直了，汉奸还在弯着腰；第二，日本的新闻记者就趁着这时候照相，发扬大东亚领导者的尊严，和被领导者的卑屈，造成一副'共存共荣'真精神的照片，给中国人看。所以王克敏虽然也是大汉奸，人格比王揖唐总高一些，他就少有鞠躬的照片。不过汉奸另当别论，我们人民若是自动去给日本人鞠躬，还是为着登报出风头，那就加倍该死。现在照片上鞠躬的姿势，就是将来在法场换枪毙的姿势，预先练习也好。"

信芳说着，忽然醒悟，忙向秀兰直接说："我顺嘴乱说，太没分寸了，请你原谅。"

秀兰笑着说："你骂得很好！这正是我的意思。我昨天还指着报上一张照片，对玉增说了些刺激的话。那是一张全联会代表到日本司令部致敬的照片。你知道各地全联会一开幕，先对日本内阁拍电表示忠诚服从，对南京政府致敬，派代表到日本各司令部致敬，并且感谢皇军。被推的代表都感觉很露脸，可惜实际并不能露脸，因为照片上的镜头，照例对着日本军官。他们只是鞠躬姿势，照得着屁股，照不着脸，所以我对玉增说，很不必去露屁股。"

信芳听着"咯"的笑起来，又说："提起全联会代表，那才更妙！我昨天才听到一个笑话，我们巷口的邻居赵先生，在电台上做事。全联会开会，要向全国播音，所以赵先生被派到会场去照料，他把所闻所见的对别人诉说，被我听见，真有趣。照规矩，每个代表由新民会发给四元车饭钱，每日一次。但第一天竟把正副议长的两份儿遗漏了，经二位议长向新民会正式负责人提出交涉，方才补发。最妙的是选出四位代表，到日本各军事机关献感谢状。真是凑巧，现在不是正在防疫时期么，日本的军队防疫工作更是严格。本来各地方防疫，就为着恐怕军队传染，在七八年前，英国威尔斯写过一部预言小说，中日都有译本。他说世界大战将由中日战事勾起，而日本发动侵略中国的战争，起初必然胜利，但到第三年，侵入中国西南部的时候就要发生空前的大疫，使日本一败涂地，以致亡国。这预言并非没有可能实现，日本当然很怀戒心。所以凡是兵力所及的地方，就特别注意防疫，费了大量针药。好像很爱惜中国人的生命，其实只为保护日本军队，中国人都死尽了，他们才更愿意呢。

"现在全联会代表拜访日本军事机关，正赶上这好时候，竟被日本人看作瘟疫。他们一进门，就受到罪犯待遇，先给拉到一间消毒室里，剥光了衣服，在身上喷射药水，连衣服也消了毒。再穿戴好了，然后才进入办公室，以贵宾待遇献过感谢状。受过招待，辞别出来，还得到第二处去。凡是军事机关，都用一样招待方式，进门又先洗药水浴，衣服消毒，受罪后再享优待。到第三处还是如此。平民在街上打了防疫针，还发给注射证，但代表们在军事机关消过毒，可不发给消毒证。即使发给了也是没有用，因为消毒是临时的，第一处防备他们带有疫菌，所以消毒后才许进门。但由第一处到第二处的途中，谁能保证不再被疫菌附体呢？所以绝无通融，到一处便要消一次毒，办法真是彻底。

"但代表们可受不住。在很冷的天气连走了四五处，在毫无浴室设备的冷房中连洗浴四五次，湿衣服穿了又脱，脱了又穿。结果四位代表病了半数，大概他们无须感染伤寒菌，已足能得伤寒病了。这就是日本对忠实走狗的优待，也是忠实走狗所得的代价。不想你们李先生也想这样做，尝尝药水浴的滋味！"

"他倒是应该消消毒，最好有一种洗内脏的药水，洗净他肚里的铜锈。"秀兰笑着说，"哦，你提起全联会，我又想起一件事，今天报上登着，杨闰生快到天津来了，他升做天津市情报局长。"

信芳点头说："是的，我也看见了，这叫作富贵归故乡，衣锦还乡，事业、爱情全都成功。当然同着陶甄，二位真非常荣耀，只是可怜得很！"

"你说他们怎么可怜？"秀兰问。

"只要日本不能占领美国的华盛顿、中国的重庆、英国的伦敦，他们的命运总是可怜的。像我现在固然可怜，但他们必有一天，比现在的我还要可怜。咱们不要提他吧，我想起来很伤心。咱们几个人，原是很好的朋友，现在已成为对立的局面，好像立在两只船上，不是他们的船翻下去，就是我们的船翻下去。日后便到了太平时节，要想像当初那样团聚，总是不可能了。"信芳叹息着说。

秀兰所以提起杨闰生终来天津的话，心中本存着一种意见，就是想在陶甄到津时，邀宴一次，给她接风。秀兰本不是太有定见的，她以为国事说国事，私事说私事，陶甄的行为不必深论，而闺友旧谊却可以重叙。但见信芳话口很紧，也就没肯说出，又坐了一会儿，就告辞走了。

从此以后，秀兰不断邀宴女朋友，常请信芳加入。信芳交际日渐广阔，应酬也就多了。当然所识不止女友，还有男子。在这时间，有几个人对她追求，信芳当然置之不理，只致力于自己的消极宣传，目的在消灭奸商对日本的热心，停止献纳。

在这时候，信芳做得恰合机会。因为论起实在情形，在民国三十年以后，真爱日本的也只有奸商了。日本是世界上极强悍的民族，也是最不可爱的民族。由于地理和人种的关系，国家小，人体小，房屋小，用具小，一切无所不小。所以造成一种狭小的民族性，气量窄而眼光短，一味的嫉妒争胜，阴贼险狠，只在小处着眼着手，不能担当大的局面。于是军事尽管胜利，政治方面却弄得一塌糊涂。古来历史上的英雄，都是以暴力夺国，以恩义抚民，日本连这一点都不懂，真是怪事。最可怜的，竟不会利用汉奸。古来贰臣传里最伤心的事，是"兴国用降人，功成即黜"。本来任何人对汉奸也不爱的，也不放心的，只不过临时利用一下，到成功时再去掉他。好似打仗时捉住个奸细，好言抚慰，令其做向导，引到敌阵后方，只要到了目的地，第一枪先打死奸细。但在没到地方以前，总得哄着他啊。然而日本竟在路上大骂不休。大概他们的心理，以为既落到手里，不能再逃跑吧。所以中国的汉奸，真心爱日本，或是要借用力量，自创事业，衷心情愿与日本合作的，以事变前后为最多。有的如殷汝耕等帮日本制造事变，有的如王克敏等替日本充当傀儡，还都兴高采烈的，希望为日本立不世之功，叨不世之荣。但过些日仔细看看，完全不是那么回事。日本太刻薄，也太笨了，汉奸无论立有多大功劳，若是知道秘密太多，那就不要活了；若是势力稍大，那就不要干了；若是犯点罪过，依然要到宪兵队谈谈，以凉水款待，绝没一点儿客气。这真是长使汉奸泪满襟了。无论怎样奴颜婢膝，吮痈眠痔，口口声声叫着爸爸，无奈这矮子爸爸既不疼爱，又不把他们当人。但是伤心也没用啊！即以汪精卫而论，他若早知道日本是这样待遇，大概不会来的。

当时有人作过一个妙喻，一姨太太和浪子目成，相约私逃。两下磋商条件，姨太太携带夫家若干细软（汪精卫曾允许可以号召若干军队，与日方合作，但结果并无一人到来），逃到浪子家，浪子就娶他为妻。哪知她逃来时什么也没带来，浪子大为失望，本想把她赶出去，但想想自己一时寻不着合适的老婆，就暂且留用了。不过待遇比原约太差，一天只给两顿窝头，也不赋以家主婆实权。姨太太虽要悲悔万状，但已一失足成千古恨，不能重归故夫，而且浪子虽然混账，但自己也有短处，只可苟且图活，自伤不遇而已。所以日本笨拙的结果，引起汉奸离心离德。然而他们本来就是没骨头的东西，虽然对日本不满，但自有汉奸以来，绝无罢工之举。他们仍忍辱求全，以保富贵，不过忠心爱日本的汉奸已太少了。所以在胜利后审奸时，每个汉奸都极口呼冤的原因就在此。然而他们忘了，心虽不爱日本，而在职位行为上仍然是汉奸，这是没法可以略迹原心的。但在这时，奸商却没直接受日本的气，反因日本发动战争，而发了国难财。所以他们起码不恨日本，甚至感激日本。信芳对这班人施一点儿宣传，是正用对了力量。

一月以后，一天秀兰在家请客，信芳因为医院事忙，去得晚了些，客厅内已有五六个人。她一进门，看见迎面沙发上坐着一位衣饰华丽的贵妇，立起迎过来，原来是陶甄，不由大为惊愕。陶甄拉住信芳的手，叫了声大姐，眼泪直流，哽咽得说不出话来。信芳也觉心中凄惨，只好说着寒暄的话。

秀兰拉她俩进入另一间室中，才向信芳说："昨天我到财政局王主任家中应酬，遇见甄姐。提起大姐来，甄姐很难过，又很想您。可是她说没脸见您，所以回到天津一个多月，天天想到府上去，天天犹疑不敢去，一直忍到如今。所以我约她今天到我家吃饭，和您见面。"

陶甄拉着信芳的手，凄然说："大姐，咱们一晃有三四年没见了，自从……那还是事变初起那一年秋天，我在您家吃饭，饭后到何止百家托门路，当日就陷进泥里，越堕落越深。直到如今才又和您见着，大姐，我真太惭愧了！"

信芳听着，也恻然兴感，叹口气说："这是命运，大概当初你若不到何止百家去，也许根本没有这种遭遇。可是杨闰生被宪兵队捉去，谁能见死不救呢？记得我也曾劝你去的，真想不到何止百这样混账，他现在哪里？"

"他因为胡庆堂的案子，受了嫌疑，被判徒刑，现在北平监狱里，大概还得住几年。"陶甄说，"我又想起来，当胡庆堂死后，我得了自由，还曾到大姐家去过一次，那是在发水的时候，我很想和您商量以后的行止。可是坐船到了您楼下，叫了半天，不见您答应，想是出门了，我很失望地回去。自觉在天津住不下去，过几日就上了北京。倘然那日能见着您，我也许不到北京去，以后的事情就没有了。"

信芳听着心想：真是凑巧，或许是自己送常青上北京的时候，她扑了空。倘若我没出门，和她见着，一定要劝她重新做人，绝对不赞成她上北京。她听从我的话，就没有和闰生这段姻缘了。想着就说："真不巧，你三四年里看过我一次，偏偏赶上我不在家。"

这时秀兰出去应酬别的客人，陶甄就把事情经过讲给信芳，自己到北京住居旅馆，恰赶上有人行刺王克敏未成，官方搜查凶犯，自己因情形可疑，被带进警局。实在无法，想起杨闰生正做北京宣传处长，就请他保释，以后才有来往，渐渐弄到现在这地步。陶甄所以这样对信芳诉说经过，只为辩白自己到北京去，并非有意寻杨闰生，完全受命运拨弄。说完又叹息说："大姐知道我一切的事，我这叫一步错，满盘都空。自从上了胡庆堂的当，已不能再见范一，现在只有将差就错了。"

信芳心想：你在胡庆堂死后，若是彻底改悔，重创新生命，日后未必不能得范一的原谅。但现在一嫁给杨闰生，当然一切全完了。不过范一消息茫茫，杨闰生则已是个小要人，你向来注重现实的享受，怎能等待渺茫的希望，当然这样做的！想着就说："这还是命运，我们对过去的事，都付诸命运，不必多想了。闰生近况当然很好，他太热心，我在报上见他几乎每日有几场演说，还要在报纸发表文字，很劳苦吧？"

"咳，他也是官差不由自己，既干了宣传，就得这样做。在表面看，他未免太为日本卖力气了。不过他和一班朋友，大家都信仰和平主义，认为重庆方面的抗战是自杀政策，是受英美利用的拙笨行为。其实中国一万年也打不败日本的，白白使人民受苦，即使打败了日本，也不过把中国变成英美的殖民地，还不如跟日本合作。日本是同文同种，兄弟之国，最大的野心不过要做东亚盟主；对中国的领土并不想长久占领，已经声明要撤兵了。大概华中、华南先撤，华北情形特殊，要稍缓一些。最要紧的是中国自己能维持治安，日本撤兵只是时间问题。现在最希望的，是中日和平，重庆的军队开过来维持秩序，日本自然撤兵；无奈我们这边由汪精卫以至于各地宣传人员，屡次向重庆广播，呼吁和平，重庆只是不理。所以现在人民的痛苦，不是日本给的，不是南京和华北政府给的，完全得由重庆负责。闰生所努力的并不是替日本鼓吹大东亚主义，只是替人民谋求和平幸福。"

信芳听着心想：好一派汉奸论调，在报纸和电台久已臭气冲天，不想陶甄竟又把这一套向我讲说！不由心中有气，想和她辩论，但转想又觉不必。这不过表示杨闰生受了日本和汉奸的毒，而陶甄又受杨闰生的毒。自来做坏事的人，都有一套大道理，强盗打家劫舍，杀人放火，是替天行道。若有人和强盗讲理，那才是蠢得可笑！想着就说："你说得也有道理，可是，能保证日本真没有野心么？"

陶甄说："我以先也不信他们没有野心，近二年在北京接近了许多日本上等人，他们都说日本绝对无丝毫野心，只是想和中国合作。日本做工业国担任制造，中国做农业国供给原料，这样两国都可以繁荣。"

信芳笑着说："这话倒很明爽，可惜中国人不能了解。若能了解，老老实实伏在日本翅膀底下，多么平安！只为中国人总拒绝日本好意，所以才一直地受气挨打！"

陶甄也听出信芳的话有些刺耳，就改口说："秀兰告诉我，大姐现在医院做事，那有什么意思？您肯给我帮忙么？我正在发动一个妇女运动，主旨是鼓吹和平，力争权利，谋求幸福。记得大姐曾有这种主张，咱们合作好不好？我能推举大姐成为妇女界领袖。"

信芳暗想：我往日所主张的妇女运动，可不和你的一样。你这妇女运动是给汉奸做应声虫，并且利用机会，培植自己的势力，我可敬谢不敏！就说："我现在既没这种精力，又没这种兴致，更没工夫。你知道德国是德日意同盟的老大哥么？中国也加入这一盟，当然很服从老大哥。希特勒教妇女回到厨房去，你应该遵守。现在的妇女洗衣服做饭就是运动了。"

陶甄说："希特勒管不着中国的事，天津日本联络部长川崎很赞助我们的运动，还希望能把妇女组织起来，担当宣传工作，他肯帮助大批经费。还有，我想干一份妇女刊物，正在筹备，不久就可以出版，我想请大姐去做经理。"

信芳说："现在日本为着统一报道工作，节省纸张，竭力地取缔刊物，你怎能创办新的？"

陶甄笑了笑说："事在人为啊！我已经得了许可，并且日方供给纸张，这是很值一干的，大姐一定要帮我干这经理。"

"对不住！我对于办刊物，既没经验，又没兴趣，万万不能担任。何况我和医院有约，在三年内决不能脱离的。"信芳说。她心想：你拖我下水，我才不上当！固然办妇女刊物是可以的，但在这时候，所有的刊物都是日本的宣传工具，即使是专门为伶人作起居注的杂志，也必特辟一两页宣传内容。何况陶甄根本是拿日本人的钱，做御用机关呢。

　　陶甄看看她，嫣然笑了说："您就不能分身，挂个名也成！只怕您不愿意干这个。其实现在这年头，不必认真，您看报上登着美国大量造飞机，把德国炸得很惨，东京也挨着了。咱们华北是日本军事经济的要点，总脱不过的。尤其天津是华北驻屯军的总兵站，顶顶危险，我们好像头上悬着炸弹，不知哪时落下来就死。我以为在尚未落下之前，应该马马虎虎地活着，认真是太傻了。"

　　信芳听着暗笑：这也算一种理由？倒比宣传什么"大东亚主义"更有诱惑力，因为人在绝望时，更容易倒行逆施。但是我和你的立场不同，现在你们已看出日本既无法取得胜利，就得失败，只于希望能多支持几年，好使你们尽量享受；更希望在这时期中发出奇迹，例如德国战胜了俄国，以全力对付英美；或是中国突然发了疯，在这时候脱离并肩作战的盟国，和日本和平携手，日本就可以拔出一双泥脚，专力对付美国。这都是转机，只可惜德国在俄国已陷了拿破仑覆辙，而中国在单独作绝望的苦战时，五六年来并不发疯，偏在大局将转时发疯，是绝无此理的。所以汉奸都自知命运不久了。但是你们怕美国炸弹，我却盼美国炸弹，只要美国飞机一到，那就表示胜利了。跟着美国军队上岸，中国军队反攻，便可以完结日本的命运。我若死在炸弹和枪炮之下，那也不算什么。中国人已死得很多了，只要胜利，在加上若干性命也很值得。倘若幸而不死，我就可以做新中国的国民，踏上灿烂的前途，怎能和你们同归于尽？就是"尽"也要清清白白的！

　　想着就说："我倒是有点儿傻，以为既有强大的皇军保护，美国飞机万不敢来送死。你没见报上登载，美国军舰已完全化成藻屑，凡是美国轰炸日本基地，能逃回去的很少；日本飞机若去炸英美基地，总是一机不伤，悠悠飞返。最近美机炸东京，全被击落，炸弹只掉在田地和河里，东京毫无损失。由这上面看，日本是准能保护我们的，我们应该安心做人做事，无需张皇。所以我还要注重实际，不能马虎。"

陶甄红着面一笑说："您信日本方面的宣传都是真实么？所以我认为日本人的道德比较高尚，他们对说谎太缺少训练了，惯于造使人决不相信的谣言。就以美机轰炸东京来讲，炸弹不是落在田地和河里，就是落在国民学校和医院。还有日本的军舰，永不受伤沉没，一有伤损，就是病院船。这是一面隐讳自己的损失，一面宣扬美国的暴虐。但是哄小孩也不信，美国放着军事建筑和工厂不炸，专炸一些没用的东西，真是疯狂了。日本的宣传真可怜，好像给自己做反宣传。"

"所以要用中国人做宣传处长或是情报局长！"信芳笑着说。

"您以为管情报和宣传的人，就能制造消息么？"陶甄苦着脸说，"闻生倒是负这个责任的，他也只是一架播音机，他所知道的事，并不比报馆编辑多。编辑也不比看报的人民多。因为日本统制新闻，只发布一些要中国人知道的事，对任何人没有优待，即便是王委员长，除了从侧面得到一点儿真相，在正面也是被封锁的。日本用中国人担任宣传，并不要他制造宣传，只是要他散播日本御制的宣传，所以闻生的工作就是更可怜。"

这时，秀兰来请她们入座。信芳很喜欢这样结束了谈话，既未弄成僵局，而自己已对陶甄给了不能合作的暗示，料想以后不致再有纠缠了。及至出去入座，座中多半生人，只有应酬饮啖，更没什么可记的事情。

但从此以后，陶甄常到信芳家中，来往甚勤，好像又恢复了当年情况。她倒是很聪明，对信芳再不提正事。有一次她请信芳到家吃饭，信芳辞谢了。又有一次问起怀芳，信芳直告以到内地去寻范一，这些更是暗示。陶甄颇受刺激，自觉惭愧，以后对信芳虽然表面并不疏远，暗地却有些隔膜了。

不久，陶甄就在天津活跃起来。她组织了妇女会，做了妇女运动的主持人。这妇女会的运动，并不运动，主要的是座谈，谈些节约自肃、勤劳奉仕、努力增产、防空献机等类的话；以吃豆饼为爱国，以苦干为能事。但若一考察这些太太小姐的私生活，大多是穿灰鼠长毛绒，吃燕窝鱼翅，跑跑金市场交易所，言论和行为决不相符。同时陶甄把刊物也出版了，名叫《东亚妇人》，完全日本风味。这是当然的，报道部的钱、联络部的纸，完全日本材料，做不出中国的东西。秀兰在这社中做了经理。

陶甄借着妇女界、文化界的名义和力量，抬高了身份，与日本有力人物大肆联络。她本是个美女，日本人虽然多数是近视眼，但却有审美眼光，很乐于和她来往。于是杨太太的大名日渐升起，她的汽车常常停在日本各机关的门前。而日本要人的汽车，也常常停在她家的门前。她有很多事情都能顺利成功，连杨闰生也得了好处，居然得兼食粮管理局长。这是日本对杨闰生的调剂，也是对陶甄的报酬。久居中国的日本人也一样通达"人情"，情报宣传本身是苦差，杨闰生固然应该苦干，但杨太太跟着受苦，是连日本人也不忍的。就设法使杨闰生兼了食粮库。这食粮里面，颇富宝矿，可以掘出脂粉衣服，甚至金条钻石。

杨闰生更得了意，他不但感激陶甄，还能信任陶甄。由她出去交际，自去忙着公务。但他所忙的不止公务，也不免有些应酬，寻些娱乐。于是在一帆顺风中，竟遇着小小的旋风，几乎弄翻了船。

杨闰生这时地位有了，金钱有了。杨局长已是令人注目的有力人物，自然有人巴结他。既要巴结，就得使被巴结的人舒服、快乐，不是只叫几声局长，灌几句米汤，或是请吃一顿饭所能办到。于是邪僻的事渐渐来了。他常常去赴人邀宴，席上不免有些花花朵朵，作为助兴之用。杨闰生还很年轻，倒不反对这个。人们见杨局长乐于享受，就变本加厉，每逢宴会，总是招几个女伶鼓姬作陪，这样倍显豪华，才能极人生之乐事。杨闰生虽然日日在报纸和电台上提倡节约自肃，但是他的生活却适得其反，很是豪放不羁，挥金如土。

但是在女人方面，他能娶到陶甄那样美丽精干的太太，可谓毕生愿足，不该再有别的希望。不过爱情也有惰性，例如一个饕餮的人，得到爱好的食物，可以尽量狂啖。但吃过些日以后，就觉得也没什么好吃。又如吸鸦片的人，初吸时自然刺激舒服，但到一个时期以后，就觉吸烟只是例行公事，并没有什么快乐事了。所以男子无论娶着多么好的太太，日子一久，即使感情仍旧，也会觉得平凡。古人说，英雄见惯亦常人。英雄如此，女人也是一样。还有一句：司空见惯浑闲事。无论多么好的人和物，见惯也就成为闲事。杨闰生就因为这种道理，要去另寻新的刺激。所谓"新的刺激"，四字着要在"新"字，一切旧的东西，都没有刺激性，只新的才有，但好坏是另一问题。例如住惯了洋楼，渔村岸舍倒有刺激。吃惯了燕窝鱼翅，大饼油条倒有刺激：这就是平常人见阔人不去享福，反而自讨受罪而纳闷的缘故。

杨闰生的"新刺激"是一个话剧女演员，名叫梅莺。在先演过电影，这时改业话剧，被一家剧团邀充主角，北来淘金。凡是江湖女艺人，都免不掉应酬，起码也要应有钱人的邀宴，大肆联络，好得到人们捧场。梅莺自然不能例外，于是她在一次筵席上，和杨闰生遇见了。杨闰生对于影片上的梅莺原有印象，而梅莺对于这位年轻局长，也很注意。两下渐渐发生了感情。梅莺原和剧团住在一起，但为和杨闰生来往方便，竟移居到另一家饭店。不到半月，她又和剧团发生龃龉，剧团到北京去，她仍留在天津，好像有什么恋住她似的。

杨闰生起初在每晚下班后，到梅莺处坐坐。以后又每天在她那里吃早饭，渐渐再加上消夜。最后一次，竟由消夜接连上早饭！这才算恋爱成功。但他还怯着陶甄，轻易不敢在外过夜。不过那样已很够了，外面已闹得满城风雨。因为梅莺所住的饭店，距离食粮管理局很近，杨闰生虽然很机灵，每到饭店，总是把车打发回局里去；但是时常出入，不免被局中职员看见，传播起来。大家一访察，才知局长也走小路，囤藏"私货"。何况梅莺又是个有名的艺人，自然都抱着好奇的态度，互相诉说。这一来，更成了公开的新闻。报纸却没登载这件艳闻，因为情报局长正是报纸的顶头上司，万万不敢开玩笑。

梅莺好像是个好出风头的人，常常要求和杨闰生一同出去应酬，或是邀些朋友到饭店来玩。杨闰生却恐闹出声气，不敢答应，只希望梅莺在他来的时候相伴，其余时间尽可自己出去寻乐。梅莺委屈听从了。但是梅莺是个知识分子，很关心杨闰生的公务，常常打开他的皮包，瞧着公事，杨闰生也不理会。梅莺又时常打听他所辖两局的一切事项，以及各机关的动态。杨闰生因受了迷，也肯告诉她。这样过了些日。果然世上没有不透风的墙，竟被陶甄知道了。

这里有一种人生经验。夫妻之间永久保持纯洁爱情，没有变化的，这里不要说若有一方发生问题，而想瞒哄另一方，却要看情形而分难易。若是夫妻起初爱情不大浓厚，常保有相当距离，瞒哄尚还容易。若是起初相爱很深，互相把个性习惯都知道清楚，瞒哄可就难了。稍有变化，立刻就使对方发生疑惑，由疑惑而清查，一清查就把私弊揭发了。尤其女子心思更细，男子在她们面前，常要损失自由。比如你家庭取分床制，每星期六才由分而合，你在星期日早晨照例入浴，这并没有什么，但是这就算立案登记了。倘然有一次，你在星期三办公迟归，到星期四早晨起来，觉得身上不大舒服，就洗了个澡，这就算惹了事。太太见你洗错了日子，立刻就要提出质问：为什么不遵照成案而无故洗澡？于是你就连沐浴的自由也没有了。即使星期一掉在臭沟里，也得等星期日再入浴。不但如此，太太们还能从丈夫的钱袋、衣服、枕头、席子，口里多说话或少说话，多笑或少笑，眼睛的呆定或流动，及睡觉时翻身次数的多少，说呓语声音的高低，都能考察出是在常态中，或在变态中。男子留给女子的罅漏太多，就要受这样的检定与统制。所以结婚多年的男子常羡慕独身汉；一旦独身，又羡慕已婚的男子，真是奇怪！

陶甄先是在杨闰生的态度和行动上发现可疑之点，就暗地加以调查。没用三天工夫，已查明全部真相。她既不吵闹，也不质问，只暗地想办法。于是在一天夜间，梅莺正在饭店独居，忽然来了四个日本宪兵、一个中国翻译，包围住她，审问一顿。据宪兵说，梅莺有内地秘密工作的间谍嫌疑，梅莺自然矢口不认。但经过一次搜检，竟在隐秘地方搜出一张纸，写着平津间军事、政治上以及几个汉奸要人的情形，好像是报告书。虽然再寻不出别的证据，但嫌疑已够重大，就把她捉走了。

这真是误打误撞。梅莺的被捕，当然由于陶甄的嫉妒。但陶甄也只知道她是由电影明星转入话剧的演员。因为闰生迷恋她，陶甄以为猫爱偷鱼吃，只打猫是不聪明的，也是没用的。应该把鱼抛到水里，猫没得可偷，自然就老实了。于是她被嫉妒湮没了公道，去寻她所认识的宪兵队长报告：住在某饭店的话剧演员梅莺，是重庆方面的间谍。其实她并不知梅莺的底细，只听说梅莺在事变后曾去过重庆一次，才这样说，完全是嫉妒所造成的毒口。

梅莺确是个女英雄，到了宪兵队，屡次受刑，并不承认是间谍。对于那张类似报告书的东西，只说是因为和杨闰生来往，常常听他谈这种事，觉得有趣，所以记下来，毫无其他作用。但是这话怎能使人相信呢？于是拷问的结果，她承认了是做着爱国工作，但不是间谍。至于主使，却是直接来自重庆方面，此外不发一语。日本自然不能到重庆去捉主使人，就近查究责任，便追寻到杨闰生头上。他即使不和间谍通气，但这样受女人诱惑，任意泄露消息，也是罪无可逭的。

这时，杨闰生可苦死了，他既害怕自己的前途，又觉得对不住陶甄，却不知这事完全是由陶甄发动的。陶甄也懊悔欲死。她并非毫无心肝，若知道梅莺真是爱国工作分子，即使万分嫉妒，也必另想办法，万不肯惊动日本方面的。只为她不知梅莺的底细，只听说她曾到重庆去过，就想借宪兵队折辱她一下，以为报复。宪兵队查不出证据，也不能把梅莺定罪，过几日自会释放，必将赶快离开天津，那时自己出了气，也除了患。但不想事情有这么巧，梅莺竟真是个爱国工作者。陶甄虽然一直和日方接近，并且还为日本宣传，但她以为这只是为着自己的地位利禄，随便混混，并非直接叛国。如今竟卖了个爱国的女性，这可是直接背叛国家了。虽然国法的制裁距离尚远，良心上总是不安。而且由梅莺的行动看来，她和闰生接近，只是为着工作，并非由于爱情，自己嫉妒也是无谓的了。

陶甄良心上更增加了担负，而且也觉对不住杨闰生，这一下恐怕要害他一败涂地，自己也将大受影响。于是解铃还是系铃人，还得出去代为奔走疏通。日本人倒是对陶甄很有情面，虽不能救出梅莺，或是减免罪名，但却能使她稍受优待，同时把杨闰生的祸事也消弭了，还照样做他的官。这简直是旁人万万做不到的。至于陶甄何以竟能做到，这是她的秘密，连杨闰生也不知道——这是当然的——那么局外人更不能知道了。

杨闰生并不知此案是陶甄发动，只知自己的危机是太太挽救的，禄位是太太保持的，自然万分愧悔，万分感激。在一天夜里，他跪在陶甄面前，像罪人对上帝忏悔一样，流了许多泪，说了许多话。到陶甄拉起他，一吻之后，把过去的隔膜完全消除了。杨闰生从此成为陶甄的不二之臣，只竭力管束自己，决不问陶甄的行动。

陶甄虽然交际广阔，但爱情完全注在闰生身上，可以说是很美满。但这美满的情形，是否不再发生波折呢？那倒很难说。幸而上帝很保佑他们，使这美满的关系直维持到最后。但这"最后"二字，并非指着百年偕老、白首同归而言，时间是很短的，因为胜利不久就来了。

第十一章

梦一样的胜利

在民国三十四年七月十二日以前，谁也知道日本是必败了，连日本人也是一样。他们的宣传名词已少见"必胜"字样，而且渐渐由必杀降至必死，这就是尽人事听天命，知其不可为而为之的表示。

然而几时才战败屈服呢？谁也说不定。人们虽知日本必败，但认为必将战至最后不能支持的时候。那么中国就倒霉了，美国必在中国上岸，日本即使亡国，也必把中国变成焦土，一同拉入万劫不复的深渊。因此有人希望美国先攻日本本土，也许中国的日军要回去救援。然而这也是没希望的，因为日军既不易回去，美国的军舰飞机，也不会容许他们回去。而且日本天皇也许移到中国来，作最后一战。因此许多人都以为中国沿海要有大部地方糜烂，而自己也不知命在何时，就竭力作临命前的享乐。饭店中人头拥挤，妓馆内鼓吹沸天，造成烽火中的空前畸形繁荣。好像要赶在炸弹大炮落到头上以前，把乐享尽，把钱花尽，免得做鬼后悔。

到第一个原子炸弹在日本投掷了，新闻纸上并没有"原子"这个名词，只说美国投掷了灭绝人道的最烈性炸弹。但对损失却说得不大严重，跟着又向梵蒂冈教庭呼吁制止。这是丢脸的。日本人忘记了自己的残暴行为，好像和人打架，打瞎了别人的眼时，并不作声；到别人打破他的鼻子，他就喊"打死人了，救命呀！"人们由此才感觉美国的新武器是力量伟大了。跟着又有某国对日本开始战事，这又是一种证据。因为据人们观察，必待美军在中国上岸，打到筋疲力尽以后，某国才会发动战事。如今竟仓促动手，可见美国新武器已有屈服日本人的能力，某国为着将来种种问题，不能再等，就急忙把握住这良好时机。

从此以后，就时时闻到日本将要投降的消息，但总不能确定。报纸上仍发表战争消息，中美军队损失仍很庞大，好像日本还有胜利的希望。日本的过度宣传，是向来如此的。记得在民国三十二年冬间，有一位在伪组织做事的人，忽然闲极无聊，把旧存报纸上的战事新闻做了个统计。由事变以来，日方所杀的中国军队人数加在一起，所夺获中国武器数目加在一起，结果都成为天文数字，不但中国还没有这许多人，全世界也没有这许多武器。此公觉得有趣，常把这道得意的算术给同仁传观，竟被日本人知道了，认为算得很好，奖以五年徒刑！到现在也许出狱了。日本惯性如此，即到投降前夕，也不会改变的。但是街上的日本人，颜色却都不大好看，尤其在对中国人交接时，有的特别和气，有的特别暴躁。

到了八月十五日，日本天皇正式宣布投降。第二日，平津间的华北新报，立即摇身一变，好像改由中国人接办，站在中国方面，说中国话了。宣布日本正式投降，并且中国已升为五强之一。人们都欢喜得面上含笑，眼中含泪：我们也居然成为强国了！只是强得太已突如其来，好似一个穷瘪三，一跤跌入直升飞机，那飞机骤然升起，一秒钟直上同温层。这自然太幸运了，但是机上的人都有御寒服装、氧气设备，而小瘪三还穷得光着身体。这幸运里面恐怕藏有危险。

然而人们都被"胜利"二字炫惑了，并不注意这些。所盼望的是盟军赶快来受降，所怕的是日本军队不服从命令，战事仍要再起；或是在当地暴动一下，也是糟糕。但所怕的幸未实现，而所盼的却迟迟其来。

人们都快乐得要发狂，不但国家、民族前途都有了希望，而且从高物价的窘境中解放出来，一切物价都低落了。黄金由将近四十万跌到两万多，其他货物也几乎追随这个水准。人们觉得不久将恢复沦陷前的景况，重睹太平。

另一面是四郊多匪，每夜闻到枪炮声，天津治安岌岌可危。伪组织的天津市政府又去请求已经宣称降服，放下武器的日本军队，出来防御匪军，维持治安。另外是铁路不通。然而人们以为这只是暂时的事，不久就将邪祟尽消，光明大放，一个崭新而伟大的新中国出现在面前。

在这时候，人们都上街买便宜货，但有些人因为还不够便宜，脑中仍记忆着八年前的物价，总以为很快就可以还原，所以不肯购买，还在等着。不过，经过三四年物资的藏匿，如今完全出现街头，真如重见故人，爱不忍释，购买的仍不在少。

但出售货物的商人，可受了空前的打击。自从民国三十年以后，他们是一直得意的，因为物价直线高涨，只要有钱囤货，就能发财，用不着什么眼光与经验。商人既不成为专行，商业也不成为专业，上至贵官，下至小学生，都在做囤积倒把的事业。当然没钱的除外。不过商人做生业，并不为资本所限制。他们有银行银号可以通融，虽然在和平前利息很高，暗拆息最高曾到二十四分，普通也在二十分左右，这是惊人的高利贷。比如借出十万元，以二十分滚利计算，第一月变成十二万，第二月变成十四万多，第三月十七万多，到第四个月就是二十多万了。这种高利，好像放的人很便宜，用的人很吃亏，实际却是不然。因为借十万元购存货物，每月利息只是两万元，而货物在一月内就许涨上一倍。除去两万利息，还有八万盈余，又何乐而不多多借钱存货呢？这是商人最得意的时代，白手也能拿鱼。和平后，物价一落千丈，可把商人害苦了。他们才知道昨日今朝大不同。和平前，比如昨天是一千万的财主，一觉醒来，今天竟是两千万的财主；这一和平，昨天还是两千万的财主，今天睁开眼，已经空无所有了。商家完全运用自身资本，是向来少有的，差不多都向银行号借钱。譬如借一千万买了货，突然价钱低落，一千万的货只值五十万，而欠银行号的款仍是一千万，试问这篇账如何算法？

因此许多商人被债逼得投河逃跑，较好的也要把历年余的存货拿出来。但是人们都看货价还要下跌，不能脱手换钱，抵债更要吃亏，于是逼得许多大商家出来摆摊。呢绒铺经理吆喝卖西服料，大海货店上等干贝百元一两，海参五百元一大包。他们售卖的时候，多是含着眼泪，有的竟大喊："卖了钱，回去买毒药自杀！"

本书人物唯一受影响的，是李玉增。他手笔很大，囤积的货很多，金、银、人造毛、麻丝、颜料、药材，总值一万万元以上。但在银行号借有六千余万的款。胜利的巨雷震在他头上，他仔细算算，存货价值降至六百万元，身下住的房子当初是用三百五十万买的，现在值不到一百万，合起全部财产不到一千万元；而负债是六倍以上，不但家产尽绝，而且债务也永远不清，可谓比乞丐还穷！现在的局面怎样应付？以后的生活怎样维持？他左思右思，是毫无办法了。

秀兰更是束手无策，只有陪着他发愁。李玉增越想越心窄，而且不遂意的事相继而来。凡是他所参加的事业，完全失败，每一处都给他增加担负和苦恼。连三多银号、财阜银行，因为放款收不进来，周转艰难，都在风雨飘摇之中。而李玉增不但在这两处全使着款子，而且他替一个朋友担保，借了几百万，如今这朋友已经失踪，于是罪过也归到他身上。李玉增每日应付债权人万分痛苦，又感前途无望。

在一天下午，他和秀兰出去看了一场戏，吃了一顿饭，回家很欢喜地过了一夜。秀兰还以为他是有了办法。哪知次日早晨，他就出了门。借个地方，用电话召集各债权人，开了一次小组会议，宣告破产还债，并且把房契、股票和货物存单全交出来，表示自己所有的全在这里，请大家随意处置。办完以后，他走出来，投入一家大成医院，自称有病，要住院。大夫诊视，他并没大病，只是精神受刺激过度，需要休养。他就说家中嚣乱，要求在医院休养，大夫答应了。他交了一笔钱，又写明姓名、住址，便住进一个头等房间。他本没什么病，院方并不注意。不料深夜以后，他竟把一只金戒指吞下去，竭力忍耐痛苦，并不作声。到护士发现时，他已死在床上，无法挽救了。

李玉增死得倒也英雄，他是对中国前途太乐观，而对自己前途太悲观了。倘然他能姑忍须臾，再活上几个月，一定能看见胜利后的环境比沦陷时还要糟，物价比沦陷时还要高。他的事业是不难恢复的，奸商永远有前途，国事也会给奸商开辟前途，他死得好冤枉啊！

人在医院自杀，这还是前所未闻的事，医院自然丢脸，而且恐惧。但无法隐匿尸体，只好给李宅送信。秀兰闻讯奔来，大哭一场。本想和医院交涉，但想李玉增事业失败，本有自杀可能，医院只是疏忽，并非有意杀人。就领尸自己装殓，寄厝公墓。秀兰从此成了未亡人。十数日之后，财产和房子都被债权人接收了。她只带着两只皮箱，孑身出门。

无处可投，就到信芳家借住。信芳竭诚地欢迎她、安慰她。

在这时期，可谓最畸形的时代。中央所派的官吏和接收人员还没有到，地方行政还是伪组织维持现状，只有少数地下工作的人，出头办理党务。于是天津的市党部可太忙了，一班汉奸都想和党部人员接近，替自己洗刷，更希望能摇身一变，再做新贵。党部人员应付他们的方法非常之妙，很耐心地听他们说话，很客气地和他们周旋，但结论是不能做主。说劝他们每人写一篇自白书，代为转呈。于是汉奸们都大做血泪文章送去，至于转呈到什么地方，还未闻发表。友人猜想是转呈字纸篓，那也未必。

这一种是比较老实的汉奸。另外还有一种不老实的，他们的哲学是千古乾坤一剧场，伪政府也是戏台，真政府也是戏台，只要有戏台就能唱戏。至于如何上台，那就全看个人手段。于是有的追逐地下工作人员，有的包围天外飞来的大员，有的赶忙和内地工作的朋友联络，只要稍得接近，就对人宣传：自己和中央某一部分有关系，八年来任伪职只是一种掩护；或是某要人是我至交，将来北方，昨天给我拍来电报，要我帮忙。好像凡是沦陷期中的汉奸，都曾经中央政府加委过似的，而且人人和中央通气，负有责任。

蒋主席通令不问职守，但问行为。这八个字更使汉奸宽心，每个人对自己的行为，都觉得有理而不错。例如：杀人因为其人可杀；贪污由于薪水太少；附逆由于被迫；做伪宣由于爱护民众，恐其直接受日本欺压，所以在中间作为缓冲；替日本宣传，诋毁中央，那原文不是我写的，广播不是我说的。总而言之，若使世人批评自己，大概个个问心无愧，全是圣人。所以最大的汉奸，也说虽然担任职务，并未替日本尽力，反而加以阻挠。好像若没有汉奸，再过八年，中国也不能胜利，他们不但行为可嘉，而且其功不在原子弹下。

人民除了兴奋以外，还大部有自尊心，希望国格从此提高，本身从此振作，勉为一个好国民，这是现实情形。当时人民智识、道德和志趣，都好似突然提高，倘能及时加以训练，必能事半功倍。可惜现在时机已过，人民意志又颓唐下去了。甚至有的商人也不以眼前的折困为意，而憧憬着美好的世界、强盛的国家和升平的岁月。但较为有钱的人，却三五成群地猜测伪联币的前途和法币的比值，以及研究存钱与存货哪一种较为妥当。

这时政府正忙于受降和接收。报纸上常见有许多要人名字，拨派到各处，内中有些旧人已经八年不见于华北报纸，令人有重见故人之感。有些新名字未曾见过，人们虽觉生疏，却知道这些人都是抗战英雄，劳苦功高。

一天，报上登着最近受任之河北省最高级长官廉景文将军，即将乘机北上接任的消息，并有僚属某某等同行。在僚属名单中有洪范一的名字。这张报首先进了信芳的眼内，她自然欢喜，但也不免感概，以为范一的消息是有了，而怀芳和常青还不知在哪里呢。

报上范一的名字，对一个人发生了最大的刺激力量，那就是陶甄。从宣布胜利那一天，杨闰生夫妇便如由暖日下跳进冰窖里。杨闰生知道功名富贵，一切全完，从此连人也不易做了。自知所担任的职位，在沦陷期都是最好的，到胜利后都变成最坏的。例如情报局最出风头，但也最显露，一切汉奸，唯有情报局长常骂中央政府。当时唯恐骂得不力，这时却悔说得太多，这罪状是昭昭在人耳目，无可讳言的了。食粮局长则在当初是个肥缺，到这时却天然有祸国殃民的罪。所以杨闰生越想越觉前途可怕，而且他比别人还惨，别人还可以维持残局，等候交代，他这情报却不能干了，是给谁作情报，替那一方面宣传呢？所以他特别痛苦，每日守在家中呆坐，好像等死的样儿。以前门庭如市，天天有许多宴会，这时连走狗也不上门，更看不见请帖，听不到门铃响。他只有希望上天保佑，由内地来几位有力的熟人，使自己绝处逢生。但熟人是谁，他也不知道。他在中央空军的老兄，已有三年没通信，不知死活。还有许多朋友和同学，在沦陷初期到内地去，也许有几个阔了的。于是他每日注意看报，是否有关系自身利害的消息，并且寻觅熟人。

这一日居然寻着了，正是洪范一。这个熟人交情可真不浅，可惜自己做了汉奸，他那刚正的脾气，简直是无法相见，何况又娶了他的未婚妻！陶甄这时正坐在一旁，由他的神色看出是由报上有所发现，就问有什么特别新闻。杨闰生一语不发，把报递给她。陶甄接过一看，很激动地"哟"了一声。这就是女人情感柔脆的地方。论理她在杨闰生面前，不应该有任何表示的。杨闰生听着，好似被刺了一下，望着她说："你看见了，洪范一不久就要北来，这是个好消息。"

"谁的好消息？"陶甄很不高兴地问。

"我以为是你的。"杨闰生说，"我现在是完了，洪范一和你旧日有那样关系，他一定肯帮忙你的。"

陶甄自看见报上范一的名字，已然难过死了。她原是范一的未婚妻，临别时指天誓日，说得那样斩钉截铁。而陶甄竟不能自坚，先和胡庆堂发生关系，最后又嫁了范一的情敌杨闰生，并且夫妇都做了著名的汉奸。平日陶甄回思旧事，未尝不觉惭愧。但以为和范一远隔天南地北，今生不会再见，自己只顾眼前需要，把一切看马虎些也罢。但哪知转瞬八年，中国胜利，这个最怕见的人竟要回来了，绝对无法躲避了。他以抗战英雄的姿态，衣锦荣归，自己则变成一个负心堕落、卑贱无耻、国家民族的罪人；尤其是他的罪人，简直一在天上，一在地底。倘若自己能够坚贞自守，等待着他，现在岂不成为世界上最快乐最幸福的人了？

陶甄想着，直觉懊悔欲死。偏巧闰生又因吓惧郁闷过度，精神有些失常，竟说出了那样无礼的话。若在平时，他决不致如此失口的。陶甄听了，自然更受刺激，沉着脸看看他，随又点点头，冷然地说："是的，你的话不错。"

说着站起身，就走出去了。他夫妇原坐在休息室中。陶甄走出，便上楼进卧室，躺在床上，怔怔望着屋顶，面上并无表情。这样直到午餐时候，女仆来请吃饭，她才下楼到饭厅。杨闰生已等在那里，夫妇默不作声地吃了饭。

陶甄说要出门玩玩，杨闰生问她到哪里去。陶甄说："没准儿，不是看戏，就看电影，一会儿就回来。"

说完上楼梳洗，换了身最漂亮的白衣服，出门时还对杨闰生说了一声。杨闰生教她坐汽车，陶甄说天气很好，出去走走路也散心，不用坐车。就出门走了。

她并没骗杨闰生。出门到马路上走了一会儿，便进一家电影院去，买了楼上的票。演的是美国旧影片，大概在片商家里尘封了四五年，这时又拿出应市，宣传是新到美国名片，居然闹动一时，座容很多。陶甄瞧着银幕上憧憧人影，却是入目而不入心，什么也没看见，她的心好似已沉到深渊里了。直到散场，才随着人潮，走出电影院。又在街上走了转了很大工夫，竟到了致安里。她在巷口徘徊半晌，才走进巷口，上楼去叩余宅的门。

信芳和秀兰正在家里闲谈，见陶甄在这时候到来，已很诧异。以陶甄的身份，应该深居养晦，因为她本身便有汉奸的资格，在这胜利之际，民气甚盛，出来乱跑是不大妥当的。但陶甄却是谈笑自若，和平常一样，并没有忧惧的神色，和二人说了些闲话。信芳、秀兰看着她，都觉悲惨，好像面对着一个囚犯，而这囚犯却是感情甚好的朋友。谈话间自然竭力避免刺激，但也无法安慰，因为安慰就等于激刺，只好敷衍地谈着。这情形当然很痛苦的，而且谈料也少见。在这时候，人们满脑子都是胜利的愉快，当日所谈几乎全关系国事，把身边琐事都看轻了。尤其存在心里的话，总忍不住要说出来，于是秀兰便提起街头殴打日本人的情形。

日本投降以后，中国人殴打他们，在法理上是不对的，但在人情上是应该被原谅的。自有历史以来，一个国家的人民，被另一个国家屠杀欺凌，是常有的。但像中国这样被日本长期的压迫、侮弄、磨难，再加上三四十年中几次的攻击、屠杀，最后八年中不许出气的桎梏，中国人死的已经死了，不死的也快闷死了。这时好容易熬得翻了身，就是一只狗乍脱了锁链，不是也得疯狂地跳一阵么？这种事倘若出在外国，恐怕在宣布和平的那一天，就有复仇的动作了。中国人终是大国民的风度，直过了很多日子，才给日本人以小小的打击。

第一次发生的地方，大概是在旧日租界的旭街。据人传说，是盟军想找几个日本人去干一些工作，日本人不肯去，并且有抗拒的情形。国人替盟军帮忙，由此就开了打。不久传遍全市，到处有人请日本人在几十年快意打人以后，也稍稍尝一点儿挨打的滋味。但是表演得很仁爱、很客气。见了日本人，无论如何也要捉住，但打时却很有分寸，绝对不使其皮破出血，打完就给放走了，并且有人护送。若是前途有人拦阻，还要再打，护送的人必出头代为声明说：这个已经打完了。这句话是很有趣的！不过有些和日本人要好的中国人，在街上替他说情，都挨了冤枉打。这时最得意的是高丽人，他们在举止言语上曾竭力仿效日本人，这时自然要被误认为日本人，有挨打的危险。但当他们拿出韩国人的标记时，中国人就和他们握手，很客气地放过去。于是高丽人身上都有了八卦小国旗，而高丽女人也脱了防空短服，换上他们短褂长裙的本国装。不过这件事只延长了一天之久，便已结束。

当秀兰提起打日本人的事时，信芳直和她使眼色，又用话岔了过去。信芳虽不致把陶甄和日本人认为一体，但觉对她还是不提这个的好。谈着，天已垂暮，陶甄提议邀信芳出去吃饭，信芳在这时实不愿和她一同出门，就留她在家里吃。陶甄说："今天我希望和你们欢聚一次，也许以后我们不易再聚，因为我明天就要回去了。"

"你回去，回哪里？"信芳愕然地问。

"北京，也许比北京还远。"

信芳立刻醒悟，她这话是一种暗示，杨闰生所任敌伪职务，责任甚重，万不能逃避叛国的罪名，不久便要以汉奸身份入狱。他想是要逃跑，陶甄当然跟着他走。今日此来，意在辞行，自然就不便深问了，想着就说："你要回去，我们应该替你饯行。"

"大姐，咱们多年姐妹，不要客气吧。您若教我在临别前得一会儿高兴，就允许我的请求，咱们一同出去。"

信芳看看秀兰，觉得不好再推辞了，就答应了她，大家穿上衣服出去。

三人坐车到了一家高级的饭庄，陶甄做主人，要了很多的菜，六个人也吃不尽。信芳拦阻她，陶甄央告说："大姐，不要管我！让我高兴一会儿，也许明天我就没得好饭吃了。"

信芳听着，更料到她和杨闰生必不是回北京，而是要逃向极偏僻的小地方，当然没有好东西吃。以她这已舒服惯的人，真够难受！所以今日要尽量吃一顿，预补日后之不足，这也在人情之内，就不再拦阻。哪知她对陶甄的心理，完全猜错了。

席间，陶甄喝了不少的酒，秀兰也喝了一点儿，信芳只用汽水陪着，但所说完全是闲话。饭后，陶甄付完了账，三人一同出了饭庄。仰头一望，明月当空，秀兰说："今天月亮真好，咱们走走好吧。"

陶甄接口说："不错，今天月亮真好！我以前也曾见过一次这样圆这样好的月亮，可惜……可惜我还有事，不能陪你们了。"

说着，抱住信芳说，"大姐，你不要忘了我！"又抱住秀兰说，"秀兰妹，你也要纪念我。"

信芳还认定她要和闰生同逃，就说："甄妹，咱们不久就会再见的。不过我看你好像有些醉了，雇车送你回去好么？"

陶甄别了她们，自己向东走去。到了白河边上，她应该过桥回家。但她并不想回家，只循着河边向南进，渐渐走到当日和范一话别的地方。她立住了，仰头望望天上，仍是当年的明月；低头望望河中，仍是当年的流水，只是时间过了八年，人事有了变化。但别人也没有变，只自己变了：回想当初，我也是个纯洁高尚的女子，和天上的月一样皎洁。如今呢，如今竟变成一块污泥！好像命运造定，起初由汉奸的外室，变作另一个汉奸的太太；最后还特别努力，把本身也加上了汉奸头衔。固然老天待我太苛酷了，把种种恶劣的命运都落在我的头上。然而我自己也不好，不知自拔，愈陷愈深。最初被胡庆堂污辱以后，我很可以闭门隐晦，再不出头，偏又为杨闰生的事，重落陷阱。及至胡庆堂死后，我脱去羁绊，很可改过自新，偏又到北京去住，以致和杨闰生遇上，结果和他结婚。被人说起来，直是我有意去寻他的。结婚以后，我若安分守己，也不过普通的汉奸太太而已；我偏要出风头，自创事业，结果成了日本人的走狗，本身也成为汉奸。如今是无所逃于天地之间了。

倘然我能像信芳姐那样坚贞自守，直到现在，范一回来，必要跪到我面前，感谢我的真诚爱情、历久不渝的爱情。我也要投在他怀里，哭泣，诉说，也许几天不能停止。跟着我们就结成美满的姻缘，在社会上也留佳话。然而现在呢，什么都完了！我这荡妇式的汉奸，已不配做他鞋底的泥。而且范一真挚的性情，是我所绝对敢保证的，他一定保持着永久爱我的心，毫无变化地直至今日，只预备回来和我结婚。但是我呢，他回来第一个要先寻我，若知道我的情形，一定要气疯了。我在临别时，就在这地方对他发誓，所说的话还能记得。我对他说："范一，

235

天上有月，河里有水，我请她们做证，用她们发誓，我的爱情永久不变，咱们的婚约永久保持。无论多么长久的时期，我总等你。即使你过四十年回来，到我家叩门，一定能看见一个白发老婆婆，持着拐杖出来接你，那就是你的陶甄。倘然在你没回来以前，我不能在世上等你，咱们总有一日重会在天上！"这段话多么美丽，到如今也只剩这几句美丽的话了。只过了八年，我已是胡庆堂的陶甄，杨闰生的陶甄，难道还能再变成洪范一的陶甄么？当然万万不能了，我就是蒙上十层牛皮，也没脸再见他了。然而范一的脾气，可保不住要再见我，我做出这样不堪的事，难道还一把鼻涕两行泪地求他原谅么？无疑他不会原谅，就是原谅，又将如何？我已是有夫之妇。

我是万万不能再见他，只有逃避。但逃避向哪里？只有一个死。我这样人还能上天堂么？自然下地狱，那就永远避开他了。我要死，就在今天死，在这地方死。这地方是我和他话别的地方，又是我可以忏悔罪恶的地方。今天是八年来第一次听到范一音讯的日子，而且月亮圆得和分别那日一样。我就抓住这个好时机，不必再留恋了，若再留恋，恐怕日后要受许多耻辱，还是生不如死。不如趁早自决，或者还能博旁人几声嗟叹。范一知道我死在这地方，直如在他面前伏罪，也许能稍为原谅。

陶甄死志已决，不由落下泪来，仰首望着明月，心乱如麻。第一想到自己一生的毛病，是好虚荣、好享受，而又意志不坚。只因意志不坚，只顾了目前，竟把最伟大的荣誉、最长久的享受给失去了。但后悔又埋怨谁，现在明白也晚了。

再想到杨闰生，他待自己很是不错。但自己的噩运，完全由他造成。最后的事还不必说，就是起初，自己若不为替他托情，何致到何止百家里受胡庆堂污辱呢？若没有那一步的堕落，也许后来不致做了他的太太。总而言之，这好似前生冤孽，杨闰生就是自己命宫的魔蝎。现在他也完了，他若明白，也应该走我这条路。我只算先行一步，在前途等他，果有地狱的话，我们是有日在那里相见的。

再想到信芳，她是毫无疵病。范一回来，一定更敬爱这位大姐。就是秀兰，虽然嫁给一个奸商，只享受了短时期，如今落了这样结果，人们也必对她同情，将来还有后望。怀芳、常青不久也将归来，他们大家旧友重聚，交谊更要深厚。只有我和闰生是身败名裂，成为他们悲叹的资料。记得当事变第二天，大家在余宅晒台上看各处的大火，人们都决意打倒日本，报复国仇，如今算达到目的了。然后当初立誓的七个人，有两个已变成汉奸。

陶甄越想越觉非死不可，又寻思可要写张遗书。继而觉得大可不必，自己既没有累赘，感谢上帝，和杨闰生并没有生孩子，身外物更不足挂念。而且自己也不对谁辩诉，求谁谅解，这一死只是消除心上的重负和避免未来的痛苦。既然无可告人，也无须告人，便留下遗书，也不过使人冷笑，说声该死，还不如这样悄不声地离开这世界呢。

陶甄又来回踱了几步，看见一根电杆，想起当日和范一话别时，范一曾在电杆上倚过一会儿，但不知是否这一根。她也不管，好在这是精神上的寄托，错了也没关系。她抱住电杆，吻了一下，低声说了句："对不住，再见！"她好似把电杆当作范一了。随即走到河堤边沿，面向着明月，举起了双手，眼中含着泪，面上却带笑容，口中喃喃的不知说什么，好像在做祷告。忽见远远有两个人走过来，她知道不能挨延，将身一侧，就投入了滚滚浊流。

这就是本书开始时，作者和林辰所见的情景。当时她的尸身被捞上来，警察报了案，又通知她的家属。杨闰生闻听消息，除了震动之外，并未怎样悲恸。大概他自知也不长久，也许羡慕陶甄擅自解脱，当时只令仆人购买衣衾棺椁，在河边盛殓，随即送到义园埋葬。入土时，杨闰生才去哭了一场。但事后他再仔细寻思，觉得白天自己曾因范一将归，而对陶甄说过失礼的话，晚上她就跳了河，好似以一死对自己表明心迹。想着不胜懊悔，觉得陶甄的死是由自己所致。他已忧思过度，又加上为此事的悲悔，终日咄咄书空，自言自语。仆人在旁听着，有时大发官腔，好似对什么人发命令；有时喁喁低语，好似和陶甄对话家常，闹得人们疑神疑鬼，单独不敢到他跟前去。直到后来正式捉捕汉奸，杨闰生仍是带着很重的精神疾病入狱。

信芳和秀兰由报上得知陶甄投河自杀，才明白陶甄所谓远行，是自杀的暗示。信芳深悔未能及时领悟，加以劝阻，就和秀兰到河边祭奠了一番。她们还想去唁慰杨闰生一下，但经过考虑以后，并没有去，只写了一封信安慰。一星期后，报上又登出来消息，廉景文将军已到了北平。这消息不啻宣告洪范一也同时到了。

再过两天的一个晚上，信芳和秀兰才吃过了饭，正在闲谈，忽听外面敲门。信芳去开门，见范一穿着戎装，立在门外。信芳身体一软，倚在墙上，颤声说："范一，你回来了！"

范一伸出手说："大姐，你好！"

信芳握住他的手，拉着走到里面。秀兰也闻声迎出来，叫着："范一，我们已从报上看见你快来了，正在等你！"

范一用另一只手握住她，大家走进客室。

落座以后，各谈别后情况。但范一所谈的是抗战经过，信芳、秀兰所谈的是沦陷情形，都没谈到本身的事。然而范一、信芳的心意，都各自蕴藏着心事，谁也不先说出来。范一是想问陶甄，信芳是怕他问陶甄，而且自己想问怀芳的消息。

谈过一会儿，范一才问："大姐这八年怎样？"

信芳一笑说："我还是我。你看，我可还是当初的样儿，这房子可还是当初的样儿？不过人老了些，房子旧了些。"

"别位呢，秀兰你怎样？"范一问。

秀兰似乎不愿意教范一知道自己的事，就回答说："我也和当初一样，只是家母去世了，我现在和大姐住在一处。"

范一叹息说："这八年的变化真大，家父也去世了，大姐帮忙不小，若不是您给去信，我还不知消息。"

信芳说："这件事我真惭愧！老伯死在二十八年天津大水的时候，那时我正遇着一件事，没得去看他老人家。在发水前几天，常青刺杀了汉奸胡庆堂，跑到我家里藏躲。我一面掩护他，还要设法帮他逃跑。恰巧大水来了，租界封锁线有两天不太严紧，我就和他溜出租界。坐火车先到北平，又送他上了平绥路的车，方才自己回来。哪知又被邻居告了密，说我有隐匿凶手的嫌疑，被捉入警局，押了有一个月才放出来。那时水已退了，我休息两天就去探望老伯，只见着你的老仆张福。他告诉我，老太爷已经在二十天以前去世，完全由于发水的缘故。因为水势来得太猛，老太爷和张福都避到楼上，可是自来水管是在楼下，被水淹没，他们在楼上得不到一点儿饮料。直渴了两天，实在忍不住，只可用罐子舀院里的污水喝。再过几天，街上才有人撑船卖净水。但是老太爷已得了病，吐泻不止，又寻不着好医生，就这么病死了。亏得张福尽心，设法买棺材装殓起来，到水退后才埋入义园浮厝。我并没尽什么力，只教人刻了一块石碑，埋在墓旁。我想不到胜利这么快，只怕你再过十年八年回来，寻不着记识。"

范一拭着眼泪说："谢谢大姐，我真是抱憾终天了！"

"你也不必难过，谁教咱们生在乱世，为国不能顾家。如今你抗战胜利归来，也足慰老伯在天之灵了。"

信芳说："可是你见着怀芳没有？"

范一点点头说："见着的，他在湖南寻着了我。那时他一路辛苦穷困，好像个叫花一样。我留他跟我做事。后来由湖南撤退，又到了四川，他已把身体锻炼得极好，勇气也增加了。我真没想到一只绵羊会变成猛虎！到去年春天，国家组织缅甸远征青年军，他一定要加入，我拦阻几次，他都不依，结果还是加入了。我有几个朋友在这远征军中做中级官，我已经把怀芳托给他们，大概很有照应。不过从开走以后，一直没得到他的信。现在和平了，他也就快回来，只是稍晚些。"

信芳听了，方才稍为放心。又问他可见着常青没有。范一回答始终没见过。随又问常青刺杀胡庆堂的经过，因为范一根本不知此事。在他离天津时，胡庆堂还没正式出头呢。信芳却有些为难，说起胡庆堂，便不能不涉及陶甄，但自己不愿把这伤心事告诉他。就只把常青是秘密工作人员，胡庆堂是汉奸，以及常青刺杀和逃跑的情形说了。

范一很称赞信芳，认为她是替国家出了一次大力。随又问："杨闰生怎会做了汉奸？我在北平已经看到伪政府的人名单了。真奇怪，他家是资本阶级，何苦去干这个？我曾猜想他会做商人发国难财，却没想到做了汉奸。"

信芳听他说到杨闰生，已觉心中乱跳，只含糊回答："我们很少见面，谁知他是什么想法。"

哪知范一又问："陶甄呢？她这几年一直没和我通过信，我也不知道她是否还住原处。"

信芳悄然地说："她死了。"

范一跳起来，又颓然坐下，瞠目哑声地说："真的？她怎么……什么时候？"

信芳无言，开了抽屉，取出一张报递给范一说："这是前十天的报，你看这一段，可要自己镇定神经。"说着又把题目指给她，才退坐在一旁。

范一这时只觉身体僵冷，头脑麻木，连目力也减退了，瞠大了眼才看清那段题目是：女汉奸陶甄投河自杀。正文是"情报局长兼食粮局长杨闰生之夫人陶甄女士，自前年随夫转任来津后，活跃一时，成为妇女界、交际界之领袖。且在文化界亦甚活动，为日本致力大东亚宣传，颇有成绩，声势炙手可热。自胜利后，即已销声匿迹。昨晚十时许，忽在白河投河自杀。经船户捞救上岸，业已气绝。闻法院定今晨检验，地方当局并已传其夫杨闰生到场领尸掩埋"云。

范一看完，头顶轰的一响，半晌才苏醒过来。他知道了两件事，第一陶甄已经死了，第二她已嫁给杨闰生。自己八年的痛苦思忆，竟落了这样的结果！当时想哭也哭不出，想叫也叫不出，呆呆地怔了半晌，才向信芳说："我看明白了，可是一切的经过，你可以告诉我么？"

信芳摇摇头说："人已经死了，你最好一切不问，只纪念过去的交谊，何必再问细情？那只是侮辱死者，而且你也多添一些伤心。"

范一咬着牙说："我一定要知道！大姐倘若不肯说，我就找杨闰生去，他不是还没死么？"

信芳说："何必呢？你这样太不漂亮了！陶甄也是可怜的，她并非有心背负你，实在是命运太坏，可以说造化弄人。你若一定要知道，可以教秀兰告诉你，我可不忍说。"说着，就站起走出去。

范一又问秀兰。秀兰就告诉范一："陶甄起初为替杨闰生说情，在何止百家被胡庆堂污辱，以后无法自拔，竟被霸占。常青知道这些事，因为秘密工作正在预备刺杀汉奸，就自告奋勇去刺杀胡庆堂，居然成了功。陶甄正在座上，看见常青，自然认识，当时惊叫了一声。常青逃跑以后，陶甄为这一声喊叫，还几乎受了嫌疑，但始终没承认和凶手相识。常青才得逃开，信芳也未受到连累。后来她因意兴颓唐，移到北平去住，又被日本人误认为秘密工作人员，遭了官司。那时杨闰生正在北平做宣传处长，听到信儿，就设法把她救出来。以后不知怎么竟结了婚。不久杨闰生调到天津，陶甄随了来，借着敌伪势力，很出了一阵风头。也常常和我们来往，到临死那一天，还请我们吃饭，分手后她就跳了河。吃饭时她说要远行，我们还以为是逃跑，哪知是自杀。看那情形，她必早有了自杀的心，但到底为什么，我们可不知道。若说畏罪，那些头等大汉奸还没一个自杀的呢，所以我和信芳都很奇怪。"

范一低着头，用手掩住了眼，默不作声。秀兰也没得可说。这样沉寂了半晌，信芳才悄然走进来，坐在范一身旁，抚着他肩头说："你都听明白了？我再告诉你，陶甄自杀那一天，就是报上登载你将随廉将军北上消息的一天，所以我认为她的死是有意的，简直是以一死谢你的。而且那天来邀我们一同吃饭，也是含有诀别的意思。现在都可以明白了，所以你应该原谅她。我以为陶甄的堕落，似乎要用迷信看法，是一种宿孽牵缠，并不能完全怨她，你不要太看固执了。"

范一仍是不言不动，秀兰却叹口气说："她生得太美了，这也是祸根。"

范一忽抬起头来，哑声说："这话很有道理。是谁说过，美的里面常常隐藏着魔鬼，最美的东西就是最不祥的东西。在当初，我实在是迷恋她的美，但同时也知道她的弱点，预备慢慢替她纠正。无奈我走开了，当然……"说着张开双臂，做个无可奈何的姿势。

信芳说："我们不必再批评一个死去的人，现在她万事已了，范一你也该恩怨全空，最好教灵魂安宁。我代表陶甄问你，你能原谅她么？"

范一张着手说："当然原谅，不原谅又将如何？不过我这八年由她发生的精神痛苦，是太冤枉了，没法补偿了。其实关于她的事，我早有感觉。在事变后二三年内，还能通信的时候，她就没给我一封信，只大姐和我通过两封信。但我问到陶甄的近况，大姐就没有下文。那时我已想到怕有变化了，但是我还安慰自己，直把自己骗到今日……"

信芳叹气说："当时教我告诉你什么呢？既不能揭发她，又不能欺骗你，只好不谈。咳，我们替陶甄着想，几年的时光是很长的，女人的

241

青春是很短的，这场战争又是无限期的，谁能在事先断定到今年能胜利呢？所以她经不住这次试验，是可原谅的。你不能希望人人都是圣人。"

范一摇头说："我当然不希望人人是圣人，但陶甄未免太……我说什么，坚贞到底的人并不是没有，就像大姐……"

"你不要拉上我，我并不是试验品。"信芳摆着手说。

范一立起来说："天已不早，我要走了。明天晚饭，我想请大姐和秀兰到外面去吃，六点钟我来接你们。"

信芳说："不必，你已经有八年没吃我做的饭了。明天到我家来吃，我给你做软炸鸡和酱豆腐肉，还有苦菜汤。你仍旧六点来好了。"

"大姐还记得我这几样最爱吃的东西，那么我明天先来重尝尝旧时风味。"

信芳说："你所爱吃的，就是陶甄爱吃的，我怎么会忘？"

说着想起不该再提陶甄，就改口说："你在天津能住多少日子，现在住什么地方，担任什么职务？"

"我现在是廉将军天津方面的代表，办理军政事务，很是麻烦。除了偶然到北平请示以外，大概暂时要长住天津。现时我下榻的地方，是中国大饭店。"

范一说着，就立起告辞。信芳也不留他，和秀兰送出门，叮嘱明天早来。

范一回到饭店，还有许多公务要办，许多客人要见。"新贵"这个名词，和蜜盆一样，是最能招引苍蝇的，何况这时飞来的新贵还不多，范一又是廉将军的代表，自然被视为珍奇的人物，很多人想包围他。于是范一只好不着边际地应付着。这是很艰难而又麻烦的，因为他的工作和酬应，都是没有前例的，每一件事，每一个人，都得自己费脑筋想办法应付，既不能查卷，又不能照例。

天将十二点，他回到卧室，想要安睡。一个随从进来，送上一张名片，说有人拜访。范一接过名片看时，原来是杨闰生，不由怔了一下，心想：他来得好无味，在这种情形之下，何必相见！本想挡驾，但转念自己既原谅陶甄，当然也原谅他，何必落痕迹呢？只不知他的来意是什么，难道他不知见面难以为情？沉吟许久，才吩咐请进来。

随从出去，杨闰生跟着就走进来。他脸上憔悴得很，好像已是中年以上的人，比八年前起码老了二十年。大概这光阴的痕迹，最少有四分之三，是最近一月来才侵入他身上的。背也有些驼了，还拿着一根手杖，好像身体需要支持。身上穿着夹大衣，戴着呢帽，完全秋装。但这时虽名为秋天，人们还过着夏天，他好似得秋气之先。范一仍以故友的态度接待他，伸出手叫着"闰生久违"，杨闰生迟疑着和他握了手。大家落座，范一递交给他纸烟，闰生道谢接过燃着。两人都沉默无语。

半晌，杨闰生才开口说："八年不见，这时期变化太大了。现在你是衣锦荣归，我是完了。我今天才听人说，你到了天津，住在中国大饭店，知道你忙，所以这时才来看你。"

范一说："谢谢。"

杨闰生说："你知道我来的意思么？我是来向你负荆请罪，可并不是要你原谅，是希望你把我赶快处置。我的情形大概你已经知道，我现在被种种痛苦煎熬着，实不能再忍了！"

范一摇头笑着说："你弄错了，我并没有处置你的权力。"

"比如你有这权力，你想怎样？是以直报怨还是以怨报怨？我不该这样问，请你原谅。"闰生幽幽地说。

"这个，在公的方面，是整个的国法问题，并非你一个人的事。我更是不在其位，不谋其政；在私的方面，那个问题中心的人已经离开世界，我不想教你代负责任，所以谈不到怨，也谈不到报。关于你的一切，我绝对置身局外，不闻不问，只当你我根本不曾相认。这是我能允许你的。信芳说我应该恩怨全空，我认为是对的。"范一平心静气地说。

"谢谢你！你见着信芳了？"杨闰生叹息一声说，"信芳真可佩服，在我们一班旧朋友中间，只有她和你是最可敬的。倘然陶甄能像信芳那样，现在你多么美满！"

范一听着，好似受了一刺，摆手说："请你不要提这个，好不好？"

杨闰生道歉说："对不住！我失言了，不过……你见着信芳，请替我问候，我现在是不能见人了。"说着，就立起告辞。

范一也不挽留，送他出去。杨闰生这次前来，可以说由忧惧寂寞中生出的变态行动。好似一个胆小的人，独自被困在有鬼的古屋中，吓得要死，只希望能见到人，即使这个人是预备要杀他的仇家也好。同时他还希望能得范一饶恕，进一步挽救他的命运。但结果没能说出来意，就自走了，不过却在无意中给范一留下一种暗示。

范一在他走后，睡在床上，脑中千回万转，直到半夜方才入睡。次日起床，办了一天公事，又出了两次门。到六点后，便坐车到了致安里。信芳今日十分高兴，修饰得很雅洁，餐堂也收拾整齐，雪白的台布上摆了鲜花，好似招待贵客，但主客只有三人。范一到来，稍坐一会儿，信芳教秀兰陪着他，自己系了围裙，下厨做饭。她已请了一位邻居的四川女仆帮忙，有多半的菜已做好了，现在只是亲自动手做几样炒菜。不大工夫她已回来相陪，女仆继续端上菜来，大家开了两瓶啤酒同饮。

范一吃着，啧啧赞美说："我在后方虽然也常赴宴会，只觉不对口胃，八年来总是思念家乡风味。现在可又吃着大姐亲手做的菜了，简直我又回到八年前上学的时候。大姐做的菜还和当初一样，一点儿也没有变。"

信芳笑了笑说："岂止菜呢，我这家里，敢说什么也没改变，连家具、字画都还是原样儿。记得在你临行的前一晚，我曾许过你，永远保持原样，等你回来。"

范一看看她，点头说："我记得，当时您说过……"

信芳叹气说："你也说过，房子不变，人也要有变化的，真想不到应了你的话。"

范一立起来说："什么，您有变化么？"

"我有什么变化？我说的是……是别人。"

范一说："不必谈别人，别人并不在这屋子里。"

信芳说："就是我也未尝没有改变，八年的光阴，我和屋子一样，全有些老了。"

说着又给范一斟上了酒。范一瞧着，喟然生感。再看看信芳，她何尝老呢？今日稍加装饰，好像现出自己向未见过的美丽。但这美丽是由慈祥、高雅和聪明等种种合成的。而且眼珠特别明亮，好似胸中蕴有无限喜悦。她的喜悦，当然和自己归来有关。想着，不由在感动之中，突然想起昨日杨闰生的话：信芳是最可敬的，倘然陶甄能和她一样，你将如何美满。想到这里，心中好似一阵慌乱，后又豁然开朗，醒悟自己一直犯着错误，只被陶甄外表的美炫惑，而忽略了信芳的真美。但也并非不知她的好处，只由于多年姐弟关系，根本敬多于爱，不敢作此妄想，才走入歧途，受到这样痛苦。现在还说什么！

秀兰见他停着发怔，就问："你想什么，怎不吃菜？"

范一笑说："我不过想当初上学时的事。"

随即举杯劝二人同饮。于是大家把话题又转到读书时候，范一故意提说各人可笑的事，满屋都是笑声。然而旧事都是含有凄凉味的，三人虽都笑着，心中却各有感慨，但都很小心地避免提到陶甄、杨闰生。

饭后又谈了一会儿。范一因为还有公事，告辞走出。他因满腹心事，就打发车子先回去，自己在路上走，借凉风清清脑筋，且走且思。他自从得到杨闰生无意中的暗示，又加上方才的念头一转，不由把心情都萦绕在信芳身上。寻思自己当日忽略信芳，而和陶甄订婚，实是错误。现在才明白信芳真好，而且待自己更好。但事已至此，应该怎样呢？若是再向信芳求婚，她能允许么？只怕她不能允许，而且自己也太不好意思，如同有两朵好花，一朵芍药，一朵白莲，我当初挑这芍药，对白莲并没理会。如今芍药谢了，我又去珍爱白莲，不但要被轻视，自己也没趣味。何况隔了八年，信芳虽说不变，又焉知她不是已经有了属意的人呢？想着，忽觉脚下皮鞋踏着便道上的落叶，撼撼作响。他悚然自思：自己的事业虽然小有成就，而爱情却已完全失败。美丽的春天无望再逢，以后将是凄凉的秋天了。

范一从此被这个问题困扰着，很是颓丧。他仍振作精神，处理公务，但心理上的矛盾和痛苦，使他承受不住。一天夜间，忽然想到：天津这个地方，原是自己八年来忆念的故乡，如今竟变成伤心之地，我还留恋什么？我是廉将军的部属，不能无故告退。但廉将军的部队，还有一半隔在江南，不能北开，大概要留在那边维持地面。我何不辞了天津的职务，求调到南方去，换换环境，离开这痛苦的地方？

范一虽这样想，但还不能决定。次日下午五点以后，他又到了致安里。信芳、秀兰都在家里。信芳很高兴地留他吃饭。随即提着绳篮出去

245

购买东西。范一和秀兰说着闲话。

范一说："这八年的变化太大了，只有你和信芳还没有变，我原以为你们都已经结婚了。"

秀兰说："你不知道我结过婚么？"

范一愕然说："你和谁结了婚，你的先生在哪里？"

秀兰凄然说："已经死了，现在我是未亡人。"

随又把自己的经历大概说了。范一听着，深为叹息。过一会儿又问："信芳大姐怎么没出嫁呢？"

秀兰看看他，摇头说："这是她的事，我怎能知道？也许她不愿嫁，也许还没有合意的人。"

"她还没有合意的人么？"

秀兰很聪明，听范一这样询问，便有些明白他的意思。而且秀兰近日对信芳已发生一种猜疑。因为信芳得到范一将归消息时的震动，和范一见面的欣悦，以及背地谈起范一时的情形，虽然信芳表面是落落大方，然而一个女子若是情有所钟，任如何极力隐秘，也难免流露于不自觉，竟被秀兰看透消息。她认为信芳若能和范一结合，不但于范一有益，而且是一桩极美满的姻缘。但不知范一意思如何，就暗地留心。这时范一的问句，本是清机徐引，装作无意问的，不料被秀兰有心听了，就笑了笑说："也许有，我想她不会没有。但是我不知是谁，也从未见她和男朋友来往。"

说着外面有脚步响，信芳回来了。秀兰便帮她下厨房做饭，范一自己拿本书看。待到饭做好了，大家吃着，范一谈起自己的事，说打算求调到南方去。信芳很惊讶地问："为什么？"

范一说："我在天津精神太痛苦，所以想换换环境，不过还没有决定。大姐，你看我应该是如何？"

信芳略一沉吟，看着他说："我以为你不必走，最好自己设法解除痛苦。若是不能解除，到哪里也是一样。"

这时秀兰立起，到厨房端汤去了。范一看着信芳说："大姐，你看我的痛苦能够解除么？"

信芳说："那在乎你自己。"

"我自己恐怕办不到，除非有人能……"

范一说到这里，秀兰已端着汤进来。他和信芳对看了一眼，才改说别的话。

饭后范一提议，明日星期休息，打算请信芳、秀兰出去玩一天。信芳问："出去做什么？"

范一说："天津并没什么好玩，只好去看一场话剧，再去吃饭。"

秀兰却说："这样没有意思。近来我在屋里闷坏了，最好出去撒一天野，像我们当初做学生时一样，或是八里台，或是宁园，我看最好宁园。明天若是晴天，范一就预备野餐用的东西，坐车来接我们。"

"宁园太热闹，恐怕星期日更乱，还不如八里台。"范一说。

信芳说："近来听说八里台不大安静，要去只好宁园。"

"咱们说宁园，可以不必在园里面。你们还记得当初常去的地方么？那是在园外的北边，有树林，有草地，还有条小河，没什么人去，很清静的。"秀兰补充着意见。

信芳、范一都赞成了，大家就这样约定：明天下午两点在余宅见面。过一会儿，范一走了。信芳还对秀兰感叹：当初野餐时统有七八人结伴，有时还多，现在竟只剩了三个人。哪知到次日又缺了一位。

第二天下午两点，范一来时，秀兰正睡在床上。她自言昨夜受了感冒，身体不大舒服，虽然并不算病，但是不能出去吹风了。范一很失望，信芳也打算取消原定计划，在家和她做伴。秀兰却坚持要他们去，自己在家静养一天就好。若是范一、信芳不去，她反要不高兴。信芳无奈，只得独自陪范一出门。秀兰下床，随着开门，到门口向外看看，笑着说："今天天气多么好，你们出门必定遇到佳运的！"范一、信芳闻言回头，她已把门关上了。

二人坐着吉普车，由范一驾驶，直奔宁园。在园门外停下，然后穿园而过，到了秀兰所说的地方。这一来路程已够远了。二人到了小河前，四下一望，风景依稀还可以辨认，但是小河边已添了许多土房和窝棚，好像成了小村落。而村落以外又添了许多荒冢，这是生人和死人同居的地方，看情形倒很能相安无事，生死的关界是不设铁丝网和壕沟的。但是河边却有些贫妇洗衣服，小孩儿玩耍，很不清静。

二人又向东走出十几丈远，眼前风景并无差异，只是距离那小村落远些了。就同在一株大树下藉草而坐。这时草虽有些黄了，但还是柔软的。他们前面丈许就是河边，这河窄得几乎可以一蹿而过，对岸就是一望无际的平原，点缀着很少的房屋和树木，有些晚稼还未收呢。但情况是荒凉的，又在秋天。再向上看，秋天的天空，蓝得那么美丽，画家的调色盘决不能染出这样颜色。再加上几朵停留的白云，分外可爱。这是春夏冬所没有的景色，但不知怎的，看看颇有凄清之感。

范一坐在信芳身旁，拿出水瓶来，二人喝着，但都默然无语。过了半晌，信芳才叹息着说："这里咱们是第二次来，中间大概相隔十年。你记得么？这小河虽然很浅，水可很清，里面还有小鱼，陶甄为摸鱼还沾湿一只脚。"

范一摇摇头说："我记得的，可是不必说了，过去的事，只教人伤心。"

"对不住，我不该提这个。"信芳说，"你应该忘掉旧事，掉转头来注视前途。"

"前途有什么呢？"范一呆呆望着远处的云朵说。

"前途有你的事业。"

"是的，有事业，可是事业……"

范一说着又咽住了，半晌才开口叫了声大姐。信芳应了一声问："你说什么？"

范一悄然地说："比如一个人做了错事，经过许多年后才醒悟，想要回头，他可以得到原谅么？"

信芳怔了一怔，也不问范一为什么问起这话，只点头说："当然可以。"

但她的眼光也是向前看，和范一的眼光同一方向，两人都注视着一朵白云。

范一又说："比如一个人好久就住在教堂旁边，但他竟不知道正教的伟大，而投入了邪教。过了许多年，他才觉悟，精神非常痛苦，知道只有皈依正教，才能挽救他的肉体和灵魂。但是他太惭愧，实在没有勇气进教堂去忏悔，上帝在这种情形之下，可以饶恕他并收留他么？"

信芳沉寂地说："当然可以。我虽不信宗教，但在情理上想，上帝公平正直，一定怜悯他的。"

范一听了，猛然转过身抱住她说："我现在想求大姐的原谅、怜悯，我现在应该在脸上蒙一层厚牛皮，才可以跟你说话。但是再不能不说了，你……能不能嫁给我？"

信芳好似受了很大的惊恐，面色倏白，低下头去，簌簌地落下泪来。范一见她哭了，反而提起勇气，很快地说："以前我是太尊敬大姐，不敢有妄想，才和陶甄订婚。到我上内地去以后，没有一天不想你们，可是大姐的影子在我脑里印得最真，陶甄却有些模糊飘荡。我也不知是什么缘故。最近回到天津，才更明白自己做错了事、走错了路，可是已经晚了，所以感到非常痛苦。昨天我说要离开天津，并不是为陶甄伤心，只是对大姐惭愧。现在我觉悟只有你是我最合宜的伴侣，也是唯一能拯救我、安慰我的人。可是我有什么脸再向你开口呢？所以打算离开天津，永远老死在外乡……"

信芳这时眼泪落得更多，范一看着她，柔声说："大姐，你有为难么？我也知道自己莽撞，咱们分手八年，你也许另有对象。倘若有的话，千万不要为难，我仍是你的弟弟。"

信芳缓缓抬起头来，将泪眼望着范一，面上似有笑容，又微微摇头。但这笑容和摇头，竟轻微得不能看出，只能感觉。范一是感觉了，忍不住抱紧她，就接了吻。这一吻既沉着而又长久，在接到一半的时候，信芳一只手徐徐落在他的肩后。

过一会儿，二人忽听得身旁似有人唧唧咕咕地说话，急忙放开了手。转脸一看，原来有两个污秽褴褛的小孩儿，都在七八岁，正站在他们前面，用惊异的眼光看着，并且似乎有所议论。信芳很不好意思，就取出手帕拭眼，暂时掩住了脸。范一却向着小孩儿笑了笑，把带来的糖果抓了两把分给他们。小孩儿起初似乎还敢接受，及至接到手，立刻就转身跑走了。

范一见小孩儿跑远，才握住信芳的手，向她说："大姐，我真惭愧！直到今天，才明白我是早就爱你的。在八年前和陶甄订婚以后，心里总好似有一种不安定、不满足的感觉。当时并不知是什么缘故，今天才觉悟我的爱情早已寄托在你的身上。不过因为从小时便把你看作大姐，不敢发生妄想。倘若我早能有今天这样觉悟和勇气，岂不……"

信芳拦住他说："不要这样说！陶甄本是很好的，只是命运太惨了。我也很惭愧，对不住陶甄，我本有照顾她的责任。只为她的遭遇太离奇、太突然了，使人没法挽救。不过总算我对不住她，而且现在又和你……"

范一握手说："不要提她吧，我只庆幸自己的幸运，你居然把我从绝境中救出来！你知道，我今天是孤注一掷的紧要关头，倘若大姐拒绝了我，或是告诉我已经另有对象，那我至迟在一星期内，就要实行原计划，永远离开天津了。也许再过个二三十年，到老头儿的时候，我要设法教你知道，为着你的缘故，我已经终身不娶了。"

信芳眼中含泪，微笑着说："你那不太傻了！"

"我为什么傻？"范一问。

"因为你应该知道，我不能拒绝你的。"

范一怔了怔说："你……莫非……我想问你，你这次答应我，是只由于怜悯，还是也像我爱你那样的，也爱着我？"

信芳脸色微红，摇摇头说："不知道，不过我和你的心意也有一点相同，就是我预备终身不嫁。到你和陶甄结婚以后，我以老大姐的资格，常常和你们做做伴，并且把爱情寄托在你们所生的孩子身上，消遣我的余生。"

范一听着，似乎有些领悟，瞪大了眼，望着信芳说："原来你是……那么我和陶甄订婚是太对不住你了！"

信芳摇头说："不，当你和陶甄订婚的时候，我还没有这种意思。"

"那么你这意思从什么时候才有的呢？"

"从你将要到内地抗战，离天津前一夜，到我家辞行，我送你出门的时候。八年以来，这只是我自己心里的事，并没任何人知道。只有一次，一个人对我求婚，我才稍为露出意思。"

"那是谁对你求婚？"

"是常青。"信芳说，"他刺杀了胡庆堂，逃到我家里藏躲。我趁着发水的机会，把他送出租界封锁线。又因他身上有伤，为着减少检查的危险，并且照顾他，就假装作夫妇，一直送他到北平，乘平绥路火车上山西去。在北平我们一同住旅馆，他竟向我开口求婚。"

"哎哟，你答应他没有？"

"你真糊涂！当时我若答应了他，现在还能……"

"是的，你拒绝他了，对他说什么？"范一问。

"我告诉他，已经有了爱人，他好像还不相信。"

"那是他糊涂。"

"他并不糊涂，本来我表面上并没有爱人么。"

"你表面没有，心里却有，他是谁？"

信芳见他明知故问，就白了他一眼，娇嗔着说："不知道。"

范一这时已万万忍不住，又要抱住她接吻。但是眼前的环境，已不能容许他们再作爱情的表演了。因为那两个得到糖果的小孩儿，回去告诉了他们的伴侣，大概都误会这里有人施舍糖果，竟来了一群，有八九个。却不敢开口讨要，只远远包围着，十几只充满希望的眼睛看着他俩。

信芳笑了，问范一是否还要野餐。

范一说："我现在心里都被快乐塞满了，再不能容纳食物。而且这地方也不适合现在的心境，便是要吃，也该换个地方。"

信芳点头说："我也和你一样意思，那么野餐取消，回家去餐好了。把带的东西送给小孩儿们，他们在这时候来，好像代表小天使。"

范一笑着说："他们每人还应该生两只翅膀！"

范一就把所带的布袋打开，取出全部食物，很耐心地平均分配给小天使。每人得到一份，都欢呼着跑回家去了。

信芳和范一便离开这个地方，在宁园里转了个圈儿，才出门上了车。依范一的意思，打算还到别处去，痛快玩一天。信芳却惦记秀兰抱病在家，无人做伴，主张回去吃晚饭。范一依了她。

二人坐车回到致安里。秀兰出来开门。信芳问："你没睡一会儿，现在好些了么？"

秀兰说："我完全好了。"

信芳心想：她好得真快！大家到房中坐下，秀兰不住地望着范一和信芳，好似有什么疑问，要从他们面上求得答案。信芳被她看得不得劲儿。这时天已五点过了，信芳预备要做饭。范一以为秀兰既已好了，大家可以到外面去吃，又问秀兰是否能去。秀兰问谁请客，范一说："当然我请。"

秀兰问："你是应该请客么？"说完就走出去。

过一会儿，便听秀兰在卧室中叫大姐。信芳走过去，见秀兰坐在床上，含笑望着自己，却不说话，就问她什么事。

秀兰说："我没有事，我想大姐应该有事告诉我。"

信芳说："我有什么可以告诉你？"

秀兰说："没有么？我想一定有的。若真没有，那我……岂不白病了！"

信芳听着，这才恍然醒悟：原来她的病是假装的，只为教自己单独和范一出门，好像预先知道，今天范一必将向我求婚。但她怎能预料呢，莫非有什么情形被她看出来？想着，不由脸上发红，口中说："原来你是装病捣乱，真可恨！"

"大姐，你的神气已经告诉我了，大喜大喜！"秀兰叫着跳起，抱住信芳说，"我今天太快乐了！可是你还得切实说一句，是不是他开口了，你点头了？"

信芳被她说得更不好意思，半晌才说："你怎这样讨厌，刨根问底的！"

"哟，这有什么可害羞的？大姐，我这还是第一次看见你红脸，红脸也得说！"

"你不是都猜出来了么？"

"只凭猜还不够，我得问个明白，好决定敲范一的竹杠。莫看他是抗战英雄，又做了官儿，凭这点资格，就敢独占我们的大姐，我以为他太幸运了，应该给我纳一笔重税！"

"不要胡扯，你嘴馋就教他请客好了。"信芳推着秀兰说。

秀兰"哦"了一声跳出去，又向范一道贺。同时以信芳是众人的大姐，今后将被他独占，向他提出抗议，要求赔偿损失。所提条件，是当日吃一顿玉华台，明天送两件衣料，范一都答应了。这竹杠敲得很不小，但秀兰以为是"害病"的报酬。

三个人到玉华台吃饭。范一才知道秀兰并没白敲他的竹杠，同时也明白行贿的妙处。敢情苞苴一人，效果立见，秀兰竟做了他的代表，把他所愿望的事，全给办到了。

第一是结婚的日期问题。范一心里恨不能即日结婚，但为尊重信芳的意见，就请她做主。信芳的本意如何，不得而知，不过一位小姐怎能显出自己性急呢？于是就表示先举行一次简单的订婚仪式，缓些日子再计议结婚的事。范一只能唯唯附议，但这时秀兰竟起来反对，说出许多理由，主张他们尽速结婚。结果范一、信芳都被她说服了。这也有些奇怪，秀兰平日并没有这种能力，今天却意外地得了胜利。这原因大概由于敌人方面根本就希望失败，并未拿出实力作战。

接着又谈到第二难题，就是房子。论理，以范一的力量，很可以把接收敌伪的大房子，拨一所自用。岂止房子，连家具、汽车、柴米、煤炭，都一应俱全，不费张罗。但他不愿假公济私，而在这时候，若依正轨租一所或倒一所来住，不但难寻，而且费用也贵得可怕。范一并没有许多钱，这竟成为难题。还是秀兰很轻易给解决了，她主张新房设在致安里信芳的旧寓，只用有限的钱粉刷修理，再添一点儿家具就可以了。

范一、信芳都以为这样不大好，秀兰问他们什么理由，他们又说不出来。秀兰就骂他们头脑腐化："好像照例男女结婚，女的总是住在男的家里，若是男的住到女人家里，就像有招赘的嫌疑，是不是？大姐，你是怕委屈了范一么？你的脑子该洗洗了。男女平等，为什么女的总得附属于男的？男的可以娶位太太放在自己家里，女的为什么不可以娶一位丈夫放在家里？再说夫妇一体，丈夫的家就是太太的家，太太的家就是丈夫的家，你们又何必分得这么清？"

秀兰振振有辞，最后又说，"自己因为孤身无依，才住在大姐家，你们若另寻新房，我当然不能随去。若还在致安里，我倒能以房客资格凑合着住。你们若嫌我不吉祥，有心躲避，我就赶快搬开好了。"

她这段话说得很促狭，闹得范一、信芳竭力解释绝无此意，无论如何也要请她同居照料。结果仍是完全依照她的办法，秀兰又胜利了。他们在吃完饭以前，就有了决议，婚期定在主席寿诞的好日子，新房设在致安里。关于收拾新房、置办嫁衣等事，完全由秀兰负责，对外则由范一自行办理。

秀兰十分性急，吃完了饭，就拉着范一、信芳到专门包办结婚用具的红屋公司去接洽。范一以为何必这样忙，离婚期还有半个多月呢。秀兰却以为早些定稳妥，省得临时张皇。而且红屋公司的章程是预订得越早，折扣越大。三人在红屋费了很大工夫，把礼服、汽车等项都定妥了，才走出来。信芳又想起应该先在报端登一段订婚启事，以后结婚才不突然。范一认为有理，就要到报馆去。信芳却知新复刊的报馆中他有许多熟人，自己同去不好意思，就教他独自前去，自己和秀兰回家等候。范一就驾车走了。信芳和秀兰另雇三轮车回家。

到家开门进去，信芳亮了灯，秀兰忽见大门内地下放着一张名片，说了声"这是什么"？就低头拾起一看，不由叫着："大姐，常青也回来了！"

信芳接过名片看时，名片上面印着"常青"二字，右方一条衔，是第二〇八军政治部秘书科长。左边还有两行钢笔字是："叩门久无人应，知已外出，甚怅。晚饭后当再来。"信芳看了很是喜欢，但又一个问题兜上心头，就赶着出去接电话，打给范一，约他赶快前来。

打完电话，过了不大工夫，常青来了。信芳接入，见他身体也壮了许多，穿着军服，显着很魁伟，不似当初那样瘦弱。当时大家很热烈地寒暄，常青说起自己的抗战经过。原来他到了山西，又到甘肃，一直就在那边工作。又问起旧友景况，信芳一一告诉了。常青对杨闰生做汉奸和陶甄自杀十分嗟叹。谈了一会儿，常青望着信芳，似乎有话要说。

这时外面门响，秀兰出去开门，信芳也跟出去。来的正是范一，问有什么事，信芳告诉常青来了。范一走入房中和常青见面，信芳附在秀兰耳边说了一句话，方才一同进去。范一和常青握手倾谈很久，秀兰等到一个开口机会，向常青说："你回来得很好，过几天就吃着喜酒了。"

常青一怔，问吃谁的喜酒。秀兰指信芳和范一说："他们俩就要结婚了。"

常青听着，好似受了很大打击，一时迷惘，不能说话，半晌才勉强现出笑容，对二人道贺。但声音是很抖颤的，动作也不自然。范一、秀兰还不很觉察，信芳却明白他的心理，这次回来抱有极大希望，不想迎头便受了打击。自觉对他过于残忍，但若不这样，又有什么法儿？

以后再谈一会儿，常青似乎坐不住了，几次想要告辞，但又不好意思。正在这时，外面又有人叩门。秀兰开门，带进一封航空挂号信。封面是"余信芳女士启"，下款是"张一东自昆明南屏路青年军司令部寄"。信芳很诧异这张一东的名字，自己并不认识他。及至打开信封，看到一半，忽然痛哭起来。原来缅甸远征军在胜利以后，奉调回国，怀芳在途中害热病亡故。在临死时，托他的同伍好友张一东代向家中报告噩耗。张一东回到昆明，便写来这封信。还有怀芳有些遗物也存在他处。因为邮寄不便，要等待便人捎回。信芳只有一个兄弟，竟然死亡，而且不是死于战争，而是死于病疫；不是死于战争之时，而是死于胜利之后，这真教人伤心！信芳哭得死去活来，秀兰看了信也陪她哭，常青不知怎么也哭起来。范一却来回踱着，叹气落泪。

又很难过地讨论半晌，常青立起告辞，范一自然要留下安慰信芳。信芳在常青临走时，拉住他说："怀芳没有了，以后你就是我的兄弟！"

常青看看信芳，抱了她一下说："大姐，从此我永远是您的兄弟。"说完就走了出去。

常青住在乐园饭店，并不甚远。他迷迷惘惘地走回去，到了饭店门口，见排列着许多辆汽车，知这楼下餐厅正有大宴会。他一进门，恰见一位宾客由餐厅走出来，甚是面熟。那人却未看见常青，出门上汽车走了。

常青在他走后，才想起此人是何止百。原来，他因为胡庆堂一案，曾入过宪兵队，被判有期徒刑。胜利以后，他就以这种资格，自称为地下工作人员，理由当然很充足：若不抗日，怎会进宪兵队被判徒刑呢！于是，这位"抗战英雄"摇身一变，也是什么会的委员了。